10|18
12, avenue d'Italie - Paris XIIIe

Du même auteur
dans la collection 10/18

AU JEU DE LA MORT, n° 2482
LA MORT EN HABIT NOIR, n° 2483
LE RIDEAU TOMBE, n° 2507
L'ASSASSIN ENTRE EN SCÈNE, n° 2533
LA CLINIQUE DU CRIME, n° 2562
ET VOUS ÊTES PRIÉS D'ASSISTER AU MEURTRE DE..., n° 2592
MORT EN EXTASE, n° 2620
UN VRAI CRIME D'ARTISTE, n° 2636
L'ASSASSIN AUX FLEURS, n° 2685
LA MORT EN EMBUSCADE, n° 2717
MEURTRE EN COULISSES, n° 2741
CROISIÈRE MORTELLE, n° 2761
COMME À ROME, n° 2791
LE CERCUEIL DE NOËL, n° 2837
DESCENTE FATALE, n° 2884
PARFUM TROMPEUR, n° 2938

UN PIÈGE POUR MISS C.

PAR

NGAIO MARSH

Traduit de l'anglais
par Roxane AZIMI

10 18

« Grands Détectives »
dirigé par Jean-Claude Zylberstein

Si vous désirez être régulièrement tenu au courant de nos publications, écrivez-nous :

Éditions 10/18
c/o 01 Consultants (n° 2669)
35, rue du Sergent Bauchat
75012 Paris

Titre original :

Overture of Death

ISBN 2-264-02092-X

Au petit cercle du dimanche matin :
G.M. Lester
Dundas et Cecil Walker
Norman et Miles Stacpoole Batchelor
ainsi que MON PERE

LES PROTAGONISTES

Jocelyn Jernigham, *de Pen Cuckoo*
Henry Jernigham, *son fils*
Eleanor Prentice, *sa cousine*
Taylor, *son majordome*
Walter Copeland, *diplômé d'Oxford, pasteur de St. Giles de Winton*
Dinah Copeland, *sa fille*
Idris Campanula, *de Red House, Chipping*
Docteur William Templett, *de Chippingwood*
Selia Ross, *de Duck Cottage, Cloudyfold*
Commissaire Blandish, *du commissariat de Great Chipping*
Brigadier Roper, *du commissariat de Great Chipping*
Mme Biggins
Georgie Biggins, *son fils*
Gibson, *chauffeur de Miss Campanula*
Gladys Wright, *du C.J.A.P.*
Saul Tranter, *braconnier*
Inspecteur principal Alleyn, *du Bureau d'Investigation Criminelle*
Inspecteur Fox, *son adjoint*
Brigadier Bailey, *son expert en dactyloscopie*
Brigadier Thompson, *son photographe*
Nigel Bathgate, *journaliste et son Watson*

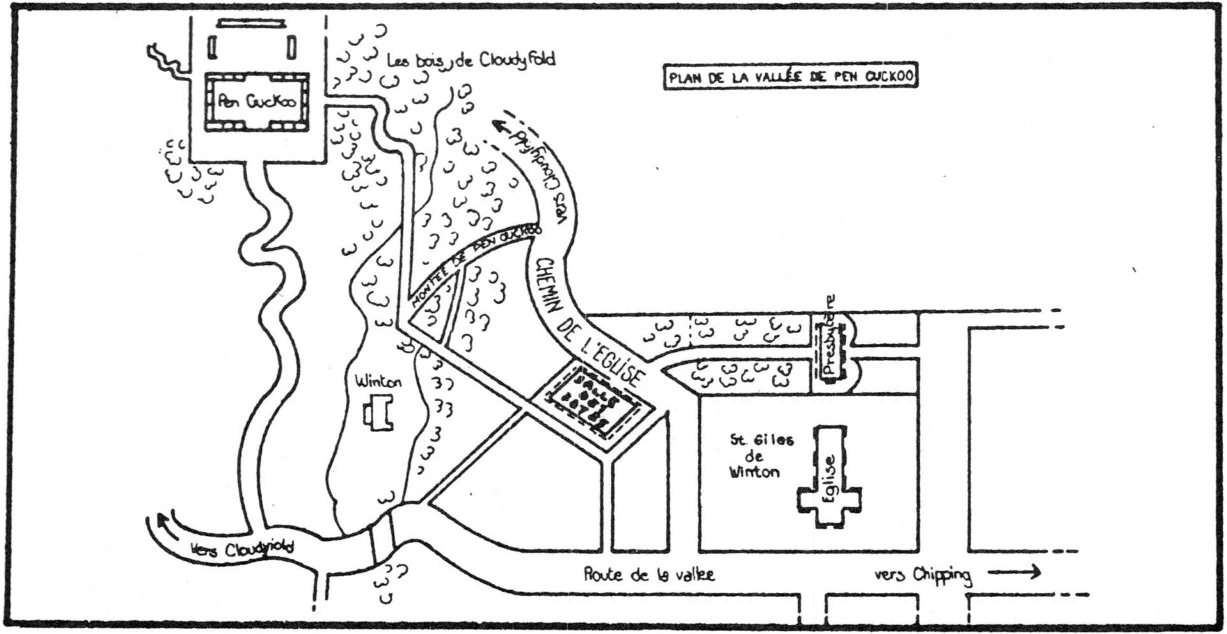
PLAN DE LA VALLÉE DE PEN CUCKOO
Les bois de Cloudyfold
Pen Cuckoo
vers Cloudyfold
MONTÉE DE PEN CUCKOO
CHEMIN DE L'ÉGLISE
Presbytère
Winton
St. Giles de Winton
Église
vers Cloudyfold
Route de la vallée
vers Chipping

1.

La réunion à Pen Cuckoo

I

Jocelyn Jernigham était un nom qui sonnait bien, pensa Jocelyn, le septième du nom. Debout à la fenêtre de son bureau, il contemplait la vallée de Pen Cuckoo, ou plutôt le point précis où, par beau temps et avec une paire de jumelles, on apercevait la flèche de la cathédrale de Salisbury.

– Me voici, déclara-t-il sans tourner la tête, tout comme mes ancêtres, qui sont restés là, génération après génération, à promener le regard sur leurs prairies et labours. Sept Jocelyn Jernigham...

– Je n'ai jamais su, répondit son fils, Henry Jocelyn, ce que veut dire un labour. Qu'est-ce que c'est au juste, père ?

– La génération actuelle n'y connaît rien, poursuivit Jocelyn en s'échauffant. Elle passe son temps à tout railler et à tenir de beaux discours qui ne signifient rien.

– Mais moi, j'aime bien savoir ce que signifie tel ou tel mot. C'est pourquoi je vous demande de me définir un labour. Vous dites la « génération actuelle ». C'est de la mienne que vous parlez, n'est-ce pas ? J'ai vingt-trois ans, pourtant. Il y a une génération plus récente que la mienne. Si jamais j'épouse Dinah...

– Tu ergotes exprès pour ramener la conversation à ce sujet absurde. Si j'avais su...

Avec une exclamation impatiente, Henry s'éloigna de la cheminée et rejoignit son père à la fenêtre. Lui aussi regarda le crépuscule descendre sur la vallée de Pen Cuckoo. Il vit un paysage austère que les brumes de l'hiver rendaient presque rude. Les arbres dénudés dormaient d'un sommeil profond ; une carapace de givre recouvrait les champs ; seuls les cottages de pierre avec leurs réconfortantes spirales de fumée semblaient veiller dans la vallée.

– Moi aussi, j'aime Pen Cuckoo, dit Henry.

Et il ajouta avec cette pointe d'ironie qui faisait tant enrager Jocelyn, incapable de la comprendre :

– J'éprouve déjà toute la fierté du futur propriétaire. Mais je refuse de me laisser accaparer par Pen Cuckoo. Je refuse de jouer les jeunes hobereaux victoriens qui se prenaient pour des grands seigneurs. Je refuse de poursuivre cette conversation sur les valeurs ancestrales. Le coup du père orgueilleux et de l'héritier qui n'en fait qu'à sa tête, ça ne marche plus. Nous ne sommes pas en train de discuter d'une éventuelle mésalliance. Dinah n'est pas une jeune fille rougissante de condition modeste. Elle est du pays ; elle a ses racines ici, tout comme nous. Et, s'il faut en venir aux grands mots, je puis affirmer, en prenant une pose appropriée, qu'il y a eu autant de générations de Copeland au presbytère que de Jernigham à Pen Cuckoo.

– Vous êtes beaucoup trop jeunes, l'un et l'autre... commença Jocelyn.

– Non, monsieur, pas cela. En fait, vous voulez dire que Dinah est trop pauvre. S'il s'agissait de quelqu'un de bien né et de riche, il n'aurait pas été question de jeunesse. Cessons donc de nous mentir.

– Et toi, cesse de me parler sur ce ton de jeunc chien prétentieux, Henry, car je ne le tolérerai pas.

– Excusez-moi, fit Henry. Je suis agaçant, je sais.

– Extrêmement agaçant. Très bien, je vais te parler franchement, si tu y tiens. Pen Cuckoo compte pour moi, et comptera pour toi, plus que tout dans la vie. Tu sais aussi bien que moi à quel point il faut nous serrer la ceinture. Il y a un tas de travaux à faire ici. Les cottages là-haut à Cloudyfold ! Winton ! Rumbold m'a dit que Winton va se transformer en passoire, si le toit n'est pas réparé. Le problème est que...

– Il n'est pas dans mes moyens d'épouser une jeune fille sans dot ?

– Formule-le comme tu voudras.

– Comment pourrait-on le formuler autrement ?

– Eh bien, soit.

– Puisque nous en sommes à parler espèces sonnantes et trébuchantes, ce qui ne me plaît pas du tout, croyez-moi, sachez que Dinah ne restera pas éternellement l'unique trésor du pauvre pasteur.

– Comment cela ? demanda Jocelyn, mal à l'aise, dressant l'oreille malgré lui.

– Je pensais que tout le monde était au courant. Miss Campanula a laissé toute son oseille, ou du moins la majeure partie, au pasteur. Ne faites pas semblant, père ; vous avez certainement entendu cette rumeur. La femme de chambre et la cuisinière ont contresigné le testament ; et la femme de chambre a entendu Miss C. l'expliquer en beuglant à son notaire. Dinah ne veut pas de cet argent, moi non plus... pas vraiment... mais voilà ce qui va lui arriver, en fin de compte.

– Des ragots de cuisine, grogna le squire. C'est répugnant. En tout cas, ce n'est... elle peut encore changer d'avis. Et nous, c'est maintenant que nous sommes dans la dèche.

– Je pourrais chercher un travail, dit Henry.

– Ton travail est ici.

– Ah oui ! Avec un excellent régisseur qui me considère comme une souche morte en plein milieu de son champ.

– Sottises !

– Ecoutez, père, fit Henry avec douceur, quelle part au juste ma chère cousine Eleanor a-t-elle eue dans tout cela ?

– Eleanor craint comme moi que tu ne commettes une bourde. Si ta mère était encore en vie...

– Non, non, s'écria Henry, n'attribuons pas nos propres pensées aux morts. C'est foncièrement injuste. Parlons plutôt du rôle d'Eleanor. Eleanor a été un peu trop maligne, cette fois. Je ne voulais pas vous parler de Dinah avant d'être sûr qu'elle m'aime. Je n'en suis toujours pas certain. La scène qu'Eleanor a entendue fort à propos hier au presbytère n'était qu'un coup d'essai.

Il s'interrompit et, se détournant, pressa une joue contre le carreau.

– Il est inadmissible, reprit Henry, qu'Eleanor ait gâché le souvenir de mon premier... de mon premier contact avec Dinah. Rester dans l'entrée, comme elle a dû le faire, l'oreille aux aguets ! Puis rentrer à la maison, gloussant comme une poule, tout excitée de ce qu'elle venait d'apprendre. Comme si Dinah était une bonniche nantie d'un prétendant. Non, vraiment, c'est trop !

– Tu n'as jamais été juste envers Eleanor. Elle a fait de son mieux, pourtant, pour remplacer ta mère.

– Pour l'amour du ciel, rétorqua Henry avec violence, n'employez pas cette expression sordide ! Cousine Eleanor n'a jamais remplacé ma mère. C'est une vieille fille de la pire espèce. Ce n'était pas une faveur qu'elle nous accordait en venant à Pen Cuckoo. C'était en fait l'occasion de sa vie. Elle a échangé Cromwell Road contre les délices de la « propriété terrienne ». C'était un grand moment de son existence. Une opportuniste, voilà ce qu'elle est.

– Du côté de sa mère, observa Jocelyn, c'est une Jernigham.

– Mon cher père ! fit Henry en éclatant de rire.

Jocelyn le foudroya du regard et, devenu cramoisi, se mit à bégayer.

– Tu peux bien rire, mais Eleanor... Eleanor... en m'informant de cet incident... entendu contre son gré... il n'était pas question d'écouter aux portes... a fait ce qu'elle croyait être son devoir.

– C'est ce qu'elle a dû vous dire, en tout cas.

– Oui, et je l'ai approuvée. Je m'oppose catégoriquement à cette histoire avec Dinah et je suis soulagé d'apprendre que jusqu'à présent cela n'a été, selon tes propres termes, qu'un coup d'essai.

– Si Dinah m'aime, déclara Henry en avançant une mâchoire volontaire, si typique des Jernigham, je l'épouserai, un point, c'est tout. Et si Eleanor n'avait pas été là pour titiller votre amour-propre, père, vous auriez au moins essayé de comprendre ma position. Mais Eleanor vous en empêchera. Elle se complaît à s'imaginer dans le rôle de la première dame de la région. L'aristocrate. La châtelaine de Pen Cuckoo. A ses yeux, Dinah est une rivale. Qui plus est, je pense qu'elle est réellement jalouse de Dinah. Jalouse comme peut l'être une femme de son âge et de sa condition. C'est une jalousie d'ordre purement sexuel.

– Quel tas d'inepties répugnantes ! rétorqua Jocelyn avec irritation, prenant néanmoins un air gêné.

– Non ! s'écria Henry. Non, il ne s'agit pas d'obscénités enrobées d'intellectualisme. Vous avez dû vous rendre compte de ce qu'est Eleanor. C'est une femme avide. Elle a été amoureuse de vous jusqu'au jour où elle a compris que c'était sans espoir. A présent, elle et sa petite camarade Campanula se disputent le pasteur. D'après Dinah, toutes les vieilles filles s'éprennent de son père. Tout le monde le sait. Dans le cas des femmes comme Eleanor et Idris Campanula, c'est un phénomène communément admis. L'avez-vous entendue parler du Dr Templett et de Selia Ross ? Elle a sûrement dû flairer un scandale. Evidemment, il sera du devoir d'Eleanor d'avertir la malheureuse Mme Templett que son mari tourne trop autour de la veuve. A condition qu'Idris Campanula ne la devance. Les femmes comme Eleanor et Miss Campanula sont des cas pathologiques. D'après Dinah...

– T'arrive-t-il souvent de discuter avec Dinah de l'affection – que je refuse d'admettre – que ma cousine porte au pasteur ? Si oui, je trouve que c'est un manque de tact et d'éducation inqualifiable.

– Nous discutons de tout, Dinah et moi, répondit Henry.

– C'est comme ça que les jeunes d'aujourd'hui se font la cour !

– Ne nous jetons pas nos deux générations au visage, père. Cela ne nous est encore jamais arrivé. Vous avez été si compréhensif jusque-là. C'est Eleanor ! affirma Henry. Tout ceci est la faute d'Eleanor, Eleanor, Eleanor !

Une porte s'ouvrit au fond de la pièce sur une silhouette féminine, éclairée par la lumière du hall.

– Tu m'as appelée, Henry ? demanda une voix douce.

II

Miss Eleanor Prentice entra dans la pièce et, avançant une main étroite, alluma la lumière.

– Il est cinq heures passées, annonça-t-elle. Presque l'heure de notre petite réunion. Je les ai tous invités pour la demie.

Elle s'approcha à petits pas maniérés de la table en merisier qui, remarqua Henry, avait été placée au centre du bureau. Miss Prentice entreprit de disposer des crayons et des feuilles de papier à intervalles réguliers tout autour de la table. Ce faisant, elle fredonnait entre ses lèvres minces et serrées un air monotone qui exaspéra Henry au plus haut degré. Moins par intérêt que pour faire cesser ce bourdonnement, il demanda :

– Quelle réunion, cousine Eleanor ?

– Tu l'as déjà oublié, mon cher ? Le comité des loisirs. Le pasteur, Dinah, le Dr Templett, Idris Campanula et nous-mêmes. Nous comptons sur toi. Et sur Dinah, naturellement.

Cette dernière phrase fut prononcée sur un ton particulièrement suave. « Elle sait que nous avons parlé de Dinah », pensa Henry. Et, tandis qu'elle s'affairait avec ses feuilles de papier, il l'observa avec cette attention intense que l'on prodigue parfois à ceux que l'on exècre.

Eleanor Prentice était une femme maigre et incolore, à qui on pouvait donner la cinquantaine. Il émanait d'elle une odeur de sainteté qu'Henry trouvait difficilement supportable. Son éternel demi-sourire semblait trahir une nature bonne et douce. A cause de ce sourire-là, peu de gens remarquaient les traits volontaires de son visage. Car Miss Prentice était une vraie Jernigham. Il était dommage pour Jocelyn, songea Henry tout à coup, que son fils et sa cousine ressemblent bien plus que lui aux portraits de famille. Tous deux, Henry et Eleanor avaient le nez et le menton des Jernigham. Le squire avait hérité la figure ronde de sa mère et un nez indécis. Les yeux gris et saillants de Miss Prentice contemplaient froidement le monde à travers son pince-nez. Les yeux bleus du squire conservaient, même lors de ses explosions aussi fréquentes qu'impuissantes, une expression vulnérable et vaguement étonnée. Henry, dont le regard suivait toujours Eleanor, pensa qu'il était étrange de ressembler à une femme qu'il détestait aussi cordialement. Totalement dépourvus de goûts communs, violemment opposés sur presque toutes les questions de morale et d'éthique, animés par une profonde méfiance réciproque, ils possédaient néanmoins la même détermination inflexible que chacun pressentait chez l'autre. Chez Henry, la courtoisie et la générosité modéraient quelque peu ce trait de caractère. Quant à Eleanor, elle était seulement polie et souffrait en silence. Il était tout à fait dans son style, même après avoir entendu Henry répéter son nom avec exaspération, de ne poser aucune question. Sans doute, se dit-il, parce qu'elle avait dû écouter derrière la porte. A présent, elle commençait à disposer les sièges.

– Je pense que nous devrions laisser votre fauteuil au pasteur, Jocelyn, remarqua-t-elle. Henry, mon cher, cela ne t'ennuie pas de me donner un coup de main ? Il est assez lourd.

Henry et Jocelyn l'aidèrent à installer le fauteuil et, sur son conseil, remirent quelques bûches supplémentaires dans l'âtre. Les préparatifs terminés, Miss Prentice s'installa à table.

– Je crois que votre bureau, Jocelyn, est l'endroit que je préfère à Pen Cuckoo, déclara-t-elle sur un ton enjoué.

Le squire marmonna quelques mots inintelligibles.

– Mais n'est-ce pas que vous aimez le moindre recoin de cette maison, cousine Eleanor ? observa Henry.

– Oui, répondit-elle doucement. J'aime notre cher vieux logis depuis mon enfance, quand je venais y passer mes vacances, vous en souvenez-vous, Jocelyn ?

– Les agents immobiliers, répliqua Henry, ont banni définitivement le mot « logis » de leur vocabulaire. Il ne signifie plus rien aujourd'hui. Dommage, cousine Eleanor, que lorsque je serai marié, je ne puisse pas emmener ma femme à Winton. Je n'ai pas les moyens de faire réparer le toit, vous savez.

Jocelyn s'éclaircit la voix, et, décochant un regard noir à son fils, retourna à la fenêtre.

– Evidemment, Winton convient davantage à une douairière, murmura Miss Prentice.

– Comme vous le savez déjà, continua Henry, j'ai commencé à faire la cour à Dinah Copeland. D'après ce que vous avez entendu au presbytère, pensez-vous qu'elle voudra bien de moi ?

Il vit ses yeux s'étrécir, tandis que son sourire s'élargissait, révélant ses vilaines dents de lapin. « Tout à fait la vieille fille anglaise vue par un caricaturiste français », songea Henry.

– Je suis certaine, mon cher, dit Miss Prentice, que tu ne me soupçonnes pas d'avoir délibérément écouté ton petit entretien avec Dinah. Bien au contraire. J'ai été fort embarrassée d'avoir surpris les quelques mots que...

– Que vous avez répétés à mon père ? Je pense bien.

– J'ai estimé qu'il était de mon devoir d'en parler à ton père, Henry.

– Pourquoi ?

– J'ai pensé, mon cher, que vous, les jeunes, auriez besoin de quelques conseils judicieux.

– Vous aimez bien Dinah ? questionna Henry à brûle-pourpoint.

– Elle a certainement de nombreuses et excellentes qualités, répondit Miss Prentice.

– Je vous ai demandé si vous l'aimiez bien, cousine Eleanor.

– Je l'aime bien pour ces qualités-là. Il vaudrait sans doute mieux, mon cher, ne pas poursuivre cette conversation pour le moment.

– Je suis bien du même avis, déclara Jocelyn de la fenêtre. Je ne veux plus entendre un mot de cela, Henry. Ces gens vont arriver d'un instant à l'autre. Voici l'auto du pasteur qui débouche du carrefour de Cloudyfold. Ils seront là dans cinq minutes. Dites-nous plutôt, Eleanor, de quoi il va être question.

Miss Prentice s'était assise au bout éloigné de la table.

– C'est le Cercle des Jeunes Amis de la Paroisse, expliqua-t-elle. Nous avons désespérément besoin d'argent, et le pasteur a suggéré de monter un petit spectacle. Vous vous souvenez, Jocelyn ? C'était le soir où nous avions dîné là-bas.

– Je m'en souviens vaguement, opina le squire.

– Entre nous soit dit, poursuivit Miss Prentice, je sais que vous adorez jouer, Jocelyn, et que vous êtes un très bon acteur. Plein de naturel. Vous rappelez-vous *Ici on parle français*, au bon vieux temps ? J'en ai discuté avec le pasteur, et il trouve l'idée excellente. Le Dr Templett est doué, lui aussi, surtout pour des rôles comiques ; et cette chère Idris Campanula déborde d'enthousiasme, bien entendu.

– Bonté divine ! s'exclamèrent en chœur Henry et son père.

– Que diantre vient-elle faire là-dedans ? s'enquit Jocelyn.

– Allons, Jocelyn, il faut se montrer un peu plus charitable, rétorqua Miss Prentice, une lueur de satisfaction froide dans le regard. Je suppose que la pauvre Idris peut s'acquitter avec un succès honorable d'un petit rôle.

– Je suis trop vieux pour tout cela, déclara le squire.

– Sottises, mon cher. Vous ne l'êtes pas du tout. Nous allons trouver quelque chose qui vous convienne.

– Je veux bien être pendu si je dois conter fleurette à la Campanula, décréta Jocelyn rudement.

Eleanor prit l'air qu'elle arborait toujours en présence d'une grossièreté, mais il s'y mêla, cette fois, une touche de complaisance.

– Jocelyn, je vous en prie, fit-elle.

– Et Dinah, que va-t-elle faire ? demanda Henry.

– Eh bien, puisque notre chère Dinah est presque du métier...

– Elle *est* du métier, affirma Henry.

– Malheureusement, oui, dit Miss Prentice.

– Pourquoi malheureusement ?

– Je suis suffisamment vieux jeu pour considérer que la place d'une femme respectable n'est pas sur les planches, Henry. Mais, bien entendu, il faut que Dinah participe à notre petit spectacle. Si elle n'est pas au-dessus de ces humbles efforts.

Henry ouvrit et referma la bouche.

– Les voilà, annonça le squire.

Dehors, le gravier crissa sous les pneus d'une auto, et un klaxon démodé nasilla joyeusement à deux reprises.

– Je vais les chercher, proposa Henry.

III

Henry sortit dans le hall. En ouvrant la grande porte d'entrée, il sentit un souffle d'air froid sur son visage. Celui-ci lui apporta l'odeur du givre, de la terre humide et des feuilles mortes. Les lumières de la maison éclairèrent trois silhouettes qui étaient en train de descendre d'une petite auto. Le pasteur, sa fille Dinah et une grande femme affublée d'un manteau de fourrure difforme : Idris Campanula. Après les politesses d'usage,

Henry les invita à entrer. Taylor, le majordome, avait déjà surgi et saisissait d'une main experte le pardessus élimé du pasteur. Les yeux rivés sur Dinah, Henry se chargea des fourrures de Miss Campanula. La voix de Miss Campanula emplit le hall. C'était une vieille fille d'allure imposante et autoritaire au buste droit, au teint rougeaud, aux cheveux gris et drus et aux énormes mains anguleuses. Ses habits, fort laids, étaient néanmoins coûteux car Miss Campanula était fortunée. Elle était censée être la meilleure amie d'Eleanor Prentice. Cette alliance reposait sur des antipathies et des intérêts communs. Toutes les deux adoraient le scandale et toutes les deux cultivaient leur passion derrière une façade d'intégrité morale. Chacune se méfiait de l'autre, tout en recherchant sa compagnie. Dans la conversation, leurs tactiques différaient largement. Eleanor, la charité personnifiée, ne portait jamais de coups directs. Idris, en revanche, était de ces femmes qui se targuaient de leur franc-parler. Elle avait coutume de répéter qu'elle était un être simple et direct. Plus particulièrement, elle aimait à dire qu'elle appelait un chat un chat ; et, à l'occasion, elle osait ajouter que son cousin, le général Campanula, lui avait raconté un jour qu'elle était allée bien plus loin en le traitant de « cette f... bestiole ». Elle affichait un air de droiture qui n'aurait dû tromper personne, mais que les membres plus modestes de son entourage prenaient pour argent comptant. En vérité, si elle se réservait le droit de parler librement, elle eût été folle de rage si jamais quelqu'un s'était avisé de lui répondre.

Le pasteur était veuf, et sa beauté classique en faisait une proie idéale pour ce genre de femme. D'après Dinah, les deux dames qui prenaient si à cœur la vie de la paroisse terrorisaient secrètement son père. Eleanor Prentice avait adopté avec le pasteur un ton de minauderie faussement intime. Elle lui parlait d'une voix douce, fréquemment entrecoupée de petits rires musicaux. Idris Campanula, elle, se montrait brusque et possessive, l'appelait « cher ami » et l'observait avec une intensité qui le faisait frissonner, et qui éveillait chez sa fille un violent dégoût mêlé de compassion.

Reposant le manteau de fourrure, Henry se hâta de rejoindre Dinah. Il connaissait Dinah depuis toujours, mais pendant ses études à Oxford et, plus tard, ses classes de réserviste à l'armée de l'air, il l'avait vue très peu. A son retour à Pen Cuckoo, Dinah avait terminé ses cours d'art dramatique et avait réussi à se faire engager de justesse dans une petite troupe de répertoire où elle resta six semaines. Après quoi la petite troupe se désintégra, et l'actrice fraîche émoulue regagna ses pénates. Trois semaines plus tôt, Henry la rencontra par hasard dans les collines de Cloudyfold, et cette rencontre marqua le début d'un amour. Il eut l'impression de la voir pour la première fois. Encore maintenant, il se trouvait sous le choc extatique de sa découverte. Croiser son regard, lui parler, se tenir à ses côtés le plongeait dans une béatitude indicible. Même son sommeil était empreint de cet amour, et, à son réveil, sa première pensée était pour elle. « Elle est tout ce que je désire », s'était-il dit. Pas vraiment certain d'être aimé en retour, il n'avait pas osé déclarer sa flamme. Cependant, la veille, dans le séjour charmant et vieillot du presbytère, Dinah avait posé sur lui un regard si transparent qu'il s'était mis à parler d'amour. Puis, par la porte ouverte, il avait aperçu Eleanor, silhouette immobile dans le hall obscur. Dinah vit Eleanor à son tour et, sans un mot pour Henry, sortit la saluer. Se ruant hors du presbytère, Henry était rentré à Pen Cuckoo blême de fureur. Depuis, il n'avait pas eu l'occasion de parler à Dinah, et, à présent, il la considérait d'un air anxieux. Les grands yeux de la jeune fille lui sourirent.

– Dinah ?

– Henry ?

– Quand pourrai-je te voir ?

– Tu me vois à l'instant même, répondit Dinah.

– Seul à seul. S'il te plaît !

– Je ne sais pas. Quelque chose ne va pas ?

– Eleanor.

– Oh, mon Dieu ! fit Dinah.

– Il faut que je te parle. Au-dessus de Cloudyfold, là où nous nous sommes rencontrés l'autre jour. Demain matin, avant le petit déjeuner. D'accord ?

– Entendu, acquiesça Dinah. Si je peux.

La voix d'Idris Campanula résonna brusquement à leurs oreilles. Henry eut la vague impression qu'elle venait de lui poser une question.

– Excusez-moi, commença-t-il. J'ai peur de...

– Allons, Henry, le coupa-t-elle, où a-t-elle lieu, cette réunion ? Vous oubliez votre devoir, à bavarder ici avec Dinah.

Et elle lâcha un rire bruyant qui ressemblait à une pétarade.

– Dans le bureau, répondit Henry. Allez-y, je vous en prie.

Ellc fit son entrée dans le bureau, serra la main à Jocelyn et échangea des bécots avec Eleanor Prentice.

– Où est le Dr Templett ? s'enquit-elle.

– Il n'est pas encore arrivé, répliqua Miss Prentice. Un médecin a toujours des excuses, n'est-ce pas ?

– Il est là-haut, au-delà de Cloudyfold, expliqua le pasteur. L'état de la vieille Mme Thrinne a empiré. Et puis, l'un des petits Cain a réussi à se ficher un clou dans le gros orteil. J'ai croisé Templett au village, et il m'a dit de ne pas l'attendre.

– Au-delà de Cloudyfold ? fit Miss Prentice, suave.

Henry la vit échanger un regard avec Miss Campanula.

– Mme Ross ne se fait pas servir le thé avant cinq heures, déclara cette dernière, ce qui est, à mon avis, stupidement prétentieux. Nous n'allons sûrement pas attendre le Dr Templett. Ha !

– Templett n'a pas parlé d'aller chez Mme Ross, observa le pasteur innocemment. Evidemment, c'est sur son chemin.

– Mon cher ami, dit Miss Campanula, si seulement vous n'étiez pas un saint... enfin ! J'espère simplement qu'il ne va pas l'introduire dans notre spectacle.

– Idris, ma chère, intervint Miss Prentice. Vous permettez ?

Ayant réussi à capter l'attention générale, elle poursuivit d'une voix douce :

– Nous sommes tous bien d'accord, n'est-ce pas, qu'il s'agit d'une petite expérience entre nous ? J'ai là plusieurs pièces pour cinq ou six personnes, et j'imagine que Dinah en a trouvé également.

– Six, décréta Miss Campanula avec fermeté. Cinq personnages, ce n'est pas assez, Eleanor. Nous sommes trois dames et trois messieurs. Et si le pasteur...

– Non, répondit le pasteur, je ne monterai pas sur scène. Je serai ravi de pouvoir vous aider en coulisse, mais honnêtement, je préfère ne pas jouer.

– Trois dames et trois messieurs, alors, conclut Miss Campanula. Cela fait six personnes.

– Certainement pas plus, fit Miss Prentice.

– Ma foi, déclara le squire, si Mme Ross est bonne comédienne, et je dois dire que c'est un beau brin de femme...

– Non, Jocelyn, rétorqua Miss Prentice.

– Elle est très jolie, dit Henry.

– Elle est bien faite, remarqua Dinah. A-t-elle déjà joué dans une pièce de théâtre ?

– Ma chère enfant, riposta Miss Campanula d'une voix de stentor, cette femme est effroyablement vulgaire, et nous n'avons certainement pas besoin d'elle. J'ai vu les pièces sélectionnées par Eleanor, et j'approuve totalement le choix de *La Chaste Suzanne*. Il y a six personnages : trois dames et trois messieurs. Elle ne nécessite pas un changement de décor, et le sujet est tout à fait convenable.

– C'est un peu vieux, fit Dinah, dubitative.

– Ma chère enfant, répéta Miss Campanula, si vous croyez que nous allons monter l'une de vos pièces modernes au contenu discutable, vous vous trompez lourdement.

– Je trouve aussi que certaines de ces pièces modernes ne sont pas tout à fait convenables, renchérit Miss Prentice sur un ton doucereux.

Henry et Dinah eurent un sourire.

– Quant à Mme Selia Ross, reprit Miss Campanula, j'ai l'habitude d'appeler un chat un chat et je suis convaincue que nous rendrions service à cette pauvre Mme Templett qui, comme tout le monde le sait, est trop handicapée pour s'occuper de ses propres affaires, si nous donnions à réfléchir au Dr Templett à propos de...

– Voyons, s'interposa le pasteur désespérément, ne sommes-nous pas en train de brûler les étapes ? Nous n'avons pas encore nommé le président de la réunion, et jusque-là, personne n'a parlé de la participation de Mme Ross.

– Je l'espère bien, répliqua Miss Campanula.

La porte s'ouvrit à la volée, et Taylor annonça :

– Mme Ross et le Dr Templett, Monsieur.

– Hein ? laissa échapper le squire malgré lui.

Une femme vêtue avec une élégance extrême et un petit homme rubicond firent leur apparition.

– Bonjour ! Bonjour ! cria le Dr Templett. Je vous ai amené Mme Ross de force. C'est une superbe actrice, et je lui ai dit de descendre de sa tour d'ivoire et de nous montrer ce qu'est le vrai théâtre. J'étais sûr que cela vous ferait plaisir.

2.

Six rôles pour sept acteurs

I

Ce fut Henry qui sauva la situation au moment où elle menaçait de dégénérer en scène. Ni Miss Prentice ni Miss Campanula n'esquissèrent le moindre geste de politesse. Le squire poussa des exclamations incohérentes et, après un nouveau « Hein ! », éclata d'un rire gêné. Dinah salua nerveusement Mme Ross. Le pasteur cligna des yeux et imita sa fille. Mais Henry, galvanisé par la présence de Dinah, se sentait l'envie d'être gentil avec le monde entier. Il serra chaleureusement la main de Mme Ross, félicita le Dr Templett de son initiative et proposa, avec un sourire radieux, de choisir sans tarder un président afin de se mettre d'accord sur une pièce.

Le squire, Dinah et le pasteur l'appuyèrent confusément. Miss Campanula émit un reniflement sonore. Miss Prentice, montrant ses dents un peu plus que d'habitude, déclara :

– Je crains qu'il ne nous manque un siège. Nous pensions être sept seulement. Henry, mon cher, veux-tu aller chercher une chaise à la salle ? Je regrette de devoir te déranger.

– Je peux partager le fauteuil de Dinah, répondit Henry, rayonnant.

– Ne vous inquiétez pas pour moi, fit Mme Ross. Billy peut se percher sur le bras du mien.

Elle s'installa sans hâte à gauche du pasteur, et aussitôt, le Dr Templett s'assit sur l'un des accoudoirs. Miss Prentice s'étant déjà réservé une place à droite du pasteur, Miss Campanula, vaincue, se dirigea avec un rire bref vers l'autre bout de la table.

– J'ignore où je dois m'asseoir, Eleanor, déclara-t-elle, mais puisque cette petite réunion est si délicieusement informelle, je vais me mettre là. Ha !

Henry, son père et Dinah se partagèrent les fauteuils qui restaient.

La lumière dispensée par le lustre ancien éclairait également les huit visages autour de la table : celui du squire, rose d'embarras ; celui, souriant, de Miss Prentice ; celui de Miss Campanula, qui soufflait par les narines comme une jument rétive ; la tête brune d'Henry, si typique d'un Jernigham ; la beauté fraîche et vivante de Dinah ; les traits sculpturaux du pasteur et la figure banale et sanguine du Dr Templett. La lumière tombait sur Selia Ross, une femme aux cheveux jaune paille, âgée de trente-huit ans environ. Elle n'était pas vraiment belle, mais soignée jusqu'au raffinement. Ses cheveux blonds ondulaient autour de son visage, laissant son front découvert. Elle avait une peau blanche, rehaussée d'un savant maquillage, et des habits admirables. Il y avait quelque chose de perçant dans ses traits qui les rendait presque émaciés. Elle avait des yeux pâles, et l'on pouvait deviner qu'à l'origine, ses cils avaient dû être incolores. Chaque être humain porte en lui la ressemblance plus ou moins frappante avec un animal. Mme Ross, elle, avait quelque chose d'un furet. Mais malgré cela, son physique lui attirait les regards de beaucoup de femmes et de la plupart des hommes. Elle avait coutume d'ouvrir grands les yeux et de contempler son interlocuteur de biais. En dépit de son apparence délicate, elle possédait une volonté de fer, qui maintenait dans un étau serré tous ses autres sentiments. Sous ses allures de fragilité, c'était une maîtresse femme. Elle affichait toujours une humeur gaie et bienveillante, mais, bien qu'elle ne reculât devant aucune largesse pour plaire, sa langue demeurait discrètement acérée. Aux yeux de toutes les femmes, il était clair que son principal intérêt était le sexe fort. En l'observant, Dinah admira malgré elle l'assurance tranquille que Mme Ross opposait à l'accueil plutôt glacial qu'elle avait reçu. Il était impossible de savoir si Mme Ross avait résolu de cacher ses sentiments, ou bien si elle en était dépourvue, purement et simplement. « Elle a un de ces toupets », pensa Dinah. Levant les yeux sur Henry, elle lut sur son visage le reflet de ses propres pensées. Le regard si ardent d'Henry était posé sur Mme Ross, et Dinah y décela à la fois de l'attention et de l'approbation. Il tourna la tête, croisa le regard de Dinah, et son visage exprima aussitôt une tendresse si vive que le cœur de la jeune fille chavira. Submergée par l'émotion, elle fut ramenée sur terre en entendant la voix de Miss Prentice.

– ... élire un président pour notre petite réunion. Je suggère que le pasteur remplisse cette fonction.

– Tout à fait d'accord, déclara Miss Campanula de sa voix la plus vibrante.

– Vous voilà président, Copeland, fit le squire. En deux temps, trois mouvements.

Il rit bruyamment, jetant un coup d'œil terrifié sur sa cousine.

Le pasteur considéra l'assemblée avec bienveillance. A l'exception d'Henry, il semblait le moins embarrassé par la présence de Mme Ross. Un visage rond et doux, avec des traits banals et des yeux myopes pleins de bonté : voilà le physique qui eût le mieux correspondu au tempérament de M. Copeland. Or la nature l'avait ironiquement doté d'une tête si magnifique que la plupart des gens s'attendaient à voir en lui un personnage hors du commun. Avec cette tête-là, il eût pu aller loin et devenir un haut dignitaire de la hiérarchie ecclésiastique, mais il était sincère et dénué d'ambition et il aimait Pen Cuckoo. Il était fort content de vivre au presbytère tout comme ses ancêtres, de s'occuper de la paroisse, d'apporter à ses ouailles le soutien spirituel et matériel qu'il pouvait leur donner, et de résister aux avances d'Idris Campanula et d'Eleanor Prentice. Il savait que l'arrivée de Mme Ross avait plongé les demoiselles en question dans une rage noire, et il se sentait dans la position inconfortable d'un homme qui doit maintenir du pouce le bouchon d'une bouteille de cidre prêt à sauter.

– Merci infiniment, répondit-il. La charge que vous me confiez ne sera certainement pas très lourde, puisque nous sommes là seulement pour fixer la date et la nature du spectacle, après quoi je passerai les rênes aux participants. Peut-être devrais-je vous expliquer en deux mots l'objet de cette réunion. Le Cercle des Jeunes Amis de la Paroisse, qui a fait un excellent travail à Pen Cuckoo et dans les paroisses avoisinantes, manque désespérément de fonds. Miss Prentice, sa présidente, et Miss Campanula, la secrétaire, vous en parleront mieux que moi. Mais ce qu'il nous faut avant tout, c'est un piano neuf. L'instrument actuel nous a été donné par votre père, n'est-ce pas, squire ?

– Oui, opina Jocelyn, je m'en souviens très bien. J'avais douze ans à l'époque. Il n'était déjà plus tout neuf ; j'imagine la vieille casserole que ce doit être aujourd'hui.

– Nous avons fait venir un accordeur de Great Chipping, dit Miss Campanula, et il a affirmé qu'il ne pouvait rien faire. Tout cela, c'est la faute des scouts. Depuis qu'ils ont l'aîné des Cain à leur tête, tout va à vau-l'eau. Il n'a pas la moindre notion de discipline, ce jeune homme. Samedi, j'ai trouvé Georgie Biggins en train de piétiner le clavier avec ses bottes et de taper sur les cordes avec son bâton. « Si j'étais ton chef, lui ai-je dit, je t'aurais donné une dérouillée que tu n'oublierais pas de sitôt. » Il m'a répondu par une grossièreté. J'ai dit à l'aîné des Cain que s'il ne pouvait pas surveiller ses garçons lui-même, il ferait mieux de céder sa place à quelqu'un qui en serait capable.

– Oui, oui, bien sûr, renchérit le pasteur précipitamment. Ils se conduisent parfois comme des jeunes vandales. En fait, le piano n'appartient pas entièrement au C.J.A.P. Il avait été offert à la paroisse. Mais puisqu'ils s'en servent énormément, j'ai suggéré de consacrer la recette du spectacle à l'achat d'un nouveau piano, plutôt que de la remettre à la caisse générale du C.J.A.P. Je ne sais pas ce que vous en pensez tous.

– Combien cela peut coûter, un piano neuf ? s'enquit le Dr Templett.

– Il y a un très bon instrument chez Preece à Great Chipping, répondit le pasteur. Son prix est de 50 livres.

– Jamais nous ne réunirons cette somme avec notre spectacle, observa Dinah.

– Vous savez quoi ? fit le squire. Je mettrai la différence. Ce piano est l'affaire de Pen Cuckoo.

Un murmure de gratitude parcourut l'assistance.

– C'est bigrement gentil à vous, squire, déclara le Dr Templett. Très généreux.

– Oui, extrêmement gentil, acquiesça le pasteur.

Sans esquisser le moindre mouvement, Miss Prentice parut se rengorger. Henry vit Miss Campanula jeter un regard à son amie, et il fut saisi de la lueur venimeuse qu'il y avait surprise. « Elle est jalouse d'Eleanor qui s'enorgueillit des retombées de l'offre de mon père », se dit-il. Et la pensée de ces deux femmes vieillissantes unies dans un antagonisme aussi profond l'emplit de consternation.

– Peut-être, dit le pasteur, faudrait-il voter une résolution.

Ils votèrent la résolution. Le pasteur ne leur laissa pas perdre une seconde. La date du spectacle fut fixée pour dans trois semaines. Miss Prentice, à qui sa place sur la droite du pasteur semblait avoir conféré le rôle de la secrétaire, prenait des notes sans interruption. Chacune des huit personnes présentes à la réunion savait très bien que ce n'était qu'un préambule. Le véritable objet de leur rencontre, que Miss Prentice avait appelé « la nature de notre petit divertissement », restait à définir. De temps à autre, des regards furtifs glissaient sur la petite pile de pièces modernes posées devant Dinah, et sur la pile plus haute de vieilles publications françaises en face de Miss Prentice. Et, pendant qu'ils débattaient des dates et du prix des places, leurs pensées vagabondaient dans un tout autre univers.

II

« Cela m'étonne beaucoup de la part de Templett, pensait le pasteur. Un médecin avec une épouse handicapée ! Il y a aussi sa réputation professionnelle. Mais qu'est-ce qui l'a poussé à l'amener ici ? Il aurait dû s'attendre aux ragots qui s'ensuivraient. Si seulement Miss Campanula ne me regardait pas de cette façon ! Elle veut à nouveau me voir seul. Je n'aurais pas dû dire que l'Eglise anglicane reconnaissait la confession, mais comment l'aurais-je passé sous silence ? Si seulement elle ne venait pas se confesser ! Si seulement je n'avais pas cette impression que Miss Prentice et elle se servent du confessionnal pour se dénoncer mutuellement ! Six rôles pour sept acteurs. Ah ! là, là ! »

« Eleanor a raison, pensait le squire. Je n'étais pas trop mauvais dans *Ici on parle français*. C'est drôle comme certains se sentent d'emblée à l'aise sur une scène. Mais si Dinah et Henry proposent l'une de ces pièces d'aujourd'hui, cela m'étonnerait que je puisse jouer dedans. Ce qui me plairait, c'est un personnage d'homme mûr dans l'une de ces charmantes comédies de Marie Tempest. Mme Ross pourrait avoir le premier rôle. Eleanor et la vieille Idris ne le supporteraient pas. Je me demande s'il est vrai qu'on ne s'embrasse pas pour de bon sur scène à cause du maquillage. Tout de même, aux répétitions... Je me demande si c'est vrai, à propos de Templett et Mme Ross. Je ne me suis jamais senti aussi jeune. Et que diable vais-je faire d'Henry et de Dinah Copeland ? Dinah est jolie fille. Un peu dure, cependant. Comme tous les jeunes d'aujourd'hui. Si les Copeland avaient été plus aisés, tout cela n'aurait aucune espèce d'importance. Ils vont sûrement parler de moi, tous les deux. Henry jouera les intellectuels. Au diable Eleanor ! Si elle avait su tenir sa langue, je ne me serais pas occupé de cette histoire. Six rôles pour sept acteurs. Et pourquoi ne se joindrait-elle pas à nous, après tout ? Je suppose que Templett se proposera pour jouer le séducteur d'âge mûr, et moi, on me confiera un rôle de vieux gâteux. »

« Si je m'y prends bien, pensait Eleanor Prentice, c'est Idris qui aura l'air de chercher des histoires, et il la croira intolérante. Six rôles pour sept personnages. Idris est décidée à se débarrasser de cette femme coûte que coûte. Je vois bien qu'elle est sur le point d'exploser. Tant mieux. J'aurai quarante-neuf ans le mois prochain. Idris est plus vieille que cela. Dinah devrait travailler dans la paroisse. Je me demande ce qui se passe entre les acteurs et les actrices, à force de s'habiller et de se déshabiller en coulisse et à voyager ensemble. Si jamais je découvre que Dinah a... Si je me marie, Jocelyn me versera une rente. Elle a une façon de regarder Templett, cette Ross, et lui ne vaut guère mieux ! Henry et Dinah ! C'est intolérable. Je ne peux pas le supporter. Il ne faut jamais montrer que l'on souffre. J'aimerais le regarder, mais je ne dois pas le faire. Henry pourrait me voir. Il sait, lui. Un pasteur doit être marié. Il a une tête d'ange. Non, pas d'ange. D'un dieu grec. Laisse-moi me prosterner devant Ton trône afin de me rassasier de ta vue. Oh, mon Dieu, faites qu'il m'aime ! »

« Demain matin, s'il fait beau, pensait Henry, je vais retrouver Dinah dans les collines de Cloudyfold et je lui dirai que je l'aime. Pourquoi Templett ne ferait-il pas participer sa Selia Ross au spectacle ? Tant pis s'il y a six rôles pour sept. Nous n'avons qu'à trouver une autre pièce. C'est la première fois que je suis amoureux. J'ai franchi la frontière d'un pays inconnu, et des moments comme celui-là, je n'en vivrai sans doute plus. S'il fait beau demain matin, nous nous retrouverons, Dinah et moi, au-dessus de Cloudyfold. »

« Demain matin, s'il fait beau, pensait Dinah, Henry m'attendra au-dessus de Cloudyfold pour me dire qu'il m'aime. Et il n'y aura plus que nous deux, Henry et moi, dans tout l'univers. »

« Il faut que je sois prudent, pensait Templett. J'ai certainement commis une bêtise en lui proposant de venir, mais puisqu'elle a dit qu'elle adorait jouer, je n'ai pas vraiment pu faire autrement. Si nous tombons dans les griffes de ces deux vieilles filles frustrées, je pourrai dire adieu à ma clientèle. Mon Dieu, si seulement j'étais différent ! Si seulement ma femme n'était pas ce qu'elle est ! Mais peut-être cela n'aurait-il rien changé. Selia me tient. C'est comme une infestation. Cela me ronge de l'intérieur. »

« Jusque-là, tout va bien, pensait Selia Ross. Je suis dans la place. Le squire ne me posera pas de problèmes ; il me lorgne déjà. Le garçon est amoureux de la fille, mais comme c'est un homme, il saura se montrer généreux. Il est loin d'être bête, pourtant ; je pense qu'il a dû me jauger. Je le trouve séduisant, avec ses yeux gris clair et ses cils sombres. Il pourrait être amusant d'essayer de les séparer. Mais cela m'étonnerait que j'y parvienne. Il a passé l'âge où l'on tombe amoureux des femmes plus mûres. Je me sens tout à fait capable de leur faire face. C'était drôle, quand je suis entrée avec Billy, de voir ces deux vierges rassises avec les yeux qui leur sortaient de la tête. Elles ne peuvent simplement pas me supporter avec mon sang-froid et ma détermination. Toutes deux essaient de voir si le bras de Billy touche mon épaule. La Campanula me fixe ouvertement, et la parente pauvre regarde du coin de l'œil. Je vais me reculer un peu. Là ! Vous pouvez regarder, maintenant. Quelle barbe, de devoir faire attention à la réputation de Billy. Comme j'ai envie de leur montrer à tous qu'il est à moi ! Jamais je n'ai connu cette sensation avec un autre homme. C'est comme si nous nous étions fondus l'un dans l'autre. C'est peut-être cela, l'amour. Pas question qu'il participe à leur minable spectacle sans moi. Il pourrait avoir une scène d'amour avec la fille. Rien que d'y penser... Six rôles pour sept acteurs. Eh bien, c'est ce qu'on va voir ! »

« Si je la tenais, cette pouffiasse aux cheveux jaunes, pensait Idris Campanula, je lui aurais tordu le cou. Non mais, quel incroyable toupet ! S'inviter à Pen Cuckoo avec la bénédiction de cet homme ! J'ai toujours cru le Dr Templett capable de ce genre de choses. Si seulement Eleanor avait autant de cran qu'un lapin, elle les aurait mis à la porte. S'asseoir sur le bras de son fauteuil ! La belle excuse ! Il lui a presque passé son propre bras autour des épaules. Je vais les regarder bien en face, pour lui montrer ce que je pense d'elle. Là ! Elle sourit. Elle le sait très bien et elle s'en moque. Cela revient à commettre le péché de la chair avec lui au vu et au su de tout le monde. Le pasteur *ne peut pas* laisser passer cela. C'est m'insulter publiquement que de me placer à la même table qu'eux. Ils sont tous contre moi. Je n'ai aucun ami. Tout ce qui les intéresse, c'est mon argent. Eleanor ne vaut pas mieux que les autres. Elle a bien essayé de monter le pasteur contre moi. Elle est jalouse de moi. C'est *moi* qui ai eu l'idée de la pièce, et elle en parle comme si c'était elle. Il faut mettre en garde le pasteur. Je lui demanderai de me confesser vendredi. Je lui avouerai les mauvaises pensées que j'ai eues au sujet d'Eleanor Prentice et, avant qu'il ne m'arrête, je lui dirai lesquelles : peut-être commencera-t-il à y voir clair, à propos d'Eleanor. Ensuite je dirai que j'ai été peu charitable envers Mme Ross et le Dr Templett. Je dirai que je suis une femme simple et directe et que j'aime voir les faits en face. *Il faut* qu'il me préfère à Eleanor. Je devrais être mariée. Avec mon cerveau, mes capacités et mon argent, cela ne peut que réussir. Je retaperais le presbytère et chasserais leur vieille bonne effrontée. Dinah pourrait remonter sur scène quand bon lui semble, ou alors, si c'est vrai, ce que raconte Eleanor, elle pourrait épouser Henry Jernigham. Cela ne plairait pas trop à Eleanor. Elle se battra bec et ongles avant d'accepter une autre châtelaine à Pen Cuckoo. Tant qu'il s'agit du Dr Templett et de ses petites aventures amoureuses, je soutiendrai Eleanor, mais si elle tente de s'immiscer entre moi et Walter Copeland, elle le regrettera. Bon, alors, il est temps que j'intervienne. »

Et, posant brusquement sa grosse main hideuse sur la table, elle demanda :

– Puis-je avoir la parole ?

– Je vous en prie, répondit M. Copeland avec nervosité.

– En ma qualité de secrétaire, commença Miss Campanula d'une voix forte, j'ai abordé ce problème individuellement avec chacun des membres du C.J.A.P. Ils comptent monter leur propre spectacle plus tard dans l'année, et ils tiennent beaucoup à ce que cette petite entreprise soit *entièrement* prise en main par nous. Cinq ou six personnes, pas plus, ont-ils dit, de ceux qui s'intéressent vraiment au Cercle. Naturellement, ils vous ont cité, monsieur le pasteur, ainsi que le squire, en tant que patron, et, bien entendu, vous, Eleanor, qui êtes la présidente. Ils espèrent que Dinah ne boudera pas nos humbles efforts et nous fera la grâce d'y prendre part. Et vous, Henry, ils vous ont mentionné tout simplement.

– Très honoré, répondit Henry solennellement.

Miss Campanula lui jeta un regard soupçonneux et poursuivit :

– Apparemment, ils voudraient que je me donne en spectacle avec tout le monde. Je ne prétends pas, certes, posséder le don d'amuser le public...

– Mais bien sûr, Idris, il faut que vous jouiez dans notre spectacle, dit Miss Prentice. Nous comptons tous sur votre participation.

– Merci, Eleanor, répondit Miss Campanula.

Et un courant de compréhension passa entre les deux demoiselles.

– Cela fait cinq, n'est-ce pas ? demanda Miss Prentice suavement.

– Cinq, opina Miss Campanula.

– Six avec le Dr Templett, rectifia Henry.

– Nous serions tout simplement ravis d'avoir le Dr Templett parmi nous, susurra Miss Prentice sur un ton qui semblait exclure définitivement Mme Ross de leur cercle.

– On ne peut guère se fier à un médecin généraliste quand on en arrive aux répétitions, déclara le Dr Templett. Une urgence, cela peut survenir à tout moment. Mais si vous acceptez de prendre ce risque, moi, je veux bien.

– C'est un risque que nous acceptons très volontiers, répliqua le pasteur.

Il y eut un murmure approbateur, suivi d'un silence de mauvais augure. Le pasteur prit une inspiration, regarda sa fille qui l'encouragea d'un signe de tête, et annonça :

– Avant d'arrêter le nombre de participants, je suggère que nous nous mettions d'accord sur la forme du spectacle. S'il s'agit d'une pièce de théâtre, tout dépendra de la pièce que nous choisirons. Y a-t-il des propositions ?

– Moi, dit Miss Campanula, je propose qu'on monte une pièce, en l'occurrence *La Chaste Suzanne*, qui me paraît être tout à fait de circonstance.

– Je me joins à cette suggestion, fit Miss Prentice.

– Quel genre de pièce est-ce ? questionna le Dr Templett. Je n'en ai jamais entendu parler. Est-elle récente ?

– Oh, elle ne doit pas avoir plus de deux siècles, rétorqua Dinah.

Henry et le Dr Templett éclatèrent de rire. Miss Campanula redressa le buste et, virant au cramoisi, déclara :

– A mon humble avis, Dinah, cela ne nuit en rien à ses qualités.

– Elle est tellement amusante, renchérit Miss Prentice. Vous vous en souvenez, n'est-ce pas, Jocelyn ? La scène où Lord Sylvester se fait passer pour son propre tailleur et demande Lady Maude en mariage, la prenant pour sa propre femme de chambre. Voilà une idée aussi originale que saugrenue.

– Elle a fait des ravages au sein de générations de spectateurs, en effet, acquiesça Henry.

– Henry, fit son père.

– Pardonnez-moi, père. Mais franchement, comme divertissement...

– *La Chaste Suzanne*, décréta Miss Campanula avec emportement, est sans doute démodée, en ce sens qu'elle ne contient aucun sous-entendu répugnant. Elle n'a pas besoin d'être vulgaire pour être drôle, ce qui n'est pas le cas de toutes vos comédies modernes.

– Jusqu'où Lord Sylvester pousse-t-il la... commença Dinah.

– Dinah ! intervint le pasteur doucement.

– Très bien, papa. Je suis désolée. Seulement...

– Quel âge a Lord Sylvester ? s'enquit le squire tout à coup.

– Oh, entre quarante-cinq et cinquante, murmura Miss Prentice.

– Pourquoi ne choisirions-nous pas *La Secrétaire particulière* ? suggéra Henry.

– Je n'ai jamais apprécié *La Secrétaire particulière*, répondit Miss Prentice. Je dois être trop partiale.

Et elle gratifia le pasteur d'un sourire déférent.

– Tout à fait d'accord, dit Miss Campanula. J'ai toujours trouvé cette pièce du plus mauvais goût. Je suis peut-être vieux jeu, mais je n'aime pas que l'on se moque du clergé.

– Je ne pense pas que *La Secrétaire particulière* nous ait causé un grand préjudice, observa le pasteur tranquillement. Mais ne nous écartons pas du sujet. Miss Campanula a proposé de monter une pièce intitulée *La Chaste Suzanne*. Miss Prentice a appuyé sa proposition. Quelqu'un a-t-il d'autres suggestions ?

– Oui, répondit Selia Ross. Moi.

3.

La pièce est choisie

I

Si Mme Ross avait sorti de son sac à main une bombe à retardement pour la placer au milieu de la table, l'effet n'en eût pas été plus foudroyant. Mais elle ne sortit de son sac qu'un petit livre vert. Sept paires d'yeux suivirent les mouvements de ses mains étroites aux ongles couleur de sang. Sept paires d'yeux se fixèrent, comme galvanisées, sur les lettres noires qui figuraient sur la couverture. Joignant les mains par-dessus le livre, Mme Ross s'adressa à l'assistance.

– J'espère que vous m'excuserez d'intervenir dans cette réunion, fit-elle, mais il s'agit là d'une curieuse coïncidence. Je n'étais absolument au courant de rien avant que le Dr Templett ne soit passé chez moi ; mais il se trouve que j'étais en train de lire cette pièce, et, dès qu'il est arrivé, je lui ai dit : « Il faut que nous la montions, un de ces jours. » N'est-ce pas, Billy ? C'est une véritable merveille, je vous assure. Tout en la lisant, je pensais qu'il serait formidable de la jouer au profit de l'une de vos œuvres locales. Il y a deux rôles là-dedans qui conviendraient à la perfection à Miss Prentice et Miss Campanula. La duchesse et sa sœur. La scène entre elles deux et le général Talbot est l'une des meilleures de toute la pièce. C'est drôle comme tout, et vous feriez un général superbe, monsieur Jernigham.

Elle s'interrompit, sereine, et coula un regard oblique en direction du squire. Personne ne parla, bien que Miss Campanula se fût humecté les lèvres. Selia Ross attendit quelques secondes avant de reprendre avec un grand sourire :

– J'ignorais naturellement que vous aviez déjà choisi une pièce. Autrement, jamais je n'aurais osé venir ici. Tout cela est la faute de cet homme.

Elle gratifia le Dr Templett d'une sorte de bourrade amicale.

– Il m'a traînée de force. J'aurais dû m'excuser et m'éclipser sans faire de bruit, mais je n'ai pas pu résister à la tentation de vous faire part de ma découverte.

Elle ouvrit les yeux un peu plus grands et se tourna vers le pasteur.

– Peut-être, si je vous la laissais, monsieur Copeland, le comité accepterait-il d'y jeter un coup d'œil avant de prendre une décision. Je vous prie, surtout ne croyez pas que je cherche à décrocher un rôle, ou quelque chose d'aussi affreux. Simplement, je l'ai tellement aimée que je me ferai un plaisir de vous la prêter.

– Vous êtes très aimable, répondit le pasteur.

– Pas du tout. Je suis foncièrement égoïste : j'ai tant envie de la voir jouer, et j'espère secrètement que vous n'y résisterez pas. De nos jours, il est difficile de trouver une pièce qui ne soit pas irrespectueuse, ajouta Mme Ross d'un air candide, mais celle-ci est absolument charmante.

– Mais comment s'appelle-t-elle ? demanda Henry, qui tendait en vain le cou pour déchiffrer le titre.

– *Les Vitrines*, de Jacob Hunt.

– Bon sang ! s'exclama Dinah. Mais oui ! Je n'y ai même pas songé. C'est tout à fait ce qu'il nous faut.

– Vous l'avez lue ? s'enquit Mme Ross en la considérant avec sympathie.

– Je l'avais vu jouer à Londres, répliqua Dinah. Vous avez raison, ce serait formidable. Seulement, il y a les droits d'auteur. Hunt exige la lune des troupes d'amateurs et, de toute façon, il nous les refusera probablement.

– J'y viens, répondit Mme Ross. Si vous décidez de la monter, je me charge des droits d'auteur, avec votre permission.

Il y eut un nouveau silence, rompu par le pasteur.

– Voilà qui est vraiment très généreux, dit-il.

– Non, non, je vous assure. Je meurs d'envie de la voir sur scène.

– Combien y a-t-il de personnages ? questionna le squire brusquement.

– Voyons... six, je crois.

Elle ouvrit le livre et compta joliment sur ses doigts.

– Cinq, six... eh non, il y en a sept. Suis-je bête !

– Ha ! lâcha Miss Campanula.

– Mais je suis sûre que vous trouverez quelqu'un. Que diriez-vous de ceux de Moorton ?

– Et vous-même ? demanda le Dr Templett.

– Non, non ! répliqua Mme Ross précipitamment. Je ne compte pas. Ne soyez pas ridicule.

– Elle est géniale, cette pièce, affirma Henry. Moi aussi, je l'ai vue à Londres, Dinah. Tu crois que nous y arriverons ?

– Pourquoi pas ? Nous serons portés par le scénario. Les trois rôles de composition sont réellement excellents.

– Qui sont-ils ? interrogea le squire.

– Le général, la duchesse et sa sœur, répondit Mme Ross.

– Ils n'entrent en scène qu'au second acte, enchaîna Dinah, mais ensuite, pratiquement toute la pièce repose sur eux trois.

– Puis-je y jeter un œil ? demanda le squire.

Mme Ross ouvrit le livre et le lui passa.

– Lisez le début du premier acte, dit-elle, puis reportez-vous directement à la page quarante-huit.

– Puis-je avoir la parole ? clama Miss Campanula.

– Je vous en prie ! répondit le pasteur avec empressement. Je vous en prie, allez-y. Euh... silence !

II

Agrippant le bord de la table de ses énormes mains, Miss Campanula se lança dans une longue tirade. Elle ne savait pas ce qu'en pensaient les autres, mais elle-même, déclara-t-elle, se sentait quelque peu déconcertée. Cela l'étonnait beaucoup que des éminents spécialistes tels que Dinah, Henry et Mme Ross crussent les pauvres habitants de Pen Cuckoo capables de monter une pièce moderne digne de leur estime. Cette pièce ne risquait-elle pas de s'avérer un peu trop sophistiquée pour les pauvres habitants de Pen Cuckoo et le Cercle des Jeunes Amis de la Paroisse ? Elle demanda à l'assemblée s'ils ne commettaient pas une erreur en voulant viser trop haut.

– J'avoue, ajouta-t-elle avec un rire rageur, que mon ambition était bien plus modeste. Je ne cherche pas à égaler les grands succès de la saison, moi, et, à mon avis, nous ne ferons que nous ridiculiser aux yeux de tous. Voilà ce que j'en dis.

– Mais, Miss Campanula, protesta Dinah, il ne faut pas croire qu'une troupe inexpérimentée s'en sortira mieux dans une mauvaise pièce que dans une bonne.

– Je regrette que vous considériez *La Chaste Suzanne* comme une mauvaise pièce, remarqua Miss Prentice mielleusement.

– Je trouve qu'elle date énormément et, d'une manière générale, qu'elle est assez stupide, rétorqua Dinah d'un air obstiné.

Miss Prentice émit un rire argentin auquel Miss Campanula ne tarda pas à se joindre.

– Je suis d'accord avec Dinah, s'empressa d'affirmer Henry.

– Si nous lisions les deux pièces ? suggéra le pasteur.

– J'ai lu *Les Vitrines*, répondit le Dr Templett, et je pense que c'est ce qu'il y a de mieux dans le genre.

– Apparemment, nous sommes en minorité, Eleanor, observa Miss Campanula de mauvaise grâce.

Miss Prentice rit de nouveau, imitée, à la stupeur générale, par le squire. Celui-ci s'étrangla littéralement de rire. Tous les regards se tournèrent vers lui. Des larmes lui coulaient sur les joues, et il les essuyait distraitement du revers de la main. Ses épaules tremblaient, ses sourcils étaient levés en un paroxysme d'allégresse ; son teint était devenu violacé. Il était perdu dans le second acte de la pièce de Mme Ross.

– Dieu que c'est drôle ! suffoqua-t-il.

– Jocelyn ! s'écria Miss Prentice.

– Eh ? fit le squire.

Il tourna la page, parcourut une demi-douzaine de lignes et, reposant le livre sur la table, donna libre cours à son hilarité.

– Jocelyn ! répéta Miss Prentice. Voyons !

– Hein ! pantela le squire. Quoi ? Pour ma part, c'est tout à fait d'accord. C'est rudement bon ! Quand commençons-nous ?

– Holà ! répliqua Henry. Doucement, père ! Nous n'avons pas encore choisi notre pièce.

– Autant choisir celle-ci, déclara le squire.

Et, se penchant vers Selia Ross :

– Quand il lui dit qu'il a reçu la jarretière, et elle, elle croit qu'il parle de cette autre histoire ! Et puis, quand elle dit qu'elle n'acceptera pas un refus. Oh, mon Dieu !

– N'est-ce pas que c'est divin ? acquiesça Mme Ross.

Au souvenir de cette scène, Henry, Dinah et elle éclatèrent de rire ; et, pendant une minute ou deux, ils évoquèrent les quiproquos exquis du second acte des *Vitrines*. Le pasteur écoutait en souriant nerveusement. Quant à Miss Prentice et Miss Campanula, elles gardaient les lèvres obstinément serrées. Finalement, le squire regarda autour de lui avec des yeux humides et demanda ce qu'ils attendaient tous.

– Personnellement, je propose de monter *Les Vitrines*. Qu'en pensez-vous ?

– J'approuve, dit le Dr Templett.

– Je me trompe certainement, déclara Miss Campanula, mais j'avais l'impression qu'avant la réunion, mon humble suggestion avait été approuvée par Miss Prentice.

Le pasteur fut contraint de soumettre cette proposition à l'assemblée.

– Miss Campanula suggère, fit-il d'un air malheureux, que nous montions *La Chaste Suzanne*. Miss Prentice se joint à sa proposition. Qui est pour ?

– Moi, répondirent Miss Campanula et Miss Prentice.

– Et contre ?

– Moi, firent en chœur les autres membres de l'assemblée avec une parfaite bonne humeur.

– Merci, dit Miss Campanula. *Merci*. Maintenant, nous savons à quoi nous en tenir.

– Attendez un peu d'apprendre vos rôles, répondit Jocelyn jovialement. Vous ne saurez plus où donner de la tête. Nous intervenons beaucoup, nous trois, hein ? ajouta-t-il en tournant les pages. Eleanor sera sans doute la duchesse, et Miss Campanula, l'autre... Mme Machin, quel est son nom déjà ? Gertrude ! C'est bien cela ?

– Oui, c'était mon idée, répliqua Mme Ross.

– Si je puis parler, fit Miss Campanula, je voudrais dire qu'il est dans les limites du possible que ce ne soit pas la nôtre.

– Vous devriez faire voter votre proposition, Jernigham, intervint le pasteur.

Naturellement, celle-ci fut approuvée à la quasi-unanimité. Miss Campanula et Miss Prentice ne desserrèrent plus les lèvres. Leurs pensées se bousculaient, aussi violentes que confuses. Toutes deux frémissaient sous l'affront infligé à *La Chaste Suzanne*. Chacune mourait d'envie de se lever et de quitter la réunion avec un commentaire approprié. Mais cela valait-il la peine de se faire évincer dans le seul but de sauver la face ? Manifestement, la pièce serait jouée, avec ou sans elles. Et, à moins que les autres n'eussent menti effrontément, il semblait y avoir deux excellents rôles faits pour elles deux comme sur mesure. Indécises, elles hérissèrent leurs plumes et se dévisagèrent en cachette.

III

Pendant ce temps, Jocelyn et son fils avaient entrepris de distribuer les rôles avec cet enthousiasme que tous les Jernigham manifestaient devant un nouveau projet. Un siècle plus tôt, il s'était produit dans la famille ce qu'Eleanor appelait, quand on l'y acculait, un « incident ». La dame Jernigham de l'époque était une femme sotte et insignifiante, et stérile par-dessus le marché. Son Jocelyn, le quatrième du nom, entretenait une liaison publique avec une actrice belle et talentueuse. Il avait réussi à imposer le fils qu'elle lui avait donné comme son héritier légitime, allant jusqu'à convaincre son épouse de l'élever comme son propre enfant. Cet acte de pure effronterie introduisit à Pen Cuckoo le virus du théâtre, et, dès ce temps-là, tous les Jernigham avaient développé une passion pour les planches. On eût dit que la ravissante actrice avait retouché au fard les portraits de famille. Tous deux, Jocelyn et Henry avaient joué dans les troupes universitaires. Tous deux, ils évoluaient sur scène comme si elle était trop petite pour eux, comblant instinctivement l'immense fossé qui sépare la rampe du premier rang de l'orchestre. Si Jocelyn avait tendance à surestimer ses dons de comédien, Henry, en revanche, ne se rendait pas vraiment compte des siens. Même Miss Prentice, une Jernigham par sa mère, n'avait pas échappé au virus de la scène. Elle qui ne connaissait rien au théâtre, qui jugeait cette carrière indigne d'une personne respectable et qui ne savait pas distinguer une bonne pièce d'une mauvaise, se montrait parfaitement intelligible et maîtresse d'elle-même dans des spectacles d'amateurs auxquels elle aimait beaucoup participer. En cet instant précis, elle savait qu'Idris Campanula s'attendait à la voir refuser de jouer dans *Les Vitrines*, et ce n'était pas l'envie qui lui en manquait. « Comment, pensait-elle, voir ma propre pièce mise au rebut sur une simple suggestion de cette femme ! Rester là à attendre pendant qu'ils se partagent les rôles ! » Mais, tout en cherchant les mots pour annoncer son désistement, elle se représenta Lady Appleby de Moorton Grange dans le rôle que Jocelyn avait trouvé si remarquable. Qui plus est, le pasteur risquait de la croire, elle, Eleanor, intolérante. Cet argument fut décisif. Profitant d'une pause dans la conversation autour de Jocelyn, elle se tourna vers le pasteur.

– Puis-je dire un petit mot ? demanda-t-elle.

– Oui, oui, bien sûr, répondit M. Copeland. S'il vous plaît, tout le monde. Silence !

– Voilà, fit Miss Prentice en évitant le regard de Miss Campanula. Personne ne s'imagine, j'espère, que je puisse être déçue ou blessée à cause de ma petite pièce. Elle est démodée, c'est vrai, et je suis heureuse d'apprendre que vous avez trouvé quelque chose qui nous convient davantage. Si je puis me rendre utile, ce sera de tout cœur. Vraiment.

Le sourire qui illumina le visage du pasteur l'emplit d'une jouissance indicible ; et, à son tour, elle répondit par un sourire au regard noir d'Idris Campanula. Puis elle vit Selia Ross l'observer du coin de l'œil et comprit que celle-ci avait lu en elle.

– C'est magnifique, s'exclama le pasteur. Certes, nous n'en attendions pas moins de la générosité de Miss Prentice, mais nous sommes tous très reconnaissants. Un très beau geste, ajouta-t-il confusément.

Miss Prentice se rengorgea. Miss Campanula se renfrogna. Pressentant vaguement qu'ils étaient censés réagir, les autres émirent des petits bruits approbateurs.

– Et maintenant, pouvons-nous passer à la distribution des rôles ? demanda le Dr Templett.

IV

A ce stade-là, le choix de la pièce s'avéra plus judicieux que jamais. A l'exception d'un seul personnage, la distribution était déjà faite. Le squire serait le général ; Miss Prentice, la duchesse. Miss Campanula, que tout le monde redoutait comme la peste, reçut le rôle de Mme Arbuthnot, un très bon rôle de composition. Quand on lui demanda s'il lui convenait, Miss Campanula répondit sombrement :

– Comment le saurais-je ?

Et prenant un air menaçant :

– Visiblement, ce n'est pas à moi de décider.

– Mais vous acceptez, Idris ? murmura Miss Prentice.

– Je ne dirai qu'une chose, rétorqua Miss Campanula. Vous allez voir ce que vous allez voir.

Elle eut un rire bref, et le pasteur se hâta d'inscrire son nom en face du personnage correspondant. Dinah et Henry furent désignés pour jouer les deux jeunes amants ; et le Dr Templett se proposa pour le rôle de l'ambassadeur de France. Il entreprit immédiatement de lire un extrait de son texte dans un anglais exécrable. Restait le rôle d'Hélène, une mystérieuse amnésique qui survenait au milieu du premier acte, durant une partie de campagne.

– De toute évidence, Selia, déclara le Dr Templett, il faut que vous fassiez Hélène.

– Non, non, protesta Mme Ross, je n'en avais pas la moindre intention. Taisez-vous donc, Billy : ils vont croire que je suis venue là avec une arrière-pensée.

C'était précisément ce qu'ils pensaient tous, sauf peut-être le squire, mais même Miss Campanula n'osa l'exprimer tout haut. Ayant accepté la pièce de Mme Ross, ils ne pouvaient que lui offrir ce rôle, qui, du moins dans le texte, ne paraissait pas bien long. Seule Dinah devait se rendre compte de l'intérêt que présentait le personnage d'Hélène. Mme Ross minauda pour la forme.

– Puisque vous insistez, fit-elle enfin, avec un coup d'œil oblique sur le squire.

Jocelyn, qui en parcourant la pièce avait découvert une scène d'amour entre Hélène et le général, affirma avec feu qu'ils insistaient tous beaucoup. Songeant à leurs propres scènes d'amour, Henry et Dinah opinèrent ; et le pasteur demanda formellement à Mme Ross si elle acceptait le rôle. Celle-ci répondit que oui, le plus gracieusement du monde. Miss Prentice avait réussi à conserver son sourire indulgent ; quant à Miss Campanula, sa mine se fit simplement un peu plus menaçante. Mettant ses lunettes, le pasteur relut ses notes.

– En résumé, déclama-t-il d'une voix forte, nous suggérons de jouer cette pièce le samedi 27, dans trois semaines à partir de ce soir, à la salle des fêtes de la paroisse. La recette ira au fonds d'achat d'un nouveau piano et, pour arriver à la somme nécessaire, sera complétée généreusement par M. Jocelyn Jernigham. Le comité et les membres du C.J.A.P. se chargeront de la vente des billets et du... quel est le mot exact, Dinah ?

– Foyer, papa.

– Du foyer, oui. Pensez-vous que nous pouvons confier cette responsabilité à vos jeunes, Miss Campanula ? Je sais que vous vous porteriez garante de leur conduite.

– Mon cher ami, répliqua Miss Campanula, je ne peux pas répondre de la conduite de trente jeunes vauriens du village, mais en règle générale, ils obéissent à mes ordres. Ha !

L'assistance éclata d'un rire flagorneur.

– Mon *amie*, ajouta Miss Campanula avec un mauvais sourire, mon *amie* Miss Prentice est la présidente. Alors, s'ils ne m'écoutent pas, ils feront n'importe quoi pour elle.

– Chère Idris ! murmura Miss Prentice.

– Et qui va s'occuper de la mise en scène ? s'enquit Henry. Moi, je propose que ce soit Dinah. Elle est du métier.

– Adjugé ! répondirent le squire, le Dr Templett et Selia Ross.

Miss Prentice laissa échapper un tiède :

– Oui, bien sûr.

Miss Campanula garda le silence. Dinah sourit timidement et baissa les yeux. Elle fut nommée metteur en scène. Dinah n'avait pas encore franchi le stade d'initiation où le néophyte se gargarise de jargon professionnel. Elle accepta gravement sa nomination et fixa la première répétition au mardi 9 novembre.

– Je ferai taper tous vos rôles avant, expliqua-t-elle. Je suis sûre que Gladys Wright voudra bien s'en charger : elle apprend à taper à la machine et elle a besoin de s'exercer. Je lui donnerai le scénario d'origine afin qu'elle ne se trompe pas dans les répliques. Puis nous procéderons à une première audition et, s'ils nous reste du temps, je commencerai à placer les personnages pour le premier acte.

– Tout cela est très impressionnant, fit Miss Prentice. J'ai bien peur, chère Dinah, que vous ne vous heurtiez à notre amateurisme.

– Oh, mais non ! s'écria Dinah gaiement. Ce sera merveilleux, vous verrez.

Et, jetant un regard incertain sur son père, elle ajouta :

– J'aimerais vous remercier tous de m'avoir choisie comme metteur en scène. J'espère que je serai à la hauteur.

– Allons, vous en connaissez un rayon, contrairement à nous tous, déclara Selia Ross sans autre forme de cérémonie.

Inexplicablement, un soutien aussi direct plongea Dinah dans l'embarras. Au fond d'elle-même, elle éprouvait une profonde antipathie pour Mme Ross, à sa propre surprise et consternation. Car Dinah se considérait comme une rebelle, et, en tant que telle, elle aurait plutôt dû applaudir Selia Ross. N'avait-elle pas livré bataille à Miss Prentice et Miss Campanula, ces deux créatures détestables qui, aux yeux de Dinah, symbolisaient tout ce qu'il y avait de bête, de mesquin et de réactionnaire sur terre ? Qui plus est, Mme Ross était sortie victorieuse de la première manche. Alors pourquoi Dinah ne parvenait-elle pas à se réjouir d'avoir trouvé une alliée ? Sans doute, pensa-t-elle, parce que Mme Ross lui inspirait méfiance et aversion. Ce sentiment, purement instinctif, bouleversa la jeune fille. Comme si quelque tyran régnant sur son cerveau refusait une alliance qu'elle-même aurait dû accepter avec joie. Elle ne pouvait même pas répondre par un sourire amical approprié. Les joues en feu, elle reprit précipitamment :

– Il nous reste la partie musicale. Nous avons besoin d'une ouverture et d'un entracte, ne croyez-vous pas ?

A son insu, Dinah venait d'aborder un thème qui allait monopoliser Pen Cuckoo et transformer la plaisante comédie qu'étaient *Les Vitrines* en un choquant et abominable mélodrame.

4.

Envoyez la musique !

I

Aussitôt que Dinah eut prononcé le mot fatal, tous les participants de la réunion pensèrent au Prélude en do dièse mineur de Rachmaninov et tous, à l'exception de Miss Campanula, se recroquevillèrent sur leurs sièges. Car le Prélude en question était la spécialité exclusive de Miss Campanula. Elle le jouait à tous les concerts à l'église, lors de toutes ses réceptions, et aussi, à moins que la maîtresse de céans ne fût particulièrement courageuse, aux réceptions des autres. Dès que l'on parlait musique à Pen Cuckoo, Miss Campanula ne manquait pas de proposer ses services, et le « Pom, pom, POM » présomptueux retentissait à nouveau. Puis le pied de Miss Campanula écrasait la pédale de gauche, et une série de saccades confuses mais déterminées suivait les trois accords d'ouverture. Elle l'avait même joué pour remplacer l'organiste, M. Withers, parti en vacances. Elle s'était fait photographier assise devant l'instrument, avec le Prélude sur le pupitre. A Noël, chacun de ses amis avait reçu un exemplaire de la photo. Celui du pasteur avait été encadré, et il n'avait jamais très bien su quoi en faire. Ainsi, jusqu'à l'arrivée d'Eleanor Prentice, trois ans plus tôt, Miss Campanula et son Prélude avaient régné en maîtres absolus sur Pen Cuckoo. Seulement, Miss Prentice appartenait elle aussi à cette génération des jeunes filles qui avaient appris le piano avec leur gouvernante. Et elle aimait bien qu'on lui demandât de jouer. La pièce maîtresse de son répertoire était la *Suite vénitienne* d'Ethelbert Nevin, qu'elle interprétait avec une hésitation feutrée, l'accompagnement ne coïncidant pas toujours avec les notes douceâtres de la mélodie. La rivalité entre les deux demoiselles atteignait son paroxysme lors des manifestations paroissiales, des cours de catéchisme et des réceptions mondaines. Elles ne s'alliaient que pour critiquer les programmes de la radio et affirmer hypocritement que la musique constituait un lien entre elles.

Aussi, lorsque dans son agitation Dinah avait parlé de la partie musicale du spectacle, Miss Campanula et Miss Prentice dressèrent l'oreille toutes les deux.

– Oui, bien sûr, répondit Miss Prentice. Mais ne pourrions-nous pas nous débrouiller avec les moyens du bord ? Il serait tellement plus sympathique, n'est-ce pas, de rester entre amis ?

– Je crains de ne plus avoir les idées très claires, déclara Miss Campanula. Apparemment, tout a été décidé d'une façon arbitraire. Arrêtez-moi si je me trompe, mais il m'a semblé que certains personnages de cette charmante comédie... à propos, est-ce bien une comédie ?

– Oui, répliqua Henry.

– Merci. Manifestement, certains personnages n'entrent pas en scène avant le début du second acte. Évidemment, je ne sais pas lesquels : je n'ai pas encore eu ce livre entre les mains.

Marmonnant des excuses, ils s'empressèrent de lui remettre la pièce.

– Oh ! merci ! fit Miss Campanula. Je ne voudrais point abuser de votre temps. Je suis la mémère patience, vous savez.

Généralement, lorsque Miss Campanula se traitait de « mémère », cela signifiait qu'elle était en colère.

– Mais non, je vous en prie ! se récrièrent les autres.

Tirant de son giron un pince-nez accroché à un cordonnet, elle le percha sur son nez. Puis elle ouvrit la pièce et, dans un silence de mort, entreprit de l'examiner. Pour commencer, elle lut la liste des personnages. Soulignant chaque nom d'un énorme index osseux, elle levait les yeux à la recherche de celui qui allait interpréter ce rôle. La mine toujours aussi sévère, elle s'absorba ensuite dans la lecture de la première page. Les autres attendaient. Seul le bruissement d'une page tournée brisa le silence. Henry se sentit au bord du désespoir. Allaient-ils rester ainsi prostrés autour de la table jusqu'à ce que Miss Campanula eût fini de lire toute la pièce ? Il prit une cigarette et en offrit une à Dinah. Levant les yeux, Miss Campanula les dévisagea et ne reprit sa lecture que lorsque l'allumette fut soufflée. Elle en était à la page quatre du premier acte. Mme Ross regarda le Dr Templett, qui baissa la tête et se mit à chuchoter. A nouveau, Miss Campanula leva les yeux sur les impertinents. Le squire s'éclaircit la voix.

– Lisez donc le milieu de l'acte deux, suggéra-t-il. Cela commence à la page quarante-huit. Jamais je n'ai autant ri. Vous verrez, c'est drôle comme tout.

Sans répondre, Miss Campanula se plongea dans le second acte. Avec un sourire anxieux, Dinah, Henry, le Dr Templett et Jocelyn guettaient sur sa figure le moindre signe d'hilarité ; mais ses lèvres demeuraient étroitement serrées ; ses sourcils, levés ; et ses yeux aussi expressifs que ceux d'un merlan frit. Finalement, elle interrompit sa lecture.

– Je suis arrivée à la fin de la scène, annonça-t-elle. Est-ce celle-ci que vous avez trouvée si drôle ?

– Pas vous ? demanda le squire.

– Mon but était de m'assurer qu'il y avait quelqu'un de libre pour jouer pendant l'entracte, rétorqua Miss Campanula avec froideur. J'ai l'impression que oui. Cette Arbuthnot, elle n'a pas l'air d'apparaître sur scène avant le milieu du deuxième acte.

– N'a-t-on pas dit que Mme Arbuthnot et la duchesse faisaient leur entrée en même temps ? s'enquit Miss Prentice.

Tout le monde crut entendre les premières mesures de la *Suite vénitienne*.

– Peut-être bien, répondit Miss Campanula. Si j'ai bien compris, c'est à moi de jouer cette Mme Arbuthnot, non ?

– Si vous le voulez bien, répliqua le pasteur. Nous espérons de tout cœur que vous l'accepterez.

– Je désirais en avoir le cœur net. Je fais peut-être beaucoup de bruit pour rien, mais j'aime bien savoir où je mets les pieds. Je suppose – corrigez-moi si je me trompe – que si j'accepte ce rôle, je pourrai en toute humilité...

Et Miss Campanula décocha au pasteur une œillade espiègle.

– ... prendre sur moi de m'installer au piano. Mais peut-être avez-vous d'autres projets. Peut-être avez-vous décidé d'engager M. Joe Hopkins et ses amis de Great Chipping, bien qu'un samedi soir ils doivent être un peu moins faibles et un peu plus saouls que d'habitude. Si vous avez d'autres idées, n'en parlons plus. Sinon, je me mets à la disposition du comité.

– Voilà une excellente suggestion, commença le malheureux pasteur. Si Miss Campanula...

– Vous permettez ? s'interposa Miss Prentice suavement. Notre chère Idris est très gentille de nous offrir ses services, mais je trouve que nous avons tendance à abuser de sa générosité. Elle aura à s'occuper de tous ces jeunes gens, et puis elle a un rôle important à apprendre. Ne serait-ce pas égoïste de notre part de lui demander de jouer sur ce vieil instrument affreux ? Et puisqu'un piano neuf est, comme dit mon cousin, l'affaire de Pen Cuckoo, le moins que je puisse faire est de soulager la pauvre Idris de cette ingrate mission. Si mes modestes efforts vous paraissent satisfaisants, je serai très heureuse de jouer l'ouverture et l'entracte.

– Vous êtes très bonne, Eleanor, mais je suis tout à fait capable...

– Bien sûr que vous l'êtes, Idris, mais en même temps...

Toutes les deux s'arrêtèrent net. Leur animosité réciproque était si tangible et si disproportionnée que les autres en furent atterrés. La main du pasteur s'abattit brusquement sur la table. Puis, comme s'il avait honte du geste qui trahissait ses pensées, il joignit les deux mains et regarda droit devant lui.

– A mon avis, nous pouvons résoudre ce problème plus tard, déclara-t-il.

Les deux femmes jetèrent un bref coup d'œil sur lui et restèrent muettes.

– Je pense que nous avons terminé, ajouta M. Copeland. Merci, tout le monde.

II

La réunion fut levée. Henry alla rejoindre Dinah qui s'était rapprochée de la cheminée.

– Quelle plaie ! marmonna-t-il entre ses dents.

– Effroyable, n'est-ce pas ? acquiesça Dinah. Il faut le voir pour le croire.

Ils sourirent secrètement et n'en voulurent même pas aux autres quand ils vinrent s'attrouper autour de Dinah pour lui demander s'ils pouvaient avoir leur texte avant lundi, quel genre de costumes il leur fallait, et si elle croyait qu'ils s'en sortiraient. Peu leur importait à tous deux de ne pas pouvoir se parler : leurs pensées s'envolaient vers le lendemain matin, et leurs cœurs frémissaient de bonheur. Protégés par le rayonnement de leur jeunesse, ils n'eussent pas imaginé un seul instant que leur amour pût refléter le sentiment qui attirait le Dr Templett vers Selia Ross, ou les deux vieilles demoiselles vers le pasteur. Jamais ils n'eussent cru qu'il existât un revers de la médaille, ou que les contraires de l'amour pussent sommeiller dans leur propre cœur. Ils ignoraient également que plus jamais, jusqu'à la fin de leurs jours, ils ne connaîtraient cette exaltante sensation d'attente qui les habitait en cet instant.

Miss Prentice et Miss Campanula s'évitaient soigneusement. Miss Prentice avait réussi à accaparer M. Copeland, et on pouvait l'entendre lui offrir des fleurs provenant des serres de Pen Cuckoo pour le service du dimanche suivant. Miss Campanula avait entrepris Jocelyn sur quelque énormité commise sur ses terres par les chasseurs du coin. Le Dr Templett, fervent amateur de la chasse à courre, fut entraîné dans la conversation. De ce fait, Mme Ross fut laissée à elle-même. Légèrement en retrait, elle paraissait parfaitement détendue. La tête penchée sur le côté, elle souriait du bout des lèvres. Regardant par-dessus l'épaule d'Idris Campanula, le squire surprit ce demi-sourire.

– C'est inadmissible, répondit-il vaguement. J'en toucherai deux mots à Appleby. Si vous voulez bien m'excuser...

Il s'éclipsa avec soulagement et rejoignit Mme Ross. L'accueil de cette dernière le flatta : les yeux de Mme Ross se firent plus brillants, et son sourire, plus intime. Voilà des années qu'une femme n'avait pas souri ainsi à Jocelyn. Retrouvant sa galanterie d'autrefois, il porta la main à sa moustache, et son regard s'illumina.

– Savez-vous que vous êtes un personnage inquiétant ? déclara Jocelyn.

– Qu'entendez-vous par là, au juste ? demanda Mme Ross.

Il en fut enchanté. C'était ainsi qu'il fallait entamer la conversation avec une jolie femme. Des phrases oubliées lui revinrent en mémoire, des phrases badines et absurdes que l'on prononçait avec ce qu'il fallait de signification. Là-dessus, on riait beaucoup, faisant comprendre à son interlocutrice qu'on la trouvait fichtrement bien roulée.

– J'ai vu que nous avons une scène importante à jouer, tous les deux, poursuivit Jocelyn, et j'insiste sur une répétition privée.

– Je ne sais pas si j'y consentirai, répondit Selia Ross.

– Allons, allons, vous n'avez rien à craindre.

– Et pourquoi cela ?

– Parce que vous êtes une charmante créature qui souffre d'une perte de mémoire. Ha, ha, ha ! Cela tombe bien, non ! cria Jocelyn, se demandant si cette remarque était aussi osée qu'elle en avait l'air.

Mme Ross rit de bon cœur. Le squire regarda autour de lui d'un air satisfait et croisa le regard stupéfait de son fils.

« Cela lui apprendra, pensa Jocelyn. Ces jeunes chiens ne savent même pas flirter avec une jolie femme. » Mais la lueur sardonique dans les yeux d'Henry dérouta son père, et il s'empressa de se retourner vers Mme Ross. Celle-ci attendait, l'œil coquin. « Si Henry l'a remarquée, elle, se dit Jocelyn, il aura compris que je ne m'en tire pas trop mal. » A cet instant, le Dr Templett qui avait réussi à échapper à Miss Campanula se joignit à eux.

– Si vous êtes prête, Selia, fit-il, il serait temps que je vous ramène à la maison.

« Il ne veut pas que je lui parle ! exulta le squire. Notre petit docteur est jaloux. »

Mme Ross lui tendit la main en silence, et il lui pressa les doigts avec délibération.

– Au revoir, fit-il. C'est votre première visite à Pen Cuckoo, n'est-ce pas ? Espérons que ce n'est pas la dernière.

– Je ne devrais pas être là du tout, répliqua-t-elle. Nous ne nous étions jamais invités officiellement, vous savez.

Jocelyn esquissa un geste maladroit et s'inclina.

– Nous allons abolir toutes ces inepties-là, déclara-t-il. Ha, ha, ha !

Mme Ross alla faire ses adieux à Eleanor Prentice.

– Je viens de dire à votre cousin, expliqua-t-elle, que je n'avais rien à faire ici. Nous ne nous sommes jamais invités, n'est-ce pas ?

Si Miss Prentice fut prise au dépourvu, elle n'en laissa rien paraître.

– Je crains d'être très négligente sur ces points-là, répondit-elle avec son rire musical.

– Miss Campanula n'est jamais venue me voir non plus, continua Mme Ross. Vous devriez venir ensemble. Au revoir. Au revoir, tout le monde.

– Je vais vous raccompagner jusqu'à la voiture, déclara le squire. Henry !

Henry se précipita vers la porte. Jocelyn escorta Mme Ross hors du bureau ; mais le pasteur cria au médecin qui les suivit :

– Un instant, Templett ! A propos du jeune Cain...

– Ah oui ! Ce petit crétin ! Vous savez, pasteur...

Henry sortit à son tour et referma la porte derrière eux.
– Et voilà ! fit Miss Campanula. Et voilà !
– N'est-ce pas ? répliqua Miss Prentice.

III

Restée seule avec les deux demoiselles, Dinah comprit qu'elles avaient proclamé une trêve afin de diriger leurs armes contre l'ennemi commun : Mme Ross. Que ce fût une trêve et non un armistice ressortait clairement de leur attitude aigre-douce, qui fit penser Dinah à une compote sur le point de tourner.

– En vérité, Eleanor, dit Miss Campanula, je ne vois absolument pas pourquoi vous ne l'avez pas mise à la porte. A votre place, j'aurais refusé de la recevoir. Purement et simplement !

– J'étais paralysée de stupeur, répondit Miss Prentice. Quand Taylor est venu les annoncer, je n'en ai pas cru mes oreilles. Vraiment, le Dr Templett m'a profondément déçue.

– Déçue ! Je n'ai jamais rencontré pareille impudence. Il ne verra pas la couleur de mon lumbago : ça, je puis le lui promettre !

– Franchement, je ne l'en croyais pas capable, poursuivit Miss Prentice. Ce n'est pas un inconnu, pourtant. Il devrait se conduire en gentleman. J'ai toujours pensé qu'il exerçait son métier comme une vocation. Après tout, les Templett sont à Chippingwood depuis...

– Aussi longtemps que les Jernigham à Pen Cuckoo, acheva Miss Campanula. Mais vous ne pouviez pas le savoir, bien sûr.

Cette flèche était destinée à rappeler à Miss Prentice qu'elle était nouvelle dans la région, et qu'elle n'était pas à proprement parler une Jernigham de Pen Cuckoo.

– Évidemment, dans votre position vous ne pouviez que la recevoir, enchaîna Miss Campanula. Mais j'avoue que j'ai été stupéfaite de vous voir vous précipiter pour jouer dans sa pièce.

– Je ne me suis pas précipitée, Idris, répliqua Miss Prentice. J'espère avoir réagi avec dignité. Visiblement, nous étions les seules à ne pas approuver le choix de sa pièce.

– En tout cas, c'est une excellente pièce, fit Dinah.

– C'est ce qu'on nous a dit et répété, rétorqua Miss Campanula.

– J'étais désarmée, continua Miss Prentice. Que pouvais-je faire ? On ne peut rien contre un tel sans-gêne. Naturellement, elle a obtenu ce qu'elle voulait.

– Et elle est partie en emmenant tous les hommes avec elle, ajouta Miss Campanula. Ha !

– Enfin, dit Miss Prentice, cela doit arriver souvent quand on a affaire à des gens aussi *communs*. Avez-vous entendu ce qu'elle a dit à propos des invitations ?

– J'ai été à deux doigts de lui répondre que moi, je croyais qu'elle ne recevait que des hommes.

– Mais, Miss Campanula, s'interposa Dinah, nous ignorons s'il y a autre chose que de l'amitié entre eux. Et, même si c'est le cas, cela les regarde.

– Dinah, *ma chère* ! fit Mis Prentice.

– Une fille de prêtre, Dinah... commença Miss Campanula.

– Une fille de prêtre, répliqua Dinah, a toujours cru que la charité était une vertu. Et puis, quand vous parlez des proches de quelqu'un, mieux vaut ne pas l'appeler « prêtre ». Cela risque de choquer.

Il y eut un silence de mort. Finalement, Miss Campanula se leva.

– Je pense que ma voiture m'attend, Eleanor, déclara-t-elle. Je vais donc faire mes adieux. J'ai bien peur que nous ne soyons pas assez intelligentes ni l'une ni l'autre pour goûter l'humour moderne. Bonsoir.

– Ne devions-nous pas vous ramener ? demanda Dinah.

– Non, merci, Dinah. J'ai dit à mon chauffeur de venir me chercher à six heures, et il est déjà la demie. Bonsoir.

5.

Dans les collines de Cloudyfold

I

La journée du lendemain s'annonçait belle. Réveillé à six heures du matin, Henry vit par la fenêtre un ciel clair et froid où pâlissaient les étoiles. Dans une heure, il commencerait à faire jour. Pleinement éveillé, l'esprit en effervescence, Henry s'assit dans son lit, roulé dans les couvertures. A l'aube transparente et glacée allait succéder l'or pâle d'un soleil d'hiver. Bientôt, le bruit d'un joyeux remue-ménage monterait des écuries : seaux qui s'entrechoquent, sifflotements, pas qui résonnent sur les pavés. Ce jour-là, il y avait une partie de chasse à Moorton Park ; et un groom était chargé d'y conduire les deux chevaux de Jocelyn, en attendant le maître qui arriverait en voiture. Pendant quelques instants, Henry se laissa aller au regret d'avoir renoncé à la chasse. Pourtant, il l'avait adorée — ses odeurs, son vacarme, son spectacle — jusqu'au jour où, comme doté d'une nouvelle paire d'yeux, il vit une horde d'individus huppés et bien nourris aux figures rouges, chevauchant des montures luisantes, en train de s'époumoner consciencieusement après une petite créature qui par la suite était mise en pièces sous l'œil satisfait de ces messieurs. Henry fut très ennuyé de constater que cette image peu ragoûtante ne le quittait plus, et, comme elle lui donnait la nausée, il abandonna tout à l'exception du drag. Contrarié, Jocelyn l'avait aussitôt accusé de pacifisme. Ce à quoi Henry, qui venait juste de renoncer au pacifisme, avait répondu solennellement que si l'Angleterre était envahie, il prendrait les armes plutôt que de voir cousine Eleanor violée par un mercenaire. Les genoux sous le menton, Henry s'esclaffa au souvenir du visage de son père. Durant les quatre minutes qui suivirent, il revit la conversation qu'il allait avoir avec Dinah. A la pensée de Dinah, son cœur bondit tout comme le jour où il avait franchi à cheval son premier obstacle. « Je repars à la chasse », songea-t-il, et cette idée primitive l'emplit d'une étrange exaltation. Il sauta du lit, prit un bain, se rasa et s'habilla à la lumière des lampes ; puis il sortit à la rencontre du jour naissant.

Rien n'est plus agréable que de se promener dans les collines du Dorset aux premières lueurs d'une claire aube d'hiver. Henry contourna l'aile ouest de Pen Cuckoo. Le gravier crissait sous ses pas, et l'odeur familière des écuries lui parvenait du jardin, qui semblait singulièrement lointain. Au sortir de la nuit, le décor habituel paraissait mystérieux, comme si ces quelques heures l'avaient transformé. Les champs étaient ourlés de givre argenté ; en face, le bosquet nu était plongé dans un sommeil de mort. Le talus sentait la terre froide et les pierres gelées. Tandis qu'il gravissait le flanc escarpé de la colline, Henry eut l'impression de laisser la nuit derrière lui, à Pen Cuckoo. Les formes floues qu'il croisait en chemin se précisaient, devenaient rochers, buissons et poteaux attendant le lever du jour. Le chant des coqs s'éleva au-dessus de la vallée tel l'écho d'un rêve et se mêla à l'odeur du feu de bois.

Une fois au sommet, Henry embrassa du regard la vallée de Pen Cuckoo. Son haleine formait un nuage de vapeur froide à la hauteur de ses lèvres, ses doigts étaient gelés, et ses yeux pleuraient ; mais il se fit l'effet d'un dieu perdu dans la contemplation de son petit univers. La maison qu'il venait de quitter se perchait à mi-pente, presque à pic au-dessous de lui. Déjà, les cheminées laissaient échapper les spirales de fumée bleue. Les domestiques étaient levés et s'affairaient. Plus loin, noyés dans l'ombre, se dressaient les toits de Winton. Henry se demanda s'ils fuyaient beaucoup et si un jour Dinah et lui auraient les moyens de les réparer. Au-delà de Winton, les terres de son père descendaient de colline en vallon jusqu'à Selwood Brook. Là, il distingua, à moitié cachée par les arbres, la façade en pierre de Chippingwood dont le Dr Templett avait hérité à la mort de son frère aîné, tué à la guerre. Le hameau de Chipping séparait Chippingwood du manoir du XVIIIe de Miss Campanula, situé à la sortie du village. Plus loin, on apercevait à peine par-dessus la vallée Great Chipping, le chef-lieu de la région. Et, blottie à flanc de colline, au-dessous de Winton et Pen Cuckoo, il y avait l'église, St. Giles de Winton, qui s'adossait au presbytère. Dinah n'avait qu'à traverser les fourrés pour atteindre la colline de Cloudyfold. Si elle venait ! « Mon Dieu, faites qu'elle vienne », pensa Henry machinalement, comme lorsqu'il était petit garçon. Il franchit le faîte de la colline. De l'autre côté, on voyait au loin la route de Moorton Park et le village de Cloudyfold, où se cachait au creux d'un virage Duck Cottage, avec sa porte et ses volets rouges, fraîchement repeints par Mme Ross. Henry se demanda pourquoi Selia Ross avait choisi de s'installer à Cloudyfold. Elle qui paraissait faite pour la capitale ! Il pensa à elle, qui dormait bien au chaud dans son cottage rénové, rêvant peut-être du Dr Templett. Plus loin, il y avait la ferme des Cain, où le Dr Templett se rendait pour soigner le gros orteil du plus jeune des garçons.

« Ils sont tous là à dormir comme des bienheureux, songea Henry, et personne ne sait que je suis sur la colline, en train d'attendre Dinah Copeland. »

Il sentit quelque chose de tiède dans sa nuque. L'herbe rabougrie s'illumina, et l'ombre pâle de sa silhouette se profila devant lui. Se tournant vers l'est, Henry vit le soleil. Tout près, quelqu'un l'appela par son nom : Dinah, vêtue de bleu, un foulard rouge autour du cou, gravissait la pente de Cloudyfold.

Incapable de proférer un son, Henry leva le bras, et l'ombre bleutée s'allongea à ses pieds. Dinah lui rendit son salut. Ne pouvant décemment pas l'attendre en souriant bêtement, Henry entreprit d'allumer une cigarette, le visage caché entre les mains. Il entendait les pas de Dinah résonner sur la terre gelée, et son cœur bondissait à leur rythme. Il se redressa et la vit qui se tenait devant lui.

– Bonjour, fit Henry.

– Je n'ai plus de souffle, répondit Dinah, mais bonjour quand même. Mon Dieu, que ne ferais-je pas pour une cigarette !

Il lui en offrit une.

– C'est formidable ici, déclara Dinah. Je ne regrette pas d'être venue. On ne s'attend vraiment pas à avoir chaud, n'est-ce pas ? J'ai les mains et le visage glacés, mais le reste est comme une brioche sortie du four.

– Moi aussi, je suis content que tu sois là, répliqua Henry.

Il y eut un court silence. Avec une mine obstinée digne des portraits de famille, Henry demanda, les yeux rivés sur les cheminées de Miss Campanula :

– Tu ne te sens pas intimidée, par hasard ?

– Si, acquiesça Dinah. Si je me mets à parler, je dirai n'importe quoi et je ne pourrai plus m'arrêter. C'est signe que je suis intimidée.

– Moi, c'est l'inverse. Je n'arrive plus à émettre un son. Je dois devenir tout rouge, et ma lèvre supérieure commence à trembler.

– Ça va passer, répondit Dinah. Henry, que ferais-tu si l'on t'offrait le pouvoir sur tout ce que tes yeux voient en cet instant ? On dirait un passage de la Bible. Mais si tu pouvais changer les esprits, et donc les destinées, de tous ceux qui vivent dans cette vallée... que ferais-tu ?

– J'inspirerais à cousine Eleanor le désir de partir comme missionnaire en Polynésie.

– Ou à Miss Campanula, celui d'ouvrir un club de nudistes à Chipping.

– Ou alors, mon père se convertirait au surréalisme.

– Non, mais, sérieusement, que ferais-tu ? insista Dinah.

– Je ne sais pas. Peut-être essayerais-je de les simplifier. Je trouve les gens beaucoup trop pressés et compliqués.

– Tu les rendrais plus indulgents ?

– Ce ne serait pas plus mal.

– Si Miss Campanula et ta cousine Eleanor cessaient d'être jalouses l'une de l'autre ; si le Dr Templett ménageait davantage sa femme, et si Mme Ross était moins encline à semer la pagaille chez les autres, il n'y aurait plus de scènes comme celle d'hier soir.

– Peut-être pas, opina Henry. Mais cela ne les empêcherait pas de tomber amoureux, si l'on peut appeler amour ce qu'ils ressentent les uns pour les autres. Moi, je suis amoureux de toi, ainsi que tu as dû le deviner. J'ai envie de me sentir noble, tolérant et généreux ; mais même si j'avais tout un harem d'épouses handicapées, je te dirais quand même que je t'aime, Dinah. Dinah, je t'aime tellement !

– C'est vrai, Henry ?

– Jamais tu ne sauras à quel point. Cela ne va pas du tout. J'avais réfléchi à la façon dont j'allais te le dire. D'abord, nous devions causer gentiment, et, une fois arrivés dans un lieu propice, je te faisais ma déclaration.

– Très bon chic, bon genre ?

– Oui. Mais je n'en peux plus.

– Je n'en peux plus, non plus, répliqua Dinah.

Ils se dévisagèrent, deux silhouettes solitaires. Cet instant, ils devaient s'en souvenir toute leur vie durant ; et pourtant, ils ne distinguaient pas très clairement le visage de l'autre, tant leur agitation était violente.

– Oh ! Dinah ! fit Henry. Dinah, ma chérie, je t'aime tant !

Il tendit aveuglément la main et lui effleura le bras, d'un geste curieusement timide.

– Henry, mon chéri, s'écria Dinah, pressant sa joue froide contre sa main.

– Oh ! mon Dieu ! fit Henry, la prenant dans ses bras.

Le groom de Jocelyn qui trottait paisiblement sur la route de Cloudyfold leva les yeux et aperçut deux silhouettes enlacées qui se détachaient sur le ciel d'hiver.

II

– Il faut revenir sur terre, dit Dinah. J'entends l'horloge de l'église : il doit être huit heures.

– Je vais t'embrasser huit fois pour faire durer le charme, déclara Henry.

Et il l'embrassa sur les yeux, les joues, les bouts des oreilles, et deux fois sur la bouche.

– Voilà ! marmonna-t-il. Le charme est accompli.

– Non ! cria Dinah.
– Qu'y a-t-il, ma chérie ?
– Pas de citations de *Macbeth*. Cela porte malheur.
– Qui t'a raconté ça ?
– Tout le monde le dit, au théâtre.
– Si tu savais comme je m'en moque ! D'ailleurs, nous ne sommes pas au théâtre : nous sommes sur le toit du monde.
– N'empêche, je préfère croiser les doigts.
– Quand allons-nous nous marier ?
– Nous marier ?

Dinah retint son souffle ; et, à travers le brouillard rose dans lequel il flottait, Henry s'étonna de ne plus la voir partager son bonheur.

– Que se passe-t-il ? questionna-t-il. C'est l'idée de notre mariage qui te fait peur ?
– Il se trouve que nous sommes de retour sur terre, rétorqua Dinah sombrement. Je ne sais pas quand nous allons nous marier. Vois-tu, il y a un problème.
– Mon Dieu, chérie, quelle bombe t'apprêtes-tu à lancer ? Est-ce une malédiction qui pèse sur la famille, ou bien une douzaine de parents cinglés enfermés dans un asile ?
– Pas vraiment. C'est ta cousine Eleanor.
– Eleanor ! s'exclama Henry. Je ne sais même pas si elle existe.
– Attends un peu que je te raconte. Je te le dirai en redescendant.
– Dis d'abord que tu es aussi heureuse que moi.
– Je n'ai jamais été aussi heureuse.
– Je t'aime, Dinah.
– Je t'aime, Henry.
– Le monde est à nous, conclut Henry. Descendons pour en prendre possession.

III

Ils longèrent la crête par un sentier qui conduisait au jardin du presbytère. Dinah ouvrait la marche, mais leur conversation les astreignait à des haltes répétées.

– Tu sais, commença Dinah, je n'aime pas tellement ta cousine Eleanor.

– Tu m'étonnes, chérie, répondit Henry. Pour ma part, je trouve que c'est une garce patentée.

– Bon, alors ça va. Je ne pouvais pas en parler avant que tu ne te déclares, car cela nous concerne, nous deux.

– Tu veux parler d'avant-hier, quand elle était tapie dans le hall ? Qu'aurais-tu fait, Dinah, si elle n'avait pas été là ?

De cette question résulta une halte prolongée.

– Il se trouve, répliqua Dinah finalement, qu'elle a dû prévenir ton père.

– En effet.

– Il t'en a reparlé ?

– Oui.

– Oh ! Henry !

– On croirait que tu vas déclamer un rôle. Oui, j'ai eu droit à la grande scène du deux. « Qu'ouïs-je, monsieur : vous faites la cour à Miss Dinah Copeland ? » « Je regrette, monsieur, je ne puis vous répondre. » « Me tiendriez-vous tête, Henry ? » « Oui, monsieur, sauf le respect que je vous dois. » Cela te donne une idée.

– Il est contre ?

– C'est Eleanor qui l'a intoxiqué, la vieille chouette !

– Pourquoi ? Parce que je suis la fille d'un pauvre pasteur, parce que je fais du théâtre, ou simplement parce qu'il ne peut pas me voir ?

– Je ne pense pas qu'il ne puisse pas te voir.

– Sans doute veut-il que tu épouses une orgueilleuse héritière.

– Peut-être. Mais je m'en moque comme de l'an quarante, ma douce, de ce qu'il veut.

– Tu as tort. Figure-toi que Miss Prentice est venue voir papa hier soir.

Henry s'immobilisa.

– Elle a dit... elle a dit...

– Continue.

– Elle a dit que nous nous voyions en cachette de ton père et qu'il a été très fâché en l'apprenant. Il trouve que nous avons agi derrière son dos et... oh ! Elle a dû être absolument infecte avec nous ! Elle a sûrement laissé entendre que nous...

Dinah parut buter là-dessus et se tut.

– Que nous nous vautrions dans la luxure ? suggéra Henry.

– Oui.

– Ah ! Ces bonnes femmes ! Le pasteur n'en a pas cru un mot, j'espère ?

– Elle est si abominablement convaincante. Tu te souviens de cette journée d'automne, il y a plusieurs semaines déjà, quand, peu après mon retour, tu m'as emmenée pique-niquer à Moorton Bridge ?

– Oui, je m'en souviens, de chaque seconde.

– Elle en a eu vent également. Le monde entier pouvait bien être au courant, cela ne me gênait pas. Mais je n'en ai pas parlé à papa. Cela a été une journée tellement magique, tellement radieuse que j'ai voulu le garder pour moi.

– Moi aussi.

– Eh bien, maintenant, tout cela paraît louche et douteux ; et papa a l'impression que je lui ai caché un tas de choses. Après le départ de Miss Prentice, il m'a appelée dans son bureau. Il portait son béret, signe qu'il a conscience de ses responsabilités. Il a parlé sur un ton plutôt triste que fâché, ce qui est toujours toxique, et le pire, c'est qu'il était réellement affecté. Il s'est replongé dans la féodalité, disant que nous avons toujours été... je ne sais plus quoi... fiefs ou vassaux des Jernigham, que jamais nous n'avons failli à notre loyauté ; et voilà que je me conduisais comme une bonniche allant à des rendez-vous clandestins avec toi. Cela a duré un certain temps et... Henry, mon chéri, je sais que c'est ridicule, mais j'ai commencé à me sentir minable et vulgaire.

– Il n'a tout de même pas cru... ?

– Non, pas ça, mais tu sais bien qu'il n'a pas les idées très claires sur le sexe.

– Aucun d'eux n'a les idées très claires, répliqua Henry avec un désenchantement juvénile. Et avec Idris et Eleanor qui l'assaillent de leurs inhibitions...

– Je sais. En tout cas, pour finir, il m'a défendu de te voir seul. J'ai dit que je ne pouvais rien lui promettre. Cela a été notre première vraie dispute. J'imagine qu'il a dû prier pendant des heures après que je suis allée me coucher. C'est très gênant de rester au lit sachant qu'à l'étage du dessous quelqu'un prie pour toi comme un forcené. J'adore mon père, tu comprends. J'ai voulu essayer de prier à mon tour, mais tout ce qui m'est venu à l'esprit, c'est : « Malheur à celui qui cherche à tourmenter son prochain. Amen. »

– Autant pour Eleanor, fit Henry avec approbation.

– C'est ce que j'ai pensé, mais sans le dire. Mais voilà où je veux en venir : je ne supporte pas de faire de la peine à papa ; or cela risque de se produire en permanence. Non, attends, Henry. Je n'ai que dix-neuf ans, tu sais. Il peut très bien s'opposer à ce mariage... et, qui plus est, il le fera.

– Mais pourquoi ? demanda Henry. Pourquoi ? Pourquoi ?

– Parce qu'il pense que nous ne devons pas contrarier ton père, et parce qu'il souffre secrètement d'un complexe d'infériorité sur le plan social. Il est snob, le pauvre chou. Il s'imagine qu'en nous donnant sa bénédiction, il aurait l'air de vouloir arranger un beau mariage pour moi et d'œuvrer à cette fin derrière le dos du squire.

– N'importe quoi !

– Je sais, mais c'est comme ça. Et ce n'est qu'un aspect des choses. Tout cela grâce à Miss Prentice. Honnêtement, Henry, je trouve que c'est un être foncièrement malfaisant. Pourquoi nous en veut-elle à ce point ?

– Par jalousie, répondit Henry. Elle est frustrée, retorse et un peu toquée. C'est sûrement autant physiologique que psychologique. Elle doit avoir peur que tu ne la détrônes quand tu seras ma femme. Et, très probablement, elle est jalouse de l'affection que ton père te porte.

Ils hochèrent la tête avec sagesse.

– Papa la craint terriblement, fit Dinah, ainsi que Miss Campanula. Elles viennent se confesser à lui, et, quand elles s'en vont, elles le laissent à l'état de loque.

– Si elles disent la vérité, cela ne m'étonne guère. En fait, elles doivent en profiter pour dénoncer tous leurs voisins. Ecoute-moi, Dinah. Il n'est pas question de laisser Eleanor gâcher notre amour. Tu es à moi. Je dirai à ton père que je t'ai demandée en mariage, et je le dirai au mien également. Je leur ferai entendre raison ; et si Eleanor vient mettre son grain de sel là-dedans... ma parole, je, je, je...

– Henry, fit Dinah, c'était sublime !

Il eut un grand sourire.

– Cela aurait été encore plus sublime, s'il ne s'agissait pas d'une vieille fille aigrie.

– Ceci doit être affreux, acquiesça Dinah. J'espère que je n'en arriverai jamais là.

– Toi !

Il y eut une nouvelle halte.

– Henry, déclara Dinah brusquement, demandons-leur de proclamer l'armistice jusqu'à la fin du spectacle.

– Mais nous continuerons à nous voir, seuls.

– Si l'on ne se voyait plus, ce serait la fin de tout. Mais j'ai l'impression que si nous patientons jusque-là, papa commencera à comprendre. Nous nous retrouverons aux répétitions et nous ne ferons pas semblant de ne pas nous aimer, mais je vais lui promettre que je ne te verrai plus seul. Ce sera... ce sera plus honorable. Henry, me comprends-tu ?

– Plus ou moins, répondit Henry à contrecœur.

– Cela empêchera ces horribles vieilles de jaser.

– Ma chère, rien ne les empêchera de jaser.

– Henry chéri, je t'en prie !

– Oh ! Dinah !...

– Je t'en prie.

– Très bien. Mais il est inadmissible tout de même qu'Eleanor puisse gâcher un miracle comme Nous Deux.

– Inadmissible.

– Elle est tellement insignifiante !

Dinah secoua la tête.

– C'est une ennemie redoutable. Elle s'immisce partout, suintant le poison. Et elle aimerait bien en faire tomber une goutte dans la coupe de notre bonheur.

– Qu'elle essaie donc, déclara Henry.

6.

La répétition

I

Les répétitions posaient un certain nombre de problèmes. En dépit de tous ses efforts, Dinah ne parvenait pas à faire travailler correctement sa petite troupe. Pour commencer, personne, à l'exception d'Henry et Selia Ross, n'avait pris la peine d'apprendre son texte. Le Dr Templett en tirait même une certaine fierté et parlait sans cesse de ses expériences sur les planches, du temps où il était étudiant en médecine.

– Je ne savais jamais ce que j'allais dire, assurait-il joyeusement. Mais comme je puis raconter n'importe quoi, cela se passait très bien le jour de la représentation. Un peu de culot, ça paie, vous savez. On peut toujours s'en tirer avec une ou deux galipettes. Le tout est de ne pas avoir le trac.

Manifestement, ce n'était pas son problème. Il prononçait les répliques de l'ambassadeur de France dont il arrivait à se souvenir, d'une voix haut perchée avec force grimaces. En dehors de cela, il gesticulait à la manière d'un étranger et ne restait pas un instant sur place.

– Je compte sur l'inspiration du moment, avait-il expliqué. C'est incroyable comme on change, quand on est maquillé et affublé de tout son accoutrement. Je ne sais jamais ce que je ferai l'instant suivant. Et ça, on ne peut pas le faire à froid.

– Mais il le faut, docteur Templett, se lamenta Dinah. Comment voulez-vous que l'on synchronise, si à l'une des répétitions vous vous trouvez côté cour, et à l'autre, côté jardin ?

– Ne vous inquiétez pas, répliqua le Dr Templett. Tout ira bien. Ce sera... comment dirais-je ?... *charmante*[1].

Hors scène, il continuait à baragouiner dans son anglais épouvantable et, quand il perdait le fil de son discours, comme cela lui arrivait fréquemment, il interpolait son inévitable : « Comment dirais-je ? »

– Si j'ai un trou, dit-il au pasteur, qui faisait office de souffleur, je me rapprocherai de vous en disant : « Comment dirais-je ? » Ainsi, vous comprendrez.

Selia Ross et lui avaient pris la mauvaise habitude d'arriver en retard aux répétitions. Apparemment, le gros orteil du jeune Cain nécessitait toujours autant de soins, et le docteur expliqua qu'il passait prendre Mme Ross en revenant de Cloudyfold. Ils faisaient donc leur entrée, en souriant d'un air satisfait, avec une demi-heure de retard, au moment où Dinah lisait leurs répliques tout en récitant son propre texte. Parfois, elle confiait cette tâche à son père, mais le pasteur entonnait la lecture avec une lenteur et une précaution telles que les autres se retrouvaient plongés dans la confusion la plus totale.

Miss Campanula semait le trouble elle aussi, mais d'une autre façon. Elle refusait de se séparer de son texte dactylographié, qu'elle lisait à voix basse pendant que les autres

1. En français dans le texte (N.d.T.).

parlaient. Par conséquent, chaque fois qu'elle était sur scène, ses compagnons se donnaient la réplique sur un fond de murmure incessant. Quand son tour arrivait, elle ne manquait jamais de déclarer : « Oh ! c'est à moi ! », avant de commencer. Et elle débitait son texte sans la moindre intonation et, manifestement, sans se soucier de son contenu. Bien qu'elle eût répété à Dinah qu'elle était ouverte à toutes les suggestions, elle accueillait les remarques avec un air de dignité offensée, et, du reste, rien n'y faisait. Mais bien pire était l'idée que Miss Campanula se faisait d'un jeu de scène. Elle esquissait toutes sortes de mouvements maladroits sur lesquels elle ne semblait avoir aucune prise. Ainsi, elle se dandinait en permanence d'un pied sur l'autre, à la manière d'un gros pingouin. Elle arpentait la scène en grimaçant d'une façon embarrassante. Et, par-dessus le marché, elle avait attrapé un rhume monstrueux qui rendait les répétitions particulièrement pénibles.

Jocelyn était le type même d'acteur amateur qui apprenait son texte grâce au souffleur. Contrairement à Miss Campanula, il ne le gardait pas sur lui. En fait, il l'avait irrémédiablement perdu après la première répétition. Il avait assuré que cela n'avait aucune importance, vu qu'il avait déjà mémorisé ses répliques. Ce qui était un mensonge éhonté. Il avait seulement une vague notion de ce qu'il devait dire. Comme il était contraint de répéter ses répliques après le pasteur, son interprétation fit penser à Dinah à un service liturgique. Néanmoins, malgré tous ses défauts, le squire possédait un sens inné du théâtre. Il ne gesticulait pas, ni ne s'agitait dans tous les sens. Et, après le Dr Templett qui virevoltait tout autour de la scène comme une guêpe, c'était agréablement reposant.

Miss Prentice ne connaissait pas son texte non plus, mais c'était une fine mouche. Il y avait une longue scène où elle devait tenir un journal grand ouvert dans les mains. Dinah découvrit qu'elle avait épinglé une partie de ses répliques au *Times*. Le reste avait été astucieusement disséminé sur le plateau. Lorsque, malgré son ingéniosité, elle se trouvait à sec, Miss Prentice posait un regard chargé de reproche sur celui qui lui donnait la réplique, et tout le monde reportait le blâme sur son partenaire.

Mme Ross, elle, avait appris son texte, qu'elle restituait d'une voix claire et incisive. Elle travaillait de bon cœur, essayait de suivre les suggestions de Dinah et se montrait fort obligeante. S'il y avait besoin de quoi que ce soit, Mme Ross se chargeait de le procurer. Ses coussins, ses verres à cocktail et sa table de bridge déménagèrent à la salle des fêtes. De plus en plus, constata Dinah, elle dépendait de Mme Ross pour tout ce qui était meubles et accessoires. Mais Mme Ross elle-même ne lui était pas devenue plus sympathique pour autant, et ses éclats de rire devant les tristes simagrées du Dr Templett irritaient profondément la jeune fille. Face à la muflerie délibérée que Miss Campanula et Miss Prentice opposaient à tous les efforts de Mme Ross, Dinah se sentait obligée de prodiguer à cette dernière des témoignages d'amitié qu'elle regrettait ensuite. Elle s'était aperçue avec horreur que son père avait innocemment succombé au charme de Mme Ross, et à son intérêt subit pour son église. Ce qui, naturellement, ne fit qu'ajouter de l'huile sur le feu. Dinah se rendait compte que ses répétitions se déroulaient dans un climat lourd de haine. Pour couronner le tout, le batifolage du squire avec Mme Ross semblait exaspérer Henry et les deux demoiselles au-delà de toute mesure.

Henry avait appris son rôle et s'en tirait fort bien. Il était le seul, avec Dinah, à manifester quelque aptitude à faire un travail d'équipe. Les autres membres de la troupe se regardaient à peine et débitaient leur texte comme s'il s'agissait d'une série de récitations.

La bataille de la musique avait fait rage pendant trois semaines. Tour à tour, ou simultanément, Miss

Campanula et Miss Prentice avaient invoqué des motivations altruistes, reproché l'une à l'autre leur égoïsme, boudé, nié toute envie de s'approcher du piano, renoncé à leur participation au spectacle, capitulé et offert leurs services à nouveau. Finalement, avec l'appui moral de son père, Dinah sauta sur l'occasion le jour où Miss Campanula refusa de jouer d'un instrument qui avait six basses et cinq aiguës bouchées.

– Très bien, Miss Campanula, déclara Dinah, nous nous arrangerons autrement. Puisque Miss Prentice a eu la gentillesse de se proposer, c'est elle que je désignerai comme pianiste. C'est la meilleure solution, car vous avez déjà la responsabilité des filles du C.J.A.P.

A partir de ce jour, Miss Campanula se montra à peine polie avec les autres, excepté le pasteur et le squire.

Cinq jours avant le spectacle, Eleanor Prentice attrapa ce que Miss Campanula appelait « la Chose » à l'index de la main gauche. Tout le monde le remarqua. Et Miss Campanula ne manqua pas de souligner que cela s'aggraverait certainement le soir de la représentation.

– Vous devriez soigner cette Chose que vous avez sur le doigt, Eleanor, conseilla-t-elle. Elle a l'air de grossir et elle me paraît fort vilaine. Vous avez sûrement le sang vicié.

Miss Prentice protesta avec une expression de martyre, mais il était manifeste que la Chose devenait de plus en plus vilaine. Trois jours avant le spectacle, elle apparut cachée par un bandage professionnel, et tout le monde devina que Miss Prentice avait consulté le Dr Templett. La rumeur courut que Miss Campanula s'était remise à son Prélude qu'elle travaillait tous les matins après le petit déjeuner.

Dinah s'était entretenue en privé avec le Dr Templett.

– Que pensez-vous du doigt de Miss Prentice ? Sera-t-elle capable de jouer ?

– Pour ma part, je lui ai dit de mettre une croix là-dessus, répondit le docteur. C'est bigrement infecté et très douloureux. Il la fera souffrir abominablement, si elle essaie de s'en servir. De toute manière, je le lui ai fortement déconseillé.

– Et qu'a-t-elle répondu ?

Le Dr Templett eut un large sourire.

– Qu'elle ne voulait pas décevoir son public et qu'elle modifierait le doigté du morceau. Ce sera la *Suite vénitienne*, bien sûr, comme d'habitude ?

– Oui, répliqua Dinah d'une voix morne. *L'Aube* et *Sur le canal* en guise d'ouverture, et *Nocturne* pendant l'entracte. Elle n'abandonnera jamais.

– D'après Selia, la vieille Idris aurait très bien pu verser du poison dans les gants de sa petite camarade, à l'instar des Borgia, déclara le Dr Templett. Seigneur, ajouta-t-il, j'aurais mieux fait de tenir ma langue ! C'est le genre de choses que l'on vous jette au visage ensuite.

– Je ne le répéterai pas, assura Dinah.

Puis elle alla demander à Miss Prentice si elle ne préférait pas s'abstenir de jouer.

– Comme c'est gentil à vous, ma chère Dinah, répondit Miss Prentice avec son sourire le plus onctueux. Mais je ferai de mon mieux ; vous pouvez compter sur moi.

– Mais votre doigt, Miss Prentice !

– Ça va beaucoup mieux.

D'après le ton d'Eleanor, on eût cru qu'il y avait quelque chose de légèrement inconvenant à mentionner son doigt.

– Ils attendent pour imprimer les programmes. Votre nom...

– Ne vous inquiétez pas, ma chère. Mon nom peut apparaître en toute sécurité. N'en parlons plus, d'accord ? Considérons ce petit problème comme réglé.

– Comme vous voudrez, rétorqua Dinah, mal à l'aise, c'est très héroïque de votre part.

– Petite sotte ! lança Eleanor, enjouée.

II

Le jeudi 25 novembre, deux soirs avant la représentation, postée à côté du poêle dans la travée centrale de la salle des fêtes, Dinah, le cœur serré d'appréhension, s'apprêtait à assister au début du spectacle, où elle n'apparaissait pas personnellement. Ils avaient supprimé la musique de la répétition des couturières.

– Juste pour laisser à mon stupide vieux doigt le temps de se rétablir complètement, avait déclaré Miss Prentice.

Mais, selon Henry, son père et lui avaient vu Eleanor devenir tellement livide après s'être heurté le doigt sur une chaise, qu'ils avaient cru qu'elle allait s'évanouir.

– Tu ne pourras pas l'en empêcher, avait ajouté Henry. Elle jouera, même si elle doit prendre les accords de la main gauche avec son pied.

Dinah avait acquiescé d'un air sombre.

Pour la répétition des couturières, elle avait maquillé les acteurs et tenté de recréer une atmosphère professionnelle dans ces murs habitués aux efforts malhabiles des paroissiens. Malgré cela, la voix de son père avait conservé un accent franchement pastoral tandis qu'il appelait docilement, derrière le rideau de serge verte :

– Premier acte, en scène.

Devant Dinah, six jeunes Amies de la Paroisse, désignées pour vendre les programmes et servir d'ouvreuses durant le spectacle, attendaient en gloussant le début de la répétition. Henry et le Dr Templett constituaient leur principal centre d'intérêt. Le docteur s'en était rendu compte et ne cessait de regarder dans la salle à travers le rideau. Il avait absolument tenu à se maquiller lui-même : on eût dit qu'il avait pressé un gril contre sa figure et qu'il s'était garni le menton de poils de balai. Juste au moment où Dinah allait donner le signal du lever du rideau, il passa à nouveau la tête dans un interstice.

– Pou'quoi, comment di'ais-je, vous 'icanez autant ? demanda-t-il au public.

Une nouvelle explosion de rire lui répondit.

– Docteur Templett ! hurla Dinah. Dégagez le plateau, je vous prie.

– Mille pardons, mademoiselle. Je dispa'ais.

Et il s'éclipsa avec une grimace comique.

– Tout est prêt, papa ? cria Dinah.

– Je crois que oui, répondit la voix dubitative du pasteur.

– En place, tout le monde. Lumières, s'il vous plaît.

Cet ordre, Dinah dut l'exécuter elle-même, car l'interrupteur se trouvait dans la salle. Elle pressa le bouton, et les six spectatrices poussèrent des glapissements.

– Chut, je vous prie ! Rideau !

– Un instant, répliqua le pasteur vaguement.

Le rideau s'éleva par à-coups ; et le squire, qui aurait dû se trouver près du téléphone, apparut gesticulant frénétiquement à l'adresse des coulisses. Pris au dépourvu, il se tourna vers la salle et finit par se mettre en position.

– Où est la sonnerie du téléphone ? questionna Dinah.

– Oh ! c'est vrai ! résonna, lugubre, la voix du pasteur.

Elle l'entendit fourrager dans la boîte du souffleur, puis une sonnette de vélo lança un appel strident. Mais Jocelyn avait déjà saisi le combiné, et, bien que la sonnerie continuât à retentir en coulisse, il attaqua avec conviction les premières lignes de son texte :

– Allô ! Allô ! Qui est à l'appareil ?

La répétition des couturières avait commencé.

Les comédiens disent qu'une bonne répétition des couturières signifie une première désastreuse. Dinah pria avec ferveur pour que l'inverse fût vrai. Tout semblait partir à vau-l'eau. Elle soupçonnait qu'il y avait des disputes épouvantables dans les loges des acteurs ; mais comme elle-même n'avait pas besoin de se changer, du plateau, elle passait directement dans la salle. Avant l'entrée des deux demoiselles au second acte, Henry descendit la rejoindre.

– C'est affreux, non ? fit-il.

– En dessous de tout, répondit Dinah.

– Pas de chance, ma pauvre chérie. Mais peut-être que cela ira mieux demain.

– Je ne vois pas comment... Docteur Templett ! rugit Dinah. Mais que faites-vous ? Vous devriez être près de la cheminée. Voulez-vous retourner à votre place ?

Soudain, Miss Prentice apparut sur scène, la traversa sous le nez de Jocelyn, du Dr Templett et de Selia Ross, et ressortit par le côté opposé.

– *Miss Prentice !*

Mais elle avait déjà disparu, et on l'entendit réprimander vertement Georgie Biggins, le garçon de courses.

– Tu es un méchant garçon, et je demanderai au pasteur de t'interdire d'assister à la représentation.

– Tu mérites une bonne raclée, renchérit la voix de Miss Campanula. Si on me laissait faire...

Le squire et le Dr Templett s'interrompirent et regardèrent dans les coulisses.

– Que se passe-t-il ? demanda Dinah.

Georgie Biggins fut propulsé sur le plateau. Le nez barbouillé de carmin, il arborait le chapeau que Miss Prentice portait dans la pièce. A la main, il tenait un pistolet à eau. Les filles au premier rang piaillèrent, ravies.

– Georgie, fit Dinah avec plus qu'un soupçon de larmes dans la voix, enlève ce chapeau et rentre à la maison.

– Mais je n'ai... commença Georgie.

– Fais ce que je te dis.

– Ouais, miss.

Miss Prentice pointa le bras en direction de la porte. On récupéra le chapeau. Le Dr Templett prit Georgie Biggins par le fond de la culotte et le laissa tomber par-dessus la rampe.

– Tagada ! lança Georgie en détalant.

– Reprenons, s'il vous plaît, fit la pauvre Dinah.

Cahin-caha, ils réussirent à en venir à bout. Dinah leur fit recommencer les scènes particulièrement ratées. Cela les ennuya beaucoup, mais elle ne voulut rien entendre.

– Ce sera très bien le soir de la représentation, affirma le Dr Templett.

– C'est samedi, le soir de la représentation, répliqua Dinah. Et franchement, cela m'étonnerait fort.

A minuit, elle s'assit au troisième rang et déclara qu'ils feraient mieux d'arrêter. Tout le monde se groupa autour du poêle dans l'une des pièces réservées au catéchisme, et Mme Ross leur servit un excellent souper. Elle avait insisté pour le préparer et avait apporté bière, whisky, café et sandwiches. Miss Prentice et Miss Campanula, qui avaient toutes deux proposé de se charger du souper, étaient furieuses que Mme Ross les eût devancées.

A sa grande stupeur, Dinah découvrit que les acteurs étaient parfaitement satisfaits de leur performance. Le squire était très content de lui ; le Dr Templett ne parvenait pas à se séparer de son personnage ; et Selia Ross ne cessait de répéter qu'elle les avait trouvés formidables. Les deux demoiselles, elles, ne s'entretinrent qu'avec M. Copeland, chacune attendant son tour pour pouvoir lui parler en privé. Dinah remarqua que son père avait l'air troublé et désemparé.

« Oh ! Seigneur ! pensa-t-elle. Que vont-elles encore manigancer ? » Quel dommage que son père n'eût pas plus de caractère, pour forcer ces deux vipères à tenir leur langue ! « Et s'il perdait la tête et épousait l'une d'elles ! », songea Dinah, glacée de terreur.

Henry lui apporta une tasse de café noir.

– J'y ai ajouté un peu de whisky, dit-il. Tu es blanche comme un linge et tu as l'air effrayée. Qu'y a-t-il ?

– Rien. Je suis fatiguée, c'est tout.

Baissant sa tête brune, Henry chuchota :

– Dinah ?

– Oui.

– Je parlerai à mon père samedi soir, avant qu'il ne soit remis de son triomphe douteux. As-tu reçu ma lettre ?

La main de Dinah se posa sur sa poitrine.

– Chérie, murmura Henry. La tienne est là aussi. Nous ne pouvons pas attendre plus longtemps. A après-demain ?

– A après-demain, souffla Dinah.

7.

Quelques esquisses de caractère

I

– J'ai péché, déclara Miss Prentice, en pensée, en parole et en acte. Je m'accuse tout spécialement, depuis ma dernière confession d'il y a un mois, d'avoir péché contre mon prochain. J'ai nourri des soupçons envers ceux que j'ai rencontrés, les accusant en mon for intérieur d'adultère, d'infidélité et de désobéissance vis-à-vis de leurs parents. Au fond de mon cœur, j'ai jugé et condamné l'une de mes sœurs. J'ai souvent prêté l'oreille aux propos malicieux d'une femme, et comme je ne peux pas dire que je ne les croyais pas...

– Ne cherchez pas à vous justifier plutôt qu'à vous blâmer, répondit le pasteur du confessionnal de style roman que son évêque lui avait permis d'utiliser. C'est votre cœur coupable qu'il faut condamner. Vous avez, par votre complicité, encouragé le scandale. Continuez.

Il y eut un bref silence.

– Je m'accuse d'avoir péché par omission, d'avoir failli à mon devoir de chrétienne envers les malades ; de n'avoir pas mis en garde une pauvre âme qui risque de beaucoup souffrir.

Le pasteur entendit Miss Prentice tourner une page du carnet sur lequel elle inscrivait ses confessions. « Je sais où elle veut en venir », songea-t-il avec pitié. Mais, étant un homme humble et sincère, il pria : « Seigneur, donnez-moi la force d'affronter cette femme. Amen. »

Miss Prentice s'éclaircit discrètement la voix.

– J'ai frayé avec une femme que je crois être malfaisante, reprit-elle, sachant qu'ainsi, je me rendais complice du péché.

– Notre seigneur avait frayé avec les pécheurs, tout en se préservant du péché. Ne jugez pas, et vous ne serez point jugée. Les fautes d'autrui devraient éveiller la compassion dans votre cœur, et rien d'autre. Continuez.

– J'ai eu des pensées courroucées et amères pour deux jeunes gens qui avaient blessé quelqu'un qui...

– Stop ! coupa le pasteur. N'accusez pas les autres. C'est vous, et vous seule, qu'il faut blâmer. Interrogez votre conscience. Assurez-vous que vous êtes venue ici avec un cœur humble et empli de contrition. Et, s'il contient quelque pensée peu charitable, repentez-vous et confessez-la. Ne cherchez pas à justifier votre colère en relatant sa cause. Dieu seul jugera à quel point vous avez été tentée.

Il se tut. Aucune réponse ne lui parvint de sa pénitente. Au-delà du confessionnal, l'église tout entière semblait attendre avec lui le murmure suivant.

– Ma fille, j'attends, fit le pasteur.

Quel ne fut pas son désarroi quand il entendit en retour des sanglots rauques et rageurs.

II

En dépit de son rhume, Miss Campanula était heureuse. Sur le point de se confesser, elle se sentait tout à fait jeune et exaltée, l'âme en paix. L'humeur de dogue qui s'était emparée d'elle à son réveil s'était complètement dissipée. Et la pensée d'Eleanor jouant sa *Suite vénitienne* le lendemain soir, achevait de la mettre de bonne humeur. Avec cette Chose au doigt, Eleanor avait toutes les chances de provoquer un beau gâchis, et tout le monde regretterait que le choix ne se fût pas porté sur elle, Idris Campanula. Cette idée la réconforta énormément. Ces jours-ci, elle ne pouvait jamais répondre d'avance de ses dispositions. Etrangement, celles-ci passaient de l'extase à une profonde irritation, qui s'abattait sur elle sans raison apparente, et avec une violence qui l'effrayait elle-même. On eût dit qu'elle était possédée par un démon, comme dans le Nouveau Testament, une bête qui lui insufflait des idées noires et la faisait trembler de fureur. Elle avait confessé ces accès de rage au père Copeland (c'était ainsi qu'elle et Eleanor l'appelaient entre elles), et il avait eu la bonté de prier pour elle. A sa surprise, il lui avait également conseillé de voir un médecin. Mais elle n'avait aucun problème de santé, excepté le lumbago et les phénomènes naturels liés au processus du vieillissement. Elle repoussa bien vite cette pensée car elle la déprimait ; et quand elle était déprimée, la bête prenait plus facilement possession d'elle.

Son chauffeur la conduisit à l'église. Comme elle était en avance, elle décida de jeter un coup d'œil à la salle des fêtes pour voir si le comité du C.J.A.P. avait entamé les préparatifs pour le lendemain soir. Bien sûr, la décoration se ferait sous sa surveillance au cours de la matinée ; mais il fallait d'abord balayer le plancher et déplacer les tables. Peut-être Eleanor serait-elle là... ou même le père Copeland, en route pour l'église. Une nouvelle vague d'exultation la submergea. Elle connaissait la raison de ce bonheur. Sans doute le père Copeland viendrait-il assister à ce ridicule « survol » de la pièce, qui aurait lieu à Pen Cuckoo à cinq heures. Mais, mieux que cela, le cercle de lecture se réunissait ce soir-là à la salle à manger du presbytère ; et c'était son tour d'animer. A la fin, elle passerait au bureau : le père Copeland y serait seul et lui dirait quelques mots.

Intimant à son chauffeur d'attendre, elle remonta lourdement l'allée de gravier qui menait à la salle des fêtes.

Celle-ci s'avéra fermée. Quel ennui ! Ces jeunes devaient s'imaginer qu'ils en avaient fait assez pour une journée. A tous les coups, ils avaient filé, laissant la moitié du travail pour le lendemain. Elle allait s'éloigner, lorsque, de l'intérieur, lui parvint le son étouffé du piano. Quelqu'un était en train de massacrer allégrement *La danse des canards* en se servant de la pédale. Désireuse de connaître l'identité du pianiste clandestin, Miss Campanula tambourina sur la porte. Le bruit exaspérant cessa aussitôt.

– Qui est là ? cria Miss Campanula d'une voix enrhumée, en frappant de nouveau.

Il n'y eut pas de réponse.

« La porte de derrière ! pensa-t-elle. Elle doit être ouverte. » Elle contourna le bâtiment. Mais la porte de derrière était fermée, elle aussi ; et bien que Miss Campanula l'eût secouée rageusement, éraflant ses gants en chevreau noir, personne ne vint lui ouvrir. Cramoisie d'effort, sentant la fureur monter en elle, Miss Campanula acheva son tour. Les fenêtres couvertes de givre étaient bien trop hautes pour elle. Il y avait juste un carreau dégagé, tout au fond. Retournant dans l'allée, Miss Campanula vit que son chauffeur l'avait suivie avec la voiture.

– Gibson ! cria-t-elle. Gibson, venez par ici !

Gibson descendit de voiture. C'était un bel homme au visage impassible, très élégant dans sa livrée bordeaux et ses guêtres luisantes. Il emboîta le pas à sa maîtresse, qui longea la façade de la salle des fêtes. Parvenue au bout, Miss Campanula déclara :

– Je voudrais que vous jetiez un coup d'œil par cette fenêtre. Il se passe quelque chose de bizarre à l'intérieur.

– Bien, miss.

Gibson agrippa le rebord de la fenêtre. Les muscles gonflés sous sa veste élégante, il se souleva et regarda par le carreau.

Miss Campanula éternua violemment, se moucha dans son énorme mouchoir qui empestait l'eucalyptus et demanda :

– Vous voyez quelque chose ?

– Non, miss. Il n'y a personne là-dedans.

– *Bais* si, il y a quelqu'un, insista Miss Campanula.

– Je ne vois rien, miss. Tout est propre, rangé, pour demain sûrement.

– Où est le piano ?

– En face de la scène, miss.

Gibson redescendit.

– Il doit se cacher dans l'*ude* des pièces, marmonna Miss Campanula.

– N'aurait-il pas pu sortir par la porte principale, miss, pendant que vous faisiez le tour ?

– Vous avez vu quelqu'un ?

– Pas que je sache, miss. Mais j'étais en train de faire demi-tour. Il aurait pu déguerpir sans que je le voie.

– Je trouve cela *extrêmement* étrange et suspect.

– Oui, miss. Tiens, voilà Miss Prentice qui sort de l'église, miss.

– Ah oui ?

Miss Campanula scruta l'allée de son regard myope. Elle aperçut le porche sud de St. Giles et une silhouette qui se tenait sur le pas de la porte.

« Il ne faut pas que j'arrive en retard, pensa-t-elle. Eleanor m'a devancée, comme d'habitude. »

Elle ordonna à Gibson de l'attendre devant l'église, traversa l'allée et se dirigea vers le portail du cimetière. Eleanor était toujours sous le porche. On ne s'arrêtait pas pour bavarder quand on se rendait à la confession. Miss Campanula gratifia Eleanor d'un signe de tête et remarqua avec stupeur que celle-ci avait une mine épouvantable.

« Quelque chose ne va pas », se dit-elle. Et, quelque part aux confins de son subconscient, se nicha l'espoir qu'Eleanor avait mécontenté le pasteur lors de sa confession.

Miss Campanula pénétra dans l'église le cœur en fête.

III

Au moment précis où Miss Prentice et Miss Campanula se croisaient sous le porche, Henry décida qu'il ne supportait plus de rester enfermé à Pen Cuckoo. Il se sentait impatient et agité. Dinah et lui avaient respecté leur pacte et ne s'étaient plus revus seul à seul depuis leur rendez-vous matinal dans les collines de Cloudyfold. Henry avait profité du petit déjeuner pour annoncer leur résolution à son père, en présence d'Eleanor Prentice.

– C'est Dinah qui a eu cette idée, expliqua-t-il. Elle appelle cela un armistice. Puisque nos affaires semblent beaucoup intéresser le public, et que son père a été très affecté par la conversation que vous avez eue avec lui hier soir, cousine Eleanor, Dinah pense qu'il serait bien de lui promettre de cesser ce que vous avez appelé nos rencontres clandestines pendant trois semaines. A l'expiration de ce délai, je parlerai moi-même au pasteur.

Et, regardant Miss Prentice droit dans les yeux, il avait ajouté :

– Entre-temps, je vous saurai gré de ne pas aborder ce sujet avec lui. Après tout, c'est nous que cela regarde.

– Je ferai ce que je pense être mon devoir, Henry, avait répliqué Miss Prentice.

– J'en ai bien peur.

Et, sur ces mots, Henry avait quitté la pièce.

Dinah et lui étaient convenus de s'écrire. Henry avait surpris le regard de Miss Prentice sur la première lettre de Dinah, posée au petit déjeuner près de son assiette. Atterré par son expression, Henry avait caché la lettre dans la poche interne de sa veste ; et, depuis ce matin-là, il descendait prendre son petit déjeuner de bonne heure.

Durant cette trêve de trois semaines, Jocelyn n'avait jamais mentionné Dinah devant son fils ; mais Henry savait très bien que Miss Prentice en harcelait le squire à la moindre occasion. A plusieurs reprises, Henry l'avait trouvée enfermée dans le bureau avec Jocelyn. Le silence qui, invariablement, suivait son apparition, les tentatives maladroites de son père pour le rompre, et le sourire tendu d'Eleanor tandis qu'elle s'éclipsait de la pièce ne laissaient aucun doute quant au sujet de leur conversation.

Ce jour-là, Jocelyn était à la chasse. Miss Prentice allait rentrer de l'église avant trois heures, et la perspective de prendre le thé en tête à tête avec sa cousine ne souriait nullement à Henry. Comme elle avait refusé de s'y rendre en voiture, elle serait toute fourbue et plus martyre que jamais. Bien que Jocelyn lui eût appris à conduire, elle ne voulait à aucun prix se servir de la voiture. Elle allait donc à l'église à la nuit tombée, sous une pluie torrentielle, à la suite de quoi elle ne manquait pas de tomber malade. Au moins, cet après-midi, il faisait beau, et un soleil mouillé réchauffait timidement la terre. Henry prit une canne et sortit.

Il coupa à travers les arbres et se retrouva dans l'allée qui menait vers l'église. Peut-être y avait-il du travail à la salle des fêtes. Et, comme Dinah n'y serait sûrement pas seule, il pouvait s'y rendre en toute sécurité.

Mais à mi-chemin, au détour d'un virage, il tomba sur Dinah, seule.

Ils se dévisagèrent quelques instants, puis Henry dit :

– Je voulais vous aider, dans la salle.

– Nous avons terminé pour aujourd'hui à deux heures.

– Où vas-tu ?

– Faire un tour. Je ne savais pas que tu... je croyais...

– Je ne savais pas non plus. Cela devait arriver, tôt ou tard.

– Oui, certainement.

– Tu es toute pâle, fit Henry d'une voix qui tremblait. Tu te sens bien ?

– Oui. C'est le choc. Toi aussi, tu es pâle.

– Dinah !

– Non, non. Pas avant demain. Nous avons promis.

Et, comme mus par une force irrépressible, ils se retrouvèrent dans les bras l'un de l'autre.

Lorsque Miss Prentice, les yeux secs mais la rage au cœur, sortit du virage, Henry était en train d'embrasser Dinah dans le cou.

IV

– Qu'importe, déclara Selia Ross, ce que peuvent raconter deux vieilles et répugnantes grenouilles de bénitier !

– Mais si, répondit le Dr Templett, lançant un coup de pied dans une bûche. J'exerce l'un des rares métiers où la vie privée puisse influer sur la marche des affaires. Pourquoi, Dieu seul le sait. Je ne peux pas me permettre de perdre ma clientèle, Selia. Mon frère a dépensé pratiquement tout ce qui est resté après la mort de mon père. Je ne veux pas vendre Chippingwood, mais il engloutit tout ce que je gagne. C'est une situation affligeante, je le sais. Mais même s'il en avait été autrement, je n'aurais pas pu demander le divorce à Freda. Ce n'est déjà pas amusant d'être couchée avec une tétraplégie à longueur d'année... de plus, elle a encore de l'affection pour moi.

– Mon pauvre chéri, susurra Mme Ross.

Le Dr Templett qui lui tournait le dos ne vit pas son regard spéculatif. Peut-être se demandait-elle si elle devait s'approcher de lui. Finalement, elle demeura assise, nette et élégante, dans un fauteuil à haut dossier.

– Juste à l'instant, marmonna Templett, la vieille Mme Cain a dit avoir aperçu ma voiture dehors. J'ai remarqué des choses. Ils commencent à jaser, cette bande d'abrutis. Or, avec ce type qui vient de s'installer à Penmoor, je ne peux pas prendre de risques. Tout cela à cause de ces deux bonnes femmes. Personne ne se serait posé de questions, si je ne leur étais pas tombé sous la dent. L'autre jour, pendant que je soignais le doigt de la vieille Prentice, elle m'a demandé des nouvelles de Freda, et, dans la foulée, elle s'est mise à parler de toi. Mon Dieu, si seulement elle pouvait attraper la gangrène ! Et maintenant cela !

– Je regrette de t'en avoir parlé.

– Non, tu as bien fait. Fais voir cette saloperie.

Mme Ross s'approcha de son bureau, ouvrit un tiroir fermé à clé, en sortit une feuille de papier à lettres et la lui tendit. Il contempla les six lignes de majuscules tracées à l'encre noire.

« CECI EST UN PRÉAVIS POUR QUE VOUS QUITTIEZ LA RÉGION. SI VOUS IGNOREZ CET AVERTISSEMENT, VOTRE JOLI CŒUR LE PAIERA CHER. »

– Quand est-ce arrivé ?

– Ce matin. Le timbre portait le cachet de Chipping.

– Et pourquoi penses-tu que c'est elle ?

– Sens le papier.

– Mon Dieu, de l'eucalyptus !

– Elle baigne dedans.

– Elle l'avait mise dans son sac, peut-être ?

– Sûrement. Tu devrais brûler ça, Billy.

Le Dr Templett laissa tomber le feuillet sur la bûche incandescente, pour le tirer du feu aussitôt.

– Non, dit-il. J'ai à la maison un mot écrit de sa main. Je vais comparer les deux feuilles.

– La sienne porte certainement une adresse imprimée.

– Celle-ci pourrait être une feuille vierge du même bloc, pour les lettres à rallonge.

– Elle n'est pas stupide à ce point-là.

– Ma chère, cette femme est un cas pathologique. Elle est capable de tout. Je vais vérifier, à tout hasard.

Il mit le papier dans sa poche.

– A mon avis, fit Selia Ross, elle est verte de jalousie parce que je m'entends plutôt bien avec le squire et le pasteur.

– Je le suis également.

– Chéri, répondit Mme Ross, tu ne peux pas t'imaginer combien notre relation est pure.

Brusquement, Templett éclata de rire.

8.

La catastrophe

I

A huit heures moins dix, le samedi soir 27 novembre, à l'odeur de sapin qui régnait à la salle des fêtes de St. Giles de Winton, se mêla celle de la foule et des imperméables mouillés. Dirigés par la poigne de fer de Miss Campanula, les Jeunes Amis de la Paroisse avaient vendu tous les billets à l'avance, de sorte que, malgré un temps exécrable, il ne restait plus une place de libre. Même les propriétaires de Moorton Park étaient là avec leurs invités, installés au premier rang où les sièges étaient un peu plus confortables, à deux shillings la place. Derrière eux, on apercevait les membres actifs de la paroisse, y compris M. Prosser, le pharmacien de Chipping, et M. Blandish, le commissaire de police. Tous deux remplissaient les fonctions de bedeau. Il y avait aussi l'Institut féminin, avec maris et enfants. Plus loin, se pressaient les jeunes filles du Cercle qui n'avaient pas de tâche particulière à accomplir ; et derrière elles, sur les bancs du fond, les jeunes gens des fermes et villages environnants, qui sentaient la brillantine et la chaleur des étables. A l'entrée, Miss

Campanula avait posté le brigadier Roper du commissariat de Chipping, qui participait à l'occasion à l'entretien de St. Giles. Il avait pour mission de ramasser les billets et de faire régner l'ordre dans les rangs du fond, dont les occupants riaient bruyamment et lançaient des boulettes de papier aux filles. Au bout du quatrième rang, à gauche de l'allée centrale, trônait Georgie Biggins avec ses parents. Curieusement, sa destination au poste de garçon de courses ne l'avait nullement ému. Ses cheveux humides étaient plaqués sur son crâne rond ; son visage rose luisait ; et ses yeux noirs comme des boutons, où brillait une lueur peu orthodoxe, étaient rivés sur le piano.

Ce piano, qui allait bientôt connaître une notoriété mondiale, se dressait au bout de l'allée centrale, juste au-dessous de la scène. Sur les nombreuses photos que la presse allait publier le lundi 29 novembre, figure un piano fin de siècle, capitonné de soie déchirée, véritable pièce de musée. Il a pourtant l'air d'avoir connu des jours meilleurs : on pourrait le comparer à une vieille demoiselle parée de ses atours mités et démodés, dont l'allure a conservé une certaine distinction loqueteuse malgré sa condition présente. Cette impression est renforcée par la rangée de cinq aspidistras, placés sur la draperie tendue par-dessus la caisse, épinglée aux bords et retombant en plis artistiques tout autour du clavier. A huit heures moins dix, le soir du spectacle, sur le pupitre auréolé d'une cascade de plis figurait la *Suite vénitienne* de Miss Prentice, plutôt défraîchie mais, néanmoins, prête à l'emploi.

On trouvait dans le programme successivement l'objet du spectacle, un bref historique du vieux piano, et un mot de remerciement à l'intention de Jocelyn Jernigham, Esq., de Pen Cuckoo, pour son offre généreuse de compléter la somme nécessaire à l'achat d'un nouvel instrument. On pouvait dire que le vieux piano était véritablement le clou de la soirée.

A huit heures, Dinah, malade d'appréhension dans la boîte du souffleur, appuya sur l'interrupteur pour éclairer la scène. Obéissant à ce signal, le brigadier Roper se pencha par-dessus la rangée des garçons et éteignit les lumières dans la salle. Un brouhaha de plaisir anticipé parcourut le public.

La rampe improvisée illumina par en dessous un rideau vert et râpé. Après une pause durant laquelle on entendit fuser des « Chut ! », une main invisible écarta le rideau, livrant passage au pasteur. Le deuxième rang se mit à applaudir, et le reporter du *Courrier de Chipping* sortit son bloc-notes.

M. Copeland avait revêtu sa plus belle soutane. Celle-ci était verdâtre à l'endroit des coutures ; quant à ses souliers, leurs pointes se retroussaient pour n'avoir pas connu l'embauchoir. Ce n'était qu'un pasteur de campagne, bel homme, certes, mais pauvrement vêtu. Toutefois, l'éclairage spectaculaire lui conféra une allure magnifique. On eût dit la tête d'un saint médiéval, belle et austère, aussi nette qu'un camée sur le fond de sa propre ombre.

– Il devrait être évêque, glissa la vieille Mme Cain à sa fille.

Derrière le rideau, Dinah passa le décor en revue une dernière fois. Le squire, maquillé avec soin et très présentable dans sa culotte de golf, était en position à l'avant-scène, un télégramme à la main. Henry, très nerveux, se tenait à l'entrée de la scène. Armée d'une sonnette de vélo, Dinah se retira en coulisse.

– Attendez qu'il ait sonné deux fois avant de répondre au téléphone, siffla-t-elle à l'adresse de Jocelyn.

– Très bien, très bien.

– Dégagez le plateau, ordonna Dinah avec sévérité. En place, tout le monde.

Elle alla dans la boîte du souffleur et, saisissant d'une main les cordons du rideau, prêta l'oreille au discours de son père.

– ... Comme vous le voyez, disait le pasteur, le piano actuel est presque un monument historique, et vous serez certainement heureux d'apprendre que ce vieil ami aura mérité une place d'honneur dans la petite salle de récréation derrière la scène.

Une vague d'applaudissements sentimentaux accueillit la nouvelle.

– J'ai une autre annonce à vous faire. Vous verrez sur votre programme que c'est Miss Prentice de Pen Cuckoo qui, en dépit de sa participation au spectacle, devait jouer l'ouverture et l'entracte. Or j'ai le regret de vous dire que Miss Prentice s'est... euh... s'est blessée à un doigt, qui, malheureusement, la fait beaucoup souffrir. Avec le courage et l'abnégation que nous lui connaissons, Miss Prentice...

M. Copeland fit une pause et fut récompensé par quelques applaudissements timides.

– ... ne voulant surtout pas nous décevoir, était prête jusqu'à la dernière minute à jouer du piano. Cependant, comme elle a un rôle important à interpréter, et que sa main est vraiment mal en point, elle... euh... le Dr Templett... euh... lui a défendu de... de toucher à l'instrument.

Le pasteur s'interrompit de nouveau. Le public se demanda s'il devait applaudir l'initiative du Dr Templett et décida que mieux valait s'abstenir.

– Je sais que vous serez déçus et que vous compatirez à la mésaventure de Miss Prentice, mais nous ne pouvons pas enfreindre les ordres du docteur. Néanmoins, je suis heureux de vous annoncer que nous aurons de la musique quand même... de la très bonne musique. Miss Idris Campanula, bien que prévenue au dernier moment, a consenti à jouer pour nous. Voilà qui, à mon avis, est très chic et généreux de la part de Miss Campanula, et je vous demande à tous d'exprimer votre reconnaissance en un réel...

La salle croula sous les applaudissements.

– Miss Campanula, acheva M. Copeland, va nous interpréter le Prélude en do dièse mineur de Rachmaninov. Miss Campanula !

Il alla la chercher en coulisse, l'aida à descendre les marches et remonta sur le plateau par le côté.

Ce fut un spectacle inoubliable que de voir Miss Campanula remercier le public d'un austère hochement de tête, adresser un sourire plus intime au pasteur, descendre les marches avec précaution et, tournant le dos à l'allée centrale, s'installer devant l'instrument. Ce fut un moment glorieux que celui où elle ôta la *Suite vénitienne* et plaça sur le pupitre son fameux Prélude. Elle l'ouvrit d'une chiquenaude magistrale, le tapota d'un geste espiègle, puis tira son pince-nez de son giron rembourré de soie, qui ressemblait de près au capitonnage de l'instrument. Miss Campanula et le vieux piano semblèrent se dévisager d'un air complice. Miss Campanula creusa le dos et redressa le buste. Le nez à quelques centimètres de la partition, elle leva la main gauche et l'abattit sur le clavier.

Pom. Pom. POM.

Les trois accords prétentieux résonnèrent dans la salle.

Miss Campanula fit une pause, et, soulevant son grand pied gauche, écrasa la pédale.

II

Le silence explosa dans un fracas assourdissant. L'espace d'une seconde, plus rien n'exista en dehors de ce vacarme insoutenable. Un nuage de poussière emplit la salle et, quand il retomba, il fut possible d'identifier les différentes sources de ce tintamarre. Les femmes criaient. Les pieds des chaises raclaient le plancher ; les branches de sapin tombaient des murs ; le piano vibrait comme une toupie géante.

Miss Campanula piqua une tête contre la partition qui lui resta collée au visage. Puis, très lentement, elle s'affaissa sur les touches, faisant résonner une dernière note discordante dans les basses. Et elle resta là, sans bouger, dans une posture qui semblait parodier les simagrées d'un virtuose apprêté. Elle était morte.

III

Assise devant le piano, Lady Appleby se tourna vers son mari comme pour lui poser une question, et s'évanouit.

Georgie Biggins poussa un hurlement strident comme un coup de sifflet.

Le pasteur descendit les marches en courant. Il contempla la silhouette affalée sur le clavier et, se tordant les mains, fit face à la salle. Ses lèvres remuaient, mais personne ne l'entendit.

Dinah quitta la boîte du souffleur et s'arrêta, prostrée, la tête baissée comme si elle était plongée dans une profonde méditation. Puis elle passa en titubant devant le rideau et disparut en appelant :

– Henry ! Henry !

Le Dr Templett sortit du côté opposé, barbouillé de son redoutable maquillage. Il s'approcha du pasteur, lui toucha le bras et descendit jusqu'au piano. Le dos à la salle, il se pencha, puis se redressa et secoua la tête à l'adresse de M. Copeland.

M. Blandish, qui était assis au troisième rang, se fraya un chemin jusqu'à la scène.

– Que se passe-t-il ? s'enquit-il d'une voix de stentor.

Cette fois, tout le monde l'entendit. Un silence soudain se fit dans la salle. Et la voix de M. Prosser, l'organiste de Chipping, s'éleva, solitaire :

– C'était un coup de feu. Voilà ce que c'était. Un coup de feu.

Bien qu'en civil, M. Blandish était revêtu d'autorité. Il examina le piano et échangea quelques mots avec le Dr Templett. Les deux hommes allèrent chercher le paravent qui masquait un coin de la scène et le placèrent devant le piano.

Le pasteur remonta les marches et survola du regard ses ouailles.

– Mes chers amis, fit-il d'une voix tremblante, un accident terrible vient de se produire. Je vous supplie de rentrer chez vous dans le calme. Roper, voulez-vous ouvrir la porte ?

– Un instant, intervint M. Blandish. Un instant, *si vous le permettez*, monsieur. C'est à la police de s'occuper de cette affaire. Charlie Roper, restez devant la porte. Avez-vous votre bloc sur vous ?

– Oui, monsieur, répondit le brigadier Roper.

– Bien.

M. Blandish haussa la voix.

– En sortant, tonna-t-il, je vous demanderai de donner vos nom et adresse au brigadier qui est près de la porte. Quant à tous ceux qui ont pris part à ce divertissement, poursuivit M. Blandish sans la moindre trace d'ironie, qu'il s'agisse du spectacle ou de la décoration, je les prierai de bien vouloir rester ici. Maintenant, vous allez sortir calmement ; inutile de vous bousculer. Les bancs du fond d'abord. Les autres, gardez vos places en attendant votre tour.

Puis il ajouta à l'intention du pasteur :

– Je vous serai fort obligé d'aller surveiller la porte de derrière, monsieur, afin que personne ne sorte par là. Si on peut la fermer à clé et si vous avez la clé, faites-le. Peut-on lever le rideau, s'il vous plaît ? Je vais téléphoner. C'est là derrière, n'est-ce pas ? Merci beaucoup.

Il traversa la scène, passant devant Dinah et Henry qui se tenaient côte à côte en coulisse.

– Bonsoir, monsieur Jernigham, dit le commissaire. Vous voulez bien lever ce rideau ?

– Oui, bien sûr, répondit Henry.

Le rideau s'éleva par saccades, révélant aux spectateurs restés dans la salle un groupe de quatre personnes : Jocelyn Jernigham, Selia Ross, Eleanor Prentice et le pasteur, qui venait de fermer à clé la porte de derrière.

– Je n'arrive pas à le croire, fit le pasteur. Je n'arrive absolument pas à croire qu'une chose pareille ait pu se produire.

– Est-ce un meurtre ? s'enquit vivement Mme Ross.

Sa voix, un peu trop aiguë, parut scandaleusement forte.

– Je... je n'arrive pas à le croire... répéta M. Copeland.

– Ecoutez, Copeland, l'interrompit le squire. Je ne comprends rien du tout à ce que l'on raconte. Une balle dans la tête ! Que voulez-vous dire par là ? Quelqu'un a dû remarquer quelque chose. On ne peut pas tirer sur les autres dans une salle bondée sans que l'on vous voie.

– Apparemment, le coup de feu est parti de... de...

– D'où, grands dieux ?

– De l'intérieur du piano, acheva le pasteur misérablement. Il ne faut rien toucher, mais on dirait que cela provient du piano. On peut le voir à travers la soie déchirée.

– Seigneur Dieu ! fit Jocelyn.

Il jeta un coup d'œil irrité sur Miss Prentice qui se balançait d'avant en arrière comme un vieux poussah, tout en gémissant.

– Taisez-vous, Eleanor, intima le squire. Allons ! Templett !

Le Dr Templett émergea de derrière le paravent et répondit avec humeur :

– Quoi encore ?

– Elle a été tuée d'une balle dans la tête ?

– Oui.

– Comment ?

– De l'intérieur du piano.

– Je n'ai jamais entendu une chose pareille, déclara Jocelyn. Je descends voir.

– Oh ! mais je ne sais pas si c'est possible, objecta le Dr Templett. Il faut laisser faire la police.

– Vous y avez bien été, vous !

– Je suis médecin divisionnaire.

– Et moi, ma parole, rétorqua le squire qui venait de s'en souvenir, je suis le suppléant du chef de police sur la région.

– Excusez-moi, dit le Dr Templett. Je l'avais oublié.

Mais le retour de M. Blandish empêcha le squire de faire une incursion derrière le paravent.

– C'est bon, annonça le commissaire paisiblement.

Et, se tournant vers Jocelyn :

– J'ai appelé le poste, monsieur, pour qu'ils nous envoient du monde.

– Ah oui, oui ! répondit Jocelyn. Très bonne idée.

– Un instant, Blandish, fit le Dr Templett. Venez voir.

Ils disparurent derrière le paravent. Les autres attendaient en silence. Miss Prentice s'était caché le visage dans les mains. S'approchant du bord de la scène, le squire contempla le piano, se détourna, et, brusquement, s'épongea le visage avec un mouchoir.

Blandish et Templett reparurent.

– C'est une chance, en un sens, de vous avoir sur place, monsieur, dit Blandish à Jocelyn. Je suppose que c'est votre première affaire de ce genre depuis votre nomination.

– Oui.

– Une sale histoire.

– Comme vous dites.

– Bien. J'aimerais prendre quelques notes, avec votre permission, monsieur Jernigham. M. Henry Jernigham et Miss Copeland sont avec nous, je crois.

Il scruta du regard la pénombre des coulisses.

– Nous sommes là, fit Henry.

Dinah et lui sortirent sur la scène.

– Ah ! voilà ! Bonsoir, Miss Copeland.

– Bonsoir, répondit Dinah faiblement.

– Nous avons la troupe au complet, j'imagine, reprit Blandish, jetant un regard circulaire autour de lui. A l'exception de la défunte, évidemment.

– Oui, opina Jocelyn.

– Je vais juste marquer vos noms.

Ils s'assirent pendant que Blandish prenait les notes. Les ouvreuses et deux jeunes garçons étaient parqués tout au fond de la salle, sous l'œil vigilant du brigadier Roper. Dinah se surprit à les regarder : eux, Blandish, le plancher ; tout sauf le piano qui dépassait la rampe, avec ses pots d'aspidistras. Car sous les aspidistras, à l'ombre du paravent, mal dissimulé par la draperie verte et jaune dont ils l'avaient recouvert, il y avait le corps de Miss Campanula, affaissé sur le clavier. Dinah se demanda qui était responsable des aspidistras. Elle avait eu l'intention de les faire enlever : ils devaient masquer une bonne partie de la scène aux spectateurs des premiers rangs. « *Ne les regarde pas* », lui ordonna son esprit. Elle se tourna précipitamment vers Henry, qui lui prit les mains et l'attira à lui, lui dissimulant la vue de la rampe.

– Tout va bien, Dinah, murmura-t-il, tout va bien, ma chérie.

– Je ne panique absolument pas, répondit Dinah.

– Bien, déclara Blandish, j'ai la liste des noms. Et maintenant... Eh bien, qu'y a-t-il ?

Un agent en uniforme était entré par la porte principale et attendait dans la salle.

– Excusez-moi, fit Blandish.

Il descendit le rejoindre, et le bourdonnement de leur conversation monta jusqu'à la scène. Blandish se retourna.

– Pouvez-vous venir un instant, monsieur ? demanda-t-il à Jocelyn.

– Certainement, fit celui-ci.

– Vous connaissez la dernière, monsieur ? poursuivit Blandish dans un murmure rageur. Pendant six mois nous n'avons eu que des vieux pochards et des excès de vitesse, et voilà que ce soir, il y a eu un cambriolage par effraction à Moorton Park : il y en a pour cinq mille livres, rien qu'en bijoux volés. Leur majordome a appelé le commissariat il y a cinq minutes, et ce garçon a pris son vélomoteur pour venir me l'annoncer. Il dit que toute la maison est sens dessus dessous. Sir George, sa femme et leurs invités ne sont pas encore rentrés. Cela ressemble fort à la bande qui a déjà monté un ou deux coups à Somerset, il y a une quinzaine de jours. Cette affaire ne va pas être simple. Alors, selon vous, que dois-je faire, monsieur ?

Blandish et Jocelyn se dévisagèrent d'un air consterné.

– En tout cas, répondit Jocelyn finalement, vous ne pouvez pas être dans deux endroits à la fois.

– Très juste, monsieur, acquiesça Blandish. Ce ne sera pas de gaieté de cœur que je vais abandonner un travail à peine commencé, mais j'ai l'impression qu'il va falloir faire appel au Yard.

9.

Le Bureau d'Investigation Criminelle

I

Cinq heures après que Miss Campanula eut plaqué son dernier accord, celui qui lui coûta la vie, une voiture de police freinait devant la salle des fêtes de St. Giles de Winton. Elle venait de Scotland Yard. A l'intérieur se trouvaient l'inspecteur principal Alleyn, l'inspecteur Fox et les brigadiers Bailey et Thompson.

Levant les yeux de sa carte, Alleyn aperçut un clocher qui se détachait sur la colline baignée de clair de lune, des arbres sous un ciel étoilé, et, plus près d'eux, les fenêtres éclairées d'une bâtisse en pierre.

– On se croirait à la chasse au trésor, observa-t-il à l'adresse de Thompson, qui était au volant. Quelle heure est-il ?

– Une heure du matin, monsieur.

Comme pour confirmer ses dires, un carillon perça la nuit, et l'horloge de l'église sonna un coup.

– On y va, fit Alleyn.

L'air était froid, surtout après l'atmosphère confinée de la voiture. Il sentait le givre et les feuilles mortes. Ils remontèrent une allée de gravier, et Fox éclaira de sa lampe de poche la plaque de cuivre qui figurait à l'entrée de la bâtisse.

« Salle de la paroisse de St. Giles de Winton. Don de Jocelyn Jernigham, Esquire de Pen Cuckoo, 1805. A la Gloire de Dieu. En souvenir de son épouse Prudence Jernigham rappelée à Dieu le 7 mai 1801. »

– C'est là, monsieur, déclara Fox.

– Sans aucun doute, répliqua Alleyn, en tambourinant sur la porte.

Ce fut le brigadier Roper qui leur ouvrit, les yeux bouffis après cinq heures de veille.

– Scotland Yard, dit Alleyn.

– Dieu merci, répondit le brigadier Roper.

Ils entrèrent.

– Le commissaire m'a demandé de vous dire, monsieur, fit le brigadier Roper, qu'il regrettait de ne pas être là pour vous accueillir, mais vu qu'il y a eu un casse en règle à Moorton Park...

– Ce n'est pas grave, répliqua Alleyn. Alors, de quoi s'agit-il ?

– D'un meurtre, fit Roper. Voulez-vous que je vous y conduise ?

– S'il vous plaît.

Ils longèrent l'allée centrale, entre les rangées de chaises et de bancs vides. Le sol était jonché de programmes.

– Je vais allumer l'autre lumière, monsieur, annonça Roper. La défunte est derrière le paravent.

Il gravit les marches en traînant les pieds. Un déclic, et la rampe improvisée de Dinah inonda l'avant-scène de clarté. Bailey et Thompson repoussèrent le paravent.

Miss Campanula était toujours couchée sur le clavier en attendant l'expert, le photographe et le médecin légiste.

– Seigneur ! dit Alleyn.

Le Prélude de Rachmaninov (et de Miss Campanula) était coincé entre elle et le clavier. Une traînée rouge foncé barrait la partition, mais le titre demeurait distinct. Au milieu, le papier était percé d'un trou. Sans y toucher, Alleyn put apercevoir des indications griffonnées au crayon. Après le dernier accord d'ouverture figurait un « Péd.g. » emphatique. La main gauche de Miss Campanula reposait sous son visage, mais la droite était retombée et pendait, quelque peu saugrenue, au bout d'un long bras violacé. Le visage lui-même était caché. Ils baissèrent les yeux sur sa nuque. Un chignon pitoyable de cheveux gris surplombait, à moitié défait, un trou noir et béant. Quelques mèches maculées de sang séché étaient restées collées à son cou maigre.

– Une balle dans la nuque, fit Fox.

– C'est plutôt par là que la balle est ressortie, répondit Alleyn. Il faudra d'ailleurs tâcher de la retrouver.

Bailey entreprit aussitôt de fouiller l'allée centrale.

Alleyn braqua sa torche sur la soie qui habillait l'avant du piano. Il y avait une déchirure juste au milieu, de part et d'autre du trou laissé par la balle. A l'intérieur de ce trou, presque en surface, la lumière se refléta sur un cercle brillant. Se penchant, Alleyn regarda de plus près et poussa une exclamation étouffée.

– C'est l'arme du crime, monsieur, dit Roper. A l'intérieur du piano.

– Quelqu'un y a touché ?

– Non, monsieur, non. Le commissaire était dans la salle : il est intervenu tout de suite, quoi. Personne ne s'est approché de là, excepté le docteur.

– Le docteur. Où est-il ?

– Il est rentré chez lui, monsieur. C'est le Dr Templett, de Chippingwood. Notre médecin divisionnaire. Il était là, quand c'est arrivé. Il a dit de le prévenir quand vous seriez là, et que si vous aviez besoin de lui, il viendrait tout de suite. C'est à trois kilomètres d'ici.

– Effectivement, ce serait bien qu'il vienne. Voulez-vous lui téléphoner ?

Quand Roper se fut éloigné, Alleyn remarqua :

– C'est une drôle d'histoire, Fox.

– Très bizarre, monsieur Alleyn. Comment cela a-t-il fonctionné ?

– Nous nous pencherons sur la question quand nous aurons pris quelques photos. Prenez-la sous tous les angles, Thompson.

Thompson avait déjà commencé à disposer son attirail. Bientôt, Miss Campanula se trouva exposée aux éclairs aveuglants du flash. Ce fut la seconde et la dernière fois qu'on la prenait en photo, assise au piano.

Roper, revenu de la salle du téléphone, assistait aux opérations avec un intérêt passionné.

– Difficile à imaginer, une affaire pareille, confia-t-il à Bailey, qui s'était écarté de l'allée. J'ai tout vu de mes propres yeux. La vieille dame, elle s'assoit au piano, très sûre d'elle, comme d'habitude, et voilà qu'elle attaque son morceau. Bing, bang, boum... et avant que vous ne compreniez ce qui se passe, tout saute en l'air, et elle avec.

– Hum ! répondit Bailey, se baissant promptement. Ça y est, monsieur, déclara-t-il. J'ai la balle.

– Vous l'avez ? Je vais y jeter un œil dans une minute.

Alleyn marqua les positions de la tête et du bras et s'accroupit pour tracer à la craie le contour des pieds.

– Elle chaussait du quarante, murmura-t-il. Tiens, on dirait que le pied gauche a glissé sur la pédale. Je me demande si... Mais nous le saurons bientôt. Tout le monde a mis ses gants ? Bien. Allez-y doucement et ne vous approchez pas trop du clavier. Brigadier... comment vous appelez-vous, au fait ?

– Roper, monsieur.

– Parfait. Voulez-vous m'enlever tout cela ?

Roper déplaça l'aspidistra et commença à ôter les épingles qui retenaient la draperie. Alleyn, lui, monta sur la scène et s'accroupit au-dessus de la rampe comme une divinité qui aurait supervisé les opérations.

– Attention, c'est branlant. Regardez-moi ça !

Et il désigna l'intérieur du couvercle, qui avait été relevé.

– Le bois est pourri. Pas étonnant s'ils en voulaient un neuf. Bonté divine !

– Qu'y a-t-il, monsieur ?

– Venez voir, Fox.

Alleyn alluma sa torche. La lumière joua sur un canon d'acier. Il glissa sa main gantée à l'intérieur de la caisse ; et tout le monde entendit un déclic.

– Je viens d'effleurer la sécurité d'un automatique en parfait état de marche. Eh bien !

Roper retira la draperie.

– Nom d'un chien ! lâcha Fox.

II

– Astucieux, n'est-ce pas ? observa Alleyn.

– Un peu trop, à mon goût. Comment ça marche, monsieur ?

– C'est un Colt. La crosse est coincée entre les chevilles qui maintiennent les cordes et l'avant du piano. Le bout du canon correspond à un trou dans cette espèce d'horreur qui est censée représenter le pupitre. La bavette en soie est pourrie et gondolée. Et, de toute façon, la partition l'aurait masquée. Evidemment, par-dessus il y avait le tissu et tout ce potager.

– Mais qu'est-ce qui a déclenché la gâchette ?

– Une seconde. Il y a une ficelle nouée autour de la crosse et fixée à la gâchette. Elle va jusqu'à une drôle de petite poulie qui est au fond de la caisse, puis revient vers une autre poulie, placée à l'avant. Ensuite elle descend.

Alleyn abaissa sa torche.

– Là, regardez. L'autre bout de la ficelle est fixé à une latte qui fait partie du pédalier. Et, quand on se sert de la pédale de gauche, cette latte recule. De cinq à six centimètres, je suppose. Suffisamment, en tout cas, pour donner une brusque impulsion à la ficelle. Nous allons prendre quelques clichés, Thompson. Ce n'est pas très facile. Vous allez y arriver ?

– Je pense que oui, monsieur Alleyn.

– On dirait une blague, remarqua Fox.

Alleyn leva vivement les yeux.

– C'est curieux que vous disiez cela, répondit-il. J'étais justement en train d'y penser. Un petit garçon qui aurait voulu jouer un tour. Toute l'installation donne à le croire. D'ailleurs, il me semble reconnaître ces poulies, Fox. Voyez comme elles tiennent bien. Mon filleul a les mêmes, dans l'un de ces jeux de construction, un casse-tête infernal qui est censé développer l'intellect, mais qui a vraiment failli me priver du mien. Meccano, ça s'appelle. Ma parole, compère Fox, c'est exactement le genre de ficelle qu'ils utilisent : verte, fine et très solide, comme du fil de pêche, et qui correspond parfaitement à la cannelure de la poulie.

– Croyez-vous qu'un gosse a pu perdre la boule et tendre ce piège à notre rombière ? demanda Fox.

– Un enfant avec un Colt ?

– Evidemment... Mais il aurait pu s'en procurer un.

Alleyn jura à voix basse.

– Qu'y a-t-il ? s'enquit Fox.

– Tout ce dispositif de malheur... C'est tout à fait ce que décrit le mode d'emploi joint à ces jeux-là. « Fig. 1. Signal. » Cela n'a strictement rien d'un signal, mais ça fonctionne selon le même principe. Je l'ai fabriqué moi-même pour mon filleul. Un fil relie trois poulies superposées qui sont fixées sur deux montants. En bas, il est attaché à un petit levier ; en haut, à un grand. Et, quand on pousse le levier du bas, celui du haut remonte. Je parie que c'est ce qui a inspiré ce système. Regardez, il y a juste la place pour la poulie derrière le Colt, à l'endroit où la crosse se resserre. Ces poulies sont minuscules, j'en sais quelque chose. A peine plus grandes qu'un bout de cigarette. Elles sont trouées au milieu. Et, une fois qu'on y a passé la ficelle, elle ne peut plus se décrocher. Elle est maintenue par les bords recourbés de la cannelure. Vous voyez, la poulie du haut est fixée aux cordes, juste au-dessus de cette bande d'acier. Et l'autre, celle du bas, est attachée à une traverse du pupitre. Bien, à vous de jouer, Thompson.

Thompson installa son appareil.

Une voiture s'arrêta devant la salle. Une portière claqua.

– Ce doit être le docteur, monsieur, fit Roper.

– Ah ! oui ! Allez lui ouvrir, voulez-vous ?

Le Dr Templett avait enlevé sa barbe et son maquillage et troqué le pantalon rayé et la jaquette d'ambassadeur contre un chandail et un costume de tweed.

– Hello, lança-t-il. Désolé de vous avoir fait attendre. La voiture ne voulait pas démarrer.

– Docteur Templett ?

– Oui. Et vous, vous êtes du Yard, n'est-ce pas ? Vous avez fait vite. Quelle sale affaire !

– Lamentable, acquiesça Alleyn. Je pense que nous pouvons la déplacer maintenant.

Ils allèrent chercher une longue table au fond de la salle et y allongèrent Miss Campanula. La balle lui était passée entre les deux yeux.

– Ça sent l'eucalyptus, dit Alleyn.

– Elle avait attrapé un rhume.

Le Dr Templett examina les plaies pendant que les autres regardaient. Enfin, il se redressa et, sortant un flacon d'éther de sa poche, s'en versa un peu sur les mains.

– Il y a un drap dans l'une des loges, Roper, déclara-t-il.

Roper partit le chercher.

– Qu'avez-vous là ? demanda Templett à Alleyn.

Alleyn avait trouvé derrière le piano la *Suite vénitienne* de Miss Prentice et la retournait dans ses mains. Tout comme le Prélude, elle semblait avoir beaucoup servi. Sur le dos de la couverture rouge, Alleyn aperçut une tache ronde et décolorée. Il la toucha. C'était humide. Roper revint avec le drap.

– Malheureusement, je ne peux pas la rendre plus présentable, annonça le Dr Templett. Le cou et la mâchoire sont déjà bien raides. C'est assez rapide, en cinq heures. Elle était tombée dans une pose peu naturelle. Et je n'avais fait que la regarder. La plaie sur la nuque témoignait clairement de ce qui s'était passé. Evidemment, je me suis assuré qu'elle était morte.

– Avez-vous compris tout de suite que la balle lui avait traversé la tête ?

– Comment ? Oui. Enfin, au bout de quelques secondes. Au début, j'ai cru qu'elle avait reçu une balle dans la nuque, mais ensuite, j'ai remarqué les signes caractéristiques, la direction des cheveux, et caetera. Je me suis penché pour essayer de voir son visage. Mais je n'ai vu que le sang. Puis j'ai aperçu un trou dans la partition. D'après les bords déchirés, on pouvait deviner facilement la provenance de la balle.

– Voilà qui est fort pertinent, répliqua Alleyn. Vous avez donc compris aussitôt ce qui s'était passé ?

– J'ai été bigrement dérouté et je le suis toujours. Quand nous avons placé le paravent, j'ai jeté un autre coup d'œil et distingué le canon du revolver derrière tous ces falbalas. Je l'ai dit à Blandish, notre commissaire, et il a été voir également. Comment diable cela a-t-il fonctionné ?

– C'est un dispositif mécanique qu'elle a mis en marche elle-même.

– Serait-ce un suicide ?

– Non, un meurtre. Vous verrez, quand nous aurons ouvert le piano.

– C'est incroyable.

– En effet, acquiesça Alleyn. Bailey, vous pouvez vous mettre au travail. Et, quand Thompson aura terminé, vous relèverez toutes les empreintes que vous trouverez avant de démonter le système. Moi, entre-temps, je vais recueillir quelques faits bruts sur mon carnet.

Ils transportèrent la table dans un coin et l'entourèrent du paravent. Roper les rejoignit avec le drap dont il couvrit le corps.

– Allons nous asseoir, suggéra le Dr Templett. J'aimerais fumer une pipe. Cette affaire m'a bigrement secoué.

Ils s'installèrent au premier rang. Alleyn leva un sourcil à l'adresse de Fox, qui se joignit à eux. Roper resta dans les parages. Le Dr Templett bourra sa pipe, tandis que Fox et Alleyn ouvraient leurs carnets.

– Pour commencer, fit Alleyn, qui était cette dame ?

– Idris Campanula, répondit Templett. Une demoiselle de notre paroisse.

– Et son adresse ?

– Red House, Chipping. Vous êtes passés devant en montant.

– A-t-on prévenu les proches ?

– Oui. C'est le pasteur qui s'en est chargé. Il n'y a que ses trois domestiques. J'ignore si elle avait de la famille. Quelqu'un a parlé d'un cousin issu de germain qui est au Kenya. Il faudra se renseigner. Tenez, voulez-vous que je vous raconte son histoire avec mes mots à moi ?

– Absolument.

– Comme j'allais remplir le double rôle du médecin divisionnaire et du témoin oculaire, j'y ai réfléchi un peu en attendant votre appel. Voilà. Idris Campanula était âgée d'une cinquantaine d'années. Elle est venue s'installer à Red House à l'âge de douze ans car son oncle, le général Campanula, l'avait adoptée à la mort de ses parents. C'était un célibataire endurci ; et la fillette a été élevée par sa sœur, une créature acariâtre que mon père appelait l'une des pires de son espèce. Le général est mort quand Idris avait une trentaine d'années, et sa sœur ne lui a survécu que d'un an ou deux. Idris a donc hérité de la maison et l'argent, beaucoup d'argent, entre nous soit dit. A cette époque, elle commençait déjà à marcher sur les traces de sa tante. Bien sûr, il ne faut pas médire des morts et tout cela, mais c'est quand même la vérité. Elle n'a pas connu autre chose dans sa vie que les principes, interdits, frustrations et conversations de salon. C'est ainsi qu'elle a vécu ces vingt dernières années, de bons repas, d'œuvres de charité et de ragots. Mon Dieu, je n'arrive pas à croire qu'elle n'est plus là. Je n'ai pas dû être très clair, n'est-ce pas ?

– Au contraire. Vous nous avez fourni l'éclairage indirect dont nous avons toujours besoin.

– En tout cas, telle était la situation avant ce soir. Je ne sais pas si Roper vous a parlé de la pièce.

– Pas encore, répondit Alleyn, mais j'espère lui soutirer des tonnes de renseignements avant l'aube.

L'air reconnaissant, Roper se rapprocha d'eux.

– Cette pièce a été montée par un groupe de gens d'ici.

– Dont vous-même, fit Alleyn.
– Hein !
Le Dr Templett retira la pipe de sa bouche et dévisagea Alleyn, interloqué.
– Quelqu'un vous l'a dit ou bien est-ce de la vraie déduction ?
– Je crains que ce ne soit même pas du niveau de la première année à Hendon. Il y a des traces de fard gras dans votre chevelure. J'aurais aimé ajouter que j'ai écrit une courte monographie sur le fard gras.
Le Dr Templett eut un grand sourire.
– Je vous parie dix contre un, déclara-t-il, que vous ne trouverez jamais le rôle que je devais interpréter.
Alleyn lui jeta un regard oblique.
– Nous n'avons pas le droit de nous donner en spectacle, mais puisque l'inspecteur Fox me fixe de son œil austère, je veux bien tenter ma chance. Ce doit être un rôle de composition : un Français, vraisemblablement, qui porte un monocle. Alors ?
– Avions-nous parié en shillings ?
– Ce n'était pas un pari, répliqua Alleyn d'un air navré.
– Eh bien, j'attends vos explications, dit Templett. Il est tellement agréable de se sentir bête !
– C'est moi qui vais me sentir stupide, répondit Alleyn. Vraiment, cela n'a rien d'extraordinaire. Comme disent les détectives dans les romans, il suffit de réfléchir. Vous vous êtes démaquillé à la hâte. La colle gomme, sur laquelle je n'ai pas écrit de monographie, laisse des marques, à moins qu'on ne l'enlève avec soin et un peu d'alcool. On voit que vous aviez collé quelque chose à votre lèvre supérieure et votre menton ; d'ailleurs, ils portent des traces d'un duvet brun. Ah ! Une barbe à l'impériale ! Style ambassadeur étranger. Votre œil gauche est cerclé de rouge, ce qui révèle la présence d'un monocle, qui a dû être fixé lui aussi avec de la colle

gomme. Une légère irritation de la peau en travers du front fait penser à un haut-de-forme. Et quand vous avez mentionné votre rôle, vous avez imperceptiblement remué les épaules. Vous songiez inconsciemment à votre personnage. Du mauvais anglais. « Comment di'ais-je ? », avec un haussement d'épaules. Quelque chose comme ça. Pour l'amour du ciel, dites que j'ai raison.

– Nom d'un chien ! proféra le brigadier Roper avec ferveur.

– Amen, acheva le Dr Templett. Comme disait M. Holmes...

– ... que personne ne tournera en ridicule en ma présence, enchaîna Alleyn. Continuez, je vous prie, votre récit : nous sommes tout ouïe.

10.

Selon Templett

I

– ... Comme vous le voyez, conclut Templett, nous sommes tous des gens très ordinaires. Des gens qu'on trouve un peu partout dans la campagne anglaise. Le pasteur, le squire, la fille du pasteur, le fils du squire, deux grenouilles de bénitier et le docteur du coin.

– Ainsi que l'étrangère, ajouta Alleyn en consultant ses notes. Vous oubliez Mme Ross.

– En effet. C'est une nouvelle venue, plutôt charmante, du reste. Et voilà. Même en échafaudant les hypothèses les plus saugrenues, je ne vois vraiment pas qui aurait eu intérêt à trucider cette vieille fille assommante et mal ficelée. Je pensais, moi, qu'elle n'avait pas un seul ennemi sur terre.

– Je ne dirais pas cela, déclara le brigadier Roper à la surprise générale.

Alleyn leva le regard.

– Ah oui ?

– Oui, monsieur. Cette dame, c'était une vraie langue de vipère. Médisante, quoi. Une maîtresse femme. Et curieuse avec ça. Toujours à fouiner partout. Ma bourgeoise, elle dit qu'on ne peut pas changer d'avis sans que cela se sache à Red House. Elle est amie avec la cuisinière de Red House, ma bourgeoise, mais elle ne dit rien, quand elle ne veut pas que tout le village soit au courant. Miss Campanula, elle se faisait servir son repas et puis elle attendait les dernières nouvelles. A Chipping, on l'appelait le Poste Récepteur.

– Effectivement, murmura Alleyn.

– On n'assassine pas des gens parce qu'ils sont curieux, observa Templett.

– Parfois je pense que si, docteur, répliqua Roper.

– J'imagine mal que cela puisse être le cas de Miss Campanula.

– A mon idée, personne n'a voulu assassiner Miss Campanula, remarqua Roper, placide.

– Quoi ? s'exclama Alleyn. Comment cela ?

– C'est Miss Prentice qu'on a voulu assassiner.

– Seigneur Dieu ! lâcha Templett. Je n'y avais même pas pensé !

– Pensé à quoi ? demanda Alleyn.

– J'ai oublié de vous le dire. Mon Dieu, quel imbécile je suis ! Pourquoi ne me l'avez-vous pas rappelé, Roper ? Mon Dieu !

– Peut-être pourrions-nous avoir quelques explications ? fit Alleyn patiemment.

– Oui, bien sûr.

Passablement incohérent, Templett lui parla du doigt de Miss Prentice et du changement de programme.

– Voilà qui est une autre paire de manches, répondit Alleyn. Tâchons de clarifier les faits, voulez-vous ? Vous dites que jusqu'à huit heures moins vingt, Miss Prentice insistait pour jouer elle-même l'ouverture et l'entracte ?

– Oui. Pourtant, trois jours plus tôt, je lui avais conseillé d'y renoncer. Non seulement elle avait ce panaris au doigt, mais elle s'est débrouillée pour attraper une infection. C'était extrêmement douloureux. Eh bien, croyez-vous qu'elle aurait abandonné ? Des clous. Elle a dit qu'elle modifierait le doigté de son morceau. Rien, elle ne voulait rien entendre. Ce soir, je lui ai demandé de me laisser y jeter un coup d'œil. Pensez-vous ! Ça allait « beaucoup mieux » ! Elle portait un doigtier chirurgical par-dessus. Vers huit heures moins vingt, je suis passé devant la loge des dames. La porte était entrebâillée, et j'ai cru entendre des pleurs. Elle y était toute seule, se balançant et se tenant le doigt. Je suis entré et j'ai insisté pour l'examiner. C'était tout enflé, et enflammé en diable ! Et elle, en larmes, disait qu'elle y arriverait. Mais cette fois-ci, j'ai été catégorique. Dinah Copeland est apparue là-dessus et, voyant ce qui se passait, est partie chercher son père, qui a davantage d'ascendant sur ces femmes que quiconque. C'est lui qui l'a obligée à capituler. Idris, la pauvre vieille, est accourue, toute frétillante à l'idée de jouer son fameux Prélude. Elle l'a joué à tout propos et hors de propos pendant ces vingt dernières années, si toutefois il existe depuis tout ce temps. On a dépêché quelqu'un à Red House pour chercher la partition et une robe, car elle était déjà vêtue de son costume de scène. Le pasteur a dit qu'il ferait une annonce au public. Miss Prentice, elle, avait déjà repris ses airs de martyre et... écoutez, il me semble que j'ai été monstrueusement indiscret. Vous n'allez tout de même pas noter ce que je viens de vous raconter, en me citant nommément ?

Le Dr Templett jeta un coup d'œil anxieux sur le carnet qui trônait sur l'énorme genou de Fox.

– Ne vous inquiétez pas, monsieur, répondit Fox, affable. Je ne note que l'essentiel.

– Et moi, je vous donne des détails sans intérêt. Pardonnez-moi.

– Ce n'est pas ce que j'ai voulu dire, docteur.

– En résumé, reprit Alleyn, selon vous, tout le monde, y compris Miss Campanula et Miss Prentice, a cru jusqu'à huit heures moins vingt que l'accompagnement musical serait assuré par Miss Prentice.

– Absolument.

– Et cette *Suite vénitienne*, c'est la partition de Miss Prentice ?

– Oui.

– Personne n'aurait donc pu trafiquer le piano après dix-neuf heures quarante ?

– Seigneur, non ! Les gens ont commencé à arriver vers sept heures et demie, n'est-ce pas, Roper ? C'est vous qui étiez à l'entrée.

– Les Cain étaient là à sept heures vingt, répondit Roper, et M. et Mme Biggins sont arrivés peu après, avec leur petit monstre Georgie. Moi, j'étais à mon poste depuis sept heures. Cela a dû être fait avant, monsieur.

– Il nous reste la matinée et l'après-midi. Quelqu'un est-il venu ici pendant ce temps ?

– Il y a eu un va-et-vient ininterrompu dans la matinée, expliqua le Dr Templett. Les filles du C.J.A.P. se sont occupées de la décoration et des préparatifs du souper, pendant que nous, nous rangions nos affaires dans les coulisses. Il y avait un monde fou ici.

– Vous avez répété ici, je présume ?

– Dernièrement, oui. Au début, nous répétions surtout là-haut, à Pen Cuckoo. Il faisait trop froid ici avant qu'ils n'aient installé un chauffage d'appoint. Jeudi soir, nous avons eu la répétition des couturières, ici, dans la salle. Hier, vendredi, à cinq heures de l'après-midi, nous nous sommes tous réunis à Pen Cuckoo pour un dernier « survol », comme dit Dinah.

– Et cet après-midi, avant le spectacle ?

– La salle est restée fermée durant l'après-midi. Je suis passé vers trois heures pour déposer quelques affaires. La porte était fermée à clé, et la clé, accrochée dehors, comme cela avait été convenu avec Dinah.

– Avez-vous fait attention au piano, à ce moment-là ?

– Voyons voir. Oui, oui, absolument. Il était déjà en place, avec la draperie et les plantes en pot par-dessus. Ils l'avaient installé ce matin.

– Personne d'autre n'est passé vers trois heures, pendant que vous étiez là ?

– Attendez que je réfléchisse... Si, Mme Ross était là pour s'occuper des provisions. Elle les avait laissées à la salle à manger qui se trouve derrière la scène.

– Combien de temps êtes-vous restés ici, tous les deux ?

– Oh, pas longtemps. Nous... avons discuté une ou deux minutes, puis nous sommes repartis.

– Ensemble ?

– Non. Quand je suis parti, Mme Ross était en train de disposer les sandwiches sur les plats. A ce propos, si vous avez faim, surtout servez-vous. Il y a de la bière sous la table. C'est moi qui l'ai apportée, alors n'hésitez pas.

– C'est très gentil, dit Alleyn.

– Du tout, du tout. Ce serait un plaisir. Où en étions-nous ? Ah, oui. J'avais une visite dans le coin de Moorton et je voulais passer à l'hôpital. En fait, je ne suis pas resté longtemps ici.

– Personne d'autre n'est venu ?

– Pas à ce moment-là.

– Qui est arrivé le premier dans la soirée ?

– Je n'en sais rien. J'étais le dernier. Une urgence à six heures. Et, de retour à la maison, j'ai trouvé ma femme souffrante à nouveau. Nous n'avons pas pu arriver ici avant sept heures et demie. Dinah Copeland était dans tous ses états : elle a cru que je n'allais pas venir du tout. Elle pourra sûrement vous indiquer les heures d'arrivée de tout le monde. Je parie qu'elle était là bien avant les autres. Dinah Copeland. C'est la fille du pasteur. Elle a réalisé la mise en scène du spectacle.

– Oui. Je vous remercie.

– Bon, je suppose que vous n'avez plus besoin de moi. Juste ciel, il est presque deux heures !

– Effroyable, n'est-ce pas ? Nous sommes partis pour finir la nuit ici. Je ne vous dérangerai pas plus longtemps, docteur Templett.

– Quand va-t-on emmener le corps ? Voulez-vous que je demande de prévoir un fourgon mortuaire le plus tôt possible ?

– S'il vous plaît.

– Il va falloir que je fasse l'autopsie, je présume ?

– Oui, bien sûr.

– La pauvre vieille, ça va être sans surprises. Eh bien, bonne nuit ou bonne fin de matinée, euh... je ne pense pas connaître votre nom.

– Alleyn.

– Comment, Roderick Alleyn ?

– Oui.

– Ça alors ! J'ai lu votre livre sur l'investigation criminelle. Il est drôlement intéressant. C'est un sujet passionnant, non ?

– On ne s'en lasse pas.

– Le spécialiste ne voit pas la chose sous le même angle que le profane, hein ?

– Pas vraiment.

Le Dr Templett fit ses adieux, se tourna pour partir, puis s'arrêta.

– Vous savez quoi, déclara-t-il, j'aimerais bien voir comment ce piège a fonctionné.

– Oui, certainement. Venez.

Bailey se tenait devant le piano avec l'insufflateur et une torche puissante. Thompson était là également, avec tout son attirail de photographe.

– Comment ça va, Bailey ? demanda Alleyn.

– J'ai terminé, monsieur. Il n'y a pas grand-chose. Quelqu'un a dû passer par là avec un chiffon. Il y aura peut-être quelques empreintes latentes, mais moi, je n'y crois pas beaucoup. C'est pareil pour le Colt. Nous sommes sur le point de le retirer.

– Bien. Allez-y doucement ; il ne faudrait pas effacer les empreintes, si jamais il y en avait. Je vais enlever le panneau avant, pendant que vous tenez le revolver.

Bailey plongea une main gantée dans la caisse.

– Je vais détacher la poulie qui est devant, monsieur.

– Oui. Ainsi, nous aurons une meilleure vue d'ensemble que si nous avions ôté la ficelle.

Fox défit les attaches. Alleyn souleva le panneau avant de l'instrument et le déposa sur le côté.

– Tiens, fit-il, la soie est encore humide, comme si on avait répandu de l'eau dessus. Tout autour du trou central.

– C'est peut-être du sang ? suggéra le Dr Templett.

– Non. Il n'y a pas beaucoup de sang. C'est de l'eau. Une marque arrondie. On se demande... Bien, voyons tout le système.

Le Colt que Bailey maintenait par le canon apparut dans son enchevêtrement de fil vert, la crosse toujours coincée entre les chevilles. Alleyn prit la poulie détachée et la tint dans sa position initiale.

– Seigneur Dieu ! fit le Dr Templett.

– Ingénieux, n'est-ce pas ? répondit Alleyn. Je pense que nous devrions prendre un cliché ainsi, Thompson. Pour que messieurs les jurés aient une image bien claire et nette de la situation.

– Avez-vous remis le cran de sécurité ? demanda Templett en s'écartant brusquement.

– Oui. Vous en avez fini avec la pédale de gauche, Bailey ?

Il se baissa et appuya sur la pédale avec la main. La latte pourvue d'une rangée de marteaux s'avança vers la corde. Le fil vert qui passait dans les minuscules poulies se tendit.

– Voilà comment ça marche. Vous pouvez voir là par quel moyen une pression s'exerce sur la détente.

– C'était quelqu'un de très méticuleux, ne trouvez-vous pas, monsieur Alleyn ? observa Fox.

– Si, acquiesça Alleyn. Méticuleux et adroit.

– Oh, je ne sais pas, fit le Dr Templett. En fait, c'est d'une simplicité enfantine. La seule difficulté est de passer la ficelle à travers la gâchette, autour de la crosse et dans la poulie du haut. Mais on peut le faire avant de mettre le revolver en place. Non, franchement, c'est plus simple que cela n'en a l'air.

– On se croirait dans l'un de leurs romans, énonça Bailey, dégoûté. Où il faut à tout prix trouver une façon originale de commettre un meurtre. Moi, j'appelle ça de la bêtise.

– Qu'en dites-vous, Roper ? demanda Alleyn.

– A mon sens, monsieur, répondit le brigadier Roper, ces livres-là pervertissent nos classes criminelles.

Le Dr Templett partit d'un grand éclat de rire. Roper vira à l'écarlate et se perdit dans la contemplation du mur.

– Qu'entendez-vous par là, mon garçon ? s'enquit Fox, qui, agenouillé, examinait l'intérieur du piano.

Thompson, souriant dans sa barbe, éteignit son flash.

– J'entends par là, monsieur Fox, répliqua Roper, que cela leur donne des idées, à ces imbéciles. Sans parler du cinéma. Regardez les jeunes : ils se pavanent tous en parlant du nez et se prenant pour des gangsters. Et cette affaire-ci ! Je parie que ce type a trouvé l'idée dans un livre.

– C'est ça, Roper, c'est ça, lança le Dr Templett.

Mais Roper l'ignora. Templett réitéra ses adieux et sortit.

– Continuez, Roper, fit Alleyn lorsque la porte se fut refermée en claquant. C'est une idée. Quel genre de livre a pu l'inspirer, à votre avis ?

– L'un de ces drôles de dessins avec des bouts de ficelle, des roues dentées et des parapluies ? suggéra Thompson.

– Heath Robinson ? Oui.

– Ou plutôt, monsieur, déclara Roper, un de ces bouquins à quatre sous, avec la couverture en papier, que l'on trouve au supermarché de Chipping. Moi-même, je les achetais, quand j'étais gamin. Il y a toujours deux types, un gros et un comique ; et le comique passe son temps à jouer des tours au gros. Il fourre des pétards allumés dans son pantalon et ainsi de suite. Je me souviens, j'avais essayé le coup du pétard sous la chaise du pasteur pendant le cours d'instruction religieuse ; il m'avait passé un de ces savons !

– Vous voyez, Fox, remarqua Alleyn, toujours cette impression d'avoir affaire à un plaisantin.

– Eh oui, opina Fox, imperturbable. Faut-il commencer à se plonger dans tous les illustrés pour petits garçons, ou quoi ?

– On ne sait jamais, compère Fox. Avez-vous fait attention à l'arrière du piano, où la draperie était maintenue par des épingles ? L'épingle du milieu a laissé quatre trous, et les autres, seulement trois. Vous pouvez enlever le Colt et démonter le reste de l'installation. Pendant ce temps, je vais examiner les lieux. Nous interrogerons les témoins dans la matinée. Qu'est-ce que c'est encore ?

Un coup énergique fut frappé à la porte principale.

– Je vais voir ? proposa le brigadier Roper.

– Allez-y.

Roper descendit bruyamment l'allée centrale et ouvrit grande la porte.

– Bonjour, fit une voix masculine au-dehors. Puis-je entrer un instant ? Il tombe des cordes, et j'aimerais bien dire un mot au...

– Je regrette, monsieur, c'est impossible, répondit Roper.

– Mais je voudrais voir le représentant de Scotland Yard. Je suis venu tout spécialement de Londres, poursuivit la voix plaintivement. Je vous assure. Je représente l'*Evening Mirror*. Il sera ravi de me voir. Ne serait-ce pas par hasard...

– Si, fit Alleyn d'une voix forte et peu amène. Laissez-le entrer, Roper.

Une silhouette vêtue d'un chapeau trempé et d'un imperméable ruisselant passa en trombe devant Roper et, avec un cri de joie, se précipita vers Alleyn, la main tendue.

– Je ne suis *pas* ravi de vous voir, déclara Alleyn.

– Bonjour, monsieur Bathgate, dit Fox. C'est drôle de vous voir ici.

– Oui, n'est-ce pas ? acquiesça Nigel Bathgate. Tiens, tiens ! Si je m'attendais à revoir toute la bande ! Bailey est là, et Thompson aussi. A vous voir tous réunis en de si tendres retrouvailles, on se croirait au bon vieux temps.

– Comment diable avez-vous eu vent de cela ? s'enquit Alleyn.

– Le confrère qui tient la rubrique sociale au *Courrier de Chipping* était dans la salle ce soir, et, en bon petit journaliste, il a appelé l'Agence Centrale d'Information. J'étais au bureau quand le communiqué est arrivé ; alors vous pensez bien que j'ai démarré au quart de tour ! J'ai mis quatre heures pour venir, malgré une crevaison. Bien, bien, bien, peut-on savoir ce qui se passe ici ?

– Le brigadier Roper vous jettera peut-être un os ou deux. Moi, je n'en ai pas le temps. Comment ça va ?

– A merveille. Angela vous aurait transmis toute son affection, si elle avait su que je suis ici ; et votre filleul voudrait que vous l'inscriviez à l'école de Hendon. Il aura trois ans lundi. Croyez-vous qu'il soit trop tard ?

– Je me renseignerai. Roper, laissez M. Bathgate s'asseoir discrètement dans un coin. Je vous rejoins dans quelques minutes. Vous venez, Fox ?

Alleyn et Fox montèrent sur la scène, examinèrent le décor et explorèrent les coulisses.

– Il faudra passer tout cela au peigne fin, observa Alleyn, à la recherche de Dieu sait quoi, comme d'habitude. Miss Dinah Copeland semble s'être donné énormément de peine. Le décor a été rafistolé ; il y a même une rampe improvisée, et à mon avis, ces deux grosses lampes au plafond ont été installées pour la circonstance.

Il se dirigea vers la boîte du souffleur.

– Et voici la pièce. *Les Vitrines* de Hunt. C'est une bonne comédie. Le scénario est tout annoté : cela fait très professionnel. Une sonnette de vélo. Sans doute pour aller avec le téléphone qui est sur le plateau. Allons jeter un coup d'œil derrière.

Le mur du fond était flanqué de deux volées de marches conduisant dans une pièce étroite qui longeait la scène.

– Les mets préparés par Mme Ross sont tous sur la table. Dieu que ces sandwiches ont l'air appétissants, Fox !

– Il y en a d'autres dans ce panier, répondit Fox. Le Dr Templett a bien dit...

– De la bière sous la table, murmura Alleyn. Compère Fox ?

– Un tonnelet, déclara Fox, parti en exploration. De la bière pression du Dorset. C'est une très bonne bière, la bière du Dorset.

– Vous avez raison, fit Alleyn après une pause. Elle est excellente. Tiens !

Se baissant, il ramassa quelque chose dans un carton par terre.

– Une moitié d'oignon. Y a-t-il de l'oignon dans vos sandwiches ?

– Non.

– Ni dans les miens non plus. On dirait qu'il a été roulé dans la farine.

Alleyn reposa l'oignon sur la table et se mit à examiner les plats de sandwiches.

– Il n'y en a que deux sortes en tout, Fox. Jambon et laitue, ou alors concombres. Tiens, un plateau de thé tout prêt pour le spectacle. Où personne ne mange rien en général. Attendez.

Il souleva le couvercle de la théière vide et renifla l'intérieur.

– Apparemment, l'oignon a séjourné quelque temps dans la théière. Un drôle d'endroit pour un oignon. Tout cela est très bizarre. Allez, venez.

Ils inspectèrent les loges, situées de part et d'autre du buffet.

– Les dames à gauche, les messieurs à droite, dit Alleyn, précédant Fox dans la première pièce sur sa gauche.

Les deux hommes entreprirent de fouiller méthodiquement sacs et poches.

– Ce n'est pas vraiment dans les règles de l'art, remarqua Alleyn en contemplant la pèlerine noire de Miss Prentice, accrochée au mur. Mais de toute façon, j'ai un mandat de perquisition en blanc. Nom d'un chien, mes mains empestent l'oignon ! Ce doit être la loge des deux demoiselles, à en juger par les habits.

– A en juger par les tableaux, répondit Fox, c'est la salle de catéchisme en temps normal.

– Oui. L'enfant Samuel. Et la porte d'à côté ? Ah ! Ah ! des tenues plus coquines. Ce seraient celles de Dinah Copeland et de Mme Ross. J'ai trouvé que le Dr Templett ne s'était pas beaucoup étendu au sujet de Mme Ross. Et voici les accessoires de maquillage de Miss Copeland, dans une boîte en carton marquée à son nom. Ils ont l'air d'avoir beaucoup servi. Ceux de Mme Ross sont dans un coffret en métal laqué, flambant neuf. Comme ils paraissent neufs également, j'en déduirai, inspiré par la bière du Dorset, que Miss Copeland doit être une professionnelle, mais que Mme Ross ne l'est sûrement pas. Il y a une carte dans le coffret. « Bonne chance pour ce soir. B. » Ma parole, c'est un cadeau ! Je me demande qui est ce B. Allons faire un tour chez les messieurs.

Ils ne trouvèrent rien d'intéressant dans les loges d'en face jusqu'au moment où Alleyn tomba sur un costume en tweed.

– C'est la tenue professionnelle du docteur, déclara-t-il. Elle empeste l'hôpital. Visiblement, le complet sombre n'est pas de mise à la campagne. J'imagine qu'il ne s'est pas changé au milieu de tout ce branle-bas et qu'il est rentré chez lui déguisé en Français d'opérette. Il faudrait...

Alleyn s'arrêta net. Fox leva les yeux et le vit contempler un morceau de papier.

– Vous avez trouvé quelque chose, monsieur ?

– Venez voir.

C'était un feuillet de papier bleu tout à fait ordinaire. Fox lut les quelques lignes tracées en majuscules : « CECI EST UN PRÉAVIS POUR QUE VOUS QUITTIEZ LA RÉGION. SI VOUS IGNOREZ CET AVERTISSEMENT, VOTRE JOLI CŒUR LE PAIERA CHER. »

– Où l'avez-vous déniché, monsieur Alleyn ?

– Dans un portefeuille, qui se trouvait lui-même dans la poche interne du costume du médecin divisionnaire.

Alleyn laissa tomber le feuillet sur la coiffeuse, et, se penchant, le renifla.

– Ça sent l'eucalyptus, dit-il.

11.

Selon Roper

I

– C'est malheureux, grommela Fox après un silence.

– On ne peut plus malheureux.

– « Votre *joli cœur* le paiera cher », répéta Fox. On dirait que cela s'adresse à une femme, non ?

– Cette expression n'est plus très usitée en anglais moderne, mais elle est correcte dans les deux sens.

– Il est marié, se souvint Fox.

– Oui, et apparemment, sa femme a de gros problèmes de santé. Soit c'est sa maîtresse qui a reçu cela, soit c'est lui, ou alors c'est une tierce personne qui le lui a montré pour lui demander conseil.

– Ou bien il l'a écrit lui-même.

– Oui, bien sûr, ce n'est pas impossible. Ce pourrait être aussi le vestige d'un jeu de société. Vous savez, quand il faut composer une phrase à partir d'une série de lettres. Encore que, dans ce cas-là, il ne l'aurait pas porté sur son cœur. Zut ! J'ai bien peur que nous ne nous engagions dans une mauvaise passe, compère Fox.

– Comment avez-vous trouvé le docteur, monsieur Alleyn ?

– Comment ? Plutôt fébrile. Un peu trop anxieux de plaire. On ne pouvait plus l'arrêter.

– C'est bien vrai, opina Fox.

– Il nous faudra étoffer le mandat de perquisition, si nous voulons suivre cette piste, observa Alleyn. Il sera intéressant de voir s'il va remarquer la disparition de cette lettre, avant que nous ne lui mettions le nez dedans.

– C'est lui qui est chargé de l'autopsie.

– Je sais. Nous y assisterons. De toute façon, cette femme a reçu une balle dans la tête. Nous détenons l'arme et le projectile. Donc, je ne crois pas que l'autopsie sera une révélation. Tiens, qu'y a-t-il, Bailey ?

Bailey était descendu de la scène.

– Je voulais vous prévenir, monsieur. Ce garçon, Roper, a identifié l'automatique. M. Bathgate l'a conduit au poste, et ils ont vérifié le numéro.

– Où est-il ?

– Ici, dans la salle.

Un sourire involontaire étira les lèvres de Bailey.

– A mon avis, il en est encore à considérer qu'être policier est le plus beau métier du monde. Il voudrait vous annoncer la nouvelle lui-même.

– Comme c'est touchant ! Bien, Bailey, relevez-moi toutes les empreintes sur ce papier. Faites-le tout de suite, je vous prie, puis mettez la feuille sous verre. Quand vous aurez terminé, jetez un œil sur cette théière. Dedans et dehors.

– La théière, monsieur ?

– Oui. Et cet oignon poudré qui est sur la table. C'est sans doute sans importance, mais, comme tout n'est pas très clair, mieux vaut vérifier.

Ils revinrent dans la salle où ils trouvèrent Roper en arrêt devant l'automatique.

– Alors, Roper, fit Alleyn, vous avez mené des investigations de votre côté, paraît-il.

– Oui, monsieur, c'est exact. J'ai identifié l'arme du crime, monsieur.

– Eh bien, à qui appartient-elle ?

– Je me suis dit en la voyant, poursuivit Roper, « mais je te connais ; je t'ai déjà eue entre les mains ». C'est là que je m'en suis souvenu. C'était il y a six mois, quand nous avons contrôlé tous les permis de détention d'armes. J'ai bien dû voir une centaine d'armes à feu défiler sous mes yeux à ce moment-là, car on aime bien ce genre de sport par ici ; ce n'est donc point surprenant que je ne l'aie pas reconnue de suite. Ce n'est pas surprenant, et pourtant, elle m'a paru familière, vous comprenez ?

– Oui, Roper, je comprends parfaitement. A qui est cette arme ?

– Cette arme, monsieur, est un Colt 32 automatique, propriété de Jocelyn Jernigham, squire, de Pen Cuckoo.

– Ah oui ? murmura Alleyn.

– Ce gentleman, M. Bathgate, m'a conduit au commissariat, et il ne m'a pas fallu plus de cinq minutes pour retrouver sa fiche. Vous pouvez consulter le fichier vous-même, monsieur, et...

– Je n'y manquerai pas. A présent, Roper, tâchez de me donner des réponses exemplaires. Brèves, concises et pertinentes. Quand avez-vous vu cet automatique ? Pouvez-vous m'indiquer la date ?

– C'est dans le fichier ! s'écria le brigadier Roper, triomphant. Le 31 mai de cette année.

– Où se trouvait-il ?

– Dans le bureau de Pen Cuckoo, monsieur, situé tout au bout de l'aile ouest, face à la vallée.

– Qui vous l'a montré ?

– Le squire lui-même. Nous avons vérifié tous les fusils de l'armurerie – et il y en avait une tapée –, puis le squire m'emmène dans son bureau et dit : « Il y a également ceci », qu'il me dit. Il ouvre un coffret en bois qui est sur la table, et dedans, je vois cette arme et un bout de papier, où il est écrit « Chargé » en majuscules. M. Jernigham sort le revolver et, comme je me recule, il dit : « Ne vous inquiétez pas, qu'il dit, j'ai mis le cran de sécurité. » Et il me montre. « Il a traversé toute la guerre, qu'il dit. Le chargeur est à moitié plein. J'avais tiré deux coups avant de rentrer au pays, et depuis, je n'y ai plus touché. Je voudrais qu'on sache qu'il y a un automatique chargé à Pen Cuckoo, prêt à recevoir tout visiteur indésirable. » A l'époque, il y a eu des vols dans la région, tout comme en ce moment. Il m'a dit, le squire, que le revolver se trouvait dans sa boîte depuis vingt ans.

– Et cette boîte, était-elle fermée à clé ?

– Non, monsieur. Mais il a dit que tous les domestiques étaient prévenus.

– Y avait-il quelqu'un d'autre dans le bureau à ce moment-là ?

– Oui, monsieur. M. Henry était là, et Miss Prentice aussi, assise près du feu avec ses mines de chattemite, comme d'habitude.

– Vous n'aimez pas Miss Prentice ?

– Oh, moi, je n'ai rien contre, mais ma bourgeoise, elle dit que c'est une rusée. Elle s'occupe beaucoup du cercle, ma bourgeoise, et Miss Prentice en est la présidente.

– Je vois. Et que raconte-t-on d'autre sur Miss Prentice ?

Roper se rengorgea. Les mains sur le ceinturon, il adopta l'attitude classique du policier ; puis, se souvenant qu'il était en présence de ses supérieurs, il prit une pose plus déférente.

– Vous savez, répondit-il, on cause, forcément. Miss Prentice, elle est nouvelle dans la vallée ; elle est arrivée il y a trois ans, à la mort de Mme Jernigham. Et Mme

Jernigham, on l'aimait comme personne dans cette partie du Dorset. C'était une Grey de Stourminster-Weston, une enfant du pays, et une vraie dame. Alors que Miss Prentice, toute Jernigham qu'elle est par sa mère, est une étrangère, pas comme nous, quoi. Mme Jernigham, elle, était la bienvenue partout, dans les cottages comme dans les manoirs, et partout, elle était elle-même. Jamais elle ne posait de questions, ou alors par gentillesse et pas pour fouiner dans la vie des autres. Les gens d'ici disent que Miss Prentice, c'est l'inverse. Une rusée. Elle sème la pagaille entre le village et le presbytère, ou elle le ferait si elle en avait l'occasion. Pardi ! fit Roper en se passant une énorme main sur le visage. La façon dont elle court après le pasteur ! Ma bourgeoise dit... vous savez, elle ne mâche pas ses mots, ma bourgeoise. Elle vient d'une ferme, alors !

Alleyn ne s'attarda pas sur les figures de style agricoles de Mme Roper.

– Il n'y en avait qu'une pour lui damer le pion, poursuivit Roper. C'était la défunte. Une vraie terreur, quand il s'agissait du pasteur. Avant l'arrivée de Miss Prentice, Miss Campanula, elle le menait à la baguette ; mais à mon avis, elle a dû perdre de son prestige quand l'autre demoiselle s'y est mise, avec ses façons matoises.

– Et comment s'entendaient-elles, toutes les deux ?

– Comme deux larrons en foire, répliqua Roper. Ma bourgeoise dit qu'elles en savaient trop l'une sur l'autre pour se chercher noise. La cuisinière de Red House raconte que Miss Campanula était jalouse comme tout de Miss Prentice, mais elle n'avait aucune chance, étant plutôt soupe au lait, alors que Miss Prentice, elle, avec ses airs de sainte-nitouche, manigançait ses petites affaires dans un coin. La cuisinière a dit à ma femme que la défunte perdait du terrain jour après jour, et que cela la rendait proprement malade.

– Comment cela, perdait du terrain ?

– Auprès du pasteur.

– Bonté gracieuse, murmura Alleyn, à la place du pasteur, je m'en inquiéterais.

– Pour sûr, il n'est pas très à l'aise, le pasteur, opina Roper. C'est un type simple, mais il est de la vallée et il nous convient très bien. Son père et son grand-père étaient pasteurs comme lui ; c'est donc un homme bien de chez nous.

– Absolument, fit Alleyn en allumant une cigarette.

– Mais avec les deux demoiselles, le pasteur, il est tombé sur un os, monsieur. C'est un miracle qu'aucune ne lui ait encore mis le grappin dessus. Sûrement qu'il les maintient à distance avec des conversations pieuses, mais je lui ai déjà vu un air traqué, à cet homme.

– Je vois, acquiesça Alleyn. Selon vous, les gens savaient-ils que M. Jernigham gardait un automatique chargé dans son bureau ?

– Je pense que oui, monsieur. Et, si je puis me permettre, je dirai que le squire n'est sûrement pas mêlé à cette histoire. Il n'est pas commode, M. Jernigham, mais je suis prêt à parier mon dernier penny que ce n'est pas un assassin. Il explose, puis, l'instant d'après, il oublie tout. Et il dit toujours ce qu'il pense. M. Henry, lui, est moins superficiel. C'est un gentil garçon, mais assez secret dans son genre. On ne peut jamais savoir ce qu'il a derrière la tête. Mais en tout cas, il n'a aucune raison de tuer qui que ce soit, et même s'il en avait une, il ne le ferait pas.

– Et qui est Mme Ross de Duck Cottage ?

– C'est une étrangère. Elle est là depuis avril dernier.

Une petite lueur dure s'alluma dans les yeux bleus de Roper.

– Est-elle jeune ? demanda Alleyn.

– On ne peut pas dire qu'elle soit très jeune. Elle est maigre, aux cheveux décolorés, toujours très bien mise. Elle ne s'habille point comme les autres femmes, mais plutôt comme les actrices de cinéma, en plus simple. Du genre fragile. Et, bien qu'elle porte des habits peu voyants, croyez-moi, elle ne passe pas inaperçue.

Roper fit une pause. Sa silhouette massive semblait respirer l'approbation.

– Elle a du chien, quoi, déclara-t-il enfin. Ce n'est pas à moi de le dire, mais les femmes comme elle, un homme les repère de loin. C'est instinctif.

Il y eut un drôle de petit silence pendant lequel les cinq autres hommes dévisagèrent le brigadier Roper d'un air médusé.

– Le Dr Templett vous le confirmera, ajouta-t-il.

– Ah, fit Alleyn, vous avez d'autres potins à nous communiquer ?

– Ce sont des ragots de commères, monsieur. Vous savez comment sont les femmes. Elles ne laissent rien passer. Et puis. on plaint beaucoup Mme Templett qui est handicapée.

– Oui, certainement. Voyons, nous avons fait le tour de toute la troupe, n'est-ce pas ? A l'exception de Miss Copeland.

– Miss Dinah ? Elle doit être au trente-sixième dessous. Après tout le travail qu'elle a fait, voir son spectacle partir en fumée, si j'ose dire ! Enfin, comme elle a un ami de cœur, elle se consolera vite. M. Henry, il s'est occupé d'elle après le drame, lui tenant la main au vu et au su de tout le monde. Ils sont bien assortis, tous les deux : nous espérons tous qu'il sera bientôt question de fiançailles. C'est Miss Prentice qui en aura pour son grade, comme dit ma bourgeoise.

– Pourquoi cela ?

– Elle n'a pas très envie de voir une autre femme à Pen Cuckoo. Je l'ai vue leur lancer des regards noirs, devant le cadavre encore chaud, si je puis dire, de la défunte. Elle a de la chance que ce ne soit pas elle. Elle devrait remercier son Créateur d'être encore là pour semer la zizanie.

– Miss Prentice m'a l'air d'être un personnage fort antipathique, observa Nigel. Peut-être que son histoire de doigt était du bidon et qu'elle a monté ce coup au profit de sa petite camarade.

– D'après le Dr Templett, ce n'était pas de la simulation, monsieur Bathgate, répondit Fox. Il dit qu'elle a insisté jusqu'au dernier moment pour jouer du piano.

– C'est bien vrai, monsieur, renchérit Roper. Je suis passé voir Miss Dinah avant le spectacle et j'ai vu Miss Prentice qui était là à pleurer toutes les larmes de son corps. Et son doigt, il n'était vraiment pas beau à voir. C'était à vous soulever le cœur. Miss Dinah était en train de lui dire qu'elle allait abîmer son maquillage ; et le docteur répétait : « Je vous l'interdis formellement. Votre doigt est en très mauvais état, et si vous ne deviez pas jouer dans la pièce de ce soir, qu'il disait, je vous l'aurais ouvert. » Il la menaçait du scalpel, le docteur. Et M. Henry, il a dit : « Vous allez transformer les états d'âme de M. Nevin en bouillie de chat. » M. Nevin, c'est le nom du type qui a composé le morceau : c'est écrit dans le programme. « Vous n'y arriverez pas, cousine Eleanor, a dit M. Henry. Je sais que ça vous fait mal, qu'il dit, parce que vous pleurez. » Mais elle ne voulait rien entendre. Alors Miss Dinah est allée chercher son père. « Allons, qu'il a dit, nous savons tous ce que vous éprouvez, mais parfois, la générosité doit l'emporter sur l'héroïsme. » Elle a regardé le pasteur, comme ça : « Puisque vous le dites, mon père. » Là-dessus, Miss Campanula demande : « Qui va aller chercher ma partition ? Où est Gibson ? »

Gibson, c'est son chauffeur. Alors, Miss Prentice a cédé, mais pas de gaieté de cœur.

– Voilà une bonne petite scène de rivalité prise sur le vif, remarqua Alleyn. Eh bien, nous sommes à présent au courant de la situation, et il est presque trois heures du matin. Réflexion faite, Fox, nous n'allons pas attendre le lever du jour. Il faut fouiller cet endroit ; or demain nous risquons d'avoir une journée bien remplie. Vous pouvez aller vous coucher, Roper. Il faudra simplement que quelqu'un vienne nous relever à sept heures.

– Vous allez effectuer des recherches sur les lieux du crime, monsieur ?

– Oui.

– J'aimerais bien vous donner un coup de main, si cela peut vous arranger.

– Absolument. Fox, allez vérifier avec Thompson si nous n'avons rien oublié dans le buffet et dans les loges. Bailey, prenez Roper avec vous et examinez-moi toute la scène, centimètre par centimètre. Moi, je me charge de la salle. Je vous rejoindrai dès que j'aurai terminé.

– Cherchez-vous quelque chose de précis ? demanda Nigel.

– Les vétilles habituelles. Des pièces de meccano, par exemple. Ou bien un pistolet à eau.

– Sans oublier des illustrés pour mômes qui peuvent traîner dans les parages, ajouta Fox.

– Pauvres vieux ! fit Nigel. Visiblement, vous êtes retombés en enfance. Y a-t-il un téléphone ici ?

– Dans l'une des loges, répondit Alleyn. Mais ce n'est pas l'appareil principal.

– Alors j'appellerai le bureau d'un pub. Entre-temps, j'ai de quoi concocter un petit article alléchant.

Il sortit son bloc et alla s'installer à la table qui était sur la scène.

Le travail d'un détective est constitué pour la majeure partie de tâches ingrates et fastidieuses. En effet, quoi de plus fastidieux que de chercher des indices ? Le détective passe la moitié de son existence penché sur des objets sans intérêt que, faute d'avoir avancé, il finit par remettre à leur place. En partant du vestibule, Alleyn entreprit d'explorer méthodiquement les surfaces poussiéreuses. Tel un escargot, il rampait entre les bancs, progressant d'une rangée à l'autre. Il avait froid, il se sentait sale et il ne rencontrait que de la poussière. Il ne pouvait même pas se laisser aller à l'évocation de son futur mariage et du bonheur qui l'habitait ces temps derniers, car c'est lors d'un moment de distraction qu'un détective peut manquer le minuscule indice placé par la providence sur son chemin. De temps à autre, un léger sifflotement parvenait aux hommes qui se trouvaient sur la scène. La voix du brigadier Roper bourdonnait inlassablement. A intervalles réguliers, l'horloge de l'église les informait mélodieusement de la fuite des heures. Le corps de Miss Campanula refroidissait peu à peu derrière le paravent rouge, tandis que Nigel Bathgate évoquait son départ dans un style vigoureux.

Alleyn avait quitté les rangées de bancs et de chaises et examinait, accroupi, un coin en s'aidant de sa lampe de poche. Tout à coup, ils l'entendirent pousser une exclamation. Nigel leva les yeux de son bloc ; et Bailey, un coussin de chaise à la main, se pencha pour regarder dans le coin.

Debout à gauche de la scène, Alleyn tenait un petit objet brillant entre le pouce et l'index de sa main gantée. Il avait haussé un sourcil, et ses lèvres semblaient émettre un sifflement muet.

– Une trouvaille, monsieur ? demanda Bailey.

– Oui, plutôt.

Il s'approcha du piano.

– Regardez.

Nigel et Bailey s'avancèrent jusqu'à la rampe.

L'objet brillant en question était un pistolet à eau, de ceux qu'affectionnent particulièrement les petits garçons.

– Vous l'avez dit, Bathgate : c'est le retour à l'enfance.

– Quelle est votre idée, monsieur ? interrogea Bailey.

– C'est une idée qui semble resurgir périodiquement, répondit Alleyn. J'ai trouvé ça dans une sorte de tiroir, sous la scène. C'était enfoui tout au fond, mais il n'y avait pratiquement pas de poussière dessus, alors que le reste du contenu de ce tiroir est noir de crasse. Regardez la crosse, Bailey. Vous voyez cette éraflure ? C'est une arme perfectionnée, avec une vraie détente, pas une poire en caoutchouc qu'il faut presser. Fox !

Fox et Thompson émergèrent du buffet.

S'approchant de la petite table où Bailey avait déjà disposé ses trophées, Alleyn souleva le napperon qui les recouvrait et plaça le pistolet à eau à côté de l'automatique.

– Ils sont de la même longueur, à un centimètre près, observa-t-il, et cette marque sur la crosse du pistolet à eau ressemble fort à la marque qui est sur la crosse du Colt. A mon avis, c'est la partie qui a été fichée dans le piano, entre les chevilles en acier auxquelles on attache les cordes.

– Mais comment diable expliquez-vous tout cela ? s'enquit Nigel.

Alleyn retira ses gants et fouilla dans ses poches à la recherche de son porte-cigarettes.

– Où est Roper ?

– Là-bas derrière, monsieur, répondit Bailey. Il ne va pas tarder à revenir avec un nouveau volume de ses mémoires. Son patron devrait commander un bâillon pour ce gaillard.

– C'est tout de même curieux, énonça Fox d'un air profond.

– A tous les coups, c'est le « petit Jones », déclara Alleyn. Vous aviez raison, Bailey, en disant que ce piano piégé était un peu trop fantaisiste. C'est seulement dans les romans que l'on trouve des crimes aussi alambiqués. Toute cette affaire semble être l'œuvre d'un plaisantin. Il est difficile de croire qu'un homme ou une femme ait pu concevoir un meurtre selon ce schéma. Oui, Bailey a raison. Mais si un homme qui aurait nourri des desseins meurtriers était tombé par hasard sur ce piège, ce pistolet dont le canon pointait à travers la bavette de soie déchirée ? Si cet assassin en puissance avait eu l'idée de remplacer le pistolet à eau par un Colt ? Notre histoire devient bien plus plausible, n'est-ce pas ? De plus, cette méthode a ses avantages. L'assassin peut se dissocier de la victime et du *corpus delicti*. Le gros du travail ayant été accompli, il n'a plus qu'à enlever le pistolet à eau, installer le Colt à sa place et nouer le bout pendant de la ficelle autour de la crosse. Ce n'est pas lui qui a eu l'idée de ce piège, c'est le petit Jones.

– Il fallait être sûr que le Colt était de la même longueur, remarqua Fox.

– Il aurait pu mesurer le pistolet à eau.

– Pour ensuite rentrer chez lui et examiner son Colt ?

– Ou bien le Colt de quelqu'un d'autre, dit Bailey.

– Avant tout, il nous faut savoir à quel point le souvenir de guerre de Jernigham était accessible, répliqua Alleyn. D'après Roper, tout le monde connaissait son existence ; apparemment, il suffisait d'aller le prendre dans le bureau. Or les répétitions s'étaient déroulées dans le bureau. Ils s'y sont retrouvés pas plus tard qu'hier soir... vendredi soir, je veux dire. Mon Dieu, nous sommes déjà dimanche !

– Si le Dr Templett a reconnu le Colt, fit Fox, il l'a gardé pour lui.

– Effectivement.

La porte du fond claqua, et un bruit de bottes leur parvint du buffet.

– Voilà Roper, dit Fox.

– Roper ! cria Alleyn.

– Oui, monsieur ?

– Venez par ici.

Le brigadier Roper gravit les marches qui menaient sur la scène.

– Venez voir.

– Certainement, monsieur.

Se retenant au bord de la scène, Roper sauta sur le plancher dans un bruit assourdissant, s'approcha de la table et, l'air perspicace, contempla le pistolet à eau.

– Le connaissez-vous ? demanda Alleyn.

Roper tendit la main.

– N'y touchez pas ! l'arrêta Alleyn avec brusquerie.

– Tss, tss, tss ! firent Fox et Bailey.

– Je m'excuse, monsieur, dit Roper. Voyant ce jouet, et l'ayant reconnu en un éclair, j'ai eu comme une impulsion naturelle...

– Si vous voulez devenir détective, répondit Alleyn, il faudrait apprendre à maîtriser vos impulsions naturelles. A qui est ce pistolet à eau ?

– Remarquez, le prévint Roper, il y en a peut-être deux du même modèle dans la région. Deux ou plus. Je ne jurerais pas le contraire. Mais si l'on exclut cette possibilité, je pense pouvoir identifier son propriétaire. Etant donné qu'il a eu l'audace de me tirer dessus devant *Les Armes des Jernigham*, alors que j'étais en uniforme...

– Roper, dit Alleyn, il n'est que trois heures du matin. Je ne voudrais pas que le soleil se lève sur vos parenthèses. A qui est ce pistolet ?

– A Georgie Biggins, répliqua Roper.

12.

D'autres esquisses

I

A sept heures du matin, la voiture du Yard déposa Alleyn et Fox devant *Les Armes des Jernigham.*

La pluie avait cessé, mais il faisait tellement gris et nuageux que seul un imperceptible recul de la nuit, une vague trouée dans cette muraille d'humidité, laissait présager le lever du jour.

Bailey et Thompson repartirent pour Londres. Alleyn regarda disparaître les feux arrière de l'auto pendant que Fox tambourinait sur la porte des *Armes des Jernigham.*

– Ça a l'air de bouger à l'intérieur, grogna-t-il.

– On vient.

C'était un jeune garçon ensommeillé et les cheveux en bataille, accompagné d'un relent de bière. Alleyn se dit qu'à l'aube, les garçons de café de tous les lieux et époques devaient sûrement avoir la même tête.

– Bonjour, fit-il. Pourrions-nous avoir des chambres pour un ou deux jours, ainsi qu'un petit déjeuner d'ici une heure ? Il y a un troisième homme qui ne va pas tarder à nous rejoindre.

– Faut que je demande à la patronne, répondit le garçon.

Il les dévisagea d'un air hébété, cligna des yeux et disparut. Sa voix enrouée d'adolescent résonna dans le couloir :

– Madame ! Y'a les déte-ttives de Londres qui sont là, sûrement pour le meurtre de Miss Campanula. Madame Peach ! Ma-a-dame !

– Les nouvelles vont vite, observa Alleyn.

II

Henry se réveilla brusquement à sept heures du matin. Il demeura immobile, se demandant pourquoi cette journée n'allait pas être comme les autres. Puis il se souvint. Il revit avec précision la masse rougeâtre, le sommet du crâne, le cou strié de traînées luisantes. Il revit la feuille de papier à musique, froissée, écrasée sur le clavier. Le tout était encadré d'aspidistras, comme sur une carte de vœux morbide, et l'on voyait le piano dépasser de la marge inférieure.

« J'ai regardé une femme assassinée. » Les images revinrent avec une netteté obsédante, et, l'espace de quelques instants, il repassa fébrilement en revue le contour de la tête, le cou, la feuille blanche de la partition et cette verdure absurde sur le piano. Puis le souvenir des doigts glacés de Dinah s'insinua en lui. Il referma la main sur ce souvenir, et Dinah tout entière apparut devant lui.

« Si cela avait été Eleanor, ç'aurait été la fin de nos ennuis. »

Il repoussa cette idée, se répétant qu'elle était horrible, mais il ne put s'en défaire. « Inutile de faire semblant, se dit-il finalement. Je regrette que ce ne soit pas Eleanor. » Il se mit à penser à tout ce qui était arrivé après la mort d'Idris Campanula : les apartés entre son père et le commissaire Blandish, et la mine ridiculement solennelle de Jocelyn. Il se souvint des explications du Dr Templett et des lamentations de Miss Prentice, qui les avaient irrités au plus haut degré. Il se souvint qu'ayant jeté un coup d'œil sur M. Copeland, il avait vu ses lèvres remuer. Gêné, il avait compris que le pasteur était en train de prier. Il se souvint aussi du silence quasi absolu de Mme Ross : elle n'avait pas échangé un seul mot avec le Dr Templett. A nouveau, ses pensées revinrent vers Dinah. Il les avait raccompagnés au presbytère, son père et elle, et il l'avait embrassée ouvertement sur le pas de la porte. Mais le pasteur avait paru à peine s'en apercevoir. Sur le chemin du retour, le squire, qui n'avait point oublié qu'en absence de Sir George Dillington il remplissait les fonctions du chef de police, discourut gravement sur le crime, répétant qu'Henry devait considérer tout ce qu'il avait entendu comme confidentiel et expliquant comment ils en étaient arrivés avec Blandish à faire appel à Scotland Yard. Une fois à Pen Cuckoo, Eleanor Prentice s'était évanouie, et le squire avait versé du cognac dans son gosier d'une main si incertaine qu'elle avait failli suffoquer. Puis ils l'avaient aidée à gagner sa chambre. Désireux de se rendre utile, Jocelyn, dans sa nervosité, lui avait cogné le doigt au point de lui faire pousser un hurlement de douleur. Ensuite, Henry et son père avaient pris solennellement un dernier verre à la salle à manger, sans que Jocelyn eût cessé de pérorer.

Le sang d'Henry se glaça à l'évocation de ce souvenir, le pire de tous, celui qu'il cherchait à fuir depuis son réveil.

C'était quand Jocelyn lui avait raconté comment, fort de sa position de suppléant du chef de police, il avait jeté un coup d'œil par la déchirure dans la soie et vu briller le canon d'une arme à feu.

– Un revolver, avait déclaré Jocelyn. Ou alors un automatique.

A cet instant, l'imagination d'Henry lui avait dépeint le coffret dans le bureau. Il s'était dépêché d'envoyer son père au lit, mais une fois seul, il n'avait pas osé aller regarder dans le coffret. A présent, il savait qu'il devait le faire. Et vite, avant que les domestiques ne fussent levés. Il sauta du lit, enfila une robe de chambre et descendit dans l'obscurité. Il y avait une torche électrique dans le hall. Il la prit au passage et se dirigea vers le bureau.

Le coffret était vide. Il n'y restait plus que le papier qui portait l'inscription « CHARGÉ » en majuscules.

Affolé, Henry quitta le bureau. L'instant d'après, il frappait à la porte de son père.

III

Réveillée depuis longtemps, Selia Ross se demandait à quel moment elle pouvait appeler le Dr Templett, à moins qu'il ne fût trop imprudent de chercher à le joindre. Elle savait que jusqu'à huit heures du matin, le téléphone sonnait à son chevet, et que sa chambre était suffisamment éloignée de celle de sa femme, afin de ne pas la déranger. Mme Ross voulait savoir ce qu'il avait fait de la lettre anonyme. Elle se souvenait qu'il l'avait mise dans son portefeuille, lequel se trouvait dans la poche intérieure de son veston. Mais elle se souvenait aussi qu'il ne s'était pas changé après le drame ; et la simple idée que la lettre eût pu rester dans son costume à la salle des fêtes, lui donnait des sueurs froides. Il était très distrait et négligent pour ce genre de choses : une fois, il avait laissé l'une de ses lettres, ouverte, sur sa table de toilette et ne s'en était souvenu que plus tard dans la journée.

Elle n'avait pas la moindre idée de ce que la police allait faire. La lecture de romans policiers lui avait laissé la vague impression qu'ils n'avaient pas le droit de perquisitionner chez des particuliers sans une sorte d'autorisation. Mais cela s'appliquait-il à un lieu public ? Si le corps de la victime s'y trouvait de surcroît, ils allaient sûrement fouiller partout. Qu'allaient-ils penser s'ils découvraient la lettre ? Elle aurait voulu prévenir le Dr Templett pour qu'il eût une réponse toute prête.

Mais lui aussi exerçait une fonction dans la police.

Il s'était certainement souvenu de la lettre.

Ne valait-il pas mieux dire qu'il connaissait son auteur, que c'était quelqu'un d'autre... son épouse, à la limite ? N'importe qui, mais pas l'une des deux femmes.

Ses pensées fiévreuses se télescopaient dans son esprit livré à la panique.

Peut-être que s'il descendait de bonne heure...

Peut-être aurait-elle dû l'appeler plus tôt.

Elle alluma la lampe de chevet et regarda le réveil. Il était huit heures moins cinq.

Affolée, elle saisit le téléphone et composa le numéro du Dr Templett.

IV

Le doigt de Miss Prentice l'avait tenue éveillée toute la nuit, mais elle n'eût sans doute pas fermé l'œil même s'il ne l'avait pas élancée. Ses pensées se bousculaient trop, oscillant entre le pasteur, elle-même et Idris Campanula que l'on venait d'assassiner. Elle songeait à toutes sortes de choses : à leur amitié avec Idris, alors qu'elle-même était arrivée depuis peu à Pen Cuckoo. Elles en étaient venues à se confier leurs secrets les plus intimes, comme deux collégiennes. Elle se remémora toutes les conversations exquises qu'elles avaient eues, toutes les questions excitantes qu'elles s'étaient posées sur les gens du village et des environs. Personne d'autre ne lui parlerait désormais ce langage ; personne d'autre n'était capable de discuter de choses et de gens de cette façon-là. Elles avaient été si proches, jusqu'au moment où Idris était devenue jalouse. C'était l'explication que Miss Prentice donnait aux tiraillements survenus entre elles. Idris était jalouse de l'influence croissante de son amie dans les affaires du village et de la paroisse.

Pour le moment, elle ne voulait pas penser à M. Copeland. Elle tâcherait d'oublier ce qu'il lui avait dit à la confession, de l'enfouir au plus profond de sa mémoire, ainsi que cet autre souvenir, révélation fulgurante de la perfidie d'Idris.

Non. Mieux valait se remémorer le bon vieux temps et penser au testament d'Idris. C'était un testament très simple. Une somme considérable pour M. Copeland, un legs bien plus modeste pour un neveu éloigné, et sept mille livres pour elle, Eleanor. Idris avait dit qu'elle n'avait jamais eu de véritable amie avant l'arrivée d'Eleanor et que, si elle partait la première, elle serait heureuse d'avoir pu accomplir ce geste. Même à ce moment-là, Eleanor lui en avait voulu de ses airs de supériorité.

Mais il est vrai qu'avec cet argent, elle ne dépendrait plus de Jocelyn.

M. Copeland serait un homme fortuné, car Idris était très riche.

Dinah serait héritière.

Cela, elle n'y avait pas songé. Il n'y aurait plus aucune raison au monde pour qu'Henry n'épousât pas Dinah.

Si elle annonçait qu'elle ne s'opposait plus à cette union, vite, avant que le testament ne fût rendu public... ne passerait-elle pas pour quelqu'un de bon et de généreux ? Si seulement elle pouvait effacer le souvenir de ce vendredi après-midi ! Dinah affaissée dans les bras d'Henry, perdue dans l'extase. Eleanor avait failli en perdre la tête. Comment pourrait-elle ravaler tous ces mots qu'elle leur avait jetés, avant de s'éloigner en titubant dans l'allée pour faire cesser ce supplice ? Cependant, Dinah mariée, son père se retrouverait seul. Un homme seul et riche, autour de la cinquantaine, trop respectable pour prendre une jeune épouse. Alors sûrement... !

Alors ! Alors !

La première cloche appelant les fidèles au service de huit heures l'arracha à ses rêves. Elle se leva, s'habilla et sortit dans le jour naissant.

V

Le pasteur était debout à sept heures. Comme tous les dimanches, dans une heure il devait se rendre à l'église. Il s'était habillé à la hâte, incapable de rester dans son lit à repenser aux événements de la veille. Toutes sortes de souvenirs se mêlaient à ses pensées ; et chaque fois, l'image de la femme assassinée se superposait à eux, les faisant tourner au cauchemar. Il avait l'impression qu'ils allaient le hanter éternellement, que jamais il ne se débarrasserait de son sentiment de culpabilité. Ses idées étaient confuses et totalement incontrôlables.

Bien avant la première cloche de la matinée, il quitta la maison et, comme il le faisait tous les dimanches depuis vingt ans, traversa la route, longea l'allée de noyers et poussa le tourniquet qui donnait sur le cimetière.

Une fois à l'intérieur de l'église obscure, il tomba à genoux et essaya de prier.

VI

Quelque part très loin, quelqu'un était en train de cogner à la porte. Bang, bang, bang ! Ce devait être la vieille Idris qui s'acharnait sur ce maudit air. Blandish n'aurait pas dû enfermer Eleanor dans le piano. « En tant que suppléant du chef de police, je proteste contre les pratiques de ce genre : c'est inacceptable. Laissez-la sortir ! Si elle frappe plus fort, elle va tout faire sauter, et nous serons obligés d'avertir Scotland Yard. » Bang, bang...

Le squire s'éveilla en sursaut, les nerfs à vif.

– Quoi-a-a ?

– Père, c'est moi ! Henry ! Il faut que je vous parle.

VII

En entendant son père descendre bien avant l'heure, Dinah comprit qu'il n'avait pas dormi, qu'il était malheureux et qu'il s'en allait prier à l'église. Elle espérait qu'il avait pensé à mettre une petite laine sous sa soutane car il semblait prendre plus facilement froid à l'église qu'ailleurs. Depuis la veille, elle savait qu'il lui donnerait du fil à retordre. Pour une raison inexplicable, il avait déjà endossé la responsabilité du drame, répétant qu'il avait été faible et chancelant, et qu'il avait manqué à son devoir de prêtre.

Incapable de suivre le raisonnement de son père, Dinah lui avait demandé, le cœur serré, s'il soupçonnait quelqu'un de précis du meurtre d'Idris Campanula. C'était à leur retour à la maison, après que le baiser d'Henry lui eut redonné courage.

– Papa, crois-tu savoir qui c'est ?

– Non, ma chérie, non. Mais je ne les ai pas aidés comme j'aurais dû le faire. Et ensuite, quand j'ai essayé, il était trop tard.

– Mais de quoi parles-tu ?

– Ne me pose pas de questions, ma chérie.

Elle se rendit compte tout à coup qu'elle était en train de penser au confessionnal. Qu'Idris Campanula avait-elle bien pu lui raconter vendredi ? Et Eleanor Prentice ? En tout cas, cela l'avait grandement affecté, Dinah en était sûre. Au moins, l'une des deux n'était plus là pour créer des histoires. A quoi servait-il de feindre la tristesse ? Dinah n'était pas triste ; elle se sentait seulement effrayée et frémissait d'horreur chaque fois qu'elle repensait au cadavre. C'était le premier cadavre qu'elle avait vu de ses propres yeux.

Bien sûr, il était évident que le piège avait été dressé à l'intention d'Eleanor Prentice. Son père s'en rendait sûrement compte. Mais qui avait intérêt à tuer Eleanor Prentice ?

Dinah s'assit dans son lit, glacée de terreur. Elle se souvint de la rencontre dans l'allée le vendredi après-midi, des paroles qu'Eleanor Prentice avait laissé échapper dans un souffle, et de la réponse d'Henry.

« Si jamais elle leur répète ce qu'il a dit, pensa Dinah, ils croiront qu'Henry avait un mobile. »

Et, de toute son âme, elle tenta d'envoyer un message d'avertissement à Henry.

Mais Henry, qui, en cet instant, tambourinait sur la porte de son père, ne capta dans son désarroi aucun message. De toute façon, il n'en avait pas besoin, car il avait déjà peur.

VIII

Le Dr Templett dormait paisiblement à poings fermés lorsque le téléphone sonna sur sa table de chevet. Aussitôt, avec une rapidité dictée par une longue habitude, il décrocha le récepteur dans une semi-pénombre.

– Le Dr Templett à l'appareil, répondit-il comme toujours quand le téléphone sonnait à une heure indue.

Il se souvint que la jeune Mme Cartwright était sur le point d'accoucher.

Mais ce fut Selia Ross.

– Billy ? Billy, tu as la lettre ?

– Comment ?

Il demeura allongé, sans bouger. Le récepteur collé à l'oreille, il écoutait les battements désordonnés de son cœur.

– Billy ! Tu es là ?

– Oui, répliqua-t-il, oui. Ne t'inquiète pas. Tout va bien. Je passerai dans la journée.

– Oui, s'il te plaît.

– Entendu. Au revoir.

Il raccrocha et se mit à contempler le plafond. Que diable avait-il fait de cette lettre ?

13.

Dimanche matin

I

Alleyn et Fox étaient en train de prendre leur petit déjeuner, et Nigel dormait encore, lorsque le commissaire Blandish fit son entrée à l'auberge. Il avait une ombre bleuâtre au menton et quelques fuites dans la région des yeux et du nez.

– Vous devez vous demander s'il y a quelqu'un d'autre au commissariat de Great Chipping en dehors de cette pipelette de Roper, déclara-t-il en leur serrant la main. Je suis vraiment désolé de vous avoir laissé tomber, mais cette affaire de Moorton Park n'est pas exactement ce que l'on appelle une partie de plaisir.

– C'est la poisse, d'avoir deux affaires sur les bras, répondit Alleyn. Vous auriez bien sûr préféré vous occuper vous-même de la nôtre. Avez-vous pris votre petit déjeuner ?

– Je n'ai rien avalé depuis hier après-midi.

Alleyn s'approcha du passe-plats et cria :

– Madame Peach ! Une autre portion d'œufs au bacon, si c'est possible.

– Je ne dirai pas non, fit Blandish en s'asseyant. Et je ne nierai pas que j'aurais aimé mettre la main à la pâte dans cette affaire de meurtre. Mais que voulez-vous : c'est toujours tout ou rien.

– C'est vrai, acquiesça Fox. C'est pareil au Yard. Encore que, ces temps-ci, c'était plutôt calme... n'est-ce pas, monsieur Alleyn ?

– C'est pourquoi on nous a envoyé le haut de gamme, rit Blandish. En tout cas, monsieur Alleyn, ce sera une sacrée expérience de vous voir travailler. Inutile de dire que nous sommes à votre disposition vingt-quatre heures sur vingt-quatre.

– Merci, répliqua Alleyn. Nous aurons certainement besoin de vous. C'est une drôle d'histoire. Vous étiez dans la salle, n'est-ce pas ?

– Oui, et croyez-moi, j'ai eu une belle frousse. L'impression que tout avait sauté. Le vieux piano a continué de vibrer pendant je ne sais combien de temps. Nom d'une pipe, il m'a fallu toute ma volonté pour ne pas regarder à l'intérieur de la caisse avant de partir pour Moorton. Mais je me suis dit : « Non, tu t'es désisté, alors ne te mêle pas de ça. »

– C'est fort obligeant de votre part. Nous avons eu une pensée émue pour vous, n'est-ce pas, Fox ? J'imagine que votre jacasse de brigadier vous a déjà tout raconté ?

Blandish esquissa une grimace éloquente.

– Je l'ai fait taire au bout de la seconde fois, répondit-il. On a souvent envie de lui couper le sifflet, à Roper, mais il n'est pas bête, vous savez. J'aimerais maintenant entendre votre version.

Pendant qu'il dévorait ses œufs au bacon, Alleyn lui relata leurs investigations de la nuit passée. Quand il arriva à la découverte du message dans le veston du Dr Templett, Blandish reposa son couteau et sa fourchette.

– Bon sang ! fit-il.

– Je sais.

– Quelle barbe, ajouta Blandish. C'est gênant, je veux dire.

– Oui.

– Pour ne pas y aller par quatre chemins, monsieur Alleyn, c'est fichtrement embêtant.

– C'est vrai.

– Ma foi, tout compte fait, je ne regrette pas trop d'être en dehors. C'est peut-être sans importance, mais il ne faut pas le négliger. Dire que je travaille avec le docteur depuis tout ce temps !

– Vous l'aimez bien ? demanda Alleyn.

– Si je l'aime bien ? Mon Dieu, oui, je ne peux pas dire le contraire. Nous nous entendons bien. Oui, je... eh bien, je me suis habitué à lui.

– Vous connaissez les questions que nous allons poser. Dans les affaires de ce genre, nous avons recours aux rumeurs qui circulent parmi la population locale.

Alleyn alla chercher sa mallette dans un coin de la salle à manger et en sortit la lettre anonyme. Elle était étalée entre deux plaques de verre, maintenues sur les bords par un ruban adhésif. Dans un coin, dans la marge et sur le verso, le papier portait des traces de doigts noircies.

– Voilà. Nous avons mis en évidence trois types d'empreintes. L'un d'eux correspond à l'empreinte relevée sur un poudrier dans la pièce qui avait été réservée à Miss Prentice et à la victime. Il s'agit de l'empreinte de la victime. On trouve l'équivalent du deuxième groupe sur une boîte vernie, appartenant manifestement à Mme Ross. Le troisième se retrouve sur les autres papiers dans le portefeuille : ce sont, évidemment, les empreintes du Dr Templett.

– C'est une lettre que la défunte aurait écrite à Mme Ross, et que celle-ci aurait remise au docteur ?

– C'est ce qui en ressort. Surtout que deux des empreintes de Mme Ross, si toutefois ce sont les siennes, se superposent à celles de la défunte ; et on trouve une empreinte du Dr Templett par-dessus les deux autres. Nous serons fixés davantage quand Bailey aura développé ses clichés.

– C'est lamentable, tout ça. Vous avez parlé des rumeurs, monsieur Alleyn. Il y en a eu un certain nombre sur ce sujet, inutile de le nier. A mon avis, c'est essentiellement l'œuvre des deux demoiselles.

– Mais est-ce un mobile de meurtre ? demanda Fox, à personne en particulier.

– Pourquoi pas, compère Fox ? Un médecin, et surtout un médecin de campagne, doit soigner sa réputation. Savez-vous, Blandish, si Templett est un homme aisé ?

– Je ne dirais pas cela, répondit Blandish. Le docteur est le fils cadet d'une des vieilles familles de la région. Son frère aîné était du genre panier percé. Régiment d'élite avant la guerre, des goûts de luxe. Il est bien connu qu'en héritant de Chippingwood, le docteur s'est retrouvé avec un fardeau sur les bras, plus qu'autre chose. A mon sens, il ne gagne pas un penny de trop. De plus, il aime la chasse, et cela aussi coûte de l'argent.

– Et Mme Ross ?

– Ah, nous y voilà ! Si l'on en croit tous les racontars, ils sont très liés. Mais les ragots ne constituent pas une preuve, n'est-ce pas ?

– Non, mais il leur arrive d'être fondés, ce qui est d'autant plus déplorable. Enfin ! Nous allons suivre la direction indiquée. Maintenant, à propos de l'automatique. Il appartient bel et bien à M. Jernigham.

– C'est ce que j'ai entendu dire, monsieur Alleyn, et c'est bien malheureux. Remarquez, même si je voyais le squire avec une arme fumante à la main, je ne le croirais toujours pas capable de tirer sur une femme, et encore moins sur quelqu'un de sa famille. Je sais, les gens les plus divers deviennent assassins ; et il n'est pas totalement exclu que M. Jernigham puisse descendre quelqu'un dans un moment de colère. Mais moi qui le connais depuis toujours, je puis assurer qu'il est incapable de monter un coup aussi retors ; j'en mettrais ma main au feu. Ce n'est pas son genre, à cet homme-là. Mais ce n'est pas une preuve non plus...

– C'est l'avis d'un expert, répliqua Alleyn, et qui compte en tant que tel.

– Comme sir George Dillington n'est pas là, c'est le squire qui exerce les fonctions de chef de police.

– Décidément, observa Alleyn, où que nous nous tournions, nous ne rencontrons que des confrères. Je passerai à Pen Cuckoo en fin de matinée. Le fourgon mortuaire est venu avant l'aube. Le Dr Templett va pratiquer l'autopsie cet après-midi. L'un de nous, soit Fox soit moi, sera présent. Mais pour le moment, nous allons rendre visite à M. Georgie Biggins.

– Ce jeune suppôt de Satan ! Vous le trouverez dans le dernier cottage sur la gauche, en sortant de Chipping. Le commissariat est, comme vous le savez, à Great Chipping... à huit kilomètres d'ici. Mais il y a un poste au village, où Roper fait sa sieste quotidienne en compagnie d'un agent. Tous les deux sont à votre disposition.

– Serait-il possible de louer une auto quelque part ? Je suppose que vous aurez besoin de votre char pour vos propres déplacements.

– J'en ai bien peur. Moorton Park n'est pas tout près, et cela nous fait beaucoup d'allées et venues. C'est Posh Jimmy et consorts qui ont fait le casse. C'est signé. Ils emploient toujours la même méthode, curieux, non ? A propos de la voiture, il se trouve que les Biggins ont une vieille Ford à louer.

– Magnifique. C'est une entrée en matière admirable pour approcher M. Georgie. Quel âge a-t-il ?

– Treize ans, répondit Blandish, mais en scélératesse, il en a cent. Un vrai suppôt de Satan, si jamais il en existe. Un sang-froid de rhinocéros.

– Nous verrons bien si nous pouvons l'ébranler, déclara Alleyn.

Le commissaire partit peu après, se lamentant sur la quantité de travail qui l'attendait.

II

Alleyn et Fox allumèrent leur pipe et sortirent dans Chipping. A la lumière du jour, ils découvrirent un hameau composé de deux rangées de cottages en pierre, qui bordaient la route. En plus de l'auberge, il y avait un supermarché et un bureau de poste. Malgré le flanc escarpé de Cloudyfold qui dominait Chipping, on avait l'impression d'être en pleine montagne. Un vent froid soufflait avec force sur la route de la vallée.

Le cottage des Biggins, situé un peu à l'écart, avait une mine peu souriante. C'était un cottage du Dorset tout simple, moins pittoresque et moins hospitalier que ses voisins.

En s'approchant de la porte d'entrée, Alleyn et Fox entendirent une voix de femme :

– Mais qu'est-ce que tu as à rester là, accroché à mes jupes ? Fiche-moi la paix !

Silence.

– Franchement, continua la voix, si tu n'étais pas aussi robuste qu'un jeune veau, Georgie Biggins, je croirais que tu es tombé malade. Tire la langue.

Silence.

– Elle est propre comme un sou neuf. Eh bien, rentre-la, quoi. On dirait un simplet, à te voir planté là avec la langue pendante. Ah ! ma bonne mère ! Alors, qu'est-ce que tu as ?

– Rien, fit une petite voix.

– Rien n'a jamais tué personne.

Alleyn frappa à la porte.

Il y eut un nouveau silence, interrompu par un chuchotement précipité et par ce qui ressemblait fort à une bagarre.

– Fais ce que je te dis ! ordonna la voix. Et moi qui suis en tablier, un dimanche matin ! Allez, ouste !

Il y eut un bruit de pas rapides, et la porte s'ouvrit de quelques centimètres sur une frimousse très pâle et une paire d'yeux noirs et brillants comme des boutons.

– Bonjour, dit Alleyn, je viens voir si je peux louer une auto. Je suis bien chez M. Biggins ?

– Oui-i.

– Avez-vous une voiture à louer ?

– Oui-i.

– Et si tu ouvrais la porte un peu plus pour que nous puissions en discuter ?

La porte s'entrouvrit lentement de quelques centimètres de plus, et Georgie Biggins apparut devant eux dans son costume du dimanche. Sa figure ronde était blanche comme un linge, et il avait l'air de quelqu'un qui s'apprête à détaler sans crier gare.

– Alors, cette auto ? demanda Alleyn. Ton père est là ?

– L'est au pub, répondit Georgie d'une voix étranglée.

Grâce au cinéma, tous les petits garçons étaient désormais capables de reconnaître un détective. Alleyn gardait au Yard des habits de rechange pour les cas de départ précipité : son manteau de plaid, son pantalon de flanelle et son chapeau mou eussent pu rassurer Georgie Biggins. Mais lorsque les yeux noirs se posèrent sur l'inspecteur

Fox avec son costume sombre, son chapeau melon et son mackintosh, Georgie poussa un hurlement de terreur, tourna casaque et fonça droit dans sa mère qui venait de sortir de la chambre. Mme Biggins, une femme de gabarit respectable, attrapa son fils d'une main experte.

– Alors ! dit-elle. Ça commence à bien faire, pardi ! Qu'est-ce que c'est que ce manège ? Attends un peu que ton père rentre. Je ne vous dis pas !

Tenant son fils par la peau du cou, elle s'avança vers la porte.

– Je m'excuse de vous avoir fait attendre, déclara-t-elle.

Alleyn s'informa sur la voiture et apprit qu'elle était disponible. Mme Biggins les examina tous deux avec une franche curiosité et les conduisit dans une grange délabrée. Là, ils trouvèrent une Ford âgée de six ans, mais qui, comme le remarqua joyeusement Alleyn, ne s'en portait pas plus mal. Il paya d'avance le prix de location pour une semaine. Pendant tout ce temps, Mme Biggins maintenait son rejeton par le col d'une main ferme mais distraite.

– Je vais vous donner un reçu, dit-elle. Vous êtes là à cause de cette horrible histoire, non ?

– C'est cela, répliqua Alleyn.

– Vous êtes de Scotland Yard, alors ?

– Absolument, madame Biggins.

Alleyn contempla Biggins junior avec bonhomie.

– C'est bien Georgie, n'est-ce pas ? s'enquit-il.

L'instant suivant, Biggins junior laissait une bonne partie de son col du dimanche dans la main de sa mère et détalait comme un lapin, pour se retrouver serré comme un étau contre l'effrayant individu en mackintosh et chapeau melon.

– Eh bien, eh bien, fit Fox. Que se passe-t-il ?

Les paroles mêmes qu'il avait si souvent entendues à l'écran.

– Georgie ! hurla Mme Biggins en proie à la fureur maternelle.

Puis son regard se posa sur le visage de son fils et sur les mains qui le retenaient prisonnier.

– Hé, vous ! explosa-t-elle. Qu'est-ce qui vous prend, à porter la main sur mon garçon ?

– Ne vous inquiétez pas, madame Biggins, s'interposa Alleyn. Il se peut que Georgie soit en mesure de nous aider. Ecoutez, si nous rentrions, pour ne pas nous donner en spectacle aux voisins ?

Ce fut un argument de poids.

– Sapristi ! fit Mme Biggins, reprenant ses esprits bien qu'elle fût devenue aussi pâle que sa progéniture. Sapristi ! C'est vrai qu'ils passent toute la sainte journée à papoter et à s'occuper des affaires des autres. Si tu ne la fermes pas, Georgie Biggins, je vais t'écharper. Allez, venez, quoi !

III

Dans un séjour froid mais mal aéré, Alleyn fit de son mieux pour apaiser la mère et le fils. Georgie, à présent, hurlait d'une façon ininterrompue. Les mains de Mme Biggins, rougies par les travaux ménagers, lissaient inlassablement les plis de sa robe. Mais elle l'écouta en silence.

– C'est très simple, l'assura Alleyn. Georgie ne court aucun danger, mais nous pensons qu'il pourrait nous fournir une information de première importance.

Ravalant un rugissement plaintif, Georgie dressa l'oreille.

Alleyn tira le pistolet à eau de sa poche et le tendit à Mme Biggins.

– Le reconnaissez-vous ?

– Pour sûr, opina-t-elle lentement. C't à lui.

Georgie repartit de plus belle.

– Jeune Biggins, dit Alleyn, est-ce ainsi que tu conçois le métier de détective ? Viens par ici.

Georgie s'approcha.

– Ecoute-moi bien. Que dirais-tu d'aider la police à arrêter un assassin ? Que dirais-tu de collaborer avec nous ? Nous sommes de Scotland Yard. Tu n'auras pas souvent l'occasion de travailler avec le Yard, tu sais.

Les yeux noirs rivés sur Alleyn s'illuminèrent.

– Tu imagines la réaction de tes copains quand ils sauront que tu... que tu...

Alleyn chercha le mot juste.

– ... que tu as résolu l'énigme qui a laissé perplexes les plus grands limiers de tous les temps ?

Il jeta un regard sur son collègue. Fox, la mine incroyablement suave, ferma un œil.

– Il ne tient qu'à toi, poursuivit Alleyn, de faire un travail de vrai détective. Qu'en dis-tu ?

Le visage un peu fruste de Georgie Biggins prit une expression vaguement blasée.

– O.K., répliqua-t-il d'une voix de fausset, dans laquelle tremblaient encore quelques larmes.

– Parfait.

Alleyn reprit le pistolet à eau à Mme Biggins.

– C'est à toi, n'est-ce pas ?

– Ouais, répondit Georgie.

Et, se rappelant James Cagney vu dix jours plus tôt au Plaza de Great Chipping, il ajouta avec un fort accent du Dorset :

– Bien sûr que c'est mon flingue.

– C'est toi qui l'as installé dans le piano à la salle des fêtes ?

– Et alors ? répliqua Georgie.

C'était plus qu'Alleyn ne pouvait en supporter. Il dévisagea l'enfant et dit :

– Ecoute, Georgie, oublie un instant le cinéma, veux-tu ? Ceci est réel. Il y a quelqu'un qui devrait se trouver sous les verrous. Tu es un Anglais, un homme du Dorset, et tu tiens à ce que justice soit faite, n'est-ce pas ? Tu t'es dit que ça serait drôle si Miss Prentice recevait un jet d'eau dans la figure en appuyant sur la pédale. Je suis bien d'accord avec toi. Ç'aurait été amusant.

Georgie eut un grand sourire.

– Mais la partition musicale, tu n'y as pas songé ?

– Si. Seulement mon pistolet, il est drôlement puissant. A tous les coups, ça aurait giclé par-dessus.

– Tu as peut-être raison, fit Alleyn. L'as-tu essayé après l'avoir installé ?

– Non.

– Et pourquoi ?

– Parce que. Y'a eu quelque chose.

– Quoi ?

– Rien ! Quelqu'un a fait du bruit. Alors je suis parti.

– Où as-tu trouvé cette idée ? demanda Alleyn après une pause. Allons, dis-moi.

– Ça, je sais d'où il l'a tirée, ce garnement, intervint sa mère. Si notre Georgie a fait une bêtise, ça vient sûrement de ces histoires à dormir debout qu'il a toujours sous le nez. Tenez, rien que la semaine passée, il a attaché un réveil sous le fauteuil de son père et l'a mis sur sept heures, juste quand son père fait un petit somme. Et savez-vous où il a trouvé ça ? Dans l'un de ses maudits illustrés.

– Cela aussi était dans un illustré, Georgie ?

– Ouais. Enfin, pas tout à fait.

– Je vois. Tu t'es aussi servi de ton meccano, n'est-ce pas ?

Georgie hocha la tête.

– Et quand l'as-tu fait ?

– Vendredi.

– A quelle heure ?

– L'après-midi. Vers deux heures.

– Comment es-tu entré dans la salle ?

– J'y ai été avec les filles, puis je suis resté.

– Raconte-moi cela. Tu as été drôlement malin, pour avoir réussi à passer inaperçu.

Il s'avéra que Georgie s'était réfugié dans un coin sombre au moment où les Jeunes Amis de la Paroisse quittèrent les lieux, vers deux heures et quart. Au départ, il avait eu l'intention de les arroser avec son pistolet à eau, mais à la dernière minute, une idée bien plus amusante lui vint à l'esprit. Il se remémora l'histoire du piano piégé qu'il avait lue pour son grand plaisir dans le dernier numéro du *Bingo Bink's Weekly.* Comme il avait des bouts de meccano dans ses poches, il se mit au travail, aussitôt la porte refermée. Tout d'abord, il examina le piano en silence pour se familiariser avec l'action du pédalier. A ce stade, sa mère expliqua à Alleyn que Georgie était très doué en mécanique et qu'il avait construit un tas de modèles absolument ahurissants, capables de tourner et même d'avancer. Georgie, donc, s'était attelé à la tâche avec beaucoup d'ardeur. Encouragé par le fervent intérêt d'Alleyn, il lui décrivit son œuvre. Lorsque celle-ci fut achevée, il joua un ou deux couplets triomphants de *La danse des canards*, prenant bien soin de n'utiliser que la pédale de droite.

– Et personne n'est venu ?

Le petit monstre blêmit à nouveau.

– Y m'a pas vu, marmonna-t-il. Personne n'a rien vu. L'a seulement crié et cogné à la porte.

– Et tu n'as pas répondu ? Je vois. Tu sais qui c'était ?

– Je l'ai pas vu.

– Bien. Et comment es-tu ressorti ?

– Par la porte. Je l'ai fermée derrière moi.

Il y eut un bref silence. Le visage de Georgie se tordit soudain en une grimace douloureuse. Sa lèvre inférieure se remit à trembler, et il regarda Alleyn d'un air piteux.

– Je ne voulais de mal à personne, fit-il. Je ne voulais pas la tuer.

– Rassure-toi, répondit Alleyn, posant une main sur l'épaule de l'enfant. Cela n'a rien à voir avec toi, jeune Biggins.

Mais, par-dessus la tête du petit garçon, il aperçut le visage atterré de la mère et comprit qu'il ne pouvait pas grand-chose pour elle.

14.

Selon les Jernigham

I

Pendant que Fox s'en allait visiter les domestiques de Miss Campanula, afin de retrouver le nom de son notaire et de glaner quelques informations, comme lui seul savait le faire, auprès du personnel féminin, Alleyn se rendit à Pen Cuckoo.

La voiture des Biggins gravit laborieusement la pente en seconde. La route escarpée montait au-dessus de Chipping et, après avoir dépassé Winton, bifurquait vers le manoir de Pen Cuckoo avant d'attaquer la montée de Cloudyfold, qui surplombait la vallée. La vallée elle-même n'était pas à proprement parler pittoresque, mais son charme n'en opérait que davantage. L'œil s'attardait sur les contreforts paisibles de Cloudyfold, les arbres qui bordaient joliment les collines et les cottages éparpillés, tout simples, et qui semblaient faire partie du paysage. Rien d'étonnant à cela : ils étaient bâtis en pierre du Dorset. Pourtant, le tableau n'avait rien d'idyllique. Les quatre vents se croisaient au sommet de Cloudyfold ; et l'hiver, l'étang de Pen Cuckoo se recouvrait de glace durant de longues semaines.

Alleyn remarqua que plusieurs chemins rejoignaient la route de la vallée. L'un d'eux serpentait en direction du manoir ; un autre, une sorte de sentier, descendait du manoir à l'église. La voiture franchit un double portail, gravit l'allée et déboucha dans une vaste échappée devant Pen Cuckoo.

Un pâle rayon de soleil avait réussi à percer les nuages, et Pen Cuckoo apparut dans toute sa splendeur hivernale : une vieille demeure à l'architecture harmonieuse, sereine, pas très grande et pas impressionnante du tout.

« Une maison heureuse, pensa Alleyn, avec une empreinte de dignité. »

Il remit sa carte à Taylor.

– Puis-je voir M. Jernigham, je vous prie ?

– Si vous voulez bien me suivre, monsieur.

Emboîtant le pas à Taylor, Alleyn songea : « Avec un peu de chance, ce sera le bureau. »

Ce fut effectivement le bureau, et, qui plus est, vide.

A peine Taylor eut-il refermé la porte qu'Alleyn se mit à la recherche du coffret décrit par Roper. Il le trouva sur une table, à côté d'une des fenêtres. Soulevant le couvercle, il constata que le coffret était vide. Il examina de près l'avertissement « CHARGÉ », tracé en caractères d'imprimerie gras et noirs. Puis il laissa retomber le couvercle et s'approcha de la porte-fenêtre. Celle-ci n'était pas fermée. Elle donnait sur une terrasse de gravier ; par-dessus les cimes des arbres, on apercevait la vallée de Pen Cuckoo, Chipping et ses environs.

Alleyn était occupé à suivre la route qui serpentait à travers la vallée, lorsque le squire fit son entrée.

Jocelyn paraissait calme et reposé. Peut-être ses yeux saillaient-ils un peu plus que de coutume, et son teint était moins florissant, mais il avait l'air d'un homme qui vient de prendre une décision, et une certaine dignité émanait de sa personne.

– Je suis content de vous voir, déclara-t-il en serrant la main à Alleyn. Je vous en prie, asseyez-vous. Quel drame terrible !

– Oui, acquiesça Alleyn, terrible et déroutant.

– Grands dieux, et comment ! C'est l'affaire la plus compliquée et la plus incompréhensible que j'aie jamais vue. Blandish vous a dit, je suppose, que je remplace Dillington en son absence ?

– Dans les fonctions du chef de police ? Oui, monsieur, il me l'a dit. C'est l'une des raisons de ma visite.

Le squire contempla le feu d'un air solennel.

– Absolument, opina-t-il.

– D'après Blandish, vous étiez sur les lieux au moment même du drame.

– Grands dieux, oui. Mais j'ignore pourquoi c'est arrivé, ou plutôt, comment. Aussitôt que nous avons décidé de vous contacter, Blandish a insisté pour tout laisser en plan. Ce serait bigrement gentil de votre part de me mettre au courant.

Alleyn le mit au courant. Jocelyn écoutait, les yeux ronds et la bouche entrouverte.

– Quel coup ignoble et sournois, fit-il. A mon sens, c'est l'œuvre d'une femme. Je ne dis pas que les femmes sont particulièrement fourbes, mais quand elles s'y mettent, elles deviennent bien plus tordues que nous autres.

Il rit brusquement, d'un rire gêné.

– Sûrement, acquiesça Alleyn.

– Ce doit être inversement proportionnel, non ? ajouta le squire obscurément.

– En effet. Voyez-vous, monsieur, notre premier souci est d'identifier le propriétaire du Colt. Je ne sais...

– Un instant.

Jocelyn se leva, les mains dans les poches de son haut-de-chausse, et s'approcha de la porte-fenêtre.

– Il est à moi, répondit-il.

Alleyn garda le silence. Se retournant, le squire ne lut qu'une attention polie sur son visage. Il émit un son inarticulé, se dirigea vers la table sous la fenêtre et ouvrit le coffret.

– Voyez vous-même, déclara-t-il. Il était là, dans cette boîte, durant ces vingt dernières années. Il était encore là la semaine passée. Et maintenant, il n'y est plus.

Alleyn le rejoignit.

– C'est drôlement embêtant, hein ? poursuivit Jocelyn. Je ne l'ai découvert que ce matin. Mon fils était en train de penser à cette affaire, et tout à coup, il s'est souvenu du Colt qui a toujours été là, chargé. Il est descendu voir, puis il est venu me le dire. Je me demande si je ne devrais pas démissionner de mon poste de chef de police.

– A votre place, je ne le ferais pas, monsieur, répliqua Alleyn. Avec un peu de chance, nous éclaircirons les circonstances de la disparition du Colt.

– J'avoue que cela m'a bigrement secoué.

– C'est bien normal. Au fait, j'ai apporté le Colt pour vous le montrer. Si vous voulez bien m'excuser, je vais aller le chercher. Je pense que je peux couper par là.

Il sortit par la porte-fenêtre et revint avec sa mallette, d'où il tira l'automatique enveloppé dans un mouchoir de soie.

– Toutes ces précautions sont en fait inutiles, observa Alleyn en dépliant le mouchoir. Nous n'avons relevé aucune empreinte sur le Colt. Mon spécialiste se déplace avec la moitié de son laboratoire dans sa trousse. L'arme a été époussetée, examinée et photographiée sous tous les angles. De toute évidence, on l'a soigneusement essuyée, après l'avoir mise en position.

Il remit l'automatique dans le coffret. Le Colt correspondait exactement au creux qui avait été découpé dans la doublure verte.

– C'est le bon, fit Alleyn.

– Combien manque-t-il de cartouches ? demanda Jocelyn.

– Trois.

– J'ai tiré les deux premières en 1917, mais je jure devant Dieu que je n'ai rien à voir avec la troisième.

– J'espère, répondit Alleyn, que vous aurez au moins la satisfaction de savoir qui a tiré la troisième. Est-ce vous qui avez écrit « Chargé », monsieur ?

– Oui, répliqua Jocelyn. Pourquoi ?

– Une simple question de routine, dit Alleyn après une fraction de seconde. J'allais vous demander si ce papier a toujours été là.

– Absolument.

– Me permettriez-vous, monsieur, d'emporter ce coffret ? Il pourrait y avoir des empreintes ; bien que j'aie peur que vos bonnes ne soient trop consciencieuses.

– J'espère que vous allez trouver quelque chose. Je vous en prie, prenez-le. Je ne sais plus où donner de la tête, moi. Ce salaud d'assassin...

La porte s'ouvrit sur Henry.

– Voici mon fils, dit Jocelyn.

II

Henry avait aperçu la voiture d'Alleyn par la fenêtre de sa chambre. Depuis son incursion matinale dans le bureau et la conversation avec Jocelyn, brutalement tiré de son sommeil, il avait été incapable de rassembler deux idées, de rester en place ou de se trouver une occupation. Curieusement, c'était le même état d'esprit que la veille, quand il attendait en coulisse le lever du rideau. Il avait téléphoné à Dinah pour lui donner rendez-vous au presbytère. Puis il avait erré à travers la maison comme une âme en peine, essayant de temps à autre de rassurer son père. Celui-ci avait bien pris la nouvelle, mais elle l'avait visiblement ébranlé. Henry s'était demandé ce qu'ils allaient faire d'Eleanor, si jamais elle daignait reparaître. En effet, à son retour de l'église, elle s'était enfermée dans sa chambre, souffrant, lui avait-on dit, d'une migraine.

Lorsque Jocelyn eut descendu à la rencontre d'Alleyn, le malaise d'Henry ne fit que croître. Il imagina son père en train de s'enferrer de plus en plus à propos de l'automatique pour, finalement, sortir de ses gonds. L'officier du Yard devait être incroyablement lourdaud et impersonnel. Henry se le représenta assis dans l'un des fauteuils du bureau, son regard perçant et inhumain rivé sur Jocelyn. « Il doit garder son chapeau melon sur ses genoux, pensa Henry, et ses bottes sont certainement abominables. Un vrai mammouth ! »

Finalement, ne supportant plus l'inaction, il descendit en courant dans le bureau.

Du hall, il entendit la voix de son père, élevée, crut-il, en signe de protestation. Il poussa la porte.

– Voici mon fils, dit Jocelyn.

Tout d'abord, Henry eut l'impression qu'un étranger ou bien un ami de Jocelyn avait eu la malencontreuse idée de leur rendre visite. Il vit un homme grand et mince, vêtu avec élégance, à l'allure distinguée mais sans ostentation.

– C'est M. Alleyn, fit Jocelyn, de Scotland Yard.

– Oh, répondit Henry.

Il serra la main au visiteur et alla s'asseoir, se sentant ridiculement jeune. Son impression suivante fut qu'il avait déjà vu M. Alleyn quelque part. Il se surprit à l'observer comme s'il se fût agi d'un dessin. Quelques coups de crayon audacieux que l'on eût pu attribuer à

Dürer, atténués de tons ocre et bleutés. « Un hidalgo devenu moine, songea Henry, mais qui garde au fond de lui-même quelque souvenir amusant. » Il chercha une explication à cette impression de déjà vu. L'accent des sourcils, les coins effilés des yeux et de la bouche, l'ossature marquée de la tête : tout cela lui semblait familier.

– Henry ! l'apostropha son père.

Henry se rendit compte qu'Alleyn était en train de parler.

– Excusez-moi, fit-il. Je crains de ne pas avoir... je suis vraiment désolé.

– J'ai demandé seulement, dit Alleyn, si vous pouviez nous aider à éclaircir l'histoire du Colt. D'après votre père, il était encore là la semaine dernière. Auriez-vous des souvenirs plus précis à ce sujet ?

– Il était là vendredi à cinq heures, déclara Henry.

– Comment le sais-tu ? questionna le squire.

– Vous n'allez pas me croire, répliqua Henry lentement, mais cela vient juste de me revenir à l'esprit. C'était avant que vous ne soyez descendu. J'étais ici avec cousine Eleanor : nous attendions que les autres arrivent pour le dernier survol de la pièce. A deux ou trois minutes près, ils sont tous arrivés en même temps. Quelqu'un, le Dr Templett, je crois, a parlé des cambriolages qui avaient eu lieu à Somerset la semaine dernière. Posh Jimmy et tout cela. Nous nous sommes demandé s'ils allaient venir par ici. Miss Campanula a parlé de systèmes d'alarme et nous a expliqué ce qu'elle ferait, si elle entendait des pas feutrés au petit jour. Moi, j'ai mentionné votre souvenir de guerre, père, et nous y avons jeté un coup d'œil. Mme Ross a dit qu'il n'était pas très prudent de laisser une arme chargée à portée de la main. Je lui ai montré le cran de sécurité. Puis nous avons changé de sujet. Vous êtes entré, et nous avons commencé la répétition.

– Très intéressant, observa Alleyn. Cela réduit la marge de manœuvre à vingt-sept heures. C'était donc vendredi soir. Quelqu'un de vous s'est-il rendu à la salle des fêtes vendredi après-midi ?

– J'étais à la chasse, répondit Jocelyn, et je suis revenu à cinq heures, juste au moment de la répétition.

Alleyn regarda Henry.

– Je suis allé faire un tour, répliqua celui-ci. Vers deux heures et demie. Je m'en souviens maintenant : il était bien deux heures et demie.

– Etes-vous allé loin ?

Henry regardait droit devant lui.

– Non. J'ai parcouru environ la moitié du chemin jusqu'à l'église.

– Combien de temps a duré votre promenade ?

– Environ deux heures.

– Vous vous êtes donc arrêté quelque part ?

– Oui.

– Pour parler à quelqu'un ?

– J'ai rencontré Dinah Copeland.

Henry leva les yeux sur son père.

– *Par hasard*. Nous avons discuté quelque temps. Puis ma cousine, Eleanor Prentice, est arrivée. Elle revenait de l'église. Si cela a un intérêt quelconque, je me souviens que l'horloge de l'église a sonné trois heures à ce moment-là. Ensuite, Dinah est retournée au presbytère, et moi, j'ai suivi un sentier qui monte à Cloudyfold. Je suis rentré à la maison par le chemin des collines.

– A quelle heure ?

– A l'heure du thé. Vers quatre heures et demie.

– Je vous remercie. Donc, vendredi à cinq heures, quand tout le monde était réuni ici, vous leur avez montré l'automatique. Sont-ils tous repartis ensemble ?

– Oui, répondit Henry.

– A quelle heure ?

– Peu après six heures.

– Personne n'est resté seul ici à un moment ou à un autre avant le départ ?

– Non. Nous avons répété ici, puis ils sont tous sortis par la porte-fenêtre. Cela leur évite de traîner dans la maison.

– La porte-fenêtre est-elle toujours ouverte ?

– Dans la journée, oui.

– Je la ferme avant d'aller me coucher, expliqua Jocelyn, ainsi que les volets. On verrouille tout, ici.

– Cela a été le cas vendredi soir, monsieur ?

– Oui. J'ai passé la soirée ici à lire.

– Tout seul ?

– Je suis resté ici une partie du temps, répliqua Henry. L'une des prises électriques de Dinah ne marchait pas, et je l'avais emportée à la maison pour la réparer. J'ai commencé là, puis je suis monté dans ma chambre où j'ai un tournevis. J'ai essayé d'appeler Dinah, mais notre téléphone était en panne. Une branche était tombée sur les fils du côté de la montée de Pen Cuckoo.

– Je vois. Et hier ? Avez-vous eu de la visite ?

– Templett est passé dans la matinée m'emprunter un vieux nœud papillon, répondit Jocelyn. Il s'était mis dans la tête de le porter dans la pièce. Il a proposé d'examiner le doigt de ma cousine, mais elle n'a pas voulu descendre.

– Elle avait peur qu'il ne lui interdise de jouer sa malheureuse *Suite vénitienne*, ajouta Henry. Aimez-vous Ethelbert Nevin, monsieur Alleyn ?

– Non, répliqua Alleyn.

– Moi, il me donne la nausée, déclara Henry sombrement. J'imagine que, désormais, nous y aurons droit jusqu'à la fin de nos jours. Remarquez, ce satané Prélude n'était guère mieux. Savez-vous ce qu'il est censé représenter ?

– Je pense que oui. N'est-ce pas...

– Un enterrement, dit Henry. C'est un homme que l'on a enterré vivant. Bang, bang, bang, sur le couvercle du cercueil. Enfin, actuellement, c'est plutôt de circonstance.

– En effet, acquiesça Alleyn d'un air lugubre. Pour en revenir aux visiteurs d'hier...

Mais Henry et son père ne lui apprirent pas grand-chose sur les visiteurs d'hier. Dans le courant de la matinée, le squire s'était rendu à Great Chipping.

– Et Miss Prentice ? demanda Alleyn.

– Pareil. Elle est venue avec nous et a passé la matinée dans la salle, comme tout le monde.

– Tout le monde ?

– Enfin, excepté Templett, fit Henry. Il est venu ici, comme nous l'avons dit, vers dix heures, et mon père lui a remis le nœud papillon. Une horreur, pour tout vous avouer.

– C'était très à la mode de mon temps, s'emporta le squire. Je me souviens avoir porté ce nœud papillon...

– Bref, enchaîna Henry, il l'a pris. Je ne l'ai pas vu ; j'étais occupé à rassembler mes propres affaires. Et nous sommes partis peu après son départ. Vous l'avez raccompagné, n'est-ce pas, père ?

– Oui, opina le squire. C'est un drôle de type, Templett. D'abord, Taylor est venu m'annoncer qu'il était là et qu'il voulait le nœud papillon. J'ai envoyé Taylor chercher le nœud papillon et je suis descendu voir Templett. Nous avons discuté un bon moment ; et devinez qui était dans la voiture à l'attendre, quand je l'ai raccompagné ? La pauvre petite Mme Ross. C'est drôle, non ? Je veux bien être pendu, ajouta Jocelyn en lissant sa moustache, si ce garçon ne tient pas à la garder pour lui-même.

Alleyn le contempla d'un air songeur.

– Comment le Dr Templett était-il habillé ? demanda-t-il.

– Hein ? Je n'en sais rien. Si, attendez. Il portait un costume de tweed.

– Et un pardessus ?

– Non.

– Les poches gonflées ? glissa Henry avec un sourire à l'adresse d'Alleyn.

– Je ne le crois pas. Pourquoi ? Seigneur Dieu, vous ne pensez tout de même pas qu'il a pris mon Colt ?

– Nous devons envisager toutes les possibilités, monsieur, répondit Alleyn.

– Ma parole, fit Jocelyn, ils sont donc tous suspects, hein ?

– Nous aussi, père, déclara Henry. Vous savez, ajouta-t-il, en théorie ce ne serait pas surprenant de la part de Templett. Eleanor s'est montrée odieuse à propos de sa prétendue – vous remarquerez que j'évite de m'engager, monsieur Alleyn – de sa prétendue aventure avec Selia Ross.

– Seigneur ! explosa Jocelyn. Tu n'as donc aucune jugeote pour raconter des choses pareilles, Henry ? C'est une affaire grave, et toi, tu éveilles chez M. Alleyn des préjugés envers un homme qui...

– Je parle d'un point de vue théorique, ne l'oubliez pas, rétorqua Henry. En fait, je ne pense pas que Templett soit un assassin. Quant à M. Alleyn...

– Il se méfie habituellement des préjugés, dit Alleyn.

– Après tout, continua Henry, ma propre situation est tout aussi précaire. Si seulement je pouvais occire cousine Eleanor en toute sécurité, je crois que je n'hésiterais pas. Et, à mon avis, M. Copeland serait bigrement tenté de faire de même, après la façon dont elle a...

– *Henry !*

– Mon cher père, M. Alleyn va certainement entendre tous les ragots du village, si ce n'est déjà fait. Naturellement, il nous soupçonnera chacun à tour de rôle. Même notre chère cousine Eleanor n'y échappera pas. Elle aurait pu s'infecter le doigt avec une substance toxique mais pas trop dangereuse. Ou alors lui donner une apparence infectée. Pourquoi pas ? Elle avait sa boîte de maquillage. C'est vrai, elle en a fait un peu trop, mais c'était peut-être de la pure comédie.

– Tu dis n'importe quoi, cria Jocelyn. Ce doigt, il l'a fait souffrir comme une damnée. Je connais Eleanor depuis que nous sommes enfants, et jamais auparavant je ne l'ai vue pleurer. C'est une Jernigham.

– C'était surtout le dépit de ne pas pouvoir jouer la *Suite vénitienne*, si vous voulez mon avis. C'étaient des larmes de colère, les seules qu'on puisse surprendre dans les yeux d'Eleanor. A-t-elle pleuré quand on lui a enlevé sa vésicule ? Non. C'est une Jernigham.

– En voilà assez, monsieur, tempêta Jocelyn.

– Pour autant que je sache, la seule qui n'aurait pas pu tendre ce piège est la pauvre vieille Idris Campanula. Oh, mon Dieu !

Alleyn qui observait Henry le vit blêmir et se détourner vers la fenêtre.

– Enfin, confia Henry au paysage, il faut bien faire quelque chose. On ne peut pas passer ses journées à penser à une vieille demoiselle qui s'est fait brûler la cervelle. Autant le prendre à la rigolade, comme c'est l'usage dans notre siècle décadent.

– J'ai eu la même réaction pendant la guerre, commenta Alleyn vaguement. Comme on dit dans les vaudevilles, « j'étais bien obligé d'en rire ». C'est un contrecoup fréquent après un choc.

– Je n'avais pas l'intention de faire preuve d'originalité, rétorqua Henry aigrement.

III

– Vous ignorez donc si quelqu'un est venu hier matin en votre absence ? questionna Alleyn, après avoir enfin réussi à capter l'attention des deux Jernigham.

– Je vais interroger les domestiques, répondit Jocelyn d'un air important.

Et il sonna Taylor.

Comme Alleyn s'y attendait, les témoignages des domestiques ne furent guère concluants. Personne n'avait sonné à la porte d'entrée ; mais par ailleurs, n'importe qui aurait pu pénétrer dans le bureau. Ils confirmèrent les dépositions d'Henry et Jocelyn concernant leurs propres mouvements ; et Taylor se souvint avoir vu Miss Prentice rentrer à quatre heures, vendredi. Lorsque la dernière bonne fut sortie, Alleyn demanda si tout le personnel était à Pen Cuckoo depuis longtemps.

– Seigneur, oui, répondit le squire. Il est absolument exclu qu'ils soient mêlés à cette affaire. Ils n'ont eu ni mobile ni opportunité.

– Ni ce qu'il faut d'intelligence, ajouta Henry.

– Par-dessus le marché, déclara Alleyn, ils se sont fourni des alibis les uns aux autres pour toute la journée et jusqu'à sept heures et demie, quand ils se sont rendus en masse à la salle des fêtes.

– A la suite du divertissement auquel ils ont assisté, fit Henry, la cuisinière a vomi trois fois sur le chemin du retour ; et ce matin, père, j'ai appris que le garçon d'écurie a dégobillé tout son repas dans vos bottes de chasse.

– Voilà qui est charmant ! commença Jocelyn, ulcéré.

– Selon vous, reprit Alleyn, il aurait été impossible de substituer le Colt au pistolet à eau hier matin.

– A moins de l'avoir fait sous le nez d'une ribambelle de Jeunes Amis de la Paroisse et de la plupart des acteurs, répliqua Henry.

– Et l'après-midi ?

– La salle a été fermée à clé ; et la clé, au lieu d'être rapportée au presbytère comme d'habitude, a été ingénieusement dissimulée derrière les toilettes extérieures, expliqua Henry. C'est Dinah qui a trouvé cette cachette, et elle nous en a informés pendant la répétition. Cousine Eleanor a été trop estomaquée pour protester. Seuls les membres de la troupe étaient au courant. Et, pour autant que je sache, personne sauf Templett et Mme Ross n'y est passé au cours de l'après-midi.

– Et vous, qu'avez-vous fait ? s'enquit Alleyn.

– Je me suis promené dans les collines, répondit Henry. Mais, comme je n'ai rencontré personne là-haut, je suis dans l'impossibilité de le prouver.

– Je vous remercie, fit Alleyn tranquillement. Et vous, monsieur ?

– J'ai fait le tour des écuries avec Rumbold, mon régisseur, répliqua Jocelyn. Et, à mon retour, j'ai piqué un somme dans la bibliothèque. C'est ma cousine qui m'a réveillé à cinq heures. A six heures et demie, nous avons pris le thé, et à sept heures moins le quart, nous nous sommes rendus à la salle des fêtes.

– Tous les trois ?

– Oui.

– Et maintenant, déclara Alleyn, si vous n'y voyez pas d'inconvénient, j'aimerais dire deux mots à Miss Prentice.

15.

Alleyn va à l'église

I

Miss Prentice fit son entrée dans le bureau. Plus tard, Henry raconta à Dinah que, sans ses vêtements, elle aurait tout eu d'une martyre chrétienne. Quant à Alleyn, qui n'avait jamais pu vaincre son penchant pour les premières impressions, il ressentit pour elle une antipathie instantanée.

L'attitude du squire devint nerveusement possessive.

– Ah ! vous voilà, Eleanor, fit-il. Désolé de vous avoir fait descendre. Je vous présente M. Alleyn, qui est venu enquêter sur notre affaire.

Miss Prentice gratifia Alleyn d'un sourire résigné et d'une poignée de main molle et froide comme un poisson. Puis elle alla s'asseoir sur l'unique chaise inconfortable du bureau.

– Je tâcherai de ne pas vous importuner trop longtemps, commença Alleyn.

– C'est que, répondit Miss Prentice, d'une voix qui suggérait la présence du corps de Miss Campanula dans la pièce, c'est que j'espérais me rendre à l'église pour le service de onze heures.

– Il est à peine dix heures passées. Nous avons tout notre temps.

– Je vous y conduirai, dit Henry.

– Merci, mon cher. Mais je crois que je préfère marcher.

– De toute façon, j'y vais aussi, déclara Jocelyn.

Miss Prentice lui sourit. C'était un sourire approbateur et compréhensif, un sourire qui aurait suffi à Alleyn pour ne plus remettre les pieds à l'église jusqu'à la fin de ses jours.

– Voyez-vous, Miss Prentice, reprit-il, nous cherchons pour le moment à élucider un certain nombre de circonstances mystérieuses. Savez-vous que l'arme qui a causé la mort de Miss Campanula est l'automatique qui se trouvait dans un coffret ici même ?

– Oh ! Jocelyn, fit Miss Prentice, comme c'est affreux ! Nous avons toujours dit qu'il n'était pas très souhaitable de le garder ici, n'est-ce pas, mon cher ?

– Ce n'est pas la peine d'enfoncer le clou, Eleanor.

– Pourquoi n'était-ce pas souhaitable ? s'enquit Henry. Auriez-vous prévu, cousine Eleanor, que quelqu'un allait chiper le Colt pour mettre au point le coup du piano piégé ?

– Henry, mon cher, je t'en prie ! Nous avons simplement pensé que ce n'était peut-être pas très raisonnable.

– Est-ce un « nous » de majesté ou de modestie que vous employez là ?

– Un instant, je vous prie, s'interposa Alleyn. Avant d'aller plus loin, je vous demanderai, Miss Prentice, de me montrer votre doigt. Une simple question de routine.

– Oh ! A vrai dire... c'est très douloureux ! J'ai bien peur...

– Si vous préférez que le Dr Templett vous enlève le bandage...

– Oh non ! Non !

– Alors, si vous le permettez, je pense pouvoir vous en refaire un tout à fait présentable.

Miss Prentice leva les yeux sur Alleyn avec une expression singulière, mi-malicieuse, mi-docile. Timidement, elle lui tendit sa main emmaillotée. Il défit le bandage prestement, exposant un doigtier plutôt usé, enfilé par-dessus un pansement. Alleyn retira le doigtier et le pansement. Le doigt apparut, enflammé, décoloré et enflé.

– Ce n'est pas beau à voir, observa Alleyn. Il faudrait refaire un pansement. Le Dr Templett...

– Je ne tiens pas à ce que le Dr Templett y touche.

– Mais il pourrait vous donner un bandage neuf et un doigtier qui n'est pas déchiré comme celui-ci.

– J'ai ici une trousse d'urgence. Henry, s'il te plaît, mon cher.

Henry alla quérir la trousse d'urgence. Alleyn refit le bandage avec dextérité, sous l'œil attentif et empressé de Miss Prentice.

– Vous vous y prenez admirablement, dit-elle.

– J'espère que ça va tenir. A mon avis, vous devriez porter une écharpe. Voulez-vous votre ancien doigtier ?

Elle secoua la tête. Il le mit dans sa poche et, à sa stupeur, entendit Miss Prentice murmurer des protestations maniérées, comme s'il avait voulu conserver son vieux doigtier par pure galanterie.

– Vous méritez une meilleure récompense, déclara-t-elle.

« Mince alors ! » pensa Alleyn, grandement embarrassé.

– Miss Prentice, dit-il, j'essaie d'établir l'emploi du temps de chacun à partir de vendredi après-midi et jusqu'au moment du drame. Pouvez-vous me dire où vous étiez vendredi après-midi ?

– A l'église.

– Pendant tout l'après-midi ?

– Oh ! non ! répondit Eleanor doucement.

– De quelle heure à quelle heure, je vous prie ?

– Je suis arrivée à deux heures.

– Savez-vous quand le service s'est terminé ?

– Ce n'était pas un service, répliqua Miss Prentice avec une patience forcée.

– Vous y étiez seule ?

– C'était une confession, déclara Henry impatiemment.

– Oh ! je vois !

Alleyn fit une pause.

– Y avait-il quelqu'un d'autre en dehors de vous-même et de... votre confesseur ?

– Non. Mais en sortant, j'ai croisé la pauvre Idris.

– A quelle heure ?

– Je crois me souvenir que l'horloge avait sonné deux heures et demie.

– Bien. Et ensuite ?

– Je suis rentrée à la maison.

– Directement ?

– J'ai pris la montée de Pen Cuckoo.

– C'est le chemin qui passe devant l'église ?

– Oui.

– Etes-vous passée devant la salle des fêtes ?

– Oui.

– Y êtes-vous entrée ?

– Non.

– Pensez-vous qu'il y avait quelqu'un à l'intérieur ?

– La porte était fermée, répondit Miss Prentice. Les jeunes filles ont dû y rester une heure, pas plus.

– Les clés se trouvaient-elles dans leur cachette, vendredi ? demanda Alleyn.

Miss Prentice parut peinée et choquée à la fois.

– Il n'y a qu'une clé, répliqua Henry avec un large sourire. Mais je ne sais pas si elle y était vendredi. Probablement, oui, Dinah est sûrement au courant. Certains membres du comité y ont travaillé vendredi, comme dit cousine Eleanor, mais aucun de nous n'y est allé. Peut-être ont-ils rapporté la clé au presbytère. Moi, je ne suis pas descendu jusque-là.

– A quel endroit de la montée avez-vous croisé vendredi Henry Jernigham et Miss Copeland, Miss Prentice ?

Elle inspira profondément, et Alleyn la vit pâlir.

– Malheureusement, je ne m'en souviens pas, répondit-elle, considérant Henry avec un air de reproche.

– Moi, je m'en souviens, déclara Henry. C'était juste après le grand virage, au-dessus de la passerelle. Vous veniez d'en bas.

Elle baissa la tête. Henry la regardait comme s'il la défiait de répondre.

« Il y a quelque chose de drôlement déplaisant là-dessous », songea Alleyn.

– Combien de temps avez-vous discuté avec les autres avant de rentrer à Pen Cuckoo ? demanda-t-il.

Deux taches d'un rouge disgracieux apparurent sur les pommettes de Miss Prentice.

– Pas longtemps.

– Cinq minutes, je dirais, fit Henry.

– Etes-vous ressortie plus tard dans la journée, Miss Prentice ?

– Non, répondit-elle.

– Vous êtes restée à la maison ? Pardonnez-moi d'insister, mais j'ai absolument besoin de connaître les mouvements de tout le monde.

– J'étais dans ma chambre, répliqua-t-elle. Après la confession, le père Copeland nous donne généralement deux petits offices en guise de pénitence.

– Oh ! je vois ! répondit Alleyn avec embarras.

II

L'interrogatoire se poursuivit tant bien que mal. Bien que l'expression de martyre résignée de Miss Prentice s'accentuât avec chaque nouvelle question, Alleyn réussit à obtenir d'elle bon nombre de renseignements. Samedi, le jour de la représentation, elle avait passé la matinée à décorer la salle des fêtes avec les autres. Ensuite, elle était rentrée déjeuner à Pen Cuckoo avec Henry et Jocelyn. Durant l'après-midi, elle était restée dans son boudoir, sans sortir. Elle se souvint avoir réveillé le squire à l'heure du thé. Après le thé, elle était remontée dans sa chambre.

– Hier matin, vous étiez donc tous à la salle des fêtes ? fit Alleyn. Qui y est arrivé le premier ?

– Dinah Copeland, répliqua Jocelyn aussitôt. Elle était déjà là quand nous sommes arrivés. Elle était toujours la première.

Alleyn prit note de cela, avant de continuer :

– Quelqu'un d'entre vous a-t-il remarqué la position et l'allure générale du piano ?

A la mention du piano, tout le monde prit un air solennel.

– Je crois que oui, répondit Miss Prentice à voix basse. Il était en place, comme pendant le spectacle. Les jeunes filles ont dû poser la draperie et les plantes en pot vendredi. Je l'ai examiné de près puisque c'est moi qui devais... en jouer.

– Bon sang ! s'exclama le squire. Mais oui, vous avez pianoté sur cette maudite casserole, je m'en souviens.

– Jocelyn, mon cher, je vous en prie ! J'ai à peine effleuré les touches. De la main droite, pas de la gauche, dit Miss Prentice avec son sourire le plus patient.

– C'était hier matin, n'est-ce pas ? reprit Alleyn. Maintenant, Miss Prentice, tâchez d'interroger votre mémoire. Vous êtes-vous servie de la pédale de gauche quand vous avez essayé le piano ?

– Voyons, que je réfléchisse. Je me suis assise un moment. Je pense en effet avoir utilisé la pédale de gauche. Je trouve le son atténué tellement plus beau. Oui, je ne crois pas me tromper en disant que je l'ai utilisée.

– Quelqu'un d'autre était-il à côté du piano à ce moment-là ? questionna Alleyn.

Miss Prentice posa sur lui un regard chargé de reproche.

– Idris, murmura-t-elle. Miss Campanula.

– Eh ! attendez ! cria Jocelyn. Cela me revient. Vous vous êtes assise pour pianoter d'une main, Eleanor ; puis elle est arrivée, vous demandant pourquoi vous n'essayiez pas avec la gauche, pour voir si ça allait.

– En effet, dit Henry doucement. Le contraire m'aurait étonné.

– Vous vous êtes levée et vous êtes partie, poursuivit le squire. La vieille Camp... enfin, Idris Campanula a ricané et s'est affalée sur le tabouret. Et...

– Et c'était parti pour le Prélude ! s'écria Henry. Vous avez raison, père. Pom, pom, pom ! Et après, la pédale de gauche. C'est bien cela, monsieur, ajouta-t-il, se tournant vers Alleyn. Je l'ai vu moi-même, je suis prêt à le jurer.

– Parfait, fit Alleyn. Nous avançons. C'était hier matin. A quelle heure ?

– Juste avant notre départ, répliqua Henry. Vers midi.

– Et... je sais, nous en avons déjà parlé, mais c'est important... êtes-vous tous partis en même temps ?

– Oui, acquiesça Henry. Nous trois, nous sommes montés dans la voiture. Et je me souviens avoir entendu Dinah claquer la porte de derrière au moment où nous avons démarré. Nous étions les derniers à partir.

– Et personne n'y est retourné avant le soir ? Je vois. En arrivant à la salle à sept heures moins le quart, vous y avez donc trouvé Miss Copeland ?

– Oui, opina Jocelyn.

– Où était-elle ?

– Sur la scène avec son père, en train de disposer des fleurs dans les vases.

– Le rideau était-il baissé ?

– Oui.

– Qu'avez-vous fait ensuite ?

– Je suis allé dans ma loge, répondit le squire.

– Moi, je suis resté dans le buffet pour parler à Dinah, fit Henry. Son père était sur la scène. Une ou deux minutes plus tard, je suis également allé dans la loge.

– Au fait ! s'exclama Jocelyn, dévisageant Miss Prentice d'un air belliqueux.

– Quoi donc, mon cher ?

– Ces filles qui étaient en train de glousser au fond de la salle. Je me demande si l'une d'elles n'a pas été trafiquer le piano.

– Mon cher père ! dit Henry.

– On leur a strictement défendu de toucher à l'instrument, fit remarquer Miss Prentice. Depuis que Cissie Drury l'a endommagé à ce point.

– Etait-ce bien avant l'arrivée des autres ? demanda Alleyn. Du Dr Templett et de Mme Ross ?

– On les a seulement vus apparaître à sept heures et demie, répondit Henry. Dinah était dans tous ses états, comme nous tous, d'ailleurs. Finalement, elle a téléphoné chez Mme Ross. Elle a mis un temps fou à avoir la communication. Le téléphone qui est à la salle des fêtes n'est qu'un appareil supplémentaire. L'appareil principal se trouve au presbytère. Cela a sonné longtemps avant que quelqu'un ne décroche au presbytère ; et quand nous avons fini par joindre le cottage de Mme Ross, cela ne répondait pas. Nous en avons conclu qu'elle était partie.

– Elle est arrivée avec le Dr Templett ?

– Oh oui ! murmura Miss Prentice.

– Le téléphone est bien dans votre loge, monsieur Jernigham ?

– La mienne et celle d'Henry. Nous étions dans la même. Tout le monde était venu s'attrouper autour du téléphone.

Le regard d'Alleyn alla d'un visage à l'autre. La quiétude qui régnait dans la pièce fut troublée par le carillon du dimanche matin. Miss Prentice se leva.

– Merci infiniment, dit Alleyn. Je commence à avoir une vision globale de ces deux jours. Vendredi après-midi, Miss Prentice était à l'église, M. Jernigham, à la chasse, et M. Henry Jernigham était allé se promener. A son retour de l'église, Miss Prentice est tombée sur M. Henry Jernigham et Miss Copeland, qui s'étaient eux-mêmes rencontrés par hasard dans la montée. Il était environ trois heures. M. Henry Jernigham est rentré à la maison par un chemin détourné ; Miss Prentice, elle, a continué sa route. En rentrant, elle est montée dans sa chambre. A cinq heures, vous vous êtes tous réunis pour un dernier survol de la pièce, et tout le monde a pu voir l'automatique. Ensuite, vous avez dîné, tous les trois, ici, et vous êtes restés à la maison. Par ailleurs, vendredi après-midi, quelques personnes ont travaillé à la salle des fêtes pendant près d'une heure, mais apparemment, elles avaient déjà terminé à deux heures et demie, quand Miss Prentice est passée par là. Hier matin, samedi, le Dr Templett et Mme Ross sont venus ici chercher un nœud papillon. Puis vous vous êtes tous rendus à la salle des fêtes, et vous, monsieur, vous avez continué sur Great Chipping. Vous êtes tous rentrés déjeuner. A ce moment-là, le piano était déjà en place, recouvert de draperie et d'aspidistras. L'après-midi, M. Henry Jernigham est allé faire un tour dans les collines de Cloudyfold. Pour autant que nous le sachions, seuls le Dr Templett et Mme Ross sont passés à la salle hier après-midi. Et, à sept heures moins le quart, vous étiez tous là pour le spectacle.

– Bravo, monsieur l'inspecteur, fit Henry. C'était éblouissant.

– Oh ! j'avais tout noté ! répondit Alleyn. J'ai une mémoire déplorable. A propos de votre partition, Miss Prentice. Quand l'avez-vous placée sur le piano ?

– Samedi matin, naturellement.

– Je vois. Et avant cela, elle était ici, n'est-ce pas ?

– Oh non ! répliqua Miss Prentice. Pas ici.

– Alors, où ?

– A la salle des fêtes, bien sûr.

– C'est là qu'elle se trouve d'habitude ?

– Oh non ! répondit-elle, ouvrant grands les yeux. Que ferait-elle là-bas ?

– Ça, je n'en ai pas la moindre idée. Quand l'avez-vous emportée à la salle des fêtes ?

– Jeudi soir, pour la répétition des couturières. Naturellement.

– Je vois. Avez-vous joué du piano lors de cette répétition ?

– Oh non !

– Pour l'amour du ciel ! lâcha Jocelyn. Pourquoi diantre tournez-vous autour du pot, Eleanor ? Elle voulait jouer jeudi soir, mais son doigt ressemblait à une saucisse faisandée, expliqua-t-il à Alleyn.

Miss Prentice adressa à Alleyn son sourire de martyre, secoua légèrement la tête et jeta un coup d'œil agité en direction de l'horloge.

– Hum ! fit-elle d'un air malheureux.

– Bien, dit Alleyn. La partition était dans la salle depuis jeudi soir, et vous l'avez placée sur le pupitre hier matin. Personne d'entre vous ne s'est rendu à la salle avant le spectacle. Parfait.

– Eh bien, commença Miss Prentice, je crois que je... Jocelyn, mon cher, c'était bien la première cloche ?

– Désolé, fit Alleyn, mais j'aimerais bien vous dire deux mots, Miss Prentice. Peut-être me permettrez-vous de vous conduire à l'église ? Ou bien...

– Oh ! répliqua Miss Prentice, fébrile, je vous remercie, mais je préférerais... je crains vraiment de ne pas...

– Cousine Eleanor, déclara Henry. Je vais vous conduire, père va vous conduire, ou M. Alleyn va vous conduire. Vous pourriez même vous conduire vous-même à l'église. Il n'est que onze heures moins vingt-cinq, et comme il faut dix minutes à peine pour descendre *à pied*, vous pouvez aisément consacrer un quart d'heure à M. Alleyn.

– Ecoutez-moi bien, Eleanor, ajouta le squire avec feu. La police est en train d'enquêter sur un meurtre. Bon sang, votre meilleure amie a été assassinée, ma vieille, et au moment où nous sommes en plein dedans, voilà que vous voulez filer à l'église.

– *Jocelyn !*

– Venez, père, dit Henry. Laissons le champ libre à M. Alleyn.

III

– ... voyez-vous, fit Alleyn, vous semblez ne pas avoir conscience de votre propre situation. Ne vous est-il jamais venu à l'idée qu'au départ la victime, c'était vous ?

– C'est une pensée terrible, répondit Miss Prentice.

– Je sais, mais il faut bien y faire face. Il y a un assassin quelque part dans la région, et, manifestement, il a raté sa première tentative. Cela a été un échec monstrueux. Pour votre propre sécurité, sinon pour la sécurité publique, vous devez en prendre conscience. Vous désirez certainement nous aider, non ?

– Je pense, répliqua Miss Prentice, que notre plus grand secours se trouve dans la prière.

– Oui, acquiesça Alleyn lentement, je ne le conteste pas. Mais mon travail est de poser des questions, et je vous demande instamment si vous croyez avoir un ennemi juré dans ce petit cercle.

– Je ne vois personne.

Alleyn la contempla avec un sentiment proche du désespoir. Elle avait refusé de se rasseoir et restait au milieu de la pièce à regarder sans cesse par la fenêtre et à trépigner au son des cloches.

Se dressant de toute sa hauteur entre la fenêtre et Eleanor Prentice, il rassembla sa volonté et la planta telle une lame aiguisée dans la carapace de son interlocutrice.

– Miss Prentice, regardez-moi, je vous prie.

Son regard vacilla. A contrecœur, elle leva sur lui ses yeux pâles. Il garda le silence jusqu'au moment où il sut avoir capté son entière attention. Puis, sans détacher son regard du sien, il se remit à parler.

– Je ne peux pas vous forcer à me répondre. Vous êtes libre d'agir comme bon vous semble. Mais réfléchissez deux minutes à votre situation. Vous venez d'échapper à la mort par un pur hasard. Si vous aviez insisté pour jouer du piano hier soir, vous auriez reçu une balle dans la tête. Je vais vous citer une liste de noms. S'il y a quelque chose entre vous et l'une de ces personnes qui me permettrait d'y voir plus clair, réfléchissez si vous ne devriez pas m'en parler. Voici les noms en question : M. Jocelyn

Jernigham ? Son fils, Henry Jernigham ? Le pasteur, M. Copeland ?

– Non ! s'écria-t-elle. Non, non, jamais de la vie !

– Sa fille, Dinah Copeland ? Mme Ross ?

Il vit les yeux pâles s'étrécir imperceptiblement.

– Le Dr Templett ?

Elle le dévisageait comme un lapin hypnotisé.

– Eh bien, Miss Prentice, qu'en est-il de Mme Ross et du Dr Templett ?

– Je ne veux accuser personne. S'il vous plaît, laissez-moi partir.

– Avez-vous eu un différend avec Mme Ross ?

– Je ne parle pratiquement jamais à Mme Ross.

– Avec le Dr Templett, alors ?

– Je préfère ne pas discuter du Dr Templett, répliqua-t-elle dans un souffle.

– En tout cas, observa Alleyn, en vous dissuadant de jouer, il vous a sauvé la vie.

– Notre Seigneur l'a choisi pour indigne instrument de Sa volonté.

Alleyn ouvrit la bouche pour répondre. Puis, se ravisant, il demanda :

– Dans votre propre intérêt, dites-moi une chose. Mme Ross avait-elle une raison de vous considérer comme son ennemie ?

Miss Prentice s'humecta les lèvres et rétorqua avec une vigueur surprenante :

– J'ai eu à son sujet des pensées que toute personne respectable aurait eues à ma place. Pour faire taire la voix de la conscience, il lui faudrait d'abord assassiner une bonne douzaine de chrétiens.

– Dont Miss Campanula faisait partie ?

Elle le regarda stupidement, puis il vit qu'elle l'avait compris.

– C'est pourquoi il n'a pas voulu que je joue, murmura-t-elle.

Sur le chemin du retour, Alleyn bifurqua vers l'église. Sept voitures étaient garées sur le parvis de St. Giles, et il aperçut un flot de villageois qui s'engouffraient par la grille du cimetière.

« Il y aura du monde ce matin », pensa Alleyn sombrement. Brusquement, il freina devant la salle des fêtes, descendit de l'auto et revint vers l'église.

« Le diable prend des vacances », se dit-il en se joignant à la foule des fidèles.

Il parvint à échapper aux sollicitations du bedeau et se glissa sur un siège dans la rangée du fond, face à la nef centrale. Là, il s'assit, ses longues mains autour d'un genou. Dans la lumière froide qui entrait par les portes ouvertes, son visage paraissait lointain et austère.

St. Giles de Winton était une belle église, et, passée la première impression d'abattement due à l'odeur caractéristique et à la vue de tant de gens aux mines graves et dignes, Alleyn prit plaisir à contempler la paisible solidité de la pierre, figée en un chant de dévotion. La cloche se tut. L'orgue émit un vague bourdonnement. L'assemblée se leva, et M. Copeland suivit son chœur dans l'église.

Comme tous ceux qui le voyaient pour la première fois, Alleyn fut frappé par l'apparence du pasteur. A l'occasion de la célébration eucharistique, il portait une chape, magnifique parure qui resplendissait à la lueur des cierges. Voyant sa chevelure d'argent, ses traits parfaitement réguliers, son extrême pâleur et sa stature d'athlète, Alleyn songea à un acteur qui conviendrait à merveille au rôle d'un prêtre. Mais le bref sermon témoigna d'un esprit simple et sans prétention ; ce fut un sermon somme toute banal, quoique empreint de sincérité. Le pasteur évoqua les prières pour les morts et informa la congrégation que rien dans l'enseignement de leur Eglise ne leur interdisait de recourir à ces prières. Il invita ses ouailles à requérir auprès du Seigneur la paix pour tous ceux qui avaient connu une mort prématurée ou violente et leur recommanda de méditer et de sonder leur propre cœur, au cas où celui-ci abriterait un sentiment de colère ou de rancune.

Tandis que le service se poursuivait, Alleyn, promenant son regard sur la nef, aperçut une jeune fille brune dont la ressemblance avec le pasteur était si frappante qu'il comprit aussitôt qu'elle devait être Dinah Copeland. Dans ses yeux fixés sur son père, il lut inquiétude et affection.

Il n'était pas difficile de repérer Miss Prentice car elle était assise tout au bord du premier rang. Elle se levait et retombait comme une balle de ping-pong sur un jet d'eau, multipliant génuflexions et signes de croix en une sorte de solo parallèle. Le squire était assis à côté d'elle ; son cou raide et cramoisi exprimait l'embarras et l'indignation. Beaucoup plus près d'Alleyn, également au bord d'une rangée, il y avait une femme qui pouvait passer sans conteste pour le membre le plus élégant de l'assemblée. L'œil exercé d'un détective sait évaluer une tenue vestimentaire : la sienne était irréprochable. Elle portait ses habits comme une Française. Alleyn ne distinguait que le contour marqué d'une pommette et une aile impeccable de cheveux blond paille. Soudain, comme si elle avait senti son regard, elle tourna la tête, et il vit son visage. C'était un visage mince et vif, maquillé à la perfection, avec une expression dure et en même temps calmement amusée. Les yeux pâles plongèrent dans ceux d'Alleyn et s'agrandirent. L'espace d'un éclair, elle fit une pause délibérée avant de se détourner. Sa main luxueusement gantée alla à ses cheveux.

« C'est ce qu'on appelait jadis faire de l'œil », songea Alleyn.

Et, sous couvert d'un cantique, il quitta l'église.

IV

Il traversa l'allée et se dirigea vers la salle des fêtes. Le brigadier Roper, en faction devant l'entrée, se mit lestement au garde-à-vous.

– Tiens, Roper, depuis combien de temps êtes-vous ici ?

– J'ai relevé l'agent Fife il y a une heure, monsieur. Le commissaire l'a envoyé peu après votre départ. Vers sept heures et demie, monsieur.

– Y a-t-il eu quelqu'un dans les parages ?

– Les mômes, répondit Roper, étaient là à tourner autour comme des mouches, et pas intimidés pour un sou. Surtout le jeune Biggins : à l'entendre, on l'aurait presque pris pour l'assassin lui-même. On aurait dit, sans vouloir blasphémer, monsieur, qu'il en savait autant que le Bon Dieu. Je l'ai quand même rappelé à l'ordre, et sa mère est venue l'emmener à l'église. M. Bathgate a photographié le bâtiment, et il m'a prié de vous dire, monsieur, qu'il repasserait dans une minute ou deux, pour voir si vous êtes là.

– Je pense bien, grommela Alleyn.

– Le docteur est venu aussi, tout retourné. Il avait, paraît-il, oublié un de ses couteaux à ouvrir les gens dans la salle hier soir, et il en avait besoin pour décortiquer l'orteil du jeune Cain. Nous l'avons cherché partout, le docteur et moi. Mais il n'était nulle part, ce couteau, pas même dans les poches de son costume. Remarquez, c'est un drôle d'endroit pour une lame, vu qu'elle doit être tranchante à vous transpercer un bonhomme en moins de deux. Le docteur, il était tout chose de l'avoir perdue et il est reparti sans dire un mot.

– Je vois. Il n'y a eu personne d'autre ?

– Pas un chat. Le pasteur va bien parler de cette affaire dans son sermon, monsieur. Il n'a pas le choix, cet homme, puisque son travail est d'enrober les catastrophes d'histoires pieuses.

– Il en a touché deux mots, en effet, acquiesça Alleyn.

– C'est une affaire délicate, comme qui dirait ; et, timide comme il est, il s'en serait bien passé.

– Je crois que je vais jeter un coup d'œil autour du bâtiment, Roper.

– Bien, monsieur.

Alleyn contourna la salle des fêtes, les yeux rivés sur l'allée de gravier. Roper le suivit d'un regard morne jusqu'à ce qu'il eût disparu. Il atteignit la porte de derrière sans avoir rien trouvé et obliqua vers les dépendances. Là, dans un espace étroit entre deux murs, il découvrit un clou sur lequel on avait dû, la veille, accrocher la clé de la salle. Il poursuivit ses recherches à l'arrière du bâtiment et finit par s'arrêter devant une fenêtre.

Cette fenêtre, se souvint-il, ils l'avaient fermée juste avant de partir au petit matin. Apparemment, c'était la seule qu'on pouvait ouvrir, les autres fenêtres étant scellées par des couches successives de crasse accumulée. Alleyn examina le mur en dessous. La pierre effritée portait plusieurs égratignures, et il découvrit par terre des éclats fraîchement détachés. Entre la façade latérale et l'allée de gravier, il y avait une étroite bande d'herbe. Elle portait une empreinte rectangulaire que la pluie nocturne avait atténuée sans l'effacer complètement. A l'intérieur du rectangle, on distinguait plusieurs traces de grands pieds, et deux traces plus petites. Retournant vers une sorte de grange à bois, Alleyn y prit une vieille caisse dont les bords étaient maculés de terre humide. L'emportant avec lui, il constata qu'elle correspondait parfaitement à l'empreinte. Elle recouvrait également une partie d'égratignures sur le mur. Alleyn examina la caisse avec minutie, scrutant les angles et interstices du bois rêche. Tout à coup, il se mit à siffloter. Sortant une pince de sa poche, il tira d'une fente, où le bois avait craqué, un minuscule fragment d'une matière rouge et élastique. Il en trouva deux autres, l'un accroché à la surface râpeuse du bois, l'autre à un clou. Il les mit dans une enveloppe qu'il prit soin de cacheter. Puis il replaça la caisse et entreprit de mesurer la distance de la caisse au rebord de la fenêtre.

– Bonjour, fit une voix derrière lui. Je parie que vous êtes détective.

Levant les yeux, Alleyn aperçut Nigel Bathgate penché par-dessus le muret de pierre qui séparait le terrain de la salle des fêtes de la route.

– Vous devez mener une vie fascinante, poursuivit Nigel.

Alleyn ne répondit pas. Par inadvertance, il relâcha le ruban d'acier qui rentra instantanément dans sa boîte.

– Et toc, dit Nigel.

– Taisez-vous donc, répliqua Alleyn placidement, et venez ici.

Nigel sauta par-dessus le muret.

– Tenez-moi le ruban mètre et évitez de toucher à la caisse.

– J'aimerais bien savoir pourquoi.

– Il y a un mètre soixante de la caisse au rebord de la fenêtre, énonça Alleyn. Trop haut pour Georgie, et, de toute façon, nous savons que ce n'était pas lui. C'est drôle, ça.

– A se rouler par terre.

– Allez à la fenêtre suivante, Bathgate, et essayez de vous hisser en prenant appui sur le rebord. Si vous y arrivez.

– A condition que vous me disiez pourquoi.

– Tout à l'heure. Je vous en prie, dépêchez-vous. J'aimerais en finir avant que le peuple de Dieu ne nous tombe dessus. Y arriverez-vous ?

– Vous avez de la chance, chef. Visez-moi ces biceps. Il y a trois mois encore, j'étais un minus comme vous. Mais avec un peu de gymnastique...

Nigel s'approcha de la fenêtre, se souleva dans un effort surhumain et se cogna prestement la tête sur le rebord.

– Et les cloches sonnent, sonnent, fit Alleyn. Maintenant, tâchez de trouver une prise pour vos pieds.

– Allez vous faire voir ! rétorqua Nigel en raclant le mur de ses souliers.

– Ça ira. Je vais à l'intérieur, et, quand je vous appellerai, renouvelez-moi votre performance. Vous n'êtes pas obligé de vous cogner la tête une seconde fois.

Alleyn pénétra dans la salle, entrouvrit la fenêtre de quelques centimètres et s'approcha du piano.

– Allez-y !

La tête et les épaules de Nigel apparurent derrière la vitre opaque. Par l'ouverture, on pouvait apercevoir son col et sa cravate. Alleyn eut une vision figitive de son visage.

– C'est bon.

Nigel disparut, et Alleyn revint vers lui.

– Vous jouez à faire coucou, ou quoi ? s'enquit Nigel vertement.

– Oui, quelque chose comme ça. Je vous ai bien vu.

« Oui, continua Alleyn en examinant le mur. La dame en question s'est servie de la caisse. Nous allons conserver précieusement cette caisse. Ah ! mes aïeux ! »

– Vous pourriez au moins me dire de descendre.
– Excusez-moi. Bien sûr. Comment va votre tête ?
– Au plus mal.
– Mais elle reste haute, j'en suis convaincu. A présent, je vais tout vous expliquer.

16.

L'incident de la montée

I

Alleyn donna ses explications tandis que Nigel et lui empruntaient la montée de Pen Cuckoo, le chemin même que Dinah avait suivi vendredi après-midi. Ils marchaient d'un pas vif, la tête penchée et l'air solennellement absorbé. Quelques minutes plus tard, ils traversèrent un pont rudimentaire et s'arrêtèrent à l'entrée d'un coude de la route.

– C'est là, dit Alleyn, qu'Henry Jernigham a rencontré Dinah Copeland vendredi après-midi. C'est là qu'Eleanor Prentice les a trouvés, en rentrant de confession. J'avoue que ces rencontres m'intriguent, Bathgate. Miss Prentice est tombée sur eux vers trois heures ; or elle a quitté l'église à deux heures et demie. D'après le jeune Jernigham, il a lui-même été absent pendant deux heures. Il est sorti de chez lui à deux heures trente. Il faut un peu plus de cinq minutes pour venir ici de Pen Cuckoo. Ils devaient être là depuis près d'une demi-heure, tous les deux, avant l'apparition de Miss Prentice.

– Ils sont peut-être amoureux.

– Peut-être. Mais il y a quelque chose que ni Miss Prentice ni le sieur Henry n'ont envie d'évoquer quand on leur parle de cette rencontre. Ils blêmissent, Henry devient sardonique, et Miss Prentice émet des ondes de sainte réprobation à la manière d'un putois.

– Comment cela ?

– Aucune importance. Elle est partie de l'église à trois heures. Elle n'a passé que cinq minutes avec les autres, et pourtant, elle n'est pas rentrée à la maison avant quatre heures. Ce qui laisse une bonne marge de manœuvre. Henry a suivi ce sentier qui se perd dans les collines. Miss Copeland est repartie par où nous sommes venus ; Miss Prentice a poursuivi son chemin vers Pen Cuckoo. Je m'imagine très bien trois particules humaines qui entrent en collision, explosent et s'envolent chacune de leur côté.

– Il y a cent explications à cela.

– A leur rencontre et leur séparation ? Oui, certainement. Mais il n'y a pas cent façons d'expliquer leur agitation chaque fois que l'on aborde ce sujet. Admettons qu'elle les ait surpris en train de s'embrasser. Le sieur Henry peut se sentir bête à ce souvenir, mais pourquoi Miss Prentice, elle, se met-elle à pâlir et à trembler ?

– C'est une vieille fille, non ? Peut-être a-t-elle été choquée.

– Elle a pu recevoir un choc, en effet.

Alleyn scrutait du regard l'allée humide.

– La pluie s'était déchaînée cette nuit. Cette grosse branche a dû se casser tout récemment. Le sieur Henry m'a dit que leur ligne avait été coupée vendredi soir, par une branche tombée dans la montée de Pen Cuckoo. Voici les fils et – c'est clair comme de l'eau de roche – la branche en question. Elle a protégé le sol. Attendez, je crois que nous avons de la chance.

Ils déplacèrent la branche encore verte.

– Oui. Vous voyez, Bathgate, c'est ici qu'ils se sont arrêtés. Les empreintes de pieds peuvent être tellement plus éloquentes que celles des mains. Regardez, les traces de Dinah Copeland, si tant est que ce soient les siennes, débouchent du virage à l'abri du talus. Le sol était ramolli mais pas trop mouillé. Sur le talus, nous apercevons ses traces à lui qui quittent le chemin humide et descendent vers les arbres. Elles sont remplies d'eau, mais elles sont là quand même. C'est là, où la branche est tombée par la suite, qu'ils se sont rencontrés.

– Et quelle rencontre ! s'exclama Nigel, examinant l'enchevêtrement des traces, profondément enfoncées dans le sol.

– Une longue rencontre. Une rencontre entre amants. Elle a l'air gentille. Pourvu que le sieur Henry...

Il s'interrompit.

– Nom d'une pipe, c'est bien ça. Ne vous rapprochez pas trop. Eleanor Prentice a dû sortir du virage, faire un ou deux pas et s'arrêter net. Voici les traces de ses pieds, côte à côte. Elle est restée là un bon moment, face aux autres. Qu'est-il arrivé ? Une conversation banale ? Cela m'étonnerait. Il faudra que j'interroge les jeunes. *Elle*, elle ne me le dira pas. Oui, ce sont ses souliers, sans aucun doute. En vachette noire, pointus, avec un talon bas. Des souliers de bigote. Elle les portait ce matin.

Alleyn s'accroupit devant les deux traces solitaires et effleura la terre humide d'un long doigt. Puis il leva les yeux sur Nigel.

– Au moins, cela prouve une chose, dit-il.

– Laquelle ?

– Si ce sont les traces d'Eleanor Prentice, et je pense que ce sont les siennes, ce n'est pas Eleanor Prentice qui a essayé de regarder par la fenêtre de la salle des fêtes. Attendez-moi une minute, Bathgate. Je vais chercher mes affaires dans la voiture. Nous prendrons un moulage de ces empreintes.

II

A midi et demi, Alleyn et Nigel arrivèrent à Red House, Chipping. Une bonne âgée leur apprit que M. Fox était toujours là et les introduisit dans un salon début du siècle dont la chaudronnerie d'art et les panneaux de soie japonais témoignaient, fort maladroitement, du séjour du feu général Campanula en Orient. C'était une pièce dépourvue d'attrait, surchargée et inhospitalière. Fox était assis à un bureau près de la fenêtre, devant plusieurs piles de papiers bien nettes. Il se leva et les considéra paisiblement par-dessus ses lunettes.

– Hello, compère Fox, fit Alleyn. Comment vous en sortez-vous ?

– Pas mal, monsieur, je vous remercie. Bonjour, monsieur Bathgate.

– Bonjour, inspecteur.

– Qu'avez-vous là ? demanda Alleyn.

– Des lettres, monsieur, sans grand intérêt.

– Et cette liasse suspecte de papier écolier, espèce de vieux renard ? C'est le testament, hein, avouez-le ?

– C'est vrai, répondit Fox.

Il tendit le testament à Alleyn et attendit placidement qu'il eût fini de le lire.

– C'était une femme très fortunée, observa Alleyn.

– A quel point ? questionna Nigel. Et qu'en a-t-elle fait, de sa fortune ?

– Rien qui soit publiable.

– Bon, d'accord.

– Elle a laissé cinquante mille livres en tout. Trente mille vont au révérend Walter Copeland et à St. Giles de Winton en reconnaissance de son travail de pasteur et en remerciement de sa direction spirituelle et de son infinie sagesse. Ça alors ! Cet argent, il est libre d'en disposer à sa guise, mais elle espère qu'il ne va pas tout distribuer aux autres. Quinze mille vont à son amie très chère, Eleanor Jernigham Prentice ; quatre mille, à Eric Campanula, fils de William Campanula et cousin issu de germain de la testatrice. Lequel Eric Campanula a été vu pour la dernière fois à Nairobi, Kenya. Une clause précise que ces quatre mille livres doivent être placées par les soins des avoués de Miss Campanula, MM. Waterworth, Waterworth et Biggs, et que le bénéficiaire en percevra les intérêts. La testatrice espère qu'il ne dépensera pas lesdits intérêts en alcool ou en femmes, mais qu'il pensera à elle et reviendra dans le droit chemin. Mille livres sont à partager entre les domestiques. Le tout est daté du 21 mai 1938.

– Elle y avait joint un mot daté du 21 mai de cette année, dit Fox. Tenez, monsieur.

Alleyn haussa un sourcil et lut à voix haute :

– « *A tous ceux que cela concerne. Ceci est mon testament : inutile de fouiller dans mes papiers à la recherche d'un autre. J'aimerais ajouter que tout ce qui se rapporte au légataire principal relève de ma position du moment. Si j'avais trouvé un moyen d'insister davantage sur ses qualités susmentionnées, je l'aurais fait. J'ai connu bien des déceptions et des amis qui m'ont trahie, mais je suis une femme seule et je n'ai aucune raison de modifier mon testament. Idris Campanula.* »

– Elle ne mâchait pas ses mots, la demoiselle, commenta Fox.

– En effet. C'est une pierre dans le jardin de sa chère amie, Eleanor Prentice, répondit Alleyn.

– A votre avis, questionna Nigel d'un air affairé, serait-ce l'un des deux qui l'a assassinée ? Vous dites toujours, Alleyn, que l'argent est le mobile numéro un.

– Je ne l'ai pas dit dans ce cas précis, rétorqua Alleyn. C'est possible, mais je ne pense pas que le mobile soit là. Bon, eh bien, Fox, tâchons de mettre la main sur les Waterworth et M. Biggs avant qu'ils n'apprennent la nouvelle par les journaux.

– Je les ai déjà appelés, monsieur. La bonne connaissait l'adresse personnelle de l'aîné des Waterworth.

– Excellent, Fox. Y a-t-il autre chose ?

– Le chauffeur, Gibson. J'ai pensé que vous aimeriez lui parler.

– Bien, voyons Gibson.

Fox sortit et revint avec le chauffeur de Miss Campanula. Celui-ci portait sa culotte couleur prune et ses guêtres luisantes. Il avait l'air d'avoir enfilé sa livrée juste à l'instant.

– Voici Gibson, monsieur, annonça Fox. L'inspecteur principal voudrait connaître le petit incident qui a eu lieu vendredi après-midi, monsieur Gibson.

– Bonjour, dit Alleyn. De quel incident s'agit-il ?

– C'est à propos de la visite de la défunte à l'église, à deux heures et demie, expliqua Fox. En chemin, elle est passée à la salle des fêtes, semble-t-il.

– C'est vrai ? demanda Alleyn.

– On ne peut pas vraiment dire qu'elle y soit passée, monsieur, déclara Gibson. Vu qu'elle n'est pas entrée.

– Racontez-moi cela.

– C'est qu'elle allait régulièrement à confesse, monsieur. Toutes les trois semaines environ. Alors vendredi, elle demanda la voiture et nous descendons, un peu plus tôt que d'habitude. Elle me dit de continuer jusqu'à la salle. Là, elle sort et va à la porte. Il faut dire qu'elle avait été de bonne humeur toute la matinée. Contente d'aller à l'église et tout ; mais dès que je l'ai vue cogner à la porte, j'ai compris qu'on allait avoir droit à la crise. Comme je l'ai dit à M. Fox, c'était une dame qui avait tendance à piquer des crises.

– Oui ?

– Je la regardais, moi. Toc, toc, toc ! Puis je l'entends hurler : « Qui est là ? Laissez-moi entrer ! » J'ai cru entendre le piano aussi. Et la voilà qui s'en va faire le tour du bâtiment, pendant que je manœuvrais la voiture. Puis je la vois ressortir de l'autre côté, toute rouge. Tudieu, ça commence, je me dis. Bien sûr – ça n'a pas raté – elle me crie de venir. « Il y a quelqu'un qui se conduit d'une façon bizarre là-dedans. Regardez donc par la fenêtre. » Je me hisse : rien, pas un chat. « Où est le piano ? » Je le lui dis. Il était juste devant la scène, le piano. Je savais qu'elle allait m'envoyer chercher la clé au presbytère. Tout à coup, je vois Miss Prentice sortir de l'église. Je la lui montre, et elle file aussitôt, comme si elle avait le diable à ses trousses. Moi, j'ai suivi tout doucement et je me suis arrêté devant l'église.

– Et la caisse ?

– Je vous demande pardon, monsieur ?

– N'êtes-vous pas allé chercher une caisse en bois dans la grange pour que Miss Campanula puisse regarder par la fenêtre ?

– Non, monsieur. Non.

Nigel sourit et se mit à siffloter.

– Bien, fit Alleyn. Cela n'a pas d'importance. Autre chose ?

– Non, c'est tout, monsieur. Miss Prentice est sortie, l'air toute secouée ; elle est passée devant moi et elle a continué à remonter. Je pense qu'elle a dû prendre le chemin de la montée.

– Miss Prentice avait l'air secouée ?

– Oui, monsieur. Il m'est avis que M. Copeland lui a passé un savon, sauf votre respect.

– L'avez-vous vue partir ? L'avez-vous regardée, j'entends ?

– Non, monsieur, je n'ai pas voulu, vu qu'elle avait vraiment un drôle d'air.

– Vous voulez dire qu'elle pleurait ?

– Pas tout à fait, monsieur. Elle ne versait pas de larmes, non, mais elle avait un drôle d'air. Malheureux, quoi, complètement abattu.

– Savez-vous si elle est allée à la salle des fêtes ?

– Aucune idée, monsieur. J'ai bien jeté un coup d'œil dans le rétroviseur et je l'ai vue traverser la route : à mon avis, elle a dû y aller, monsieur. Très certainement.

– Gibson, vous rappelez-vous l'apparence exacte du piano ? Essayez de me le décrire avec le plus de précision possible.

Gibson se gratta le menton.

– Il était au même endroit que dans la soirée, monsieur. Avec un tabouret devant. Sans musique. Euh... voyons voir. Il n'était pas tout à fait pareil. Non, voilà. Il était différent.

Alleyn attendait.

– Ça y est, clama Gibson. J'y suis, pardi.

– Oui ?

– Les plantes, là, elles étaient sur le bord de la scène et le couvercle du piano était relevé.

– Ah, répondit Alleyn, c'est ce que j'espérais.

III

– Que signifie tout cela ? questionna Nigel après que Gibson se fut retiré. Et pourquoi la caisse ? Est-ce celle qui était sous la fenêtre ?

– Oui. Quelque temps après que Gibson a regardé par la fenêtre, continua Alleyn en s'adressant à Fox, quelqu'un y a placé une caisse et est monté dessus. La caisse a laissé une marque profonde et rectangulaire qui empiète sur l'une des traces de Gibson. Je l'ai retrouvée dans les dépendances. Ce ne pouvait être le jeune Georgie. Il est passé par la porte, et, de toute façon, le rebord de la fenêtre aurait été trop haut pour lui. Les seules traces sont celles de Miss C. et d'autres, plus grandes, sans doute celles de Gibson. Ils ont tous deux marché sur la pelouse. L'utilisateur de la caisse a dû venir plus tard, samedi probablement, et il n'a marché que sur le gravier. Nous essayerons de relever les empreintes sur la caisse, mais je ne crois pas que cela nous avancera à quelque chose. En écoutant Gibson, je m'attendais à apprendre que Miss Campanula avait utilisé la caisse. Apparemment, ce n'est pas elle. Cette histoire est assommante, mais il faut l'éclaircir. Et du côté des autres domestiques ?

– La défunte était une véritable harpie, semble-t-il, déclara Fox. J'en ai assez entendu pour tirer ma conclusion. Mary, la bonne que vous venez de voir, monsieur, servait aussi de femme de chambre à l'occasion. Miss Campanula se montrait même très franche avec elle, quand elle s'en sentait d'humeur. C'est étonnant, tout ce qu'elle a pu lui raconter.

– Par exemple, compère Fox ?

– Eh bien, monsieur Alleyn, d'après Mary, la défunte n'était pas très nette en ce qui concerne le pasteur. Elle en pinçait pour lui, comme dit Mary. Le matin, quand M. Copeland se rendait au village, la défunte allait traîner dans la rue sous n'importe quel prétexte dans l'espoir de le rencontrer.

– Oh, mon Dieu ! fit Alleyn avec dégoût.

– Oui, c'est plutôt pitoyable, n'est-ce pas, monsieur ? D'après Mary, elle s'habillait tout spécialement et allait à la petite échoppe de Chipping. Là, elle papotait avec la patronne pendant qu'elle achetait des bricoles, tout en surveillant la rue par la porte vitrée. Et, dès qu'elle apercevait le pasteur, Miss Campanula filait comme une flèche. Elle n'avait pas un caractère commode, paraît-il, et quand ça n'allait pas, elle effrayait les domestiques par ses propos brutaux, disant qu'elle allait recourir à la violence et ainsi de suite.

– Cela devient tout à fait russe, observa Alleyn, et extrêmement déprimant. Continuez.

– Ça pouvait encore aller avant l'arrivée de Miss Prentice. Jusque-là, toute la paroisse faisait les quatre volontés de Miss Campanula. Mais Miss Prentice l'a éclipsée, comme on dit. Elle a raflé toutes les premières places. C'est elle qui est la présidente de leur C.J.A.P. ; alors que Miss C. n'était que la secrétaire. Pareil pour les guides.

– Miss Prentice, une guide ! s'exclama Alleyn.

– Eh oui. D'ailleurs, elle a damé le pion à Miss C. en apprenant aux gamines à faire des nœuds et la cuisine de camp. Elle s'est accroché des badges partout. Elle a commencé en bas, quoi, et a gravi toute l'échelle. Les filles du coin n'étaient pas très heureuses, mais elle les a doublées en quelque sorte. Et, quand Lady Appleby a démissionné de son poste de responsable, c'est Miss Prentice qui l'a décroché. Pareil pour le cercle féminin et toutes les autres affaires locales. Miss P. était bien trop maligne pour Miss C. Elles s'entendaient comme deux larrons en foire, mais parfois, dit Mary, en rentrant d'une réunion, Miss C. disait des choses fort surprenantes sur Miss Prentice.

– Seigneur !

– Elle menaçait aussi de se suicider et tout le reste. Mary était au courant, pour le testament. La défunte en parlait souvent, et, pas plus tard que jeudi dernier, le jour de la répétition des couturières, elle a déclaré que ce serait une bonne leçon pour Miss Prentice si elle la rayait du testament, mais qu'elle était trop charitable pour le faire. Seulement, elle espérait que si elle partait la première, cet argent serait comme une épine dans la conscience de Miss Prentice. Vendredi, d'après Mary, elle était dans l'un de ses bons jours. Elle est allée se confesser et elle est rentrée toute contente. Pareil pour le rendez-vous de cinq heures à Pen Cuckoo, et le soir, elle est allée au cercle de lecture ou autre, au presbytère. Elle est partie, remontée à bloc, mais n'est pas revenue avant onze heures, beaucoup plus tard que d'habitude. Gibson dit qu'elle n'a pas desserré les dents sur le chemin du retour, et Mary, qu'elle est arrivée avec le col relevé et le visage caché dans son écharpe...

– Ce n'était pas elle, déclara Nigel. C'était Miss Prentice qui s'était déguisée en Miss C. pour jeter un coup d'œil sur le testament.

– Silence, Bathgate. Continuez, Fox.

– Mary l'a suivie dans sa chambre, mais elle a dit qu'elle n'avait pas besoin d'elle. Mary aurait juré qu'elle pleurait. Hier matin, elle lui a monté son thé, et elle dit que Miss Campanula avait une mine épouvantable. Comme un chien qu'on aurait laissé dehors sous la pluie, selon l'expression de Mary.

– Très imagé ! Et alors ?

– Elle a passé la matinée d'hier dans la salle avec les autres. A son retour, elle a écrit un mot à ses avoués et l'a donné à Gibson pour qu'il le poste. L'après-midi, elle est restée à la maison.

– Je savais que vous aviez une autre surprise pour moi, dit Alleyn. Où est le papier buvard ?

Fox eut un large sourire.

– C'est bon, monsieur, j'avoue. Le voici.

Il prit une feuille de papier sur le bureau et la tendit à Alleyn. C'était une feuille toute neuve qui contenait seulement quatre lignes. L'approchant d'un miroir exécrable, Alleyn lut :

« *Che M*
Veuil m'env otre représentant pour entreti
ans es us efs dé ais
cères salutations
ris C mp nula. »

– Elle allait modifier son testament, fit Nigel par-dessus l'épaule d'Alleyn.

– Monstre ! répondit Alleyn. Misérable ver de terre ! Je ne serais pas surpris si vous aviez raison. Autre chose, Fox ?

– Non, rien, monsieur. Elle semblait tout à fait normale au moment de se rendre au spectacle. Elle est partie d'ici à sept heures. Comme elle n'apparaissait pas avant le second acte, elle n'avait pas besoin d'y aller de bonne heure.

– Et ils ne connaissent personne, en dehors des avoués, qu'elle aurait informé ?

– Personne, monsieur.

– Allons déjeuner, puis nous irons au presbytère. Venez.

A leur retour aux *Armes des Jernigham*, ils découvrirent que le reporter du *Courrier de Chipping* s'était montré un peu trop zélé. Un essaim de jeunes gens en pantalon de flanelle et veste de tweed saluèrent Nigel avec une cordialité suspecte, teintée de méfiance, et s'attroupèrent autour d'Alleyn. Il leur parla brièvement du piano piégé sans mentionner le pistolet à eau, ajouta qu'il n'y avait pas de mobile apparent et les pria de ne pas le suivre partout où il allait.

– Cela me gêne et ne vous avance à rien. Je veillerai à ce qu'on vous donne des clichés du piano.

– A qui appartient le Colt, monsieur l'inspecteur principal ? interrogea un jeune homme dégourdi, pourvu d'une paire de grosses lunettes.

– A quelqu'un d'ici, à qui on a dû le voler, répondit Alleyn. Si la police a autre chose à communiquer, messieurs, on vous le dira. Vous en savez assez pour sévir. Allez donc vous mettre au travail, soyez gentils. Mais n'en rajoutez pas trop : l'histoire en elle-même est déjà peu convaincante, et je sais que le souci de la vraisemblance n'est pas réellement votre fort.

– Mettez-nous à l'épreuve, suggéra le jeune homme.

– *Pas si bête* [1], répliqua Alleyn. Mon déjeuner m'attend.

– Quand comptez-vous vous marier, monsieur Alleyn ?

– Quand j'en aurai l'occasion. Bonne journée, messieurs.

Et il les laissa tarabuster Nigel.

Alleyn et Fox finirent de déjeuner en dix minutes, sortirent par la porte de service et partirent avec la voiture des Biggins avant même que Nigel n'eût épuisé son arsenal de jurons. Alleyn déposa Fox au village. Il devait interviewer les Jeunes Amis de la Paroisse, recueillir de nouveaux potins et assister à l'autopsie. Quant à Alleyn, il tourna vers la route de la vallée et, cinq minutes plus tard, s'arrêta devant le presbytère.

1. En français dans le texte (N.D.T.).

IV

Comme la plupart des foyers d'ecclésiastiques un dimanche, le presbytère ressemblait davantage à un lieu public. La porte d'entrée était grande ouverte. Dans le hall, Alleyn aperçut sur une table une pile bien nette de recueils de cantiques pour enfants. A côté, il y avait un béret. Dans une pièce au fond du hall, on entendait une voix féminine.

– Bien, monsieur Copeland. La journée est finie.

– Oui, je pense, répondit la voix du pasteur.

– Voici venir la nuit avec ses peurs et ses incertitudes, ajouta son interlocutrice avec entrain.

– Cela leur plaît ?

– Oh ouais, monsieur Copeland.

– Parfait, répliqua le pasteur d'un ton las. Je vous remercie, Miss Wright.

Une jeune villageoise aux formes épanouies sortit dans le hall. Elle fourra les livres de cantiques dans un sac en paille et s'en fut, non sans avoir examiné Alleyn d'un œil perçant.

A nouveau, Alleyn appuya sur la sonnette. Cette fois, une vieille domestique fit son apparition.

– Puis-je voir M. Copeland ?

– Je vais voir, monsieur. Qui dois-je annoncer ?

– Alleyn. Je suis de Scotland Yard.

– Oh ! Oh oui, monsieur. Si vous voulez bien me suivre...

Il traversa le hall. La bonne ouvrit une porte et dit :

– C'est la police, monsieur.

Alleyn entra.

M. Copeland avait l'air d'avoir bondi de son siège. A ses côtés, Alleyn vit la jeune personne qu'il avait identifiée comme sa fille. Ils se ressemblaient énormément ; et en cet instant, leurs visages exprimaient le même étonnement inquiet.

M. Copeland, vêtu de sa longue soutane, s'avança et lui serra la main.

– Pardonnez-moi de vous déranger ainsi, monsieur, commença Alleyn. C'est un très mauvais jour pour importuner un homme comme vous, mais, malheureusement, nous ne pouvons attendre.

– Oui, oui, répondit le pasteur, nous sommes à votre disposition. Voici ma fille. Je crains de ne pas...

– Alleyn, monsieur.

– Ah oui. Oui. Asseyez-vous donc. Dinah, ma chérie ?

– Je vous en prie, restez, Miss Copeland, fit Alleyn. J'espère que vous pourrez nous aider.

Visiblement, ils s'étaient installés avec la jeune villageoise devant la cheminée. Les fauteuils placés en demicercle étaient usés et confortables. Le feu alimenté par d'énormes bûches crépitait amicalement, réchauffant les murs vert pomme, les poutres vermoulues, les charmantes gravures du pasteur et un pot de chrysanthèmes provenant des serres de Pen Cuckoo.

Ils s'assirent : Dinah, avec raideur, dans le fauteuil du milieu, et les deux hommes, chacun d'un côté.

On pouvait probablement deviner d'après l'expression d'Alleyn que cette pièce lui plaisait. Sa main alla à la poche de son veston et se retira aussitôt.

– Vous pouvez fumer votre pipe, fit Dinah précipitamment.

– Quel œil, répliqua Alleyn. Je suis sûr que vous pourrez nous aider. Vraiment, je peux ?

– Je vous en prie.

– C'est contre tout règlement, mais je crois que je ne vais pas résister.

Pendant qu'il allumait sa pipe, une pensée étrange lui traversa l'esprit. Il eut l'impression de se tenir au seuil d'une nouvelle amitié, d'avoir un jour l'occasion de retourner dans cette pièce et de s'asseoir ainsi devant le feu. Il songea à la femme qu'il aimait, et il lui sembla qu'elle serait là aussi, en ce jour à venir, et qu'elle serait heureuse. « Quelle drôle d'idée ! » pensa-t-il en la chassant.

– ... complètement désemparé, disait le pasteur. C'est affreux de penser que parmi les gens qu'on connaît si bien, il a dû y avoir un cœur empli d'une telle haine contre son prochain.

– Oui, acquiesça Alleyn. L'impulsion de tuer sommeille sans doute chez la plupart d'entre nous ; mais quand elle se réalise dans l'action, on est toujours frappé de stupeur. Je l'ai remarqué très souvent. La première réaction après un meurtre est presque invariablement une profonde stupéfaction.

– Moi, déclara Dinah, ce que je trouve le plus horrible, c'est le côté grotesque de cette affaire. On dirait une sinistre farce.

– Vous êtes donc au courant ?

– Je suppose qu'il n'y a personne à trente kilomètres à la ronde qui ne soit pas au courant.

– Ah, dit Alleyn, l'infatigable Roper.

Il alluma sa pipe et, les regardant par-dessus ses longues mains, demanda :

– Avant que je n'oublie, l'un de vous aurait-il mis une caisse devant l'une des fenêtres de la salle des fêtes soit vendredi, soit samedi ?

– Non.

– Non.

– Je vois. Aucune importance.

– Je ne devrais peut-être pas vous le demander, commença le pasteur, mais avez-vous une idée de... ?

– Aucune, répondit Alleyn. Pour le moment, aucune. Il y a trop de choses à éclaircir, avant que l'affaire ne prenne forme. L'une d'elles concerne la clé de la salle. Où était-elle vendredi ?

– Sur un clou, entre l'une des dépendances et le bâtiment principal, répliqua Dinah.

– Je croyais qu'elle n'y avait été que le samedi.

– Non. Je l'y ai laissée vendredi pour les membres du cercle qui devaient y travailler à l'heure du déjeuner. Ils sont venus balayer, déplacer les meubles et tout le reste. A deux heures, en partant, ils ont accroché la clé au clou.

– Pourtant, Miss Campanula a essayé en vain d'entrer à deux heures et demie.

– Je ne crois pas que Miss Campanula était au courant, pour la clé. J'en ai parlé aux filles et j'ai dû le mentionner vaguement à la répétition des couturières au cas où les autres voulaient y accéder, mais je suis sûre que Miss Campanula n'était pas là. Et nous n'avons jamais accroché la clé à cet endroit avant.

– Etes-vous passée à la salle vendredi ?

– Oui, répondit Dinah. J'y suis allée à l'heure du déjeuner pour superviser le travail. Mais je suis partie avant qu'ils n'aient tout à fait fini. Je suis rentrée ici.

– Et ensuite, vous avez emprunté la montée de Pen Cuckoo.

– Oui, répliqua Dinah, surprise.

Il distingua dans son regard la même expression défensive que dans les yeux d'Henry.

– Georgie Biggins était-il dans la salle quand vous en êtes partie vers deux heures ?

– Oui, à embêter tout le monde avec son horrible pistolet à eau. Il est vraiment insupportable, papa, ajouta

Dinah. A mon avis, tu devrais l'exorciser. Je suis sûre que Georgie est possédé par un démon.

– Vous ne savez donc rien à propos de Georgie ? murmura Alleyn. Un point pour Roper.

– Qu'est-ce que c'est, à propos de Georgie ?

Alleyn le leur expliqua.

– J'aimerais, dit-il, m'attarder le moins possible sur ce que cela implique. De toute évidence, Georgie, le meccano et le pistolet à eau fournirent à l'assassin l'arme du crime. C'est une lourde responsabilité pour un petit garçon, aussi turbulent soit-il. Cela figurera au procès-verbal de l'enquête, mais je voudrais, dans la mesure du possible, éviter d'alimenter les potins du village.

– Certainement, dit le pasteur. Cependant, il savait qu'il commettait un acte répréhensible. Les conséquences terribles...

– Sont démesurément terribles, ne croyez-vous pas ?

– Si, répondit Dinah. Je suis de votre avis.

Percevant une lueur de logique pastorale dans l'œil de son père, Alleyn enchaîna précipitamment :

– La substitution a dû avoir lieu vendredi après deux heures, quand Georgie avait fini de parader avec son pistolet. Je sais qu'il est resté après le départ des autres pour fabriquer son piège. C'est lui-même qui l'a avoué. Par ailleurs, à la demande de Miss Campanula, son chauffeur avait jeté un coup d'œil par la fenêtre entrouverte à deux heures trente et il a vu que le couvercle du piano était relevé. Son récit nous donne à penser que Georgie se cachait à ce moment-là quelque part dans le bâtiment. Georgie ne l'a pas admis de bon cœur, et je crains que le souvenir de Miss Campanula, en train de cogner à la porte et d'exiger qu'on lui ouvre, ne vienne hanter ses nuits sous forme d'un cauchemar. Bien sûr, je ne prétends pas m'y connaître en psychologie enfantine.

– Les forces de l'ordre, observa Dinah, en la personne de leur représentant, me paraissent d'une clémence surprenante.

Alleyn ignora cette remarque.

– Le début des opérations remonte donc à deux heures et demie du vendredi dernier. Quant à vous, Miss Copeland, vous avez pris la montée de Pen Cuckoo et là, par hasard, vous êtes tombée sur M. Henry Jernigham.

– Comment ! s'écria le pasteur. Dinah !

– C'était un accident, papa, déclara Dinah en haussant la voix. J'ai rencontré Henry, et nous nous sommes conduits exactement comme vous l'auriez prédit. Notre promesse était presque arrivée à expiration. C'est ma faute. Je n'ai pas pu résister.

– Miss Prentice vous a rejoints un peu plus tard, je crois, observa Alleyn.

– C'est elle qui vous l'a dit ?

– Je le tiens de M. Henry Jernigham, et Miss Prentice a confirmé son récit. Cela vous ennuie, Miss Copeland, de me raconter ce qui s'est passé alors entre vous trois ?

– Si eux ne vous ont rien dit, rétorqua Dinah, je me tairai également.

17.

La confession d'un prêtre

I

– Ah oui ? fit Alleyn paisiblement. Dommage. Nous serons obligés de recourir à la méthode Peer Gynt.

– Comment cela ?

– Il s'agit de prendre des voies détournées. Interroger les domestiques sur les relations entre Miss Prentice et son jeune cousin. Puiser dans la marmite aux potins, et tout le reste.

– Je croyais, jeta Dinah, que de nos jours, le Bureau d'Investigation Criminelle n'employait que des gens respectables.

– Oh non ! répliqua Alleyn. Vous vous trompiez complètement.

Dinah était devenue écarlate.

– C'était plutôt mesquin de ma part, fit-elle.

– C'était impardonnable, ma chère, déclara son père. J'ai honte d'entendre une chose pareille dans ta bouche.

– Je n'y vois aucun mal, assura Alleyn joyeusement. C'était tout à fait pertinent.

Mais le visage de M. Copeland était rose d'embarras, et celui de Dinah, toujours cramoisi d'humiliation. Le pasteur l'apostropha comme s'il était au catéchisme. Sa voix se fit nettement plus doctorale, et dans le mouvement de sa tête, Alleyn reconnut l'une de ses attitudes en chaire.

– Tu as brisé une promesse solennelle, Dinah, déclara-t-il, et à cette faute, tu ajoutes un silence délibéré et une impertinence de mauvais goût et entièrement injustifiée. Je me vois contraint de fournir des explications à M. Alleyn.

Il se tourna vers Alleyn.

– Ma fille et Henry Jernigham entretiennent une relation que son père et moi désapprouvons. D'elle-même, Dinah m'a donné sa parole de ne pas le voir en tête à tête durant trois semaines. Vendredi était le dernier jour de ce délai. Sur cette question, Miss Prentice était de notre avis. Et, si elle les a trouvés au moment où, comme Dinah l'a reconnu, ils avaient complètement oublié ou ignoré leur promesse, je comprends qu'elle ait été profondément déçue et désemparée.

– Pas du tout ! s'exclama Dinah en se ressaisissant. Elle n'était ni l'un ni l'autre. En fait, elle suffoquait de rage et de méchanceté.

– Dinah !

– Oh ! papa ! *pourquoi* fermes-tu les yeux ? Tu devrais la connaître... toi plus que quiconque !

– Dinah, je dois insister...

– Non ! cria Dinah. Non ! D'abord, tu dis que je te cache des choses, mais quand je déballe tout, ça ne va pas non plus. Je regrette qu'Henry et moi n'ayons pas tenu parole, mais ça y était presque, et il ne s'est rien passé de dramatique, vendredi après-midi. Je ne veux pas qu'on fasse de nous deux quelque chose de sordide. Je suis désolée d'avoir été grossière avec M. Alleyn et je... enfin, c'était non seulement grossier, mais stupide. Je veux dire, c'était évident à la façon dont il l'a pris... enfin... oh ! et zut ! Oh ! papa, je te demande pardon !

Alleyn réprima un rire.

– Dinah ! Dinah ! fit le pasteur.

– C'est vrai, je suis désolée. Maintenant, M. Alleyn va s'imaginer Dieu sait quoi à propos de vendredi après-midi. Autant vous le dire, monsieur Alleyn : Henry et moi pensons que Miss Prentice est légèrement cinglée. C'est un phénomène courant chez les vieilles filles. Elle a essayé de sublimer ses appétits naturels en... en leur trouvant un exutoire dans la religion. C'est vrai, papa, je t'assure. Mais elle a tout raté. C'est une refoulée, alors quand elle voit deux personnes normales et en bonne santé en train de s'embrasser, elle craque.

– C'est moi, dit le pasteur en considérant sa progéniture d'un air impuissant, c'est moi qui ai tout raté.

– Oh ! non ! je t'en prie. Ce n'est pas vrai. Simplement, tu ne comprends pas ces femmes-là. Tu es un ange, mais un ange d'une autre époque.

– J'aimerais bien savoir, fit Alleyn, comment un ange arrive à se remettre au goût du jour. Il doit se munir d'ailes aérodynamiques, j'imagine.

Dinah sourit.

– Enfin, vous voyez ce que je veux dire, reprit-elle. Et je ne me trompe pas sur ces deux-là. Si seulement vous aviez entendu Miss Prentice ! C'était vraiment ignoble et répugnant. Elle tremblait des pieds à la tête. Elle haletait. Et elle nous a dit des choses absolument odieuses. Elle a menacé de tout te raconter, papa, ainsi qu'au squire. Elle a laissé entendre... oh ! elle était en dessous de tout ! Et, par-dessus le marché, elle bave et elle postillonne.

– Dinah, ma chère !

– Mais c'est vrai, papa. J'ai vu son corsage : c'était dégoûtant. Ou bien elle bave et postillonne, ou bien elle ne sait tenir sa tasse de thé. Sérieusement ! De toute façon, c'était parfaitement infect, tout ce qu'elle nous a dit.

– Aucun de vous n'a essayé de l'arrêter ? demanda Alleyn.

– Si.

Dinah pâlit et ajouta rapidement :

– Finalement, elle est passée devant nous et elle a filé dans la montée.

– Et vous, qu'avez-vous fait ?

– Je suis rentrée à la maison.

– Et M. Jernigham ?

– Il est monté à Cloudyfold, je crois.

– Par le sentier des collines ? Il ne vous a donc pas raccompagnée ?

– Non, répondit Dinah. L'épisode s'arrête là.

II

– Je ne vois pas, dit le pasteur, en quoi cet incident regrettable pourrait se rapporter au drame.

– Je vous assure, répliqua Alleyn, que toutes les informations jugées superflues seront éliminées. Les faits qui ne peuvent pas nous servir dans nos investigations ne nous intéressent pas.

– Et c'est bien le cas, déclara Dinah.

Relevant le menton, elle poursuivit d'une voix forte :

– Si vous croyez que le fait de s'être trouvé dans une situation embarrassante avec Miss Prentice est un mobile de meurtre, vous vous trompez lourdement. Nous n'avons absolument pas peur de Miss Prentice, ni de ce qu'elle pouvait dire ou faire. Cela nous est égal, à Henry et moi.

La lèvre inférieure de Dinah se mit à trembler.

– Nous la considérons simplement sous un angle détaché et analytique et nous la plaignons vaguement. Voilà tout.

Elle se tut dans un sanglot sec.

– Que d'inepties, ma chère enfant, dit le pasteur.

Dinah se leva et s'approcha de la fenêtre.

– Eh bien, fit Alleyn avec calme, restons donc détachés et analytiques. Qu'avez-vous fait tous les deux samedi après-midi ? Autrement dit, hier.

– Nous étions là, répondit Dinah. Papa a fait un somme, et moi, j'ai répété mon rôle.

– A quelle heure êtes-vous arrivés à la salle des fêtes hier soir ?

– Nous sommes partis d'ici à six heures et demie, répliqua M. Copeland, et nous avons pris le sentier qui traverse le jardin et le bois.

– Y avait-il déjà quelqu'un sur place ?

– Oui. Gladys Wright était là, n'est-ce pas, Dinah ? C'est l'un des membres les plus actifs de la paroisse, et elle était responsable des programmes. Elle était dans la salle, dans la partie réservée au public. Je pense que les autres jeunes filles étaient là également, à moins qu'elles ne soient arrivées peu après.

– Pouvez-vous me décrire avec précision ce que vous avez fait jusqu'au moment du drame ?

– Oui, bien sûr, répondit le pasteur. Je me suis assuré que le scénario et la sonnette de vélo que j'allais utiliser étaient à leurs places. Puis je me suis assis dans un fauteuil sur la scène pour ne pas gêner les autres et veiller à ce que personne ne monte sur le plateau de la salle. J'y suis resté jusqu'au moment où Dinah est venue me chercher pour parler à Miss Prentice.

– Pensiez-vous que Miss Prentice serait dans l'impossibilité de jouer ?

– Non, pas du tout. Au contraire, elle m'a dit que son doigt était beaucoup mieux. C'était peu après son arrivée.

– Avez-vous eu du mal à la convaincre de ne pas jouer ?

– Enormément de mal. Elle était tout à fait déterminée, bien que son doigt ait été en très mauvais état. Il était hors de question qu'elle joue, et je lui ai dit que je serais très mécontent si elle s'obstinait.

– En dehors de cette fois-là, vous n'avez pas quitté la scène ?

– Oh ! Oh si ! Je suis allé au téléphone avant, quand ils ont essayé de joindre Mme Ross. C'était à sept heures et demie. Ce téléphone n'est qu'un appareil supplémentaire relié au nôtre ; et notre bonne, Mary, qui est sourde, met beaucoup de temps à répondre.

– C'était la panique générale, ajouta Dinah de la fenêtre. Tout le monde était autour du téléphone : le squire, Henry, papa et moi, avec Miss Campanula qui vociférait des ordres, la pauvre vieille. Le squire n'avait pas de pantalon, seulement un caleçon rose. Miss Prentice est arrivée, mais quand elle a vu le caleçon, elle a détalé en gloussant comme une poule. Pourtant, personne d'autre n'a été gêné par le caleçon du squire, pas même Miss C. Nous étions tous sens dessus dessous à cause du retard des autres. Papa s'apprêtait à aller téléphoner d'ici, quand nous avons réussi à avoir la communication.

– Après quoi, je suis retourné sur la scène, dit le pasteur.

– Moi, je ne saurais vous dire exactement ce que j'ai fait, déclara Dinah. J'étais un peu partout à la fois.

Elle regarda par la fenêtre.

– Tiens, voici Henry.

– Allez donc à sa rencontre, suggéra Alleyn, et racontez-lui comment je vous ai maltraitée.

– Vous ne m'avez pas maltraitée, répliqua Dinah, mais je le lui dirai quand même.

Elle ouvrit la fenêtre et, enjambant le rebord, sauta dans le jardin.

– Je suis vraiment navré, fit Alleyn quand la fenêtre se fut refermée en claquant.

– C'est une gentille petite, au fond, répondit le pasteur tristement.

– Je n'en doute pas. Monsieur Copeland, vous vous rendez compte, je pense, de la singularité de notre position. Si Miss Prentice était la personne visée par l'assassin, nous devons retracer ses mouvements, ses discussions... ses pensées même, durant ces derniers jours. Nous sommes confrontés à un cas paradoxal où la victime d'un meurtre est toujours vivante. Il n'est pas exclu, du reste, que l'assassin tente sa chance une seconde fois.

Le pasteur joignit les mains et se perdit dans la contemplation des flammes.

– Je suis profondément désemparé, dit-il, et je ne vois pas le chemin à suivre.

– Vous voulez dire que vous avez recueilli un certain nombre de confidences, qu'en temps normal vous n'auriez jamais dévoilées ?

– Que je vous explique les choses clairement... Comme vous le savez sans doute, j'ai confessé une bonne partie de mes paroissiens. Dans aucun cas je ne trahirais le secret du confessionnal. Cela va sans dire. D'ailleurs, cela ne servirait à rien. Je vous le précise pour que vous ne pensiez pas que je détiens la clé du mystère.

– J'admets cette position, répondit Alleyn, et je la respecterai.

– J'en suis heureux. Beaucoup de gens, je le sais, considèrent la confession au sein de l'Eglise anglicane comme un pâle reflet du sacrement en usage dans l'Eglise romaine. Ceci est faux. Les catholiques disent : « Tu dois » ; les protestants réformés : « Tu ne dois pas » ; et les anglicans : « Tu peux. »

Mais Alleyn n'avait nulle intention de rentrer dans cette querelle théologique, en cet instant moins que jamais.

– Je comprends, répondit-il, qu'un prêtre qui entend une confession, quelle que soit sa profession de foi, ne doit en aucun cas en violer le secret. Mais à mon avis, ce n'est pas ce qui vous préoccupe. N'êtes-vous pas en train de vous demander si vous ne devriez pas me parler d'une chose entendue hors du confessionnal ?

Le pasteur lui jeta un regard interdit.

– A vrai dire, répliqua-t-il en serrant les mains l'une contre l'autre, je ne crois pas que ce soit utile. Seulement, je porte le fardeau des souvenirs et d'un doute terrible. Vous dites que l'assassin pourrait frapper à nouveau. Je ne le pense pas. Je pense même que c'est impossible.

– Pourquoi ? demanda Alleyn, stupéfait.

– Parce que, à mon avis, l'assassin est mort, répondit le pasteur.

III

Pivotant dans son fauteuil, Alleyn dévisagea le pasteur sans mot dire.

– Vous croyez qu'elle l'a fait elle-même ? demanda-t-il enfin.

– J'en suis certain.

– Puis-je savoir pourquoi ?

– Il faut sans doute que je vous explique. Voyez-vous, monsieur, je n'ai pas une forte personnalité. Toute ma vie, j'ai cherché à éviter les désagréments. J'en suis bien conscient et j'essaie de combattre cette faiblesse. J'ai vacillé là où j'aurais dû insister ; j'ai temporisé là où j'aurais dû agir avec fermeté. Ainsi, pour avoir péché par omission, je me considère comme moralement responsable, ou du moins en partie responsable de ce crime atroce.

Il se tut, le regard rivé sur les flammes. Alleyn attendait.

– Vendredi soir, reprit le pasteur, le cercle de lecture s'est réuni à la salle à manger du presbytère. D'habitude, ils se retrouvent à la salle des fêtes, mais à cause des préparatifs, ils sont venus ici. C'était au tour de Miss Campanula d'animer. Je me suis joint à eux quelques minutes. Dinah leur a lu une scène de *La Nuit des rois*, après quoi ils ont continué la lecture de leur propre livre. C'était un Chesterton que Miss Campanula m'avait emprunté. Quand ils ont terminé, elle est venue me le rendre ici. J'étais seul, et il était environ dix heures et quart.

– Oui ?

– Il m'est très pénible, monsieur, de vous parler de cet incident. Vraiment... je ne sais par quoi commencer. Vous n'êtes sans doute pas familiarisé avec les affaires paroissiales, mais je pense que chaque paroisse doit compter un certain nombre de membres qui posent problème au prêtre. Je ne sais pas si vous me comprenez. On les trouve surtout parmi... enfin, parmi les dames d'un certain âge qui n'ont pas d'autre intérêt dans la vie.

Le pasteur avait rosi.

– Je crois vous comprendre, dit Alleyn.

– Oui ? Malheureusement, je dois dire que la pauvre Miss Campanula était... euh... un cas assez typique. Elle était seule et avait un caractère assez difficile, qu'elle maîtrisait sûrement de son mieux. Cependant, je ne pouvais m'empêcher de penser qu'elle avait autant besoin d'un médecin que d'un prêtre. Je le lui ai même suggéré.

– C'était un excellent conseil, monsieur.

– Mais elle ne l'a pas suivi, fit le pasteur, mélancolique. Elle s'est raccrochée à moi, et, voyez-vous, j'ai bien peur d'avoir trompé son attente.

– A propos de vendredi soir, lui rappela Alleyn gentiment.

– Oui, j'y viens, mais honnêtement, ce n'est pas facile. Il y a eu une scène épouvantable. Elle... s'était mis dans la tête que si Dinah se mariait ou si elle repartait – Dinah est sur les planches, vous savez – je serais aussi solitaire qu'elle-même. C'est ce qu'elle m'a dit. J'ai été complètement désarçonné et je n'ai pas su quoi répondre. Je pense qu'elle a dû se méprendre sur mon silence. Je ne me rappelle plus très bien la suite des événements. C'était comme dans un mauvais rêve. Elle tremblait de tous ses membres et me regardait avec une telle détresse que je... je...

Il ferma les yeux et acheva précipitamment :

– Je lui ai tapoté la main.

– C'était un geste parfaitement naturel, non ?

– Vous n'auriez pas dit cela, si vous aviez vu le résultat.

– Ah oui ?

– Croyez-moi. L'instant d'après, pour tout vous avouer, elle était dans mes bras. C'était de loin ce qui m'est arrivé de pire dans toute mon existence. Elle riait et sanglotait à la fois. J'étais au supplice. Je ne parvenais pas à me dégager. Nous ne baissons jamais les stores dans cette pièce ; or voilà que je me retrouvais dans une position lamentable, voire grotesque. J'ai même été obligé de... de la soutenir, en même temps, je la plaignais de tout cœur. Il était évident qu'elle avait commis une erreur douloureuse. Je crois qu'elle était en proie à une sorte d'exaltation hystérique. Je me sens très gêné et, comme nous disions dans ma jeunesse, vache, de vous répéter tout cela.

– C'est déplaisant, en effet, acquiesça Alleyn, mais je suis sûr que vous en voyez la nécessité.

– J'aurais préféré consulter d'abord l'un de mes confrères en religion, mais il n'y a personne qui... Enfin, c'est hors sujet. Vous êtes très patient, monsieur.

– Comment cela s'est-il terminé ?

– Très mal, répondit le pasteur en ouvrant de grands yeux. Cela n'aurait pas pu finir plus mal. Quand elle s'est un peu calmée – au bout d'un long moment – je me suis empressé de me libérer et la première chose que j'ai faite a été de tirer les rideaux. Voyez-vous, les jeunes filles du cercle de lecture pouvaient se trouver dans les parages. D'habitude, elles attendent leurs petits amis qui viennent les chercher. Qui plus est, Miss Prentice avait appelé dans la matinée, disant qu'elle voulait me voir le soir. Pendant que j'étais avec Miss Campanula, elle a téléphoné pour se décommander. Il était dix heures et quart. C'est Dinah qui avait répondu, et, plus tard, elle m'a dit que Miss Prentice avait l'air déprimée. Je... je crains d'avoir été assez sévère avec elle... en tant que pasteur, j'entends. Je lui ai donné des instructions qui avaient dû la retenir chez elle, et de toute façon, je pense que son doigt la faisait trop souffrir. Mais à ce moment-là, j'attendais sa visite, et si elle nous avait vus... alors là...

Le pasteur déglutit et ajouta rapidement :

– Mais cela n'a rien à voir avec notre sujet. J'ai donc tiré les rideaux et, dans mon agitation, j'ai mentionné que j'attendais Miss Prentice. Il s'est avéré que c'était la dernière chose à dire à Miss Campanula. Car lorsque j'ai essayé d'expliquer à cette malheureuse qu'elle se trompait, elle a fait un rapprochement entre mes propos et la visite de Miss Prentice.

– Au secours ! fit Alleyn.

– Qu'avez-vous dit ? Oui, effectivement. Elle a été prise de frénésie, et je ne peux vraiment pas vous répéter ses paroles. Elle a dit pis que pendre de Miss Prentice, bref, elle a insinué que Miss Prentice l'avait supplantée non seulement dans la vie de la paroisse, mais aussi dans mon estime personnelle. Je me suis mis en colère... une colère justifiée, comme je l'ai cru à ce moment-là. En ma qualité de pasteur, je lui ai ordonné de se taire. Je l'ai réprimandée et lui ai parlé du péché mortel qu'est la jalousie. Je lui ai dit de chasser ces pensées impures de son cœur par la prière et le jeûne. Elle s'est enfin calmée, mais en partant, elle a dit une phrase que je n'oublierai jamais. Elle s'est retournée sur le pas de la porte en déclarant : « Si je me tuais, elle en souffrirait ; mais si, aussi vrai que je m'appelle Idris Campanula, je pouvais me débarrasser à jamais d'Eleanor Prentice, je n'hésiterais pas ! » Elle est partie sur ces mots, avant que j'aie pu lui répondre.

IV

– Chérie, dit Henry, je crois que je ferais mieux de tout lui raconter.

– Mais pourquoi ?

– Parce que sinon, c'est Eleanor qui le fera.

– Elle n'oserait pas. Elle aurait trop honte d'avouer comment elle s'est conduite en nous voyant.

– Oh non ! Elle déformerait tout en disant qu'elle nous a surpris dans une position compromettante, que tu étais morte de honte et que moi, furieux, je l'avais menacée de représailles.

– Mais, Henry, ce serait une tentative délibérée d'attirer les soupçons sur toi.

– Cela ne m'étonnerait pas d'elle.

– Moi, si. Si on te juge pour meurtre, ce serait un énorme scandale ; or ce n'est pas ce qu'elle cherche.

– C'est vrai. Peut-être est-ce aussi bien de se taire.
– Je pense bien.
– Dinah, demanda Henry, qui, à ton avis... ?
– Je n'ai pas d'avis. Je trouve inconcevable que l'un de nous puisse être l'assassin. C'est impossible. Papa est convaincu qu'elle l'a fait elle-même. Mais il ne veut pas me dire pourquoi.
– Quoi, elle aurait tendu ce piège à Eleanor et au dernier moment, elle aurait décidé de prendre sa place ?
– Ce doit être ça. Elle lui a sans doute laissé entendre quelque chose de ce genre.
– Comment as-tu trouvé Alleyn ? questionna Henry à brûle-pourpoint.
– Très bien. Misère, j'ai été rude avec lui, déclara Dinah en rajoutant une bûche dans la cheminée de la salle de classe.
– Vraiment, mon amour ?
– J'ai sous-entendu qu'il n'était pas un gentleman.
– Eh bien, c'est faux, rétorqua Henry joyeusement.
– Je sais. Il a été très gentil, en plus. Comment ai-je pu ! Papa était livide.
– Il y a de quoi. Franchement, Dinah !
– Je sais.
– Je t'aime jusqu'à la Grande Ourse en passant par la Croix du Sud et l'inverse.
– Henry, fit Dinah tout à coup, promettons-nous de ne jamais être jaloux.
– D'accord. Pourquoi ?
– Je ne cesse de penser à ces deux femmes. Si elles n'avaient pas été aussi jalouses, rien ne serait arrivé.
– Seigneur, Dinah, tu ne penses pas qu'Eleanor...
– Non. Mais j'ai le sentiment que toute cette affaire baigne dans leur jalousie. C'est la jalousie qui les a dressées l'une contre l'autre, contre nous deux et contre cette fouine de Mme Ross.

– Pourquoi la traites-tu de fouine ?

– Je sens dans mes tripes que c'en est une, répliqua Dinah.

– Moi, j'aimerais bien que mon père refrène un peu ses ardeurs quand il la voit. Ses simagrées sont d'un ridicule !

– Elle a complètement emberlificoté papa avec son soi-disant intérêt pour son église. Elle s'est même inscrite à une retraite au moment de l'Avent.

– C'est moins déplorable que le batifolage de mon géniteur. J'aurais préféré qu'elle ne l'encourage pas comme elle le fait. En dehors de cela, je n'ai rien contre elle.

– Tu es un homme.

– Cela n'a rien à voir, fit Henry, répondant au sous-entendu.

– Je me méfie d'elle, déclara Dinah. Elle est ce qu'on appelle une femme à hommes.

– C'est une expression stupide.

– Cela signifie qu'elle est gentille avec les hommes, alors qu'elle se fiche des autres femmes comme de l'an quarante.

– Je dirais plutôt qu'elle est trop séduisante pour plaire aux représentantes de son propre sexe.

– Ce n'est qu'un cliché masculin, chéri, répliqua Dinah.

– Je ne le crois pas.

– Il y a des milliers de femmes superbes qui ont un succès fou auprès de leur propre sexe.

Henry eut un sourire.

– Tu la trouves attirante ? s'enquit Dinah d'un ton détaché.

– Oui, très. C'est sûrement une petite garce, mais elle ne manque pas de piquant. Ses habits lui vont à merveille.

– Et comment, acquiesça Dinah sombrement. Ils ont dû coûter les yeux de la tête.

Henry l'embrassa.

– Je suis un mufle, marmonna-t-il, un mufle exaspérant. Tu es ma chérie adorée : je ne suis pas plus digne de t'aimer qu'un balai, mais je t'aime tellement !

– Ne soyons jamais jaloux, chuchota Dinah.

– Dinah ! appela le pasteur d'en dessous.

– Oui, papa ?

– Où es-tu ?

– Dans la salle de classe.

– Croyez-vous que je peux monter ? demanda une voix grave.

– C'est Alleyn, dit Henry.

– Venez, monsieur Alleyn ! cria Dinah.

18.

La mystérieuse inconnue

I

– Asseyez-vous, monsieur Alleyn, fit Dinah. Les chaises sont plutôt bancales ici, je le crains. Vous connaissez Henry, n'est-ce pas ?

– Oui, répondit Alleyn. Je vais me mettre là, si vous le permettez.

Et il s'installa sur un tabouret capitonné devant le feu.

– J'ai raconté à Henry combien j'ai été grossière, déclara Dinah.

– J'ai été atterré, renchérit Henry. Elle est si jeune, la pauvre petite.

– Vous ne pourriez pas rester un moment pour nous conter des histoires de crimes ? demanda Dinah.

– Malheureusement, non. J'aurais été ravi de rester, mais voyez-vous, pour nous toute familiarité est exclue quand nous sommes en service. Cela pourrait passer pour un manque de réserve. Et j'ai une montagne de choses à faire avant ce soir.

– Vous recueillez des bouts de preuves en espérant leur trouver une signification ? s'enquit Henry.

– Plus ou moins. On fouine, puis on met tout sur la table et on essaie de découvrir la ligne directrice.

– Et s'il n'y en a pas ?

– Il y en a toujours une. Il suffit de séparer le bon grain de l'ivraie.

– En avez-vous une en vue actuellement ? demanda Dinah.

– Pas vraiment.

– Soupçonnez-vous l'un de nous deux ?

– Pas spécialement.

– En tout cas, ce n'est pas nous, affirma Dinah.

– Parfait.

– Les affaires de meurtre, observa Henry, doivent être différentes de toutes les autres. Surtout dans un contexte semblable. Vous n'êtes pas confronté au milieu criminel ordinaire.

– C'est juste, répondit Alleyn. Je suis confronté à des gens comme vous-mêmes, qui font preuve d'une franchise désarmante jusqu'à un certain point. Bien plus que les criminels classiques qui mentent à la police purement par habitude. Seulement, ces gens-là sont de plus fins dissimulateurs. Tenez, je sais très bien qu'il s'est passé quelque chose lors de votre rencontre avec Miss Prentice ; mais je ne peux pas vous dire ce que je dirais à Posh Jimmy : « Allons, ce n'est pas après toi que j'en ai. Donne-moi les renseignements dont nous avons besoin et peut-être que nous passerons l'éponge sur l'affaire de Moorton. » Malheureusement, je n'ai pas d'arguments de ce genre contre vous.

– C'est exactement ce que j'ai voulu dire, répliqua Henry. Mais vous pouvez toujours entreprendre cousine Eleanor.

– J'espère que vous n'allez pas croire tout ce qu'elle vous racontera, fit Dinah, ou vous ne saurez plus du tout où vous en êtes. Dès qu'il est question de nous deux, elle devient aussi acide qu'un citron.

– De toute façon, elle est pratiquement à enfermer, ajouta Henry. La question est de savoir laquelle était la plus toquée : Eleanor ou Miss C.

– C'est malheureux, commenta Alleyn distraitement. Monsieur Jernigham, auriez-vous mis une caisse en bois sous l'une des fenêtres de la salle vendredi après deux heures trente ?

– Non.

– Quelle est cette histoire de caisse ? interrogea Dinah.

– C'est sans intérêt. A propos du piano... quand les aspidistras ont-ils fait leur apparition ?

– Ils étaient là samedi matin, en tout cas, répondit Dinah. J'avais l'intention de les faire enlever car ils devaient masquer la scène aux spectateurs. A mon avis, les filles les ont installés vendredi après mon départ.

– Auquel cas Georgie les a ôtés pour fabriquer son piège.

– Et le meurtrier, remarqua Henry, les a remis à leur place.

– Oui.

– Je me demande quand, fit Henry.

– Nous aussi. Miss Copeland, avez-vous vu Miss Campanula vendredi soir ?

– Vendredi soir ? Oh ! je l'ai vue à la réunion du cercle de lecture !

– Pas après ?

– Non. En sortant de là, je suis montée directement ici. Elle, elle est allée dans le bureau de papa où je l'ai entendue pester comme d'habitude, la pauvre.

– Le bureau se trouve juste au-dessous de cette pièce, n'est-ce pas ?

– Oui. Je voulais parler à papa, mais j'ai attendu qu'elles s'en aillent, elle et l'autre personne.

– L'autre personne ? répéta Alleyn après une brève pause.

– Il y avait quelqu'un d'autre dans le bureau avec Miss C. J'ai tellement l'habitude de l'appeler Miss C., vous savez. Comme tout le monde, d'ailleurs.

– Comment savez-vous qu'il y avait quelqu'un avec elle ?

– Mais parce qu'il est parti juste après Miss C., rétorqua Dinah impatiemment. Ce n'était pas Miss Prentice car elle avait téléphoné de Pen Cuckoo à peu près au même moment. Mary m'avait appelée au téléphone. Je suppose que c'était Gladys Wright, la présidente du cercle de lecture. Elle habite un peu plus haut. Elle a dû sortir par la fenêtre du bureau car j'ai entendu grincer la grille extérieure. C'est comme ça que j'ai su qu'elle était là.

Alleyn s'approcha de la fenêtre. Celle-ci donnait sur une allée de gravier, une pelouse et un chemin de terre qui conduisait vers une grille branlante et au-delà, à travers un bosquet, vers la route.

– C'est sans doute le chemin que vous prenez pour aller à la salle des fêtes ? demanda Alleyn.

– Oh oui ! C'est beaucoup plus court que de sortir par la grande porte et contourner toute la maison.

– Oui, dit Alleyn, certainement.

Il considéra Dinah d'un air songeur.

– Avez-vous entendu la voix de cette autre personne ? questionna-t-il.

– Tiens, fit Dinah. Qu'avez-vous derrière la tête ? Non, je ne l'ai pas entendue. Demandez à papa : il vous dira qui c'était.

– Mais bien sûr, répondit Alleyn. Suis-je bête !

II

Cependant, il n'alla pas se renseigner auprès du pasteur mais il descendit l'allée, faisant crisser le gravier sous ses pas, et traversa la pelouse en direction de la grille. Celle-ci en effet grinçait très fort. C'était l'une de ces grilles à l'ancienne qui sont généralement munies d'un tourniquet. Le chemin, de toute évidence, était très passant. Il était inutile d'espérer trouver quoi que ce soit sur sa surface grasse et dure. Il avait plu beaucoup trop depuis vendredi soir. « Beaucoup trop d'eau », soupira Alleyn. Mais juste à l'intérieur de la grille, il découvrit deux marques, floues mais reconnaissables. Deux enfonçures en forme de fer à cheval, larges de quelques centimètres et emplies d'eau. « Des talons, pensa-t-il, mais va-t'en savoir à qui ils sont. C'était une femme, indubitablement. Et elle est restée un bon moment à regarder la maison. » De sa place, il pouvait voir le pasteur, recroquevillé auprès du feu. « Tant pis, se dit Alleyn en s'enfonçant dans le petit bois. Cela ne m'avance à rien. Rien du tout. »

Il se rendit compte que la salle des fêtes était tout près : il suffisait de traverser la route. Rebroussant chemin, il fit le tour du presbytère, parfaitement conscient que Dinah et Henry l'observaient par la fenêtre de la salle de classe. Au moment où il remontait en voiture, Henry ouvrit la fenêtre et se pencha par-dessus le rebord.

– Dites, cria-t-il.

– Tais-toi, fit la voix de Dinah derrière lui. Arrête, Henry.

– Qu'y a-t-il ? lança Alleyn, passant la tête par la vitre.

– Rien, répondit Dinah. Il a perdu la boule, voilà tout. Au revoir.

La tête d'Henry disparut, et la fenêtre se referma d'un coup sec.

« Je me demande, pensa Alleyn en démarrant, si le jeune Henry a eu la même idée que moi. »

Aux *Armes des Jernigham*, il trouva Nigel, mais pas Fox.

– Où allez-vous ? s'enquit Nigel lorsque Alleyn retourna à la voiture.

– Rendre visite à une dame.

– Je peux venir ?

– Pour quoi faire ?

– Si vous voulez, je resterai dehors.

– Evidemment. Bon, d'accord. Un intermède comique me fera du bien.

– Et voici votre bouffon attitré, déclara Nigel en s'installant dans l'auto. Qui est cette dame ? Parlez, mon petit cœur.

– Mme Ross.

– La mystérieuse inconnue ?

– Pourquoi l'appelez-vous ainsi ?

– C'est le rôle qu'elle interprétait dans la pièce. J'ai lu le programme.

– Soit, répondit Alleyn.

Une fois sur la route de la vallée, il se mit à parler. Il récapitula tous les événements depuis vendredi midi et décrivit ce qu'il savait des mouvements de la victime et de ses sept compagnons. Il confronta leurs emplois du temps respectifs et donna à Nigel un carnet sur lequel il les avait notés.

– J'ai horreur de ça, bougonna Nigel. Cela me disperse et me fait penser à un horaire de trains : autant dire que c'est du chinois pour moi.

– Dommage pour vous, répondit Alleyn avec une pointe de sarcasme. Regardez donc la liste en bas de la page.

Nigel obtempéra et lut :

« Piano. Trous d'épingles. Automatique. Branche. Oignon. La danse des canards. Clé. Lettre. Grille qui grince. Fenêtre. Téléphone. »

– Merci beaucoup, fit Nigel. Enfin, j'y vois clair. C'est absolument enfantin. Surtout l'oignon... c'est d'une évidence ! Quant aux épingles, c'est ridicule que je n'aie pas compris d'emblée leur signification.

Il rendit le carnet à Alleyn.

– Allez-y, poursuivit-il, acide. Dites-le. « Vous avez tous les faits, Bathgate. Vous connaissez mes méthodes, Bathgate. Et ces petites cellules grises, Bathgate ? » Intercalez une citation, ajoutez : « Ah ! mon jeune ami ! » et entourez-vous d'une brume énigmatique.

– Voici Cloudyfold, dit Alleyn. Il fait froid, vous ne trouvez pas ? Hier soir, le thermomètre de l'auberge affichait moins douze.

– Vous m'en direz tant, monsieur Mercure !

– Ce doit être le cottage de Mme Ross, celui-là.

– Ne puis-je pas vous accompagner en tant que votre sténographe ?

– Entendu. Mais je risque de vous envoyer faire une course au village.

Duck Cottage se dressait au détour d'un virage, juste avant l'entrée du village de Cloudyfold. C'était un cottage typique du Dorset, simple et bien proportionné, en pierre grise qui avait affronté bien des intempéries. Mme Ross avait visiblement procédé à quelques embellissements. La porte et les fenêtres à guillotine étaient peintes en vermillon, et deux bacs de la même couleur, ornés chacun d'une arche de Noé, flanquaient l'entrée qui donnait directement sur la route.

Alleyn actionna à deux reprises le heurtoir en cuivre étincelant.

La bonne qui leur ouvrit n'était que rouge cerise et mousseline. Madame était chez elle. La bonne prit la carte d'Alleyn et revint rapidement, les invitant à la suivre.

Alleyn dut se baisser pour passer la porte, et les plafonds n'étaient guère plus hauts. Ils traversèrent une minuscule antichambre et descendirent les quelques marches inégales qui menaient au salon. Le salon était vide. C'était une pièce charmante qui donnait sur un petit jardin propret. Quelques gravures aux murs, un ou deux meubles respectables, un tapis moelleux, des fauteuils fort confortables : l'ensemble dégageait une impression de chintz, de pétillement et de féminité. Il régnait dans ce salon une atmosphère feutrée et délicate. Alleyn jeta un coup d'œil sur les rayonnages de la bibliothèque, remplie de romans modernes. Il reconnut un ou deux auteurs dont le seul mérite était d'avoir été remarqués par la censure, ainsi qu'une collection populaire de procès criminels célèbres. On y trouvait les affaires Brown et Kennedy, Bywaters, Seddon, et Stinie Morrison. Le style de ces œuvres se distinguait par une espièglerie quelque peu lugubre. Alleyn prit en souriant l'un des volumes. Celui-ci s'ouvrit de lui-même sur un traité de dactyloscopie. Le sillon entre les pages contenait de la cendre de cigarette. Une photographie d'empreintes digitales relevées sur une lettre et agrandies illustrait le propos. Entendant une voix de femme, Alleyn remit le livre à sa place. La porte s'ouvrit, livrant passage à Mme Ross.

C'était la femme qu'Alleyn avait entrevue à l'église. Ceci ne le surprit pas outre mesure mais le mit sur ses gardes. Elle le salua avec un air d'aimable bon sens, lui serra la main et le gratifia d'un sourire en coin.

– Je vous présente M. Bathgate, dit Alleyn.

Il avait remarqué que la main de Nigel s'était portée à sa cravate.

Mme Ross les installa devant la cheminée le plus gracieusement du monde, et il la vit jeter un coup d'œil sur une petite horloge à cupidons.

– C'est vraiment trop affreux, dit-elle. Cette pauvre vieille femme ! Comment a-t-on osé !

– C'est une sale affaire, opina Alleyn.

Elle leur offrit des cigarettes. Alleyn refusa, et Nigel suivit son exemple à contrecœur. Mme Ross prit une cigarette et se pencha vers Alleyn pour qu'il l'allumât.

« Chanel numéro cinq », pensa Alleyn.

– Je n'ai encore jamais subi une « investigation », déclara Mme Ross. Mon Dieu, quelle drôle d'expression ! Je ne voulais pas dire ce à quoi vous pensez.

Elle s'esclaffa. Nigel émit un rire engageant, croisa le regard d'Alleyn et se tut.

– Je ne vous retiendrai pas longtemps, répondit Alleyn. Nous devons établir l'emploi du temps de chacun entre vendredi midi et le moment du drame.

– Ciel ! fit Mme Ross. Jamais je ne pourrai me souvenir du mien, ou alors, je suis sûre qu'il vous paraîtra suspect.

– J'espère que non, répliqua Alleyn posément. Nous disposons déjà d'un certain nombre de renseignements. Vendredi à cinq heures, vous êtes allée à une répétition à Pen Cuckoo, n'est-ce pas ?

– Oui. A cette exception près, je suis restée à la maison.

– Et vendredi soir ?

– Pareil. Cloudyfold n'est pas un endroit très gai, monsieur Alleyn. Je crois que j'ai dû dîner dehors deux fois depuis mon arrivée ici. Un rythme de vie trépidant, comme vous le voyez.

– Samedi soir, je suppose que vous vous êtes rendue comme tout le monde à la salle des fêtes ?

– Oui. J'avais une ou deux choses à transporter pour le spectacle. Nous avons tout entassé dans une remorque traînée par la Morris du Dr Templett.

– Vous êtes-vous rendue directement à la salle ?

– Non. Nous sommes d'abord passés à Pen Cuckoo. Je l'avais complètement oublié. Mais je suis restée dans la voiture.

– Le Dr Templett, lui, est allé dans le bureau ?

– Il est entré dans la maison, répondit-elle d'un ton léger. Je ne sais pas dans quelle pièce exactement.

– Il n'est pas ressorti par la porte-fenêtre ?

– Je ne m'en souviens plus. Le squire, M. Jernigham, est venu me parler, ajouta-t-elle après un silence. Je n'avais pas remarqué le Dr Templett jusqu'au moment où il s'est approché de ma vitre.

– Et vous êtes rentrée déjeuner ici ?

– Oui.

– Qu'avez-vous fait dans l'après-midi ?

– Samedi après-midi ? C'était hier, n'est-ce pas ? Seigneur, j'ai l'impression que c'était il y a des siècles. Oh ! j'ai emporté le souper à la salle des fêtes !

– A quelle heure ?

– Il devait être trois heures et demie, je crois, quand j'y suis arrivée.

– La salle était-elle vide ?

– Oui. Non, le Dr Templett était là également. Il est arrivé peu après moi. Il venait apporter des affaires à lui.

– Combien de temps êtes-vous restée là-bas, madame Ross ?

– Je ne sais pas. Pas longtemps. Une demi-heure, peut-être.

– Et le Dr Templett ?

– Il est reparti avant moi, pendant que je disposais les sandwiches.

– Et que vous découpiez des oignons ?

– *Des oignons !* Seigneur Dieu, pour quoi faire ? Non, merci bien. Je ne peux pas les voir en peinture, et puis j'ai quelque respect pour mes mains.

C'étaient de petites mains ravissantes. Mme Ross les tendit vers les flammes.

– Pardonnez-moi, dit Alleyn. Il y avait un oignon dans le buffet.

– J'ignore comment il s'est retrouvé là. Tout avait été lessivé vendredi.

– Peu importe. Avez-vous fait attention au piano samedi après-midi ?

– Non, je ne le crois pas. Le rideau était baissé, et même s'il y avait quelque chose de louche, je suppose que je ne l'aurais pas remarqué. Je ne suis pas descendue dans la salle elle-même car la clé ouvre les deux portes.

– Et seul le Dr Templett est venu ?

– Oui.

– Quelqu'un aurait-il pu se glisser en catimini dans la salle pendant que vous étiez derrière la scène ?

– Oui, sans doute. Oh ! mais non ! Bien sûr que non. La porte principale était fermée, et c'est nous qui avions l'unique clé.

– Le Dr Templett s'est-il rendu dans la partie réservée au public ?

– Seulement pour fermer la fenêtre.

– Quelle fenêtre ?

– C'est drôle, dit-elle rapidement. J'étais sûre de l'avoir fermée le matin.

III

– C'est la fenêtre qui est du côté opposé à la route et le plus près de l'entrée, reprit Mme Ross après une pause. Je me souviens d'avoir baissé la vitre en partant pour que la pluie ne rentre pas. Il devait être midi.

– Avez-vous été la dernière à partir ?

– Non. Enfin, tout le monde est parti en même temps, mais je crois que le Dr Templett et moi sommes sortis les premiers. Les Copeland sortent toujours par la porte de derrière.

– Quelqu'un a donc dû rouvrir la fenêtre ?

– Certainement.

– Etiez-vous sur la scène au moment où le Dr Templett est allé fermer la fenêtre ?

– Oui.

– Et que faisiez-vous ?

– Nous... J'ai un peu rangé et disposé des éléments de décoration que j'avais apportés.

– Le Dr Templett vous a-t-il aidée ?

– Non, il... il regardait.

– Et pendant tout ce temps, la fenêtre était ouverte ?

– Oui, sans doute. C'est même certain.

– Lui avez-vous dit que vous croyiez l'avoir fermée ?

– Oui.

– Ne pensez-vous pas que quelqu'un ait pu l'ouvrir de l'extérieur ?

– Non, répliqua-t-elle, catégorique. C'est totalement exclu. Le rideau était levé. Nous l'aurions remarqué.

– Ne m'avez-vous pas dit tout à l'heure qu'il était baissé ?

– Mais oui, que je suis bête ! Il était levé quand nous sommes arrivés, mais nous l'avons baissé. Il était censé être baissé. Et puis, je voulais essayer une lampe que j'avais apportée.

– Avez-vous baissé le rideau avant ou après avoir remarqué la fenêtre ouverte ?

– Je ne sais plus. Oh ! attendez, je crois que c'était après !

Elle se pencha en avant et contempla Nigel qui était en train de prendre des notes.

– Cela me fige de vous voir écrire, lui dit-elle. Faudra-t-il que je le relise et le signe ?

– Il faut d'abord tout retranscrire en écriture normale, répondit Nigel.

– Faites voir.

Il lui tendit ses notes.

– On dirait un brouillon de journaliste, fit Mme Ross.

– C'est ça, l'astuce, répliqua Nigel avec aplomb, en rougissant néanmoins.

Elle lui rendit son bloc en riant.

– M. Alleyn doit nous trouver terriblement désinvoltes, observa-t-elle. N'est-ce pas, inspecteur ?

– Non, dit Alleyn. Je considère Bathgate comme un jeune officier zélé et consciencieux.

Nigel tenta de prendre un air zélé et consciencieux. Il se sentait légèrement ébranlé.

– N'oubliez pas notre télégramme, Bathgate, ajouta Alleyn. Vous feriez mieux d'aller le poster à Cloudyfold. Revenez me chercher ensuite. Mme Ross vous excusera.

– Bien, monsieur.

– C'est un jeune homme charmant, fit Mme Ross avec son air de complicité amicale, une fois que Nigel fut parti. Vous sortez tous d'Eton et d'Oxford chez vous, au Yard ?

– Non, pas tous, répliqua Alleyn.

Quelle drôle de manière elle avait d'ouvrir démesurément les yeux ! Ses pupilles même semblaient se dilater. Comme si, consciente de quelque chose, elle le reconnaissait par ce bref signal. Alleyn y déchiffra une sorte d'aimable lascivité. « C'est sa façon d'annoncer la couleur, pensa-t-il. Cette femme a des appétits forts et bien affirmés. » Il savait parfaitement qu'en dépit de l'attitude impersonnelle de son hôtesse, elle lui avait envoyé ces petits signaux, et il se demanda s'il devait ou non en accuser réception.

Se penchant dans son fauteuil, il plongea son regard dans celui de Mme Ross.

– J'ai deux autres questions à vous poser.

– Ah oui ?

– Savez-vous à qui appartient l'automatique qui a abattu Miss Campanula d'une balle entre les yeux ?

Elle demeura immobile ; les coins de sa bouche mince s'affaissèrent légèrement. Ses courts cils enduits de mascara voilèrent ses yeux clairs.

– Il est à Jocelyn Jernigham, n'est-ce pas ? répondit-elle.

– Oui. C'est le Colt que M. Henry Jernigham vous a montré vendredi soir.

– C'est affreux.

Elle soutint son regard sans ciller.

– Cela signifie-t-il que vous soupçonnez l'un de nous ?

– En soi, cela ne signifie pas grand-chose. Sauf que c'est son revolver qui l'a tuée.

– *Lui* en est incapable, laissa-t-elle tomber avec dédain.

– Avez-vous placé une caisse en bois sous l'une des fenêtres de la salle vendredi après deux heures trente ? demanda Alleyn.

– Non. Pourquoi ?

– Cela n'a pas d'importance.

Alleyn sortit son carnet de la poche interne de son veston.

– Ciel ! dit Selia Ross. Quoi encore ?

Une feuille de papier pliée apparut entre les longs doigts de l'inspecteur. Après tout, cette manie d'écarquiller les yeux était peut-être inconsciente. Elle jeta un coup d'œil oblique sur le papier et les quelques lignes de majuscules, péniblement tracées par la main de l'inspecteur Fox. Puis elle prit le papier, haussa les sourcils et le rendit à Alleyn.

– Cela vous dit quelque chose ? s'enquit Alleyn.

– Non.

– Je dois vous avertir que nous considérons cela comme une preuve importante.

– Je ne l'ai jamais vu. Où l'avez-vous trouvé ?

– Je suis tombé dessus par hasard, répondit Alleyn.

Quelqu'un venait de pénétrer dans la pièce adjacente. Ils entendirent des pas incertains sur les marches. La porte s'ouvrit à la volée. « Ce satané Bathgate ! » pensa Alleyn, levant un regard furieux.

C'était le Dr Templett.

19.

La déposition de Templett

I

– Selia ?

Le Dr Templett s'arrêta net.

Le papier resta suspendu entre les doigts d'Alleyn.

– Tiens, inspecteur, fit Templett, hors d'haleine. Je pensais bien vous trouver ici. Je viens de terminer l'autopsie.

– Oui ? dit Alleyn. Des surprises ?

– Aucune.

Alleyn lui tendit le papier.

– N'est-ce pas votre lettre ?

Templett s'immobilisa. Puis il secoua la tête, moins pour répondre à la question que pour refuser la question elle-même.

– Ne l'avez-vous pas cherchée ce matin dans les poches de votre veston ?

– C'est à vous, Billy ? demanda Mme Ross. Qui vous écrit des lettres aussi drôles ?

Le visage de Templett parut se figer. Deux rides profondes se creusèrent au coin de sa bouche. Il se tourna vers le feu, se baissant comme pour se réchauffer les mains. Mais ses mains tremblaient si violemment qu'il les enfouit dans ses poches. Les flammes teintèrent de rouge son visage livide.

Alleyn attendait.

Mme Ross alluma une cigarette.

– Je voudrais parler à M. Alleyn, fit Templett.

– Voulez-vous rentrer à Chipping avec moi ? suggéra Alleyn.

– Comment ? Oui. Oui, c'est très bien.

Alleyn s'inclina devant Mme Ross.

– Bonsoir, madame.

– Est-il si tard que cela ? Au revoir. Quelque chose ne va pas, Billy ?

Templett la considéra avec une sorte d'étonnement. Il secoua la tête et sortit, suivi d'Alleyn.

Nigel attendait dehors dans la voiture des Biggins. Alleyn lui adressa un signe et rejoignit Templett devant sa Morris.

– Je monte avec vous, si vous le permettez, dit-il.

Templett hocha la tête. Une fois dans la voiture, il fit demi-tour et accéléra brutalement. La côte de Cloudyfold bondit à leur rencontre. En deux minutes, ils avaient franchi la crête. Déjà le crépuscule baignait la vallée, et les fenêtres des maisons étaient éclairées. Un brouillard glacé flottait sur les collines.

– Ne me regardez pas comme ça, bon sang ! jeta le Dr Templett. Je ne vais pas avaler du cyanure.

– Bien sûr que non.

Au moment où ils dépassaient en un éclair la bifurcation de Pen Cuckoo, Templett déclara :

– Ce n'est pas moi.

– Tant mieux.

En tournant dans le chemin de l'église, l'auto dérapa sur une vingtaine de mètres et faillit faire un tête-à-queue sur la chaussée glissante. Alleyn, qui avait réussi à conserver son sang-froid, écrasa une pédale de frein imaginaire. Ils repartirent à une allure plus raisonnable, mais néanmoins entrèrent dans Chipping à quatre-vingts à l'heure.

– Pouvez-vous m'arrêter une minute devant *Les Armes des Jernigham* ? demanda Alleyn.

Templett ne ralentit qu'à cent cinquante mètres de l'auberge. La voiture bondit à travers la route et stoppa dans un gémissement des freins. Le garçon sortit en courant.

– M. Fox est là ? Pouvez-vous l'appeler, s'il vous plaît ? lança Alleyn joyeusement. Et, quand M. Bathgate sera arrivé, envoyez-le au commissariat de Great Chipping. Et dites-lui d'emporter ma mallette.

Fox sortit de l'auberge, nu-tête.

– Grimpez à l'arrière, compère Fox, dit Alleyn. Le Dr Templett nous emmène à Great Chipping.

– Bonsoir, docteur, fit Fox en montant.

Le Dr Templett débraya et redémarra avant même que la portière ne se fût refermée. Le bras d'Alleyn reposait sur le dossier de son siège. Ses doigts se croisèrent d'une manière éloquente.

Ils atteignirent les confins de Great Chipping en une dizaine de minutes. Là, le Dr Templett parut se ressaisir. Il parcourut à une vitesse décente les rues étroites et freina devant le commissariat.

Blandish était sur place. Un agent les introduisit dans son bureau et se posta devant la porte.

– Bonsoir, messieurs, fit le commissaire, qui semblait être dans une forme étonnante. Vous m'apportez des bonnes nouvelles, j'espère ? Savez-vous que nous nous en tirons fort bien, de notre petite enquête, monsieur Alleyn ? Je ne serais pas surpris d'avoir quelques informations de choix à communiquer à la capitale demain. Notre oiseau s'est envolé à Bermondsey, et c'est là que nous allons le cueillir. J'en suis très content. Asseyez-vous donc, tout le monde. Smith ! La chaise qui est devant la porte !

Tandis qu'il s'affairait amicalement, il aperçut le visage du Dr Templett et se tut d'une façon abrupte.

– Je veux faire une déposition, dit Templett.

– Je dois vous avertir... commença Alleyn.

– Je sais, je sais. Je veux faire une déposition.

Fox s'approcha de la table. Le commissaire Blandish, perplexe mais solennel, poussa vers lui un bloc-notes et un stylo.

II

– Vendredi après-midi, déclara le Dr Templett, à mon retour de chasse, je suis entré en possession d'une lettre anonyme. Cette lettre est actuellement détenue par la police. L'inspecteur Alleyn me l'a montrée. Je n'y ai pas attaché une grande importance. J'ignore qui en est l'auteur. Je l'avais mise dans mon agenda que je garde dans la poche interne de mon veston. J'avais l'intention de la détruire. Vendredi à cinq heures, j'ai assisté à une répétition à Pen Cuckoo. A mon retour chez moi, j'ai été aussitôt appelé pour une urgence et je ne suis rentré que tard dans la nuit. J'avais complètement oublié cette lettre. Hier, samedi, vêtu toujours du même costume, je suis parti de chez moi à huit heures trente, aussitôt après mon réveil. J'ai pris des affaires à Duck Cottage, puis je suis passé à Pen Cuckoo, et de là, je me suis rendu à la salle des fêtes pour y déposer mon chargement. Mme Ross était avec moi. Le reste de la journée a été consacré aux visites.

J'ai été pris bien plus que d'habitude. J'ai déjeuné à l'hôpital. Dans l'après-midi, je suis repassé à la salle. Je n'y suis resté qu'une demi-heure. Je ne me suis pas approché du piano et je ne me suis pas souvenu de la lettre. A aucun moment, je ne me suis trouvé seul dans la salle. Le soir, j'y suis arrivé à sept heures et demie, ou même plus tard. Je suis allé directement dans ma loge et je me suis changé, après avoir accroché mon costume au mur. Henry Jernigham est venu m'aider. Après le drame, je ne me suis changé qu'en rentrant chez moi. Je ne pensais toujours pas à la lettre. Et je ne l'ai revue que cet après-midi, quand l'inspecteur Alleyn me l'a montrée. Voilà, c'est tout.

Fox leva les yeux.

– Retranscrivez-moi in extenso les notes de l'inspecteur Fox, Smith, fit Blandish.

Smith sortit avec les notes.

– Avant d'aller plus loin, docteur Templett, dit Alleyn, je vous signale que la lettre que je vous ai montrée est une copie écrite sur le même papier que l'original. L'original se trouve en notre possession, dans ma mallette, plus précisément. Fox, cela ne vous ennuie pas d'aller voir si Bathgate est arrivé ?

Fox sortit et revint la minute d'après avec la mallette d'Alleyn.

– Nous avez-vous dit toute la vérité dans votre déposition ? demanda Alleyn. Dans la mesure où votre mémoire vous l'a permis, bien sûr ?

– Je vous ai exposé tout ce qui présente un intérêt quelconque pour vous.

– Je vais vous poser quelques questions. Aimeriez-vous attendre l'arrivée de votre avocat ?

– Je n'ai pas besoin d'un avocat. Je suis innocent.

– Vos réponses seront notées et...

– Et pourront être utilisées contre moi. Je sais.

– ... Et pourront être utilisées contre vous, répéta Alleyn.

– Eh bien ? demanda Templett.

– Avez-vous montré cette lettre à quelqu'un d'autre ?

– Non.

– L'avez-vous reçue par la poste ?

– Oui.

Alleyn fit signe à Fox, qui ouvrit la mallette et en sortit l'original de la lettre aplati entre deux plaques de verre.

– La voici, dit Alleyn. Elle contient trois types d'empreintes : les vôtres, celles de la défunte et celles d'une tierce personne. Ces dernières seront comparées avec les empreintes relevées sur la copie que Mme Ross a tenue dans les mains. Si vous regardez l'original, vous verrez qu'une série d'empreintes se superpose aux deux autres. Ce sont les vôtres. Quant aux empreintes de la défunte, elles sont tout au-dessous.

Templett garda le silence.

– Docteur Templett, je vais vous dire ce qui, à mon avis, est arrivé réellement. Je pense que cette lettre a été envoyée à Mme Ross. La phraséologie suggère qu'elle a été adressée à une femme plutôt qu'à un homme. Je pense que Mme Ross vous l'a montrée samedi, c'est-à-dire hier matin. Si c'est le cas, vous savez aussi bien que moi combien il serait déraisonnable de le nier. Vous nous dites que la lettre est arrivée par la poste. Désirez-vous à présent revenir sur cette déclaration ?

– Cela ne change rien.

– Si, quand on nous donne les faits à la place de la fiction. Si les résultats de l'analyse des empreintes se confirment, cela n'arrangera rien d'ajouter une fausse déclaration à celle que nous avons entendue à Duck Cottage.

Alleyn s'interrompit, contemplant ce visage banal et obstiné.

– Vous avez reçu un grand choc, fit-il.

Et il ajouta si bas que Blandish porta une main à son oreille, comme un paysan sourd :

– A quoi bon protéger des gens qui sont prêts à n'importe quelle trahison pour se protéger eux-mêmes ?

Templett rit.

– Cela en a l'air, répondit-il. Très bien. C'est comme ça que cela s'est passé. Inutile de le nier.

– Mme Ross vous a donné la lettre samedi ?

– Certainement. Oui.

– Avez-vous deviné l'identité de son auteur ?

– Je l'ai *devinée*, oui.

– Avez-vous senti l'odeur de l'eucalyptus ?

– Oui. Mais je suis innocent. Mon Dieu, puisque je vous dis que je n'ai pas eu d'opportunité. Je suis en mesure de répondre de chaque instant de cette journée.

– Quand vous étiez à la salle avec Mme Ross, ne l'avez-vous pas laissée pour descendre dans la partie réservée au public ?

– Pour quoi faire ?

– D'après Mme Ross, vous êtes allé fermer une fenêtre.

– Ah oui. Je l'avais oublié. C'est juste.

– Mais si Mme Ross dit qu'elle avait fermé cette même fenêtre dans la matinée ?

– Je sais. C'est inexplicable.

– Vous avez donc remarqué une fenêtre ouverte, vous l'avez fermée, vous êtes remonté sur la scène et vous avez baissé le rideau ?

– *C'est elle qui vous l'a dit ?*

Templett s'effondra dans le fauteuil le plus proche et enfouit son visage dans ses mains.

– Mon Dieu, fit-il, quel imbécile j'ai été !

– Cela arrive à la plupart d'entre nous, paraît-il, répliqua Alleyn soudain et non sans gentillesse. Mme Ross n'a-t-elle pas dit à ce moment-là qu'elle pensait avoir fermé cette fenêtre ?

– Si, si, si. Elle l'a dit. Mais la fenêtre était bel et bien ouverte. De quelques centimètres. Rien ne vous oblige à me croire. Vous pensez que j'ai baissé le rideau pour aller installer le piège dans ce maudit piano. Mais je vous dis que ce n'est pas moi.

– Pourquoi avez-vous baissé le rideau ?

Templett contempla ses mains.

– Oh, mon Dieu, dit-il, faut-il s'attarder là-dessus ?

– Je vois, répliqua Alleyn. Non, je ne crois pas que ce soit nécessaire. Il y a eu une scène qui vous aurait compromis tous les deux si quelqu'un vous avait surpris, n'est-ce pas ?

– Oui.

– Avez-vous mentionné la lettre à un moment ou à un autre ?

– Elle m'a demandé si j'avais trouvé... autant tout vous expliquer. J'avais à la maison un billet de Miss Campanula, alors j'ai voulu comparer le papier. Mais j'ai été tellement bousculé pendant la journée que je n'ai pas eu le temps de m'en occuper. C'est pourquoi je n'avais pas détruit la lettre.

– Avez-vous regardé dehors au moment de fermer la fenêtre ?

– Comment ? Oui. Oui, je crois.

Une note incertaine perça dans la voix du docteur.

– Vous vous souvenez de quelque chose ?

– A quoi bon ! Cela ressemble à une invention de dernière minute.

– Dites toujours.

– Eh bien, elle a été la première à voir la fenêtre. Elle l'a aperçue par-dessus mon épaule et elle a eu l'impression que quelque chose avait bougé de l'autre côté. D'après elle, cela n'a duré qu'une fraction de seconde. J'ai pensé que c'était l'un de ces maudits scouts. Je me suis approché de la fenêtre et j'ai regardé dehors. Mais il n'y avait personne.

– Cette curiosité déplacée vous a-t-elle alarmé ?

Templett haussa les épaules.

– Oh, à quoi bon ! lâcha-t-il. Oui, plutôt.

– Et qui était cette personne ?

– Je n'en sais rien.

– Mais Mme Ross l'a vue, n'est-ce pas ? Elle a bien dû garder une image fugitive.

– Demandez-le-lui, riposta Templett violemment. Moi, je n'en sais rien.

– Quand vous avez regardé dehors, il n'y avait plus personne, murmura Alleyn. Mais vous avez regardé dehors.

Il observa le Dr Templett tandis que Fox et Blandish l'observaient, lui. Fox sentait bien qu'ils venaient d'atteindre un point culminant. Il connaissait d'avance la question suivante, et il vit Alleyn hausser un sourcil et tordre un coin de sa bouche, avant de la poser.

– Avez-vous regardé en bas ? s'enquit Alleyn.

– Oui.

– Et qu'avez-vous vu ?

– Une caisse posée sous la fenêtre.

– Ah !

Ce fut un soupir à peine perceptible. Alleyn parut se détendre ; il sortit son porte-cigarettes.

– Apparemment, quelqu'un s'était servi de cette caisse pour monter dessus, poursuivit le Dr Templett. Elle n'était pas là quand je suis arrivé car j'ai fait le tour du bâtiment pour aller chercher la clé.

Alleyn se tourna vers Fox.

– Les avez-vous interrogés à propos de la caisse ?

– Oui, monsieur. M. Jernigham, Miss Prentice, tous les gamins du village et tous ceux qui étaient venus aider. Personne n'est au courant.

– Bien, fit Alleyn de tout cœur.

Pour la première fois depuis leur arrivée, le Dr Templett parut manifester quelque intérêt.

– C'est important ? demanda-t-il.

– Oui, acquiesça Alleyn. A mon avis, c'est d'une importance capitale.

III

– Vous connaissiez l'existence de cette caisse ? s'enquit Templett après une pause.

– Oui. Une cigarette, docteur ?

Alleyn lui tendit son paquet.

– Allez-vous m'inculper ?

– Compte tenu des informations dont nous disposons pour le moment, non.

Templett prit une cigarette, et Alleyn la lui alluma.

– Je suis dans un drôle de pétrin, fit remarquer Templett. J'en ai bien conscience.

– Oui, concéda Alleyn, d'une façon ou d'une autre, vous voilà dans de beaux draps.

Mais quelque chose dans son expression chassa la terreur des yeux de Templett.

Smith entra avec les notes retranscrites.

– Le brigadier Roper est là, monsieur, annonça-t-il. Il est venu avec M. Bathgate et il a absolument besoin de vous voir.

– Il peut attendre, répliqua Blandish. Depuis le début de cette affaire, il doit me voir à tout prix une dizaine de fois par jour.

– Bien, monsieur. Je vous laisse le texte de la déposition ?

– Posez-le là, fit Blandish, et allez attendre dehors.

Lorsque Smith fut sorti, Blandish, pour la première fois de la soirée, s'adressa au Dr Templett.

– Je suis vraiment navré, docteur.

– Ce n'est rien, répondit Templett.

– M. Alleyn m'accordera certainement que si cela n'a aucun lien avec notre affaire, nous ferons notre possible pour étouffer cette histoire.

– Absolument, opina Alleyn.

– A vrai dire, je me moque de ce qui peut arriver, rétorqua Templett.

– Allons, allons, docteur, répondit Blandish, gêné. Il ne faut pas dire cela.

Mais Alleyn revit un petit salon accueillant avec une délicate créature aux cheveux blond paille, dont les bonnes grâces ne dépassaient pas un certain seuil ; et il crut comprendre les sentiments du Dr Templett.

– Je pense, fit-il, que vous devriez nous donner votre emploi du temps précis depuis vendredi deux heures trente jusqu'à huit heures, hier soir. Nous le vérifierons, mais d'une façon totalement impersonnelle.

– En dehors de ces dix minutes dans la salle, dit le Dr Templett, je suis blanc comme neige. Bon sang, je suis resté avec elle tout le temps, jusqu'au moment où je suis allé fermer cette fenêtre. Demandez-lui combien de temps cela m'a pris ! Il ne m'a pas fallu deux minutes en tout. Cela au moins, elle pourra le confirmer, non ? Elle n'a rien à perdre de ce côté-là.

– Je lui poserai la question, dit Alleyn.

Templett entreprit d'énumérer toutes les maisons qu'il avait visitées lors de sa tournée pendant que Fox prenait des notes.

Brusquement, Alleyn demanda à Blandish de se renseigner pour savoir combien de temps la ligne de Pen Cuckoo était restée en dérangement. Blandish téléphona au central.

– De vingt heures vingt jusqu'au lendemain matin.

– En effet, répliqua Alleyn.

La voix monocorde du Dr Templett continuait de réciter son chapelet d'heures et de lieux.

– Vendredi, j'ai chassé toute la journée. Je suis rentré à la maison juste à temps pour me changer pour la répétition de cinq heures. Les domestiques vous le confirmeront. De retour chez moi, j'ai trouvé ce message urgent... j'ai été absent jusqu'à minuit. Il s'agissait de Mme Bains de Mill Farm. Son accouchement a duré vingt-quatre heures... oui...

– Puis-je vous interrompre ? fit Alleyn. Hier matin, à Pen Cuckoo, Mme Ross n'a pas quitté la voiture ?

– Non.

– Et vous, on vous a conduit au bureau ?

– Oui.

– Vous y êtes-vous trouvé seul ?

– Oui, répondit Templett en montrant le blanc des yeux.

– Docteur Templett, avez-vous touché au coffret qui contenait l'automatique ?

– Je jure devant Dieu que non.

– Une dernière question. Hier soir, avez-vous usé de toute votre autorité et de votre pouvoir de persuasion afin d'inciter Miss Prentice à céder sa place à Miss Campanula ?

– Oui, mais... elle n'a pas voulu m'écouter.

– Pouvez-vous décrire à nouveau l'état dans lequel vous l'aviez trouvée ?

– Je vous l'ai expliqué hier soir. Je suis arrivé en retard. Comme Dinah devait s'inquiéter, je me suis changé et je suis allé dans la loge des dames pour lui dire que j'étais là. Tout à coup, j'ai entendu quelqu'un geindre et pleurnicher ; par la porte entrouverte, j'ai aperçu Miss Prentice en larmes qui se balançait en se tenant la main. Je suis entré et je l'ai examinée : aucun médecin en pleine possession de ses facultés ne lui aurait permis de s'approcher du piano. Elle *ne pouvait pas* jouer. Je le lui ai dit, mais elle n'a fait que répéter : « Je jouerai. Je jouerai. » Alors je me suis mis en colère et je lui ai dit ma façon de penser. Mais elle ne voulait rien entendre. Il était presque l'heure de commencer, et je n'étais toujours pas maquillé.

– Vous avez donc appelé Miss Copeland et son père, sachant que le pasteur réussirait peut-être là où vous aviez échoué.

– Oui. Mais je vous dis qu'il lui était physiquement impossible de se servir de son doigt. J'aurais pu le lui annoncer...

Il s'arrêta net.

– Oui ? Vous auriez pu le lui annoncer depuis combien de temps ? fit Alleyn.

– Depuis trois jours.

IV

Smith refit son apparition.

– C'est le brigadier Roper, monsieur. Il dit que c'est important et que M. Alleyn voudrait certainement l'entendre.

– Bon, bon, dit Blandish. Le diable l'emporte !

Par la porte ouverte, Alleyn vit Nigel recroquevillé devant un poêle à charbon et Roper, qui attendait en transpirant au milieu de la pièce.

– C'est bon, Roper, déclara Smith d'une voix sonore.

Roper ôta précipitamment son casque, se racla la gorge et entra pesamment dans le bureau.

– Eh bien, Roper ? dit Blandish.

– J'ai là un procès-verbal, monsieur le commissaire, annonça Roper.

Il tira son carnet officiel de la poche de son uniforme et l'ouvrit, le tenant juste devant son nez. Puis il se mit à lire très fort et très vite :

– « Cet après-midi, le 28 novembre, à seize heures, étant en faction devant la salle des fêtes de St. Giles de Winton, j'ai été accosté par une jeune personne de sexe féminin, connue sous le nom de Gladys Wright (Miss) et résidant à Winton. Voici la conversation qui s'ensuivit : Miss Wright m'a demandé si j'attendais ma petite amie ou ma promotion. Moi (brigadier Roper) : Je suis en service, Miss Wright, et je vous prierai d'avoir la bonté de circuler. Miss Wright : Et fier avec ça ! Le brigadier Roper : Pas d'insolence, s'il vous plaît. Miss Wright : Je suis venue vous dire quelque chose, mais puisque vous êtes en service, ce sera pour la prochaine fois. Le brigadier Roper : Si vous savez quelque chose, Gladys, parlez, car la loi punit sévèrement les complices et tous ceux qui retiennent l'information. Miss Wright : Et que me donnerez-vous en retour ? Les remarques suivantes ne se rapportant pas au sujet ont été omises. »

– Que diable vous a-t-elle dit ? questionna Blandish. Fermez ce fichu carnet et venez-en aux faits.

– Monsieur, elle m'a dit à sa façon niaise qu'hier soir, elle était arrivée à la salle à six heures et demie, ayant été sélectionnée pour vendre les programmes. Constatant qu'elle était la première et habitant à proximité, mais comme par ailleurs elle ne voulait pas rentrer chez elle, la nuit étant pluvieuse avec de fortes rafales de vent, et ses cheveux ayant été artificiellement mis en boucles lesquelles à mon avis...

– *Que vous a-t-elle dit ?*

– Elle m'a dit qu'à six heures et demie, elle s'était installée sans plus de façons au piano et qu'elle avait joué « Plus près de Toi, mon Dieu » en utilisant la pédale de gauche.

20.

Selon Miss Wright

I

Une expression de plaisir intense se peignit sur la grosse figure du brigadier Roper, qui transpirait légèrement. L'effet produit par sa déclaration ne laissait rien à désirer. Le commissaire Blandish fixa son subordonné d'un œil de merlan frit. L'inspecteur Fox releva ses lunettes et laissa retomber ses mains sur ses genoux. Le Dr Templett émit un chapelet de blasphèmes effroyables. L'inspecteur principal Alleyn tira sur son propre nez, grimaça et dit :

– Roper, on devrait vous décorer de guirlandes et vous promener à travers le village pour la fête des récoltes.

– Merci, monsieur, répondit Roper.

– Où est Gladys Wright ? s'enquit Alleyn.

Roper plia les genoux et pointa son pouce par-dessus son épaule.

– Je ne l'ai pas lâchée d'une semelle. J'ai appelé Fife de la salle pour qu'il vienne me relever, tout en surveillant la demoiselle. Puis je l'ai véhiculée jusqu'ici, monsieur, sur la barre de ma bicyclette, ses soixante-dix kilos sur un trajet de douze kilomètres.

– Formidable. Amenez-la, Roper.

Roper sortit.

– Moi, je suis arrivé là-bas après sept heures et demie, murmura le Dr Templett en secouant son index sous le nez d'Alleyn. Après sept heures et demie. Vous voyez ! Vous voyez ! La salle était pleine de monde. Demandez à Dinah Copeland. Elle vous dira que je n'ai pas mis les pieds sur le plateau. Demandez à Copeland. Il était assis sur la scène. Je l'ai vu à travers la porte quand je l'ai appelé. Demandez à n'importe qui. Oh ! mon Dieu !

Alleyn tendit la main et lui saisit le poignet.

– Calmez-vous, dit-il. Fox, il y a ma gourde d'urgence dans la mallette.

Et il obligea Templett à boire un peu de cognac avant le retour de Roper.

– Miss Gladys Wright, monsieur, annonça Roper en poussant la porte et en bombant le torse.

Il introduisit sa protégée dans la pièce, la surveillant d'un œil fier et vigilant, et se retira à la porte pour s'essuyer la figure du revers de la main, l'air excité.

Miss Wright était la jeune fille opulente qu'Alleyn avait croisée dans le hall du presbytère. Son imperméable dissimulait une robe pelucheuse avec un soupçon de fourrure. Sa chevelure n'était effectivement qu'une montagne de boucles. Elle avait un teint couperosé et des yeux noirs.

– Bonsoir, Miss Wright, dit Alleyn. Je crains que nous ne vous ayons causé des dérangements. Je vous en prie, prenez place.

Il lui offrit son propre fauteuil et se percha sur le bord du bureau.

Miss Wright recula jusqu'au fauteuil à la manière d'un cheval de trait. Elle entreprit de s'asseoir, mais, à mi-chemin, elle se ravisa et pouffa de rire.

– D'après le brigadier Roper, vous avez quelque chose à nous communiquer, poursuivit Alleyn.

– O-oh ! celui-là ! fit Miss Wright.

Elle rit et se couvrit la bouche de sa main.

– Si j'ai bien compris, vous êtes arrivée à la salle des fêtes à six heures et demie, hier soir. Est-ce exact ?

– C'est exact.

– Vous êtes sûre de l'heure ?

– Ouais, opina Miss Wright. J'ai entendu l'horloge.

– Bien. Et comment êtes-vous entrée ?

– J'ai pris la clé dehors et je suis entrée par la porte de derrière, répliqua Miss Wright en contemplant le plancher. Miss Dinah est arrivée peu après moi.

– Il n'y avait personne dans la salle. Vous avez allumé la lumière, j'imagine ?

– Ouais.

– Qu'avez-vous fait ensuite ?

– Ben, j'ai fait un tour pour voir.

– Vous avez bien regardé partout, non ?

– Ouais, je crois.

– De part et d'autre de la scène ? Bien. Et après ?

– J'ai enlevé mon imper, puis j'ai disposé les programmes et j'ai compté la monnaie, quoi, pour la caisse.

– Oui ?

– Oh ! là, là ! fit Miss Wright, ça me donne la chair de poule, rien que d'y penser.

– C'est bien compréhensible.

– Vous vous rendez compte ! Quand j'y songe ! Comme je le disais à Charley Roper, on ne peut jamais savoir. Tenez, je n'y ai même pas pensé avant cet après-midi, au moment du service pour jeunes. J'étais en train de ramasser les livres de cantiques, et ça m'est venu tout d'un coup. Alors, quand j'ai aperçu Charley Roper devant la salle, je lui ai dit : « Je m'excuse, monsieur Roper, que j'ai dit, mais j'ai une information importante qu'il est de mon devoir de communiquer. »

– Excellent, fit Alleyn avec un coup d'œil sur Roper.

– Ouais, et je lui ai dit que j'aurais pu me retrouver dans la tombe à la place de l'autre, vu ce que j'ai fait !

– Et qu'avez-vous fait ?

– J'ai joué un cantique sur cette vieille guimbarde. Oh ! là, là !

– Avez-vous joué fort ou doucement ?

– Ben, les deux en fait. J'ai voulu voir laquelle des deux pédales fonctionnait le mieux sur cette casserole.

– Je vois, répondit Alleyn. Avez-vous appuyé sur la pédale d'un seul coup et fort ?

– Oh non. Une fois, Cissie Dewry l'a fait, et la pédale de gauche est devenue toute bizarre. Alors maintenant, on s'y prend avec précaution, quoi. Je n'ai essayé qu'une fois, une seule. La pédale forte fonctionnait mieux, déclara Miss Wright.

– Oui, acquiesça Alleyn. C'était à prévoir.

– Et ça a marché, conclut Miss Wright en pouffant à nouveau.

– Mais avez-vous réellement appuyé sur la pédale de gauche ? insista Alleyn.

– Ouais. A fond, mais doucement.

– Bien. Y avait-il une partition sur le pupitre ?

– Oh ouais. C'était le morceau à Miss Prentice, mais je n'y ai pas touché. Je vous assure !

– Je n'en doute pas. Miss Wright, si vous étiez devant un tribunal, une Bible à la main, jureriez-vous solennellement devant Dieu qu'hier soir, vers sept heures moins vingt, vous avez appuyé à fond sur la pédale de gauche ?

Miss Wright pouffa.

– C'est très important, dit Alleyn. Voyez-vous, un homme sera jugé pour meurtre. Réfléchissez bien. Maintiendriez-vous votre déposition sous serment ?

– Oh ouais ! répliqua Miss Wright.

– Je vous remercie.

Alleyn regarda Templett.

– Si vous êtes pressé de rentrer chez vous, docteur, nous ne vous retiendrons pas davantage.

– Je... je vous ramène, fit Templett.

– Vous êtes très aimable... je n'en ai pas pour longtemps.

Il se retourna vers Gladys Wright.

– Personne n'est entré pendant que vous étiez en train de jouer ?

– Je me suis arrêtée quand j'ai entendu du monde. Cissie Dewry est arrivée la première, puis j'ai vu les autres filles.

– Avez-vous aperçu l'un des acteurs ?

– Non. Nous étions toutes à discuter dans l'entrée.

Elle coula une œillade en direction de Roper.

– C'était quand vous êtes arrivé, monsieur Roper.

– Alors, Roper ?

– Elles étaient bien devant la porte, monsieur, à glousser et à caqueter comme d'habitude.

– Oh ! vous alors ! fit Miss Wright.

– Quelqu'un des acteurs était-il déjà sur place, à ce moment-là ?

– Oui, monsieur, répondit Roper. Miss Copeland était déjà là, mais elle est allée derrière la scène, comme tous les autres, j'imagine. Les gens de Pen Cuckoo étaient là aussi, monsieur, mais je les ai vus seulement quand je suis allé de l'autre côté. Ils étaient en train de se barbouiller la figure dans la salle de catéchisme.

– Il y a donc eu un moment où ces demoiselles étaient dans l'entrée en train de parler, tandis que Miss Copeland et les gens de Pen Cuckoo se trouvaient derrière la scène ?

– Absolument, monsieur.

– Ils étaient tous pendus au téléphone, intervint Miss Wright, pendant que nous, les filles, étions dans la salle.

– Vous dites, Miss Wright, qu'aucun des acteurs n'est descendu du plateau dans la salle ?

– Aucun. Je vous assure.

– Vous en êtes certaine ?

– Ouais. Tout à fait. Sans quoi, nous l'aurions vu. Les portes se sont ouvertes peu après, et les gens ont commencé à entrer.

– Où vous trouviez-vous à ce moment-là ?

– Là-haut, vers la scène, en train de placer ceux à deux shillings.

– Donc, si quelqu'un était descendu de la scène et s'était approché du piano, vous l'auriez remarqué ?

– Personne n'est descendu. A aucun moment. Ça aussi, je le jurerais, déclara Miss Wright avec fougue.

– Je vous remercie, fit Alleyn. C'est parfait. Encore une question : vous étiez à la réunion du cercle de lecture, vendredi soir. Etes-vous rentrée chez vous par le chemin du bosquet ? Là où il y a la grille qui grince.

– O-oh non ! Aucune fille ne passe par là le soir.

Miss Wright pouffa de plus belle.

– On a trop la frousse. Moi, pour rien au monde je ne me baladerais par là. Non, les autres sont toutes parties ensemble ; et moi, mon ami m'a raccompagnée à la maison par la route.

– Vous êtes donc sûre que personne n'est passé par la grille ?

– Que oui. Elles étaient toutes parties avant nous, affirma Miss Wright, rouge comme une pivoine. Et nous, nous avons pris la route.

– Vous êtes passée devant la salle, alors. Etait-elle éclairée ?

– Non, pas devant.

– Evidemment, vous ne pouviez pas voir les fenêtres à l'arrière. Merci infiniment, Miss Wright. Nous vous demanderons de signer votre déposition. Mais lisez-la d'abord attentivement. Si cela ne vous ennuie pas d'aller attendre dehors, je m'arrangerai pour qu'on vous ramène.

– Oh ! là, là ! merci bien, répondit Miss Wright en sortant.

II

Alleyn regarda Templett.

– Je devrais vous présenter mes excuses, fit-il. Je vous ai fait passer un mauvais quart d'heure.

– Je ne comprends pas que vous ne m'ayez pas arrêté, répondit Templett avec un rire incertain. Depuis que je me suis souvenu avoir laissé ce maudit billet dans ma loge, je n'ai pas cessé de me demander comment prouver que ce n'était pas moi qui avais trafiqué le piano. Apparemment, je n'avais aucune preuve. Encore maintenant, je ne vois pas... Enfin, ça n'a pas d'importance. Si cela ne vous ennuie pas, je vous attendrai dans la voiture. J'ai besoin d'aller prendre l'air.

– Bien sûr.

Templett adressa un signe de tête à Blandish et sortit.

– Dois-je le filer, monsieur ? s'enquit Roper avec empressement.

La pudeur nous empêche de rapporter la réponse de Blandish.

– Demandez à M. Bathgate de raccompagner votre témoin, Roper, dit Alleyn. Mais faites-lui signer sa déposition d'abord. Dites à M. Bathgate que je rentre avec le

Dr Templett. Et, Roper, le plus discrètement possible, voyez où en est le Dr Templett. Il vient de subir un choc.

– Bien, monsieur.

Roper sortit.

– Il est aussi discret qu'un rhinocéros, observa Blandish.

– Je sais, mais au moins, il gardera Templett à l'œil.

– Madame l'a laissé tomber ?

– D'une pichenette, pour ne pas se salir les mains.

– Tss ! fit Blandish, admiratif. C'est vrai, ça ?

– C'est vrai qu'il l'a échappé belle à deux reprises, répliqua Fox. Madame l'a envoyé se faire pendre ailleurs, et il a de la chance que le bourreau n'ait pas pris la relève.

– Votre humour, Fox, répondit Alleyn, me fait songer à un avis d'exécution capitale, mais il n'est pas dépourvu de fondement.

– Je ne sais plus où j'en suis, déclara Blandish. Avons-nous avancé ou pas ?

– Nous avons beaucoup avancé, répondit Alleyn. L'affaire commence à prendre forme.

– Qu'entendez-vous par là, monsieur Alleyn ?

– Eh bien, fit Alleyn sur un ton contrit, je veux dire que toutes ces petites choses absurdes comme la caisse, le téléphone en panne, la grille qui grince... et l'oignon, bien que je n'en sois pas aussi sûr...

– L'oignon ! s'exclama Fox, triomphant. Je sais tout sur l'oignon, monsieur. C'est Georgie Biggins qui a tout manigancé, le petit diable. Je l'ai vu cet après-midi et l'ai interrogé, comme tous les jeunes du village, à propos de la caisse. Figurez-vous qu'il se pavane, fier comme Artaban, parce que soi-disant il travaillerait avec le Yard sur cette affaire. Vous auriez vu le sang-froid avec lequel il m'a répondu ! Et, quand je vais pour partir, il me dit : « Vous n'auriez pas trouvé un oignon dans la théière, monsieur ? » Apparemment, ils devaient prendre le thé au cours du spectacle, et Miss Prentice et Miss Campanula se disputaient pour savoir laquelle des deux devait le servir. Alors notre garnement n'a rien trouvé de mieux que de mettre un oignon dans la théière. Elles devaient chacune soulever le couvercle et regarder à l'intérieur : c'est ce qui a suggéré à notre Georgie cette autre brillante idée. Mais j'imagine que quelqu'un a dû découvrir l'oignon et le jeter dans le carton où vous l'avez trouvé.

– Ce cher Georgie, fit Alleyn. Cet adorable bambin ! Nous avons déjà eu affaire à des courges, Fox, mais jamais à un oignon. Enfin, comme je le disais, toutes ces petites choses absurdes commencent à former un tableau cohérent.

– J'en suis ravi, monsieur Alleyn, répondit Fox d'une voix atone. Allez-vous nous dire maintenant que vous avez découvert l'identité de l'assassin ?

– Mais oui, répliqua Alleyn, le considérant avec une réelle surprise. Pas vous, compère Fox ?

III

Lorsqu'un homme apprend que pour éviter de se compromettre, sa propre maîtresse préfère encore le voir pendu, il ne se sent pas très enclin au bavardage. Templett conduisait en silence et ne desserra les lèvres qu'à l'entrée de Chipping.

– Je ne vois pas comment cela a fonctionné, dit-il. A six heures et demie, le piano était normal, puisque cette jeune personne s'est servie de la pédale.

– En effet, acquiesça Alleyn.

– Ou alors, si l'on appuie doucement, la pression n'est pas assez forte pour actionner la détente.

– Il suffit de très peu de chose, fit Alleyn. J'ai essayé.

Templett se passa une main sur les yeux.

– Je suppose que mon cerveau refuse de marcher, dit-il.

– Accordez-lui un peu de repos.

– Mais comment quelqu'un a-t-il pu trafiquer le piano après six heures et demie, avec toutes ces filles qui jacassaient dans la salle ? C'est inconcevable.

– Si vous venez à la salle demain soir, je vous le montrerai.

– Entendu. Voici votre Auberge. A quelle heure est l'enquête ? Je ne m'en souviens plus. Je ne sais plus du tout où j'en suis.

La voiture s'arrêta.

– Demain à onze heures.

Alleyn et Fox descendirent. C'était une soirée froide et venteuse. Le beau temps avait de nouveau cédé la place à la pluie. Alleyn ouvrit la porte et se retourna vers Templett. Affalé sur le volant, le médecin regardait fixement le pare-brise.

– Le processus de convalescence, fit Alleyn, suit immanquablement le choc initial. Prenez patience, vous guérirez.

– Je vais rentrer, répondit Templett. Bonsoir.

– Bonsoir.

La voiture redémarra. Les deux hommes montèrent dans leurs chambres.

– Echangeons les dernières nouvelles, compère Fox, suggéra Alleyn. Je vais vous étaler les faits sur la table de toilette car je voudrais me raser. Pendant ce temps, vous me conterez vos aventures. Pour le moment, nous ne mettrons pas Bathgate dans la confidence.

Après avoir fait l'état des lieux, ils descendirent boire un verre.

Le seul client du bar était Nigel.

– Je n'ai pas l'intention de payer même pour un demi-verre, mais en revanche, j'ai l'intention de boire beaucoup. J'ai passé l'après-midi le plus exécrable de ma vie, et tout cela pour votre bénéfice. Miss Wright sent mauvais. Quand je l'ai ramenée à son satané cottage, elle a insisté pour que je vienne prendre le thé avec son frère, qui se trouve être l'idiot du village. Oui, et en rentrant de Duck Cottage, un pneu de votre belle auto a crevé. De plus...

– Joe ! cria Alleyn. Trois whiskies sodas.

– Au moins ! Et vous, que prenez-vous ?

Nigel finit par se calmer et écouta Alleyn parler des événements de l'après-midi. Mme Peach, une femme corpulente à l'allure débonnaire, les informa qu'elle avait des steaks bien juteux pour le dîner et qu'il y avait un bon feu dans la salle du fond. Ils s'y rendirent donc en emportant leurs verres. Une fois les rideaux tirés et la lampe à huile allumée, il fut bien agréable d'écouter la pluie tambouriner sur le carreau, pendant que, de la cuisine, leur parvenait le grésillement de la viande sur le gril.

– On ne trouve plus beaucoup d'endroits comme celui-ci, observa Fox. Sympathique, n'est-ce pas ? Je n'ai pas vu de lampe à huile depuis des siècles. D'après Mme Peach, son beau-père, le vieux M. Peach, ne veut pas d'électricité à la maison. Il a fini par céder pour la grande salle, mais pas ailleurs. Vous entendez la pluie ? Ça va se déchaîner encore, cette nuit.

– Eh oui, répondit Alleyn. C'est drôle, n'est-ce pas, de songer aux acteurs de ce drame absurde, assis tous au coin du feu, comme nous en ce moment. Six d'entre eux s'interrogent sur la réponse, et le septième la dissimule dans ce que l'on appelle communément un cœur coupable.

– Oyez, bonnes gens, fit Nigel.

La fille de Mme Peach leur apporta les steaks.

– Vous allez ressortir ce soir ? demanda Nigel après une pause.

– J'ai un rapport à rédiger, répliqua Alleyn. Quand j'aurai terminé, j'irai peut-être faire un tour à la salle.

– Pour quoi faire ?

– Pour vérifier en pratique le fonctionnement d'un piano piégé.

– Je viendrai probablement avec vous, déclara Nigel. De là, je pourrai appeler au bureau.

– Vous devrez d'abord passer par les Copeland, dit Alleyn. Le téléphone de la salle est branché sur l'appareil du presbytère. Bon sang ! cria-t-il. Pourquoi n'y ai-je pas pensé plus tôt !

– A quoi ?

– Au téléphone.

– Excusez-le, dit Nigel à Fox.

IV

– Accordons-nous une demi-heure de répit, proposa Alleyn, lorsque la nappe fut retirée et une bouteille de porto, recommandé par le vieux M. Peach, déposée sur la table. Et profitons-en pour revoir les grandes lignes de notre affaire.

– Pourquoi pas ? acquiesça Nigel avec bonhomie.

Alleyn goûta le porto et, haussant un sourcil, alluma une cigarette.

– Très respectable, dit-il, ce qu'on appelle un bon petit vin. Voici donc les grandes lignes telles que je les vois. Georgie Biggins a installé son piège vendredi entre deux et trois heures de l'après-midi. Miss Campanula est venue cogner à la porte juste avant deux heures et demie. Georgie a dû se cacher car lorsque Gibson a regardé par la fenêtre, le couvercle du piano était relevé, mais il n'y avait nulle trace de Georgie. Miss Campanula ignorait que la clé était accrochée dehors. Le reste de la troupe le savait, mais ils se sont montrés assez vagues à ce propos. Seulement voilà : Georgie n'a pas pu essayer son système car, comme il dit, « quelqu'un est venu ». A mon avis, c'est l'allusion à l'assaut que Miss Campanula a livré contre la porte d'entrée. Mais j'ai bien peur que Miss Campanula ne soit un cauchemar pour Georgie. Il refuse de la nommer. Il faudra que je retente ma chance. Quoi qu'il en soit, il n'a pas fait fonctionner son piège. Mais quelqu'un d'autre l'a fait, car à l'endroit de la déchirure laissée par la balle, la soie était encore humide. Autrement dit, il y avait quelque chose sur le pupitre, probablement la *Suite vénitienne* de Miss Prentice qui se trouvait dans la salle depuis une semaine. Le dos de la couverture a conservé une marque : le jet d'eau a dû le heurter pour retomber ensuite sur la soie. Georgie a quitté la salle peu après l'interruption puisqu'en guise de conclusion, il a joué *La danse des canards* et que Miss Campanula l'a entendu. Les dix-huit heures qui suivent sont toujours enveloppées de mystère, mais nous savons que n'importe quel membre de la troupe aurait pu pénétrer dans la salle. Miss Prentice est passée devant en rentrant de sa confession ; les Copeland habitent à deux minutes de là. Le jeune Henry affirme qu'après sa rencontre avec Dinah Copeland, il a erré dans les collines durant la majeure partie de cet après-midi pluvieux. Il aurait très bien pu descendre jusqu'à la salle des fêtes. L'aîné des Jernigham semble avoir chassé toute la journée, ainsi que Templett, mais ils auraient pu tous deux y passer dans la soirée. Miss Prentice dit qu'elle a prié dans sa chambre toute la soirée ; le jeune Henry, qu'il a réparé une prise électrique dans la sienne ; et le squire, qu'il était seul dans le bureau. Il faut environ huit minutes pour se rendre à la salle et peut-être un quart d'heure pour remonter à Pen Cuckoo. Quant au pasteur, il y a eu vendredi soir une scène fort pénible dans son bureau. Écoutez ça.

Alleyn répéta à ses deux compagnons le récit de M. Copeland.

– Le plus incroyable, à mon avis, est qu'il m'a dit la vérité. Mais si, comme le pense Dinah Copeland, il y avait une troisième personne, son histoire ne tient plus debout. Miss C. aurait sûrement refréné son ardeur et ne se serait pas jetée au cou du pasteur en présence d'un Jeune Ami qui aurait assisté au spectacle. Dinah Copeland fonde sa supposition sur le fait qu'elle a entendu grincer la grille en face du bureau, comme si quelqu'un était sorti par là. D'après elle, ce ne pouvait pas être Miss Prentice car Miss Prentice a appelé quelques minutes plus tard pour décommander sa visite. Nous savons que Miss Prentice était bouleversée en sortant de la confession. Le pasteur l'avait sermonnée et lui avait donné une sorte de pénitence ou que sais-je ; il pense que cela l'a retenue à la maison. Ce n'était pas non plus l'un des lecteurs. Alors qui diable était-ce ?

– Le pasteur lui-même, affirma Nigel aussitôt. Il a pris un raccourci pour se rendre à la salle.

– Il dit qu'après le départ de Miss C., il était resté effondré dans son bureau.

– C'est peut-être faux.

– Il nous a peut-être menés en bateau, opina Alleyn. Mais il y a quelques détails intéressants dans cette histoire. Je vais esquisser le plan des lieux et vous répéter le récit du pasteur.

Quand il eut fini de parler, Alleyn regarda Fox.

– Oui, fit Fox. Je crois avoir saisi, monsieur Alleyn.

– Manifestement, j'ai raison, lança Nigel avec désinvolture. C'est le révérend.

– M. Copeland refuse d'accepter cet argent, monsieur Bathgate, observa Fox. Je viens de l'annoncer au patron. Je l'ai appris cet après-midi : M. Henry l'a dit au squire devant les domestiques, et cela a fait le tour du village.

– Pour en terminer avec vendredi, reprit Alleyn. Le Dr Templett a passé une bonne partie de la soirée au chevet d'un patient. C'est aisément vérifiable. Mme Ross dit qu'elle est restée chez elle. Demain, Foxkin, je veux que vous usiez de votre charme auprès de la bonne de Mme Ross.

– Bien, monsieur.

– On continue. Le pistolet à eau a disparu avant midi puisque Miss P. a pianoté à midi en se servant de la pédale de gauche, sans que rien n'arrive.

– Peut-être le système de Georgie n'a-t-il pas fonctionné, suggéra Nigel.

– Nous allons voir s'il fonctionne ou pas. En tout cas, il reste que quelqu'un a trouvé le pistolet à eau, l'a caché et lui a substitué le Colt.

– Cela a dû se passer plus tard encore, dit Nigel.

– Je suis bien de votre avis, mais pas pour la même raison, je suppose. Il ressort du récit du Dr Templett que la caisse a été déposée sous la fenêtre de la salle pendant que lui et Mme Ross se trouvaient à l'intérieur. Il a eu l'impression de voir quelqu'un derrière la vitre. Or ce n'était pas Miss Campanula puisqu'elle n'est pas sortie hier après-midi : tous les domestiques sont d'accord là-dessus. Miss Prentice, le squire, Miss Copeland et son père étaient dans leurs foyers respectifs ; mais n'importe lequel d'entre eux aurait pu s'absenter discrètement pendant une heure. Le jeune Henry était à nouveau en train d'errer à travers la campagne. Aucun d'eux n'a reconnu avoir placé la caisse sous la fenêtre. Fox a interrogé tout le monde, et pas âme qui vive ne semble être au courant.

– C'est vrai, acquiesça Fox. A mon sens, l'assassin devait traîner dans les parages avec le Colt et il a jeté un coup d'œil dans la salle pour voir s'il y avait quelqu'un. Il a sûrement vu les voitures dans l'allée, mais leurs propriétaires pouvaient aussi bien se trouver au presbytère. Comme il était à l'autre bout du bâtiment, il était invisible et avait plein de temps pour déguerpir si quelqu'un venait par là. Mais bien sûr, personne n'allait s'aventurer de ce côté. Il était donc en sécurité. Il ou elle, ajouta Fox avec un regard malicieux en direction de Nigel.

– C'est ainsi que je vois les choses, déclara Alleyn. Et maintenant, regardez.

Tirant une enveloppe de sa poche, il l'ouvrit et en sortit à l'aide d'une pince quatre minuscules fragments d'un rouge brun qu'il disposa sur une feuille de papier.

– C'est un trophée qui provient de la caisse, annonça-t-il.

Nigel sépara les quatre fragments avec la pince.

– C'est du caoutchouc, décréta-t-il.

– Cela vous rappelle quelque chose ?

– Quelqu'un qui porterait des caoutchoucs. Miss Prentice, ma parole. Je parie qu'elle en porte. Ou Miss C. elle-même. Seigneur Dieu, fit Nigel, peut-être le pasteur a-t-il raison. Peut-être s'agit-il d'un suicide.

– Ces bouts de caoutchouc s'étaient accrochés à un clou et au bois rugueux à l'intérieur de la caisse.

– Eh bien, elle a dû marcher dedans avant de l'emporter.

– C'est possible, répondit Alleyn. Vous avez vos moments de lucidité, vous savez.

– Des caoutchoucs ! gloussa Fox.

– Holà ! fit Nigel, en colère. Vous avez une autre idée ?

– Un embryon d'idée, dit Alleyn. Mais que nous n'allons pas vous révéler car nous tenons à conserver notre prestige.

– Nous aimons bien vous voir patauger, monsieur Bathgate, ajouta Fox.

– Tels que vous nous voyez, renchérit Alleyn, nous sommes deux experts sur un mirador au milieu d'un labyrinthe. « Regarde cette pauvre cloche, nous disons-nous en nous poussant du coude. Il est en train de s'engager toujours dans la même impasse. Comme c'est comique ! » Et nous rions comme des fous. N'est-ce pas, Fox ?

– Absolument, opina Fox. Mais cela ne fait rien, monsieur Bathgate, vous vous en tirez très honorablement.

– Allez au diable, rétorqua Nigel. Et puis, que faites-vous de Gladys Wright qui a écrasé la pédale de gauche de son grand pied, une heure et demie avant le drame ?

– Peut-être portait-elle des caoutchoucs, répondit Fox.

Et, pour la première fois depuis le début de cette narration, il éclata d'un rire sonore.

21.

Selon M. Saul Tranter

I

Alleyn acheva de rédiger son rapport à neuf heures du soir. A neuf heures et quart, ils remontèrent dans la Ford des Biggins et se rendirent à la salle des fêtes sous une pluie battante.

– Il faudra que je fasse un saut au Yard d'ici peu, annonça Alleyn. J'ai appelé le patron ce matin, mais je ferais bien d'aller le voir, et il reste une ou deux choses à éclaircir. Demain soir, peut-être. J'aimerais bien savoir le fin mot de cette rencontre entre le sieur Henry, Dinah Copeland et Miss Prentice. A mon avis, le sieur Henry désire décharger sa conscience, mais Miss Dinah est contre. Nous y sommes.

Une fois de plus, le gravier crissa sous leurs pas. Les volets avaient été clos et verrouillés, ainsi que les fenêtres. C'était l'agent Fife qui montait la garde. Il leur ouvrit et, étant peu curieux de nature, s'éclipsa avec reconnaissance quand Alleyn lui donna quartier libre pour les deux heures à venir.

– Je téléphonerai au poste de Chipping avant de partir, promit l'inspecteur.

Une odeur de vernis et de sapin abandonné régnait à l'intérieur. Il faisait très froid. Le piano se trouvait toujours devant la scène : le trou dans la soie défraîchie béait tristement. Les aspidistras s'étaient quelque peu recroquevillés dans leurs pots. Une fine couche de poussière recouvrait toutes les surfaces. La pluie martelait sans relâche la vieille bâtisse ; le vent secouait les volets et hurlait désespérément sous les combles.

– Je vais allumer le poêle, déclara Nigel. J'ai vu un bidon de mazout dans l'une des pièces du fond. Ça sent le caveau, ici.

Alleyn ouvrit sa mallette et en sortit le pistolet de Georgie Biggins. Fox enfonça la crosse entre les chevilles d'acier du châssis métallique. Le canon se retrouva juste devant une ouverture dans le pupitre. Ils avaient laissé les poulies et la ficelle en place.

– Vendredi, dit Alleyn, la soie ne comportait qu'une seule longue déchirure. Maintenant, il y en a plusieurs. L'étoffe a pourri à l'endroit des plis. Georgie avait sûrement disposé la soie avec art tout autour du pupitre afin que le canon ne reflète pas la lumière. C'est M. Bathgate qui va nous servir pour la démonstration, Fox. Si vous replacez la poulie de devant, je vais attacher la ficelle autour de la crosse. Dépêchez-vous. Je l'entends s'affairer au fond.

A peine avaient-ils placé une feuille de journal sur le pupitre que Nigel reparut avec le bidon.

– J'ai trouvé de la bonne bière dans cette même pièce.

Et il entreprit de remplir le poêle.

Alleyn s'installa au piano, prit deux ou trois accords et se mit à chercher l'air de *Il était une bergère*.

– C'est drôle, Fox, fit-il.

– Quoi donc, monsieur ?

– La pédale de gauche ne bouge pas. Venez l'essayer mais ne forcez pas trop.

Fox s'assit au piano à son tour et joua *Tea for two* en martelant les touches de son doigt épais.

– C'est vrai, déclara-t-il. Aucune différence.

– Que se passe-t-il ? questionna Nigel, se frayant un chemin jusqu'à eux.

– La pédale de gauche ne marche pas.

– Nom d'un chien !

– Cela ne change rien au son, dit Fox.

– Mais vous ne l'utilisez pas.

– Si, mentit Fox.

– Attendez, fit Nigel, laissez-moi essayer.

Fox se leva, et Nigel prit sa place d'un air important.

– Le Prélude en do mineur de Rachmaninov, annonça-t-il.

Il écarta les coudes, souleva la main gauche et se pencha en avant. Le vent émit un ululement strident qui parut faire le tour du bâtiment. La main gauche de Nigel s'abattit sur le clavier comme un marteau de forgeron.

Pom. Pom. POM !

Nigel fit une pause. Une rafale violente secoua les volets avec une telle soudaineté qu'il leva la tête et écouta. Puis il appuya sur la pédale.

Le journal lui tomba sur les mains. Le jet d'eau froide le frappa entre les yeux à la manière d'une balle. Il se rejeta en arrière en jurant comme un charretier et manqua perdre l'équilibre.

– Ça marche, dit Alleyn.

Mais Nigel ne riposta pas. Couvrant le vacarme de la tempête, comme un écho aux trois accords emphatiques, trois coups vigoureux furent frappés à la porte.

– Que diable... ? fit Alleyn.

Il se dirigea vers la porte, mais celle-ci s'ouvrit à la volée. Henry Jernigham se tenait sur le seuil, et la pluie ruisselait sur son visage blême.

II

– Que se passe-t-il ici, bon sang ? interrogea Henry.

– Si vous fermiez la porte ? dit Alleyn.

Mais Henry le dévisageait comme s'il n'avait pas entendu. Passant devant lui, Alleyn claqua la porte, puis le prit par le coude et le propulsa vers le fond de la salle.

Fox attendait, imperturbable. Nigel s'essuya le visage avec son mouchoir et contempla Henry.

– Alors, qu'y a-t-il ? demanda Alleyn.

– Mon Dieu ! fit Henry. Qui a joué ces trois accords infernaux ?

– M. Bathgate. Voici M. Bathgate, monsieur Jernigham, et voici l'inspecteur Fox.

Henry considéra les deux hommes d'un air absent et s'assit brusquement.

– Seigneur ! dit-il.

– Ecoutez, déclara Nigel, je suis vraiment désolé de vous avoir causé un choc, mais jamais je n'aurais pensé...

– Je marchais dans l'allée, fit Henry, hors d'haleine, et le vent faisait tellement de bruit dans les arbres qu'on n'entendait que ça.

– Oui ? dit Alleyn.

– Vous ne comprenez pas ? Juste au moment où je suis arrivé devant la porte, il y a eu une énorme rafale. Ça hurlait et grinçait comme un millier d'âmes damnées. Et quand ça s'est arrêté, j'ai entendu ces trois accords sur le vieux piano. Ma parole, j'ai failli prendre mes jambes à mon cou.

Henry porta une main à son visage et regarda ses doigts.

– J'ignore si c'est la pluie ou bien la sueur, ajouta-t-il. Pardonnez-moi. Ce n'est pas une conduite digne d'un bon petit soldat. Franchement, ce n'est pas cela qu'on nous a appris au régiment.

– J'imagine que cela a dû être assez éprouvant pour les nerfs, observa Alleyn. Mais que veniez-vous faire ici, à propos ?

– Je rentrais à la maison. J'étais resté dîner au presbytère. J'en sors à l'instant. M. Copeland est dans un tel état de stress qu'il a complètement oublié de m'éconduire. Et quand je me suis présenté au souper, il ne m'a pas plus remarqué qu'une mouche sur le clocher de l'église. Dites, je m'excuse de m'être conduit aussi stupidement. Honnêtement ! Je me demande ce qui m'a pris.

– Ce n'est pas grave, répondit Alleyn. Mais pourquoi êtes-vous venu jusqu'ici ?

– Je pensais que si Roper le magnifique était là, je lui dirais : « Holà ! La chose est-elle encore apparue cette nuit ? » et je lui soutirerais les derniers potins.

– Je vois.

– Cigarette ? proposa Nigel.

– Oh, merci. Il est temps que je décampe.

– Voulez-vous rester pour assister à une petite expérience ? demanda Alleyn.

– Avec plaisir, monsieur, si vous le permettez.

– Puisque vous êtes là, avant de commencer, je voudrais vous prévenir. Demain je passerai voir Miss Prentice et j'emploierai tous les moyens légaux pour savoir ce qui est arrivé dans la montée de Pen Cuckoo vendredi. Peut-être préférez-vous me donner votre version d'abord ?

– Je vous ai déjà dit qu'elle était toquée, rétorqua Henry avec une impatience nerveuse. A mon avis, elle a littéralement perdu la tête. Elle ressemble à un spectre et ne quitte sa chambre que lors des repas, où elle ne mange rien. Ce soir, elle a déclaré au dîner qu'elle était en danger et qu'on allait l'assassiner. C'est vraiment épouvantable. Elle soupçonne quelqu'un, Dieu sait qui, mais elle est à demi morte de terreur. Que pouvez-vous tirer d'une femme dans cet état ?

– Pourquoi ne pas nous fournir une version normale d'abord ?

– Mais cela n'a rien à voir avec cette affaire, répondit Henry. Et si vous avez envie de dire : « Taratata ! », je vous saurai gré de vous abstenir.

– Si cet épisode s'avère être hors sujet, nous le classerons. Les informations qui ne se rapportent pas à l'affaire en cours ne nous intéressent pas.

– Alors pourquoi les demander ?

– Nous aimons bien faire le tri nous-mêmes.

– Rien n'est arrivé dans la montée de Pen Cuckoo.

– Autrement dit, Miss Prentice est restée plantée à moins d'un mètre de vous deux, à vous regarder dans le blanc des yeux jusqu'à ce que ses talons s'enfoncent dans le sol, et ensuite elle est partie sans mot dire ?

– Il s'agit d'une question personnelle, qui ne regarde que nous.

– Ça ne va pas aller, vous savez, répliqua Alleyn. Ce matin à Pen Cuckoo et cet après-midi au presbytère, vos propos étaient placés sous le signe de la franchise. Vous avez dit que vous trouviez Miss Prentice tout à fait capable de commettre un meurtre, et pourtant, vous rechignez à répéter un seul mot de ce qu'elle aurait raconté dans la montée. Visiblement, ce n'est pas Miss Prentice que vous cherchez à protéger.

– Qu'entendez-vous par là ?

– N'est-ce pas Miss Copeland qui vous a poussé à adopter cette attitude parce qu'elle s'inquiète pour vous ? Qu'alliez-vous crier par la fenêtre cet après-midi quand elle vous a interrompu ?

– Eh bien, fit Henry brusquement, vous avez raison.

– Ecoutez, reprit Alleyn, si vous êtes innocent, vous vous y prenez très mal pour nous le prouver. N'oubliez pas que dans un petit village, toutes les tensions et querelles locales parviennent forcément à nos oreilles. Nous avons à peine recueilli quelques rumeurs, et déjà je sais que Miss Prentice est opposée à votre amitié avec Miss Dinah Copeland. Je sais très bien que nos méthodes peuvent vous paraître ignobles...

– Non, répondit Henry. Vous êtes bien obligés de passer par là, j'imagine.

– Parfait, alors.

– Ce que je vais vous dire, vous l'avez déjà sûrement deviné : cousine Eleanor a piqué une crise en nous trouvant ensemble, et notre conversation a consisté en un certain nombre de menaces hystériques et d'accusations scabreuses de sa part.

– Et vous, vous ne l'avez pas menacée ?

– Elle vous dira sans doute que si, répondit Henry, mais, comme j'ai dû vous l'expliquer six ou huit fois déjà, c'est une folle. Je regrette, monsieur, c'est tout ce que je puis vous apprendre.

– Très bien, soupira Alleyn. Allons-y, au travail, Fox.

III

Ils ôtèrent le pistolet à eau et remirent le Colt à sa place. Sortant le Prélude de sa mallette, Alleyn le posa sur le pupitre. Henry vit le trou au milieu de la couverture et les vilaines taches qui l'entouraient. Il se détourna ; puis, comme s'il s'en voulait de cette répulsion involontaire, il se rapprocha du piano et regarda les mains d'Alleyn qui se mouvaient à l'intérieur du cadre.

– Vous voyez, dit Alleyn, le meurtrier a fait exactement ce que je suis en train de faire en ce moment. Le Colt correspond bien à cet emplacement, et l'extrémité libre de la ficelle qui avait été nouée autour de la crosse du pistolet à eau est maintenant fixée à la crosse du Colt. On l'a fait passer dans la détente. C'est une ficelle extrêmement résistante, comme le fil que l'on utilise pour la pêche à la ligne. J'ai mis le cran de sécurité. Et maintenant, regardez.

Il s'assit sur le tabouret du piano et pressa la pédale de gauche. Les deux poulies se dressèrent sur leurs attaches ; la ficelle se tendit tandis que les étouffoirs s'avançaient vers les cordes.

– Ça tient, déclara Alleyn. Georgie a bien fixé ses poulies. Alors !

– Nom d'une pipe ! s'écria Nigel. Jamais je n'aurais cru...

– Je sais.

Alleyn se pencha sur le piano et relâcha le cran de sécurité. A nouveau, il pressa légèrement la pédale douce. Cette fois, celle-ci fonctionnait. La ficelle se tendit dans les poulies, et la détente recula. Tout le monde entendit le bref déclic du percuteur.

– Et voilà comment ça marche, commenta Alleyn légèrement.

– Oui, mais hier soir, le piano était recouvert d'une draperie et de six énormes aspidistras, objecta Henry.

– Vous pensez donc que cela a été fait hier soir, dit Alleyn.

– Je ne sais pas quand cela a été fait, et je ne crois pas que ce soit hier soir, à moins d'avoir installé ce piège juste avant l'arrivée de tout le monde.

Alleyn jeta un regard oblique sur Nigel qui, manifestement, s'apprêtait à pondre une nouvelle hypothèse.

– Absolument, déclara Nigel avec défi. Personne n'aurait pu déplacer les plantes en pot après six heures et demie.

– Je suis tout à fait de votre avis, répondit Alleyn.

Une sonnerie lointaine leur parvint aux oreilles. Henry bondit.

– C'est le téléphone, fit-il en se précipitant.

– Je vais répondre, l'arrêta Alleyn. C'est sûrement pour moi.

Il traversa la scène et, ayant trouvé l'interrupteur, se dirigea vers la première loge sur la gauche. Le vieux téléphone manuel sonna à intervalles irréguliers jusqu'à ce qu'il eût soulevé le combiné.

– Allô ?

– Monsieur Alleyn ? C'est Dinah Copeland. Il y a quelqu'un qui vous demande de Chipping.

– Merci.

– Voilà, fit Dinah.

Il y eut un déclic, et la voix de Roper dit :

– Monsieur ?

– Allô ?

– Ici Roper, monsieur. Je pensais bien vous trouver là, vu que Fife dort toujours. J'ai un petit problème sous forme d'une arrestation récente à vous soumettre, monsieur.

– Sous forme de *quoi* ?

– Son nom est Saul Tranter, un braconnier malin comme pas deux ; mais nous l'avons gentiment cueilli, monsieur, et il est assis devant moi avec son délit étalé au grand jour sous forme de deux beaux faisans.

– Que diable... ? commença Alleyn. Et alors, Roper ? se reprit-il.

– Cet individu affirme détenir une information qui ferait réfléchir la cour à deux fois avant de le condamner au mois de prison ferme qu'il mérite depuis deux ans. Il ne veut rien me dire, monsieur, mais il a le toupet de vouloir vous parler directement. Alors, comme il faut qu'on l'enferme...

– Je vais vous envoyer M. Bathgate, Roper. Je vous remercie.

Alleyn raccrocha et contempla le téléphone d'un air songeur.

– Il faudra que je m'occupe de toi un de ces jours, fit-il.

Il revint dans la salle.

– Tiens, demanda-t-il, où est le sieur Henry ?

– Il est rentré chez lui, répondit Fox. C'est un drôle de jeune homme, n'est-ce pas ?

– Moi, je trouve ce gamin un peu prétentieux, déclara Nigel.

– Vous aviez à peu près son âge quand je vous ai rencontré, observa Alleyn, et vous étiez deux fois plus prétentieux que lui. Je vais vous demander d'aller à Chipping, Bathgate, chercher un braconnier.

– Un braconnier !

– Oui. Une trouvaille de Roper. Apparemment, ce gentleman n'a pas envie de se retrouver sous les verrous. Il a une histoire à nous proposer. Ramenez Fife en même temps. En chemin, arrêtez-vous à l'auberge pour prendre votre propre voiture. Ainsi Fife pourra garder la Ford et raccompagner ensuite ce gentleman à sa nouvelle résidence. Nous en aurons terminé avec cet endroit ce soir.

– Suis-je un représentant d'un grand quotidien londonien ou bien votre garçon de courses ?

– Vous connaissez la réponse mieux que moi. Allez, filez.

Nigel sortit, sans cesser de maugréer. Alleyn et Fox passèrent dans le buffet.

– Demain, on pourra jeter toute cette nourriture, fit Alleyn. Mais il y avait autre chose que je voulais voir ici. Regardez, voici le plateau de thé qu'on devait apporter au cours de la pièce. Toute cette argenterie appartient certainement à Mme Ross. Cela lui ressemble. Moderne, coûteux, très design.

Il souleva le couvercle de la théière.

– Ça empeste l'oignon. Cher petit Georgie.

– Quelqu'un a dû le trouver et le jeter. Ne l'aviez-vous pas découvert par terre, monsieur ?

– Si, dans ce carton. Bailey a relevé les empreintes de Georgie et de Miss Prentice dans la théière ; ce doit donc être Miss P. qui a repêché l'oignon.

Alleyn se baissa et regarda sous la table.

– Vous avez tout passé au peigne fin hier soir, Fox ? Hier soir ! Ce matin ! Quelle journée, mon petit Fox.

– J'ai tout ratissé, monsieur. Vous trouverez même la pelure de l'oignon. Le jeune Biggins a dû l'éplucher avant de le mettre dans la théière.

– Avez-vous trouvé de la poudre dans les parages ?

– De la poudre ? Non. Pourquoi ?

– Ou bien de la farine ?

– Non. Ah, vous pensez à la farine sur l'oignon.

– Je vais le chercher.

Alleyn revint avec l'oignon qu'il avait mis dans l'un de ses flacons au goulot évasé.

– Nous n'avons pas encore eu le temps de nous en occuper, dit-il. Regardez-le, Fox, il a une teinte rosâtre. C'est bien de la poudre et non de la farine.

– Le jeune Biggins a dû faire l'imbécile dans l'une des loges.

– Allons jeter un œil dans les loges.

Sur chacune des coiffeuses, ils trouvèrent une grosse boîte de poudre de scène. Elles étaient neuves : apparemment, c'était Dinah qui les avait distribuées. Celles des hommes contenaient une poudre jaunâtre ; celles des femmes, une sorte de crème rose. Seule Mme Ross avait apporté son propre fard dans un coffret luxueux. Dans la loge réservée à Miss Prentice et Miss Campanula, un peu de poudre s'était renversé. Alleyn se baissa pour la renifler.

– Nous y voilà, fit-il. Cela a un très net relent d'oignon.

Il ouvrit la boîte.

– Mais pas ça. Fox, téléphonez à Miss Copeland pour lui demander depuis quand ces boîtes se trouvent ici. C'est un poste manuel : il suffit de tourner la manette.

Fox s'en fut téléphoner. Alleyn contempla la coiffeuse dans une sorte de transe, secoua la tête pensivement et revint sur la scène. Il entendit klaxonner, puis la porte s'ouvrit, et Roper et Fife entrèrent, escortant un minuscule bonhomme qui semblait avoir été trempé dans une barrique d'eau.

M. Saul Tranter était un vieil homme à la figure franchement vilaine. Il était atteint de strabisme, et ses yeux, pas plus grands que ceux d'un cochon, étaient beaucoup trop rapprochés de son petit nez insipide. Sa lèvre inférieure pendait en un rictus incertain, et ses quelques chicots étaient d'une horreur indescriptible. Il sentait très fort le vieil homme sale, le whisky et les oiseaux morts. Roper le poussa en avant comme s'il se fût agi de quelque orchidée rare, cueillie au prix d'un grand péril.

– Le voici, monsieur, annonça Roper. Saul Tranter en personne, mauvais comme une teigne, et qui a été pris la main dans le sac avec deux faisans du squire et son fusil encore fumant. Deux ans tu nous as menés par le bout du nez, Tranter, vieux renard. J'ai voulu venir avec Fife, monsieur, puisque j'étais de la partie et que je tiens à mener cette affaire jusqu'au bout.

– C'est très bien, Roper.

– Allez, Tranter, déclara Roper, dis la vérité à M. l'inspecteur principal... si jamais tu en es capable.

– Eh, fiston ! fit le braconnier d'une voix de crécelle. Serait-ce l'instrument qui a commis le meurtre ?

Et il pointa une main incroyablement crasseuse vers le piano.

– T'occupe, le coupa Roper. Cela ne regarde pas ta minable personne.

– Qu'avez-vous à nous dire, Tranter ? demanda Alleyn. Ciel, vous êtes trempé comme une soupe, mon vieux !

– J'étais là-haut à Cloudyfold quand ils m'ont cueilli, avoua M. Tranter.

Il se rapprocha du poêle et se mit à fumer abondamment.

– Eh oui, ils m'ont cueilli, poursuivit-il. Ça devait arriver tôt ou tard, non ? Le squire, y va me traîner au tribunal pour me montrer qu'il est une grosse légume, vu que c'est dans ses bois que je tire le gibier et pose mes pièges depuis vingt ans. Ça y rabattrait un peu le caquet, à c'te vieille chouette, s'il savait ce que j'ai là pour lui.

– Ce n'est pas une façon de parler, répliqua Roper avec sévérité, quand on est parti pour un mois de prison ferme.

– P't-être ben. P't-être ben que non, Charley Roper.

Il loucha en direction d'Alleyn.

– Parce que moi, j'ai une histoire à raconter à propos de ce piège à fusil, là, qui mène direct jusqu'à lui. Et donc, la main de la justice ne devrait pas peser trop lourd sur mes vieilles épaules.

– Si votre information s'avère utile, répondit Alleyn, nous interviendrons peut-être en votre faveur. Mais je ne vous promets rien. On ne sait jamais. Il faut d'abord que j'entende votre histoire.

– Ah non, ça ne marche pas, m'sieur. Votre parole d'abord, mon histoire ensuite. C'est comme ça que je vois les choses.

– Pas nous, répliqua Alleyn avec froideur. Apparemment, vous n'avez rien à nous raconter, Tranter.

– Les menaces, c'est rien ? Les insultes, c'est rien ? Un jeune gars attrapé tout comme moi avec le plus joli oiseau qui ait jamais été pris au piège, c'est rien ?

– Eh bien ?

Fox revint dans la salle et, se joignant au petit groupe autour du poêle, considéra Tranter d'un œil expert. Nigel qui venait d'arriver ôta son imperméable ruisselant. Tranter tourna la tête d'un air agité, louchant sur les visages de ses compagnons. Un filet de salive brunâtre apparut au coin de sa bouche.

– Eh bien ? répéta Alleyn.

– Z'ont la dent dure, les Jernigham, déclara Tranter. Qu'est-ce que c'est pour eux, un oiseau de plus ou de moins ! Alors que moi qui suis dans la mouise... Des tyrans, voilà ce qu'ils sont, et obtus comme un boulet de canon, le père et le fils.

– Je crois que vous feriez mieux de l'emmener, Roper.

– Bon, bon, je vais vous le dire. Et si vous ne me rendez pas la monnaie de ma pièce, je le balancerai à la figure des jurés, tiens. Où sont vos papiers et crayons, bonnes gens ? C'est qu'il faut mettre tout ça par écrit.

22.

Une lettre à Troy

I

– Vendredi après-midi, déclara M. Tranter, j'étais donc là-haut à Cloudyfold. Peu importe pourquoi. J'étais en train de redescendre, tout doucement, sans bruit, comme d'habitude. Et voilà que j'arrive devant la montée de Pen Cuckoo. Peu importe pourquoi.

– Je me moque des pourquoi, répondit Alleyn Continuez.

M. Tranter lui jeta un regard sceptique et aspira l'air entre ses dents.

– J'arrive donc en bas, quand tout à coup, j'entends des voix. Un homme et une bonne femme, tous deux l'air en colère. « Ah, que je me dis, y en a qui se chamaillent dans la montée ; ce n'est donc pas un endroit pour moi, avec peu importe quoi sous le bras et peu importe quoi dans les poches. » Alors je m'approche, comme ça : il y a un vieux bouleau qui pousse sur le bord du talus ; je me hisse comme un serpent et je regarde en bas à travers la verdure. Ouais. Et que vois-je ?

– Que voyez-vous ?

– Ah ! Ah ! Je vois le jeune Henry Jernigham, fier comme tous les diables et pâle comme la mort, avec la môme du pasteur dans les bras.

– Ce n'est pas une façon de parler, ça, l'admonesta Roper. Choisis tes mots.

– T'inquiète pas, Charley Roper. Mêle-toi donc de ce qui te regarde. Et qui vois-je en face de ces deux-là, avec une mine de papier mâché, les yeux qui lui sortent de la tête et tremblant comme un lapin pris au piège ? Qui vois-je, hein ?

– Miss Eleanor Prentice, fit Alleyn.

M. Tranter, qui à présent fumait comme un geyser et qui sentait le putois, s'étrangla et cligna des paupières.

– C't elle qui vous l'a dit ?

– Non. Continuez.

– Elle tremblait comme si elle allait avoir une attaque. On l'entendait à peine, mais quel poison ! Elle les a menacés avec le pasteur, et avec le squire aussi. Comme quoi elle les aurait attrapés en plein vice et tous les braves gens de la paroisse allaient en entendre parler. Et pire que ça. Jamais vous n'auriez cru que la vieille demoiselle s'y connaissait autant, en péchés de jeunesse. M'enfin, puisqu'elle picole, on ne sait jamais.

– Vraiment ? s'exclama Alleyn.

– Eh oui. Elle doit être de ceux qui boivent vite fait, sous le manteau. J'ai bien vu qu'elle s'était renversé de la gnôle sur son corsage. C'est ça qui a dû la rendre furieuse contre eux. Ce qu'elle a pu les enguirlander ! Et voilà qu'en plein milieu de sa fureur, l'autre lui tombe dessus à bras raccourcis. Ah, le jeune crapaud ! Il l'attrape par les épaules et lui siffle dans la figure que si elle ne leur fiche pas la paix ou si elle essaie de salir le nom de la jouvencelle, il la fera taire pour de bon, qu'il a dit. Il était fou furieux. Une abomination. Et la môme du pasteur qui répétait : « Je t'en prie, Henry, je t'en prie ! » Mais le jeune Jernigham ne l'écoutait même pas, enragé qu'il était. Allez, ils sont tous pareils, les Jernigham, coléreux et emportés : c'est bien connu par ici. Alors quand j'ai entendu parler de cette sale histoire, je me suis dit : à tous les coups, il a dressé un piège pour une vieille chouette et il en a attrapé une autre. Et voilà !

II

– Bon sang ! fit Alleyn quand M. Tranter fut emmené. Quelle affaire lamentable.

– Vous vous y attendiez ? demanda Nigel.

– A moitié, oui. Il était évident que quelque chose de dramatique s'était produit vendredi après-midi. Miss Prentice et Henry Jernigham grimpent aux rideaux chaque fois qu'il est question de cet incident ; et le pasteur m'a dit que lui, le squire et Miss Prentice étaient opposés à cette relation. Dieu sait pourquoi, d'ailleurs. Elle m'a l'air d'une jeune fille très agréable, gentille et tout. Et voyez comment le sieur Henry a répondu lors de l'interrogatoire ! Fox, avez-vous déjà connu une affaire semblable ? Comme si une seule vieille fille revêche ne suffisait pas, nous en avons deux sur les bras, dans le genre mélange freudien, dont l'une sous forme de cadavre.

– Toute la situation me paraît invraisemblable, monsieur, et pourtant, il y a eu un meurtre. Si ce gamin n'avait pas lu son illustré et s'il n'avait pas transporté son meccano en pièces détachées sur lui, rien de tout cela ne serait arrivé.

– Là-dessus, vous avez bien raison, compère Fox.

– C'est sans doute pour cela que Miss Prentice voulait voir le pasteur vendredi soir, monsieur. A cause de la rencontre dans la montée, j'entends.

– Oui, certainement. Malheur, il faudra nous réattaquer à Miss Prentice dès demain matin. Que vous a répondu Dinah Copeland à propos de la poudre ?

– Elle dit qu'elle l'a apportée hier soir. Seulement Georgie Biggins n'a pas mis les pieds derrière les coulisses de la soirée. Il leur avait tellement empoisonné l'existence qu'ils l'ont viré. A la répétition des couturières, il leur avait servi de garçon de courses, mais les tables et les loges ont été nettoyées depuis. Cette poudre a dû être répandue hier soir après six heures et demie. Et, autre chose : Miss Copeland n'a jamais entendu parler de l'oignon, du moins elle l'affirme.

– C'est assez logique, non ?

– Ah oui ? rétorqua Nigel avec amertume. J'avoue franchement que je ne comprends pas un traître mot de ce que vous racontez. Que vient faire un oignon dans tout cela ?

– On se le demande, soupira Alleyn. Allez, venez. Nous allons plier bagage et rentrer. Même un policier a besoin de repos.

III

Mais avant d'aller se coucher cette nuit-là, Alleyn écrivit à la femme qu'il aimait.

Les Armes des Jernigham
Le 29 novembre

Ma chère Troy,

Quel fiancé instable tu as ! Un vrai courant d'air qui te parle samedi à neuf heures du soir et qui, à minuit, se retrouve dans le Dorset en train d'examiner des pianos piégés. Cela t'ennuiera beaucoup quand nous serons mariés ? Tu dis que non ; moi, je pense et l'espère. Tu tourneras ta tête brune et t'apercevras que ton mari n'est plus à tes côtés. « A nouveau sur les routes, je vois », diras-tu pour songer aussitôt au tableau que tu vas peindre le lendemain. Toi aussi, ma Troy chérie, tu disparaîtras quand bon te semble dans ton travail si exigeant ; et jamais, au grand jamais, je ne te regarderai de travers ou avec un air d'époux martyrisé. Cette promesse est moins facile à tenir que tu ne le crois, mais je la fais quand même.

Notre affaire actuelle est assez pénible et peu vraisemblable. Tu liras les journaux avant que cette lettre ne te parvienne, mais au cas où tu désirerais entendre la version officielle, je t'envoie un compte rendu rédigé en langage du Yard et aussi neutre que possible. Fox et moi sommes arrivés à une conclusion, mais nous temporisons dans l'espoir de dénicher de nouvelles preuves avant de procéder à l'arrestation. Tu m'as dit une fois que ton unique méthode d'investigation serait fondée sur l'étude de la personnalité : eh bien, c'est une excellente méthode, du moment qu'on a du flair. Je te présente donc nos sept protagonistes. Qu'en dis-tu ?

Tout d'abord, le squire, Jocelyn Jernigham de Pen Cuckoo, et suppléant du chef de police pour compliquer les choses. C'est un homme sanguin à la calvitie naissante et aux yeux clairs et proéminents qui reflètent en permanence une expression de surprise. Un peu m'as-tu-vu. On peut toujours deviner d'après le ton de sa voix s'il parle à un homme ou à une femme. Je crois qu'il t'ennuierait et que tu lui ferais peur. Car les femmes, vois-tu, devraient être gaies, légères et charmeuses. Et toi, ma chérie, tu n'es pas charmeuse pour un sou. A côté d'elles, un homme devrait se sentir un peu ours. Le squire n'est pas bête, toutefois, et il a du caractère. Sa cousine, Eleanor Prentice, le terrorise, mais comme il a un esprit de famille très développé, il doit considérer que même un demi-Jernigham ne se trompe jamais.

Miss Eleanor Prentice est à moitié une Jernigham. Elle doit avoir quarante-neuf ou cinquante ans, et je la trouve plutôt repoussante. Elle est totalement insipide et elle a des dents de lapin. Elle baigne dans une odeur de sainteté. Elle sourit beaucoup, mais d'un air résigné qui semble suggérer que rien n'est vraiment à la hauteur dans ce bas monde. Elle est pieuse à la limite du fanatisme et obsédée littéralement par la personne du pasteur. Pendant que je l'interrogeais ce matin, le son des cloches l'a jetée dans une impatience fébrile. Elle écoutait à peine les questions les plus simples et y répondait encore moins, tant son désir d'aller à l'église était impérieux. Ceci est tout à fait compréhensible chez une personne réellement pratiquante. Quand on croit au Dieu prêché par le Christ, on doit se donner tout entier à sa foi et recourir à la prière lors des temps difficiles. Mais à mon avis, Eleanor Prentice n'a pas cette foi-là. Dieu sait que je ne suis pas psychanalyste, mais j'imagine qu'elle représente un sujet idéal pour les gens de cette profession. Cela existe, la fixation sur le sexe ? Probablement pas. En tout cas, elle a suivi la voie que la psychologie moderne semble juger axiomatique chez les femmes de son âge et de son état. Je fonde cette opinion en partie sur les déclarations d'Henry Jernigham et de Dinah Copeland, et en partie sur mes propres impressions.

Henry Jernigham est un jeune homme séduisant. Une belle tête brune, des yeux gris et un menton volontaire. Il emploie le ton qui est à la mode en ce moment et qui mêle l'ironie et l'humour : on a l'impression qu'il dit tout ce qui lui passe par la tête. Mais je ne crois pas que quelqu'un l'ait jamais fait. Nos couches de pensées sont tellement profondes, Troy. Si profondes que la pensée de la pensée fait peur à la plupart d'entre nous. Dans bien des années, ou peut-être dans quelques années seulement, il nous arrivera de lire dans les pensées de l'autre. Comme cela va nous paraître étrange ! « C'est une pauvre preuve de notre amour ! », nous écrierons-nous.

Le jeune Jernigham en question est amoureux de Dinah Copeland. Pourquoi ne nous sommes-nous pas rencontrés quand j'avais son âge et que toi, tu étais une enfant solennelle ? T'aurais-je aimée alors que j'avais vingt-trois ans, et toi, quatorze ? Il me semble qu'à l'époque, j'avais un faible pour les blondes plantureuses. Mais sans nul doute, je serais tombé amoureux, et toi, tu ne te serais aperçue de rien. Eh bien, Henry aime Dinah, une enfant gentille et intelligente qui fait vaguement du théâtre, comme la plupart des jeunes aujourd'hui... je pourrais disserter des heures sur le préjudice que ce type génial, Irwing, a causé à sa profession le jour où il l'a rendue respectable. Aucun art ne devrait être à la mode, n'est-ce pas, Troy ? Mais Dinah est manifestement une jeune actrice sérieuse et elle a sûrement du talent. Elle adore le sieur Henry.

Le Dr Templett, comme tu auras l'occasion de le constater, apparaît sous un jour très douteux. Il aurait pu dérober l'automatique et le cacher dans le piano ; il avait un mobile et il a fait appel à toute son autorité pour insister sur le changement de pianiste. Mais il est arrivé à la salle après le public, et depuis ce moment-là jusqu'au meurtre, il ne s'est jamais trouvé seul. Au premier coup d'œil, il a l'air d'un garçon tout à fait quelconque. En temps normal, j'aurais trouvé ses plaisanteries plutôt agaçantes. De toute évidence, il est dévoré de passion pour Mme Selia Ross.

Malheur à l'homme qui aime une femme maigre aux cheveux blond paille, la considérant comme la chance de sa vie. Si elle ne l'aime pas, elle le laissera tomber ; et si elle l'aime, elle le sucera jusqu'à la moelle comme une sangsue. Si bien que sa personnalité finira par s'atrophier. Ainsi que tu l'as déjà deviné, la femme maigre aux cheveux blond paille, c'est Mme Ross. Elle possède le genre de sex-appeal qui altère l'expression des hommes quand ils parlent d'elle. Leurs yeux deviennent plus brillants, mais en même temps, on y lit une certaine défiance ; et le pli de leur bouche s'accentue. Trouves-tu cette observation beaucoup trop sèche ? Eh bien, c'est la vérité, ma petite, et si jamais tu dois représenter un homme sensuel, dessine-le sous ces traits. Fais confiance à la police : le vieux Darwin l'avait constaté, moustaches ou pas. Mme Ross aurait pu quitter la voiture et se glisser par la porte-fenêtre dans le bureau du squire pendant que Templett remettait son chapeau et son pardessus au majordome. As-tu songé à cela ? Mais elle est arrivée au spectacle avec Templett.

Le pasteur, Walter Copeland, est sorti d'Oxford. La première chose qui frappe chez lui, c'est sa tête. Cet homme est d'une beauté étonnante. Tout ce qu'un photographe ou un producteur aurait pu souhaiter pour un personnage idéal de prêtre. Une tignasse argentée, des sourcils noirs, un profil de saint. On dirait une tête de statue ou de médaille, bien qu'elle ressemble un peu trop à une illustration de magazine qui s'intitulerait « Bel homme. » Lui-même impressionne moins que son physique : en fait, il s'agirait plutôt d'un prêtre consciencieux qui ne recherche pas spécialement la difficulté, mais qui est néanmoins capable de se braquer sur ses positions. C'est un traditionaliste, à mon avis sincère. Je pense que sur des questions d'ordre confessionnel, il peut se montrer obstiné et même implacable, mais l'impression générale qu'il donne est celle d'une bienveillance distraite.

La victime, elle, était apparemment une vieille fille solitaire, hystérique et arrogante. Elle et Miss Prentice devaient représenter les pôles positif et négatif du fanatisme paroissial, avec le pasteur en guise d'aiguille. Mais ma comparaison est inexacte. Tout le monde s'accorde à dire que c'était une harpie.

Il est minuit. Je n'ai pas fermé l'œil la nuit dernière : il faut que je te quitte. Troy, si on s'achetait une maison de campagne dans le Dorset ? Un petit cottage à la façade grise, pas trop pittoresque mais haut perché pour que tu puisses peindre les ondoiements des collines et l'ombre mystérieuse des nuages qui parcourent le Dorset. Tu veux bien ? Je vais t'épouser en avril prochain et je t'aime de toute mon âme.

Bonne nuit,
R.

IV

Alleyn reposa son stylo et étira ses doigts engourdis.

Il devait certainement être le seul à veiller de toute l'auberge, et le silence de la campagne endormie lui envahit soudain l'esprit. Le vent était retombé, et il s'aperçut que depuis quelque temps il n'entendait plus la pluie. Les braises se consumaient doucement dans l'âtre. Les boiseries émirent un craquement brusque qui le fit tressaillir. Il se sentait très las, tout d'un coup. Son corps lui apparut comme celui d'un étranger, et il le considéra avec étonnement. Il se leva comme en transe, inquiet de se sentir étranger à lui-même, sachant en même temps que cette sensation n'était pas nouvelle. Comme toujours, une partie de son esprit tenta de franchir le seuil de l'inconnu mais ne put revêtir cette tentative de pensée cohérente. Il revint à lui et, pleinement éveillé, alluma sa chandelle, éteignit la lampe et monta dans sa chambre.

Sa fenêtre donnait sur la vallée. Tout en haut, il distingua une lumière. « Ils se couchent tard à Pen Cuckoo. » Il ouvrit la fenêtre. Le bruit de l'eau qui ruisselait des gouttières, l'odeur de la terre et de l'herbe humides emplirent la pièce. « Peut-être va-t-il faire beau demain », pensa-t-il. Et il alla dormir, le cœur léger.

23.

Une femme qui a peur

I

– ... Laissez-moi vous rappeler, gentlemen, déclara le coroner en regardant M. Prosser avec sévérité, que vous n'avez pas à échafauder des hypothèses. Votre devoir est de décider dans quelles circonstances cette malheureuse a trouvé la mort. Si vous en êtes capables, vous devrez choisir entre un verdict d'accident, de suicide ou de meurtre. Si vous ne parvenez pas à vous décider, dites-le. La situation en elle-même est suffisamment claire. Vendredi après-midi, un petit garçon, selon l'habitude des enfants de son âge, a fabriqué un piège ingénieux. Mais avant samedi soir, quelqu'un a modifié ce système relativement inoffensif, substituant un Colt automatique à un pistolet à eau. Vous avez entendu que cet automatique, propriété de M. Jocelyn Jernigham, se trouvait dans une pièce accessible de l'extérieur à tout moment de la journée. Que cette arme fût chargée n'était manifestement un secret pour personne. Vous vous rendez certainement compte que n'importe qui aurait pu pénétrer samedi dans cette pièce par la porte-fenêtre et dérober l'automatique. Vous avez entendu la description détaillée du fonctionnement du piège. Vous avez examiné le Colt automatique. Vous avez appris qu'à dix-huit heures trente, Miss Gladys Wright s'était servie de la pédale de gauche sans que rien se produise. Vous avez entendu sa déclaration selon laquelle, entre dix-huit heures trente et le moment du drame, la salle a été occupée par elle-même, ses camarades, puis le public. Vous avez vu les photographies du piano, tel qu'il était à dix-huit heures trente. Le haut de l'instrument était recouvert d'étamine fixée sur les bords par des épingles. Sur le tissu tendu par-dessus le couvercle qui avait été à demi rabattu en arrière, il y avait six plantes en pot. Vous êtes bien conscients du fait que, un quart d'heure avant le drame, tout le monde pensait que c'était Miss Prentice qui allait jouer l'ouverture. Vous avez dû en conclure que Miss Prentice, et non Miss Campanula, était la victime visée. Toutefois, cela ne devrait pas affecter votre décision. En fait, en tant que jury du coroner, vous n'avez pas à vous en occuper. Si vous reconnaissez qu'à vingt heures, Miss Campanula a appuyé sur la pédale de gauche ou la pédale douce et qu'elle a été tuée par une balle provenant de l'automatique ; que quelqu'un avait placé cet automatique dans le piano avec un dessein criminel, en clair, dans l'intention de tuer ; et si vous estimez que rien ne nous révèle l'identité de cette personne... eh bien, gentlemen, vous n'avez plus qu'à rendre un verdict en conséquence.

– O, parangon de droiture ! fit Alleyn quand M. Prosser et les jurés se furent retirés. O, admirable et économique coroner ! Une, deux, et les voilà partis. Une, deux, et les voilà qui reviennent.

En effet, ils n'étaient pas allés plus loin que le pas de la porte et à présent ils revenaient en masse, l'air de s'être rincé la figure de rectitude.

– Oui, monsieur Prosser ?

– Nous sommes parvenus à un accord, monsieur.
– Oui ?
– Nous rendons un verdict de meurtre contre X, énonça M. Prosser, dont l'allure semblait exprimer la crainte de ne pas avoir tout saisi comme il faut.
– Je vous remercie. C'était la conclusion qui s'imposait, gentlemen.
– J'aimerais ajouter, dit soudain le plus petit des jurés, que la loi devrait interdire les pistolets à eau.

II

Aussitôt après l'enquête, Fox partit avec la Ford pour Duck Cottage. Alleyn avait une main sur la portière de l'auto de Nigel quand il s'entendit interpeller. Il se retourna et se trouva nez à nez avec Mme Ross.
– Monsieur Alleyn... pardonnez-moi de vous déranger, mais puis-je passer vous voir ? Je viens de me souvenir de quelque chose que j'aurais dû vous dire.
– Certainement, répondit Alleyn. Tout de suite, si cela vous convient.
– Vous êtes descendu aux *Armes des Jernigham*, n'est-ce pas ? Puis-je vous y rejoindre dans une dizaine de minutes ?
– Oui, bien sûr. J'y vais directement.
– Merci infiniment.
Alleyn remit son chapeau et grimpa dans la voiture.
« A quoi va-t-on avoir droit, cette fois ? se demanda-t-il. En tout cas, ça tombe bien : Fox pourra causer plus longuement avec la jolie bonne. »

Nigel sortit à son tour, et ils rentrèrent à l'auberge. Là, Alleyn demanda à Mme Peach la permission d'utiliser la salle du fond comme bureau pendant une heure. Laquelle permission lui fut accordée avec volubilité.

Après quoi, Nigel fut prié de débarrasser le plancher.

– Pourquoi ? Qui allez-vous recevoir ?

– Mme Ross.

– Et pourquoi ne puis-je pas rester ?

– Parce qu'elle parlera plus librement si je suis seul.

– Alors, laissez-moi m'asseoir dans la pièce d'à côté et entrouvrir la porte.

Alleyn le considéra d'un air pensif.

– Eh bien, soit, répondit-il. Prenez des notes. Nous ne pourrons pas les inclure dans le dossier, mais ça peut servir. Attendez, avez-vous votre appareil photo ?

– Oui.

– Essayez de la prendre au moment où elle entrera. Mais discrètement. Dépêchez-vous. Elle va arriver dans une minute.

Nigel eut à peine le temps de s'installer. Cinq minutes plus tard, le garçon annonça Mme Ross qui fit son entrée, parée davantage pour le *Ritz* que pour *Les Armes des Jernigham.*

– C'est très gentil à vous de me recevoir, déclara-t-elle. Depuis que cette histoire m'est revenue, elle n'a pas cessé de me tracasser. Il m'a fallu beaucoup d'audace pour vous accoster devant le palais de justice. Vous devez être tellement débordé !

– Ecouter fait partie de mon travail, répliqua Alleyn.

– Puis-je m'asseoir ?

– Je vous en prie. Ce fauteuil doit être le plus confortable.

Elle s'assit, avec un charmant petit air d'intimité. Après avoir retiré ses gants, elle fouilla dans son sac à la recherche de ses cigarettes et finit par accepter une cigarette d'Alleyn. Lui était demeuré debout.

– Savez-vous, fit Mme Ross, que vous ne correspondez pas du tout à l'image que j'avais d'un détective ?

– Ah oui ?

– *Du tout*. Ce colosse qui vous accompagne partout ressemble davantage à ce que l'on fabrique au Yard.

– Vous préférez peut-être voir l'inspecteur Fox ?

– Non, je préfère de loin vous voir, vous. Ne me rembarrez pas.

– Pardonnez-moi si je vous ai donné cette impression. De quoi vouliez-vous me parler ?

Elle se pencha en avant. De désinvolte, son attitude se fit préoccupée, tout en suggérant qu'elle ne doutait pas de la compréhension et de l'approbation de son interlocuteur.

– Vous allez me prendre pour une idiote puisque je ne m'en suis pas souvenue plut tôt, dit-elle, mais voyez-vous, j'étais sous le choc. J'imagine que j'ai dû avoir un moment d'absence. Ce n'est pas que j'aimais spécialement cette pauvre vieille, mais cela a été un choc quand même.

– J'en suis certain.

– Quand vous êtes venu me voir hier, j'avais une migraine épouvantable et j'arrivais à peine à réfléchir. Ne m'avez-vous pas demandé si j'étais sortie vendredi soir ?

– Si. Vous m'avez dit que vous étiez restée chez vous.

– Je le pensais réellement. Franchement, je ne sais pas ce qui m'a pris. Je suis restée à la maison *presque* toute la soirée, mais je me suis absentée une demi-heure environ. J'ai pris la voiture pour aller poster une lettre. Cela m'était complètement sorti de la tête.

– Ce n'est pas bien grave.

– Je suis profondément soulagée de vous l'entendre dire.

Elle rit.

– J'avais peur que vous ne vous *fâchiez* contre moi.

Elle avait une drôle de façon d'insister exagérément sur un mot, comme si elle parodiait sa propre manière de parler. Elle avait prononcé le mot « fâchiez » d'une voix traînante, le ponctuant d'une grimace et ouvrant de grands yeux.

– C'est tout ce que vous aviez à me raconter ? demanda Alleyn.

– Non, répondit-elle platement. Il se trouve qu'à mon retour, j'ai emprunté le Chemin de l'Eglise qui passe devant la salle des fêtes. Il traverse les collines, vous savez, et débouche tout près de mon cottage.

– Oui.

– Eh bien, il y avait de la lumière dans l'une des loges.

– Quelle heure était-il ?

– Je suis arrivée à la maison à onze heures. Il était donc onze heures moins vingt. Non, un peu plus tôt.

– De quelle loge s'agissait-il, selon vous ?

– J'ai réfléchi à la question. C'était bien trop loin pour être dans la partie réservée aux femmes, et, de toute façon, nous avions des stores. Miss Prentice, un être pur s'il en est, pensait qu'il ne serait pas convenable de ne pas avoir de stores. La fenêtre de la loge de Billy Templett se trouve tout au fond. Donc, ce devait être celle du squire, M. Jernigham. Mais le plus curieux, c'est que cela s'est allumé une fraction de seconde et s'est éteint aussitôt.

– Etes-vous sûre qu'il ne s'agissait pas du reflet de vos phares ?

– Absolument. C'était beaucoup trop à droite, et puis, et ce n'était pas ça. Les vitres sont très épaisses, vous savez. Non, un carré jaune est apparu brièvement, puis tout est redevenu noir.

– Je vois.

– C'est peut-être trois fois rien, mais je voulais décharger ma conscience, et tout ça. Sur le moment, cela ne m'a pas posé de question. Ç'aurait pu être Dinah Copeland qui traînait par là, ou n'importe qui d'autre ; mais puisque chaque instant depuis vendredi midi semble important...

– Il vaut mieux informer la police de tout ce que vous savez, aussi insignifiant que cela paraisse, répliqua Alleyn.

– J'espérais que vous alliez dire cela. Je suis tellement inquiète, monsieur Alleyn, et vous êtes si humain et si peu protocolaire, que je me demande si je ne vous soumettrai pas une requête fort embarrassante.

L'attitude d'Alleyn eût pu difficilement être plus impersonnelle quand il répondit :

– Je suis ici en tant que policier, vous savez.

– Je sais. Mais « dans le doute, demandez à un policier », n'est-ce pas ?

Elle le gratifia d'un sourire enjôleur.

– Non, mais sérieusement, je suis affreusement embarrassée. C'est au sujet de Billy Templett. Vous avez sûrement entendu tous les ragots et constaté par vous-même combien tous ces charmants gentlemen ont l'esprit mal tourné. Ils vous ont sans doute raconté tous les mensonges que l'on colporte sur Billy et moi. C'est vrai, nous sommes de grands amis. C'est le seul être de toute la région qui s'intéresse à autre chose que la chasse et la vie privée du voisin, et nous avons beaucoup de points communs. Evidemment, en sa qualité de médecin, il est censé considérer une femme comme un amas de viscères et une succession de plaies, point. Jamais je n'ai songé que cela pourrait nuire à sa clientèle s'il me voyait davantage, moi, plutôt que la vieille Mme Cain ou le grand-père le plus décrépit du village. Seigneur, ce n'est pas facile. Puis-je avoir une autre cigarette ?

Alleyn la lui donna.

– Je ferais mieux de me jeter à l'eau avant de me dégonfler complètement. Soupçonnez-vous Billy de ce crime ignoble ?

– Compte tenu des circonstances du meurtre, répondit Alleyn, il semble totalement impossible que le Dr Templett y ait été mêlé.

– Est-ce vrai ? demanda-t-elle, d'une voix coupante comme une lame de couteau.

– Un policier commettrait une faute grave en cherchant à piéger ou à abuser un témoin.

– Pardonnez-moi. Ce n'était que par soulagement. Vous souvenez-vous de la lettre que vous m'avez montrée hier ? La lettre anonyme ?

– Oui.

– C'est à moi qu'elle avait été adressée.

– Oui.

– Je savais que vous n'aviez pas marché. Vous êtes un petit malin, non ?

Elle rit de nouveau. Alleyn se demanda combien de gens lui avaient dit qu'elle riait comme une gamine et si elle l'avait jamais oublié.

– Désirez-vous rectifier votre déposition concernant cette lettre ? s'enquit-il.

– Oui, s'il vous plaît. J'aimerais m'expliquer. J'ai montré la lettre à Billy, et nous avons décidé de ne pas y faire attention. Quand je l'ai revue entre vos mains, j'ai pensé que vous aviez dû la trouver quelque part dans la salle et, comme elle n'avait rien à voir avec le meurtre, j'ai voulu protéger le pauvre Billy. J'ai donc dit que je ne savais rien à son sujet. Puis Billy est arrivé. J'ai cru qu'il allait saisir la perche que je lui tendais, mais... cela a mal tourné.

– Oui, acquiesça Alleyn, cela a très mal tourné.

– Monsieur Alleyn, que vous a-t-il dit hier quand il est parti avec vous ? Etait-il... était-il très fâché contre moi ? Il n'a pas compris que j'avais essayé de l'aider, n'est-ce pas ?

– Je ne le crois pas.

– Il aurait dû s'en douter ! C'est le genre de choses qui provoque de terribles malentendus.

– Je crains que vos explications n'aient pas atteint le but escompté non plus.

– Que voulez-vous dire ?

– Vous saviez où le Dr Templett avait mis la lettre et qu'il y avait peu de chances que nous la trouvions dans la salle. Hier, vous avez parlé instinctivement, désireuse de vous sortir d'une situation délicate. Depuis, vous vous êtes rappelé l'existence des empreintes digitales, et vous êtes venue me voir avec une histoire de motivations altruistes. Mais quand je vous ai dit que le Dr Templett ne figurait plus sur la liste des suspects, vous avez regretté votre impulsion de la veille. Je sais reconnaître une femme qui a peur, madame Ross. Et hier soir, vous avez eu très peur.

La cigarette de Mme Ross commençait à lui brûler les doigts. Elle la lâcha convulsivement, et le mégot tomba par terre. Alleyn le ramassa et le jeta dans l'âtre.

– Vous vous trompez, dit-elle. Je l'ai fait pour lui.

Alleyn ne répondit pas.

– Je croyais que c'était elle qui l'avait écrite, poursuivit Mme Ross. La victime. Et je pensais que c'était la vieille Prentice qui allait jouer.

– Le Dr Templett ne vous a pas dit samedi matin que Miss Prentice était dans l'impossibilité physique de jouer du piano ?

– Nous n'en avons pas parlé. Billy n'a rien fait, moi non plus. Il était presque huit heures quand nous sommes arrivés à la salle des fêtes.

– Vous êtes arrivés peu après sept heures et demie, rectifia Alleyn.

– Peu importe ; il était trop tard pour faire quoi que ce soit au piano. La salle était bondée. Nous ne nous sommes jamais trouvés seuls.

– Madame Ross, quand je vous ai interrogée hier sur l'épisode de la fenêtre, pourquoi ne pas m'avoir dit que vous aviez aperçu quelqu'un derrière la vitre ?

Cette question parut la prendre au dépourvu, mais sans l'alarmer particulièrement. Elle le dévisagea, d'un air calculateur, songea-t-il, comme si elle soupesait la question et la réponse à lui donner.

– Ce doit être Billy qui vous l'a raconté, répliqua-t-elle enfin. Cela n'a été qu'une impression, à travers la vitre opaque. La fenêtre était entrouverte de quelques centimètres seulement.

– Je pense que vous avez été inquiète en découvrant la présence d'un voyeur. Je pense que vous avez remarqué cette ombre derrière la vitre alors que vous vous trouviez sur la scène avec le Dr Templett depuis un certain temps déjà, et qu'il s'était passé suffisamment de choses pour vous compromettre sérieusement. Je pense que vous avez demandé au Dr Templett de fermer la fenêtre et que vous avez baissé le rideau pour échapper aux regards indiscrets.

La tête penchée sur le côté, elle le contempla à travers ses cils.

– Franchement, vous devriez vous inscrire au Cercle Féminin. Cette histoire aurait un succès fou à l'heure du thé.

– Mon hypothèse, reprit Alleyn, est que vous n'avez rien dit de plus au Dr Templett sur cette vague impression afin de ne pas l'alarmer ; mais qu'elle n'a pas été trop vague ni trop fugitive pour que vous n'ayez pas reconnu la silhouette à la fenêtre.

Cette fois, le coup avait porté. Le visage de Mme Ross devint plus pointu encore, et ses mains esquissèrent un geste involontaire. Elle attendit quelques instants, et il comprit qu'elle cherchait à maîtriser ses nerfs. Puis, d'un mouvement prompt, elle fut debout, tout près de lui, une main sur le revers de son veston.

– Vous ne croyez tout de même pas que je puisse commettre un crime pareil, dites ? Vous n'êtes pas si bête. Je ne comprends même pas comment ça marche, et je n'ai jamais été capable de faire un nœud de ma vie. Monsieur Alleyn ? S'il vous plaît ?

– Si vous êtes innocente, vous ne courez aucun danger.

– Vous me le promettez ?

– Certainement.

Avant qu'il ne pût faire un geste, elle cacha son visage sur sa poitrine et se cramponna à son veston en murmurant des mots sans suite. Il sentit le parfum de ses cheveux et sa respiration saccadée.

– Non, non, dit-il, pas ça.

– Pardonnez-moi... vous m'avez fait peur. Ne craignez rien, je ne cherche pas à vous séduire. Simplement, j'ai été assez secouée. Ça va aller dans un petit moment.

– Ça va très bien maintenant, déclara Alleyn, lui prenant les poignets et l'écartant de lui. Voilà qui est mieux.

Elle resta devant lui, la tête baissée, l'air captif et impuissant. Sa pose tout entière semblait proclamer sa soumission. Quand enfin elle releva la tête, un sourire de gamine jouait sur ses lèvres.

– Ou bien vous êtes en béton, fit-elle, ou bien vous avez peur que je vous compromette. Pauvre monsieur Alleyn.

– Vous auriez dû aller voir M. Jernigham, répliqua Alleyn. C'est le suppléant du chef de police, vous savez.

III

Quelques minutes après le départ de Mme Ross, Nigel hasarda un coup d'œil précautionneux dans la salle.

– Enfer et malédiction, dit-il.

– Quelle embarrassante créature, répondit Alleyn. Avez-vous réussi à la prendre en photo ?

– Oui. Ça devrait aller. Je l'ai prise au moment où elle entrait.

– Vous me passerez la bobine ou la plaque ou ce que vous voulez.

– Expliquez-moi donc ce qui se passe, Alleyn.

– C'est clair comme de l'eau de roche. Cette dame a un très fort instinct de conservation. Quand je lui ai montré la lettre anonyme, son premier mouvement a été de détourner les soupçons de sa propre personne et, sur l'inspiration du moment, elle a nié être au courant de son existence. Elle est prête à tout pour Templett, mais jusqu'à une certaine limite ; et une inculpation de meurtre se situe bien au-delà de la limite en question. Hier, elle l'a laissé tomber d'une pichenette. A présent, elle le regrette. A mon avis, elle l'aime autant qu'elle puisse aimer quelqu'un. Elle a lu un livre de vulgarisation sur l'investigation criminelle. Elle s'est souvenue avoir touché la lettre et elle a compris que nous trouverions ses empreintes. C'est pourquoi elle a monté toute cette histoire. Maintenant qu'elle sait que nous avons blanchi Templett, elle va essayer de le récupérer. Mais comme c'est une femme raisonnable, elle ne tient pas à se faire prendre à sa place.

– Je me demande s'il la croira, fit Nigel.

– Sans doute, répliqua Alleyn, si elle a l'occasion de le voir seul.

Fox entra dans la pièce.

– J'ai vu la bonne de Mme Ross, monsieur. Il n'y a pas grand-chose, sauf que Mme Ross s'est absentée vendredi soir. La bonne était de sortie, mais son petit ami avait pris froid, et comme il pleuvait, elle est restée à la maison. Elle ne l'a dit à Mme Ross que ce matin.

– Et Mme Ross me l'a raconté au cas où sa bonne la devancerait.

– Vraiment, monsieur ?

– Eh òui, compère Fox. Ecoutez-moi ça.

Fox écouta le récit de l'entrevue d'un air solennel.

– Eh bien, commenta-t-il, un point pour vous, monsieur Alleyn. Que va-t-elle faire maintenant ?

– Je pense qu'elle va tenter sa chance auprès du vieux Jernigham. Elle a peur et elle a reçu un choc. C'est une femme habile mais pas vraiment fine.

– Croit-elle que vous la soupçonnez, monsieur ?

– Elle en a peur.

– Et la soupçonnez-vous ? s'enquit Nigel.

– De toutes sortes de choses, lança Alleyn légèrement.

Il renifla son veston.

– Que le diable l'emporte ! J'empeste le Chanel n° 5.

Nigel éclata de rire.

– Ne la trouvez-vous pas séduisante ? demanda-t-il. Moi, si.

– Moi, non, heureusement. Je comprends qu'elle puisse l'être, mais ça me donne des boutons. Et vous, Fox, qu'en pensez-vous ?

– Disons que dans un contexte plus favorable, monsieur, ce serait une sacrée expérience. Elle a quelque chose, je ne le nie pas.

– Espèce de vieux coquin, va !

– Elle n'est pas très fiable, si vous voyez ce que je veux dire. Plutôt du style à batifoler. A mon sens, c'est le genre de femme du monde qui, si elle était née dans un milieu moins aisé, aurait tout fait pour grimper jusqu'en haut de l'échelle.

– C'est juste, Fox.

– Que faisons-nous maintenant, monsieur ?

– Nous allons déjeuner. Après le déjeuner, nous allons causer. Et ce soir, nous allons jouer notre va-tout, Fox. Nous avons recueilli toutes les informations qu'il a été possible de leur soutirer séparément. Voyons ce que nous allons pouvoir tirer de toute la troupe réunie. Il y a un rapide qui part de Great Chipping dans une heure. Je crois que je vais le prendre. Voulez-vous aller voir les gens du central téléphonique ? Essayez de sonder les villageois encore une fois à propos de samedi après-midi. Et de celui qui est monté sur la caisse pour regarder par la fenêtre. Demandez s'ils n'ont vu personne dans les parages. Cela ne donnera rien, mais nous nous devons de tout tenter. Arrangez le rendez-vous avec le vieux Jernigham. Je ferais mieux de le voir d'abord, je crois. Il y a un ou deux points... Allez-y doucement avec lui, Fox. Et appelez-moi au Yard avant cinq heures et demie.

– Je viendrai avec vous, si je peux, fit Nigel.

– Je vous en prie. Il y a un train très commode qui arrive à Great Chipping à vingt heures quinze. Je prendrai celui-là et j'enverrai à l'avance une voiture avec deux personnes et des chaînes qui grincent, au cas où nous aurions envie d'arrêter quelqu'un. C'est d'accord ?

– Entendu, monsieur.

– Alors, allons déjeuner.

24.

Les excentricités de Miss P.

I

– Il ne sert à rien de le prendre ainsi, Eleanor, déclara le squire en reposant sa serviette et en dardant un regard accusateur sur sa cousine. Mettez-vous à notre place. Vous n'arrangerez pas les choses en vous laissant mourir de faim.

– Désolée, Jocelyn, je n'arrive pas à manger.

– Cela ne peut pas continuer, ma vieille. Vous allez vous rendre malade.

– Cela a-t-il une importance quelconque ?

– Ne soyez pas idiote, Eleanor. Henry, donne-lui de la tarte aux pommes.

– Non, merci, Henry.

– Ce qu'il vous faut, cousine Eleanor, lança Henry de la desserte, c'est une bonne rasade de whisky.

– Je t'en prie, mon cher. Pardonnez-moi si je vous agace, tous les deux. Il vaudrait mieux que je ne descende pas déjeuner.

– Bon sang, cria le squire, vous avez fini de débiter des foutaises ? Simplement, nous ne voulons pas que vous vous laissiez dépérir.

– Dommage, fit Miss Prentice d'une voix blanche, que je n'aie pas été tuée. Je le sais bien. Cela aurait été un tel soulagement ! La pauvre Idris n'a rien senti, paraît-il. Ce sont les vivants qui souffrent.

– Cousine Eleanor, demanda Henry en revenant avec un plateau chargé, avez-vous lu « Notre ami commun ? »

– Non, Henry.

– Parce que vous interprétez à merveille le personnage de Mme R.W.

– Etait-elle très énervante ?

– Très.

– Ça suffit, Henry, coupa le squire.

Il jeta un coup d'œil gêné sur Miss Prentice assise très droite sur sa chaise, la tête baissée. De temps en temps elle aspirait brusquement et fermait les yeux.

– Votre doigt vous fait mal ? demanda Jocelyn après un sifflement particulièrement audible.

Elle rouvrit les yeux avec un pâle sourire.

– Oui, un peu.

– Vous devriez le montrer à Templett.

– Je ne suis pas près de faire cela, Jocelyn.

– Et pourquoi ? s'enquit Henry. Croyez-vous que c'est lui, l'assassin ?

– Oh ! Henry ! Henry ! dit Miss Prentice. Un jour tu regretteras de m'avoir fait tant de peine.

– Ma foi, répliqua Henry, je ne vois vraiment pas pourquoi cela vous fait de la peine. L'un de nous est un assassin. J'ai simplement demandé si, à votre avis, cela pouvait être Templett.

– Tu as de la chance de pouvoir parler aussi légèrement de cette terrible, terrible tragédie.

– Nous sommes aussi inquiets que vous, protesta Jocelyn avec un regard implorant en direction de son fils. N'est-ce pas, mon garçon ?

– Bien sûr, opina Henry joyeusement.

– A propos, j'ai invité Copeland à venir discuter de toute l'affaire.

Miss Prentice joignit les mains avec un petit cri. Le sang monta lentement à ses joues, et ses yeux s'illuminèrent.

– Il vient ? Quelle bonne idée, Jocelyn ! Il est tellement merveilleux ! Il nous aidera, et tout ira bien. Tout ira très, très bien.

Et elle frappa dans ses mains avec un rire hystérique.

– Quand vient-il ?

Jocelyn la dévisageait avec une terreur non dissimulée.

– Ce soir, répondit-il. Eleanor, ça ne va pas ?

– Et la chère Dinah vient également ? demanda Miss Prentice d'une voix aiguë.

– Tiens ! fit Henry. Ça change.

Il regarda fixement sa cousine.

– Henry, dit Miss Prentice précipitamment, si nous oubliions nos petits différends ? Ton bonheur compte tellement pour moi, mon cher. Si seulement tu t'étais montré un peu plus ouvert et sincère avec moi...

– Pour quoi faire ? demanda Henry.

– ... Je pense que tu m'aurais trouvée tout à fait compréhensive. Oublions le passé, veux-tu ? Vois-tu, mon cher, tu n'as pas de mère pour...

– Voulez-vous m'excuser, monsieur ? dit Henry. Je commence à avoir mal au cœur.

Et il quitta la pièce.

– Je croyais, fit Miss Prentice, avoir été suffisamment blessée. Cruellement, cruellement blessée. Je suis désolée d'être aussi excitée, mon cher Jocelyn, mais quand quelqu'un vous guette à St. Giles pour vous tirer dessus... *Jocelyn, c'est lui, il vient ?*

– Qu'est-ce qui vous prend, Eleanor ?

– Cette femme ! C'était sa voiture ! Je l'ai vue par la fenêtre. Jocelyn, je ne veux pas voir cette femme. Elle va me blesser. Elle est méchante, méchante, méchante. Une femme de Babylone. Elles sont toutes pareilles. Toutes mauvaises, horribles.

– Calmez-vous, Eleanor.

– Vous êtes un homme. Vous ne pouvez pas comprendre. *Je ne veux pas la voir.*

Taylor entra.

– Mme Ross demande à voir Monsieur.

– Malédiction ! lâcha le squire. Très bien, conduisez-la au bureau.

II

Le squire se faisait du souci pour Eleanor. Elle était vraiment bizarre, bien plus que ces circonstances dramatiques ne l'eussent justifié. On ne savait jamais à l'avance ce qu'elle allait inventer. S'il ne prenait pas garde, elle le mettrait dans de beaux draps avec ses déclarations extravagantes. Et cette drôle de lueur complice dans son regard ! Quand elle croyait qu'il ne la voyait pas, elle l'observait de son coin avec une expression qu'on pouvait qualifier de concupiscente. Etait-elle en train de devenir folle ? Dans un sens, cela avait son avantage : on n'appelle pas les fous à la barre des témoins. Le mieux était peut-être d'inviter un psychiatre pour un week-end. Pourvu qu'elle ne fît pas irruption dans le bureau pour s'en prendre à la pauvre petite Mme Ross. Toutes ces pensées se bousculaient dans sa tête tandis qu'il traversait le hall et, de la bibliothèque, passait dans le bureau. En tout cas, c'était un répit de pouvoir parler à une jolie femme.

Elle était vraiment ravissante, ce jour-là. Un peu pâlotte, mais c'est bien compréhensible. Elle s'habillait comme une Française, et il avait toujours aimé le noir. Une silhouette et des jambes superbes. Il s'empara de la petite main dans son gant fin et la serra très fort.

– C'est gentil d'être venue, fit-il.

– Il fallait que je vous voie. Vous devez me trouver affreusement sans-gêne d'arriver à une heure pareille.

– Ça, vous saviez que c'était faux avant même de le dire.

La petite main tressaillit dans la sienne.

– Je vous ai fait mal ? demanda le squire. Je ne suis qu'un ours malhabile.

– Non, ce n'est rien. C'est juste ma bague. Vous êtes assez fort, non ?

– Il faut que je voie cela.

Il retira le gant.

– Regardez-moi ça ! Une marque rouge à l'intérieur de votre doigt. Que peut-on faire, dites ?

Un rire étouffé lui répondit. Il écarta et baisa les doigts blancs.

« Ah ! Ah ! mon vieux ! » pensa le squire en escortant la visiteuse jusqu'au fauteuil.

– Vous m'avez déjà fait beaucoup de bien, déclara-t-il. L'avez-vous remarqué, madame ?

– Ah bon ?

– Vous ne pensez pas que vous êtes plutôt mignonne ?

– Que suis-je censée répondre à cela ?

– Vous le savez très bien, pardi ! Alors ne répondez rien. Ha, ha, ha !

– En effet, je l'ai déjà entendu quelque part.

– Combien de fois ? roucoula le squire.

– Cela ne vous regarde pas.

– Pourquoi êtes-vous si jolie ?

– Je suis ainsi faite.

– Petite friponne !

Il lui baisa la main à nouveau. Il se sentait passablement excité : tout marchait comme sur des roulettes.

– Oh ! mon Dieu ! chuchota Mme Ross, vous allez être très en colère contre moi.

– Fou de rage ? demanda-t-il tendrement.

– Oui. Sérieusement. Je n'avais pas envie de vous en parler, mais je n'ai pas le choix.

– Ne me regardez pas comme ça, ou je vais vous embrasser.

– Non, je vous en prie. Ecoutez-moi. Je vous en prie.

– Si je vous écoute, j'espère bien être récompensé.

– Nous verrons cela, répondit-elle.

– Promis ?

– Promis.

– J'écoute, lui assura le squire, fébrile.

– C'est à propos de cette triste affaire. Tout d'abord, je voudrais vous dire en toute sincérité que vous n'avez rien à craindre de moi.

– Rien... ?

Il avait gardé sa main, mais ses doigts se desserrèrent.

– Rien, déclara-t-elle. Il suffit de me faire confiance...

Elle continua à parler pendant un certain temps. Jocelyn l'écouta jusqu'au bout, mais quand elle eut terminé, il ne lui rappela pas sa promesse.

III

Lorsque Alleyn quitta l'adjoint du préfet de police, il trouva dans son propre bureau Bailey qui l'attendait.

– Alors, Bailey ?

– Thompson a développé la pellicule de M. Bathgate, monsieur. Il avait pris deux clichés de la dame.

Et il déposa les photos encore humides sur la table.

On y voyait Mme Ross de profil sur la première marche des *Armes des Jernigham*, et toujours elle, au moment où elle remontait l'allée. Nigel avait dû prendre les photos par la fenêtre ouverte. De toute évidence, elle ne l'avait pas vu. Son menton pointu était légèrement de travers, sa lèvre inférieure avançait un peu, et les coins de sa bouche mince étaient affaissés. Ces photos-là n'étaient guère flatteuses.

– Avez-vous trouvé quelque chose ? demanda Alleyn.

Avec son air habituel de réprobation bourrue, Bailey déposa une fiche à côté des clichés. Celle-ci comportait un double portrait : profil aigu, lèvres minces, menton pointu ; et de face, une vague de cheveux décolorés qui retombait en ailes lisses et éclatantes de part et d'autre d'un front assez haut.

– Sarah Rosen, marmonna Alleyn. Trente-trois ans. Un mètre soixante-cinq et demi. Yeux : bleu clair. Cheveux : blond pâle. Très bien habillée, bonne éducation, se fait généralement passer pour une veuve. Inculpée avec Claude Smith pour chantage en 1931. Relâchée par la suite... faute de preuves. Claude a écopé de dix ans, non ?

– C'est exact, monsieur. Ils étaient descendus au *Ritz* comme frère et sœur.

– Je m'en souviens. Et les empreintes ?

– Elles correspondent parfaitement.

– Chantage, répéta Alleyn, pensif.

– J'ai examiné le dossier. Elle était bel et bien dans le coup, mais on n'a rien trouvé contre elle. Apparemment, elle a réussi à se défiler.

– Cela ne m'étonne guère. Merci, Bailey. Dommage que je n'aie pas su tout cela plus tôt. Enfin, c'est quand même bien utile.

– Y avait-il autre chose, monsieur ?

– Je vais passer chez moi pour une demi-heure. Si Fox appelle avant que je ne sois de retour, dites-lui de téléphoner là-bas. Il faudrait que la voiture parte maintenant. Je vais m'en occuper. Nous devrions emmener une auxiliaire, j'imagine. Bien, Bailey, je vous remercie.

Henry se demandait ce que Mme Ross pouvait bien raconter à son père. Leur intimité croissante lui déplaisait profondément. « Quelle plaie, pensa-t-il, d'avoir un parent vaniteux comme un paon ! » Les gros éclats de rire de Jocelyn, ses mystérieuses petites courbettes, ses yeux écarquillés et ses discours franchement imbéciles humiliaient et embarrassaient son fils à l'extrême. Et si jamais Jocelyn l'épousait ! Henry n'avait rien contre Mme Ross, mais l'idée de l'avoir pour belle-mère l'emplit de consternation. Car pour aussi ridicules qu'ils fussent, les travers de Jocelyn n'amoindrissaient en rien l'amour qu'Henry portait à son père. Et l'idée que son père pût faire le pitre devant cette femme lui parut insupportable. Miss Prentice était sans doute dans sa chambre ; Dinah était sortie : il n'y avait rien à faire.

Henry entra sans but dans la bibliothèque, espérant vaguement que la porte du bureau serait ouverte. Mais celle-ci était fermée. Il entendit le murmure d'une voix féminine. Cela ne s'arrêtait plus. Mais que diable avait-elle à lui dire ? Un baryton l'interrompit : son intonation semblait contenir une supplique véhémente. Puis il y eut une longue pause.

« Seigneur ! songea Henry. Il ne lui a pas demandé sa main ! »

Avec un sifflotement rauque, il prit une encyclopédie sur une étagère, claqua la porte vitrée et laissa tomber le volume sur la table.

Une exclamation de son père lui parvint de la pièce voisine. Une chaise craqua, puis les voix s'éloignèrent. Ils avaient dû se retirer à l'autre bout du bureau.

Henry se jeta dans un fauteuil, et à nouveau, l'énigme du meurtre s'empara de ses pensées. Qui donc la police soupçonnait-elle d'avoir voulu supprimer Eleanor Prentice ? Qui selon eux avait les meilleures raisons pour le faire ? Comme chaque fois qu'il y pensait, une bouffée de peur l'envahit : n'était-il pas le mieux placé pour désirer se débarrasser d'Eleanor ? Alleyn le soupçonnait-il ? D'ailleurs, *qui* soupçonnait-il au juste ? Pas Dinah, en tout cas, ni le pasteur, ni son propre père. Templett, alors ? Ou bien... oui... Mme Ross ? Si c'était Templett, Alleyn se douterait bien que le crime avait réussi, puisque Templett avait dissuadé Eleanor de jouer. Alleyn se demanderait sûrement si Templett avait dit à Mme Ross qu'il avait l'intention d'interdire à Eleanor de toucher au piano. La tirade de Dinah contre Mme Ross signifiait-elle que Dinah la soupçonnait ? La police avait-elle trouvé qui s'était approché inaperçu du piano dans une salle emplie de monde ? Car l'histoire de Gladys Wright avait déjà atteint Pen Cuckoo. Et envisageraient-ils cette hypothèse finale : qu'Eleanor Prentice s'était arrangée pour tendre ce piège à sa meilleure amie ? Ou bien adopteraient-ils la théorie du pasteur : une tentative de meurtre qui se serait soldée par un suicide ?

Il bondit sur ses pieds. On n'entendait plus de voix à côté. Ils avaient dû sortir par la porte-fenêtre.

Henry poussa la porte et entra. Non, ils étaient toujours là. Mme Ross était assise près de la fenêtre, le dos à la lumière. Jocelyn Jernigham faisait face à la porte. A sa vue, Henry s'écria :

– Père, qu'avez-vous ?

– Tiens ! Bonjour, fit Mme Ross.

– Bonjour, répondit Henry. Père, vous êtes malade ?

– Non. On ne fait pas irruption dans une pièce pour demander aux gens s'ils sont malades. C'est ridicule.

– Mais votre visage ! Il est complètement livide.

– C'est l'indigestion.

– Je ne vous crois pas.

– Je pensais bien qu'il était un peu pâle, intervint Mme Ross avec sollicitude.

– Il est vert, oui.

– Absolument pas, rétorqua Jocelyn, excédé. Mme Ross et moi avons à parler, Henry.

– Désolé, répliqua Henry obstinément, mais je sais que quelque chose ne tourne pas rond ici. Qu'est-ce que c'est ?

– Mais rien, mon cher, répondit-elle avec légèreté.

Il la dévisagea.

– Je crains de ne pas être de votre avis.

– Eh bien, j'espère que vous le serez quand nous vous aurons mis au courant. En attendant, c'est un secret. N'est-ce pas ?

Elle leva les yeux sur Jocelyn.

– Oui, bien sûr. Va-t'en, mon garçon, tu es en train de te ridiculiser.

– Etes-vous sûr, demanda Henry lentement, que personne n'est en train de vous ridiculiser, vous ?

Taylor entra, l'air légèrement désorienté.

– L'inspecteur Fox demande à voir Monsieur. Je lui ai dit...

– Bonjour, monsieur, tonna une voix de basse.

Et la silhouette massive de l'inspecteur Fox s'encadra sur le pas de la porte.

IV

Henry vit le regard du squire aller rapidement de la fenêtre ouverte à Mme Ross. Taylor s'écarta, et Fox pénétra dans le bureau.

– J'espère que vous me pardonnerez d'entrer directement, monsieur, déclara Fox. L'inspecteur principal Alleyn m'a prié de passer vous voir. Je me suis permis de suivre votre majordome, mais peut-être aurais-je dû attendre.

– Non, non, fit Jocelyn. Asseyez-vous, euh...

– Fox, monsieur. Merci beaucoup, monsieur.

Fox déposa son chapeau melon sur la table voisine et se tourna vers Henry.

– Bonjour, monsieur. Nous nous sommes vus hier soir, n'est-ce pas ?

– Je vous présente l'inspecteur Fox, madame Ross, dit Henry.

– Madame, fit Fox paisiblement.

Il s'assit. Ainsi qu'Alleyn l'avait fait remarquer à Nigel, il y avait chez Fox une certaine dignité.

Mme Ross eut un sourire charmeur.

– Je m'en vais, dit-elle, pour ne pas déranger M. Fox. Surtout, que personne ne bouge.

– Si cela ne vous ennuie pas, madame, répondit Fox, je vous serais obligé de patienter quelques minutes. J'ai une ou deux questions de routine à poser à tout le monde ; cela m'évitera de vous faire perdre votre temps par la suite.

– Mais je ne demande qu'à rester, monsieur Fox.

– Je vous remercie, madame.

Fox chaussa ses lunettes, ouvrit son carnet et contempla ses notes.

– Oui, fit-il. Le premier point est tout à fait mineur, à vrai dire. Quelqu'un ici présent aurait-il trouvé un oignon dans la théière ?

– *Quoi ?* s'exclama Henry.

Fox leva le regard sur lui.

– Un oignon dans la théière, monsieur.

– Quel oignon dans quelle théière ? interrogea Jocelyn.

Fox se tourna vers lui.

– Le jeune Biggins, monsieur, a avoué qu'il avait mis un oignon dans la théière qui devait servir au cours du spectacle. Nous voudrions savoir qui l'a enlevé.

Mme Ross éclata de rire.

– Excusez-moi, dit-elle, mais c'est trop drôle.

– Cela a l'air assez grotesque, en effet, opina Fox gravement. Savez-vous quelque chose à ce sujet ?

– J'ai bien peur que non. M. Alleyn m'a déjà reproché un oignon, je crois.

– En auriez-vous entendu parler, monsieur ?

– Ciel ! non ! répliqua Jocelyn.

– Et vous, monsieur Henry ?

– Moi non plus, répondit Henry.

– La question suivante, reprit Fox après avoir griffonné quelques notes, concerne la fenêtre. Si j'ai bien compris, samedi après-midi vous l'avez trouvée ouverte, madame Ross ?

– Oui. Et nous l'avons refermée.

– Vous l'aviez déjà fermée une fois, n'est-ce pas ? Vers midi.

– Oui.

– Qui l'a rouverte ?

Fox regarda tout à tour Jocelyn et Henry, qui secouèrent la tête.

– Ce doit être ma cousine, Miss Prentice, déclara Henry. C'est une maniaque... une fervente adepte de l'air frais, se reprit-il, et elle n'a pas cessé de se plaindre de l'atmosphère confinée de la salle.

– Puis-je voir Miss Prentice, monsieur ? demanda Fox. Si elle est à la maison.

– Je crois qu'elle... euh... elle... euh... elle est là, bafouilla le squire, extrêmement mal à l'aise.

– Avez-vous encore besoin de moi, monsieur Fox ? s'enquit Mme Ross.

– Je pense que ce sera tout pour le moment. Je vous remercie, madame. L'inspecteur principal vous saurait gré de venir à la salle des fêtes ce soir à neuf heures et quart.

– Ah bon ? Très bien.

– Je vous raccompagne, fit le squire précipitamment.

Et ils sortirent par la porte-fenêtre.

Henry offrit une cigarette à Fox.

– Non, mais merci bien quand même, monsieur.

– Monsieur Fox, dit Henry, que pensez-vous de la thèse du pasteur ? Comme quoi Miss Campanula aurait tendu ce piège à ma cousine, mais quelque chose l'aurait rendue tellement malheureuse que lorsqu'on lui a demandé de jouer, elle se serait dit : « Eh bien, tant pis. Allons-y ! »

– Selon vous, monsieur, la défunte ne semblait pas très heureuse ?

– Oh ! vous savez, je ne faisais pas spécialement attention à elle ! Mais en y réfléchissant, oui... elle était assez bizarre. Drôlement bizarre même. Pour commencer, elle avait dû se disputer à mort avec ma cousine. Enfin, ma cousine restait amicale, mais Miss C. ne lui adressait plus la parole. Comme elle était du genre acariâtre, cela ne nous a pas frappés outre mesure. Vous comprenez ?

– Je comprends, monsieur, répondit Fox sans quitter Henry des yeux. Si possible, j'aimerais dire deux mots à Miss Prentice.

– Mon Dieu ! répliqua Henry tristement. Ecoutez, monsieur Fox, vous allez la trouver plutôt lunatique. Vous finirez par croire que les vieilles filles excentriques sont une spécialité de la région, mais je vous jure que le choc causé par cette affaire a dû la pousser à bout. Elle s'imagine que l'assassin a raté sa première tentative et que tôt ou tard, il remettra ça.

– Au fond, c'est assez naturel, monsieur. Peut-être se sentira-t-elle plus à l'aise sous la protection de la police.

– Je plains le protecteur, rétorqua Henry. Bon, je vais voir si elle peut descendre.

– S'il vous plaît, fit Fox avec bonhomie.

Henry gravit les marches d'un pas agité et alla frapper à la porte de Miss Prentice. Il n'y eut pas de réponse. Il frappa à nouveau. La porte s'ouvrit brusquement, et Miss Prentice apparut sur le seuil, un doigt sur les lèvres, telle une mystérieuse sibylle aux dents de lapin.

– Que se passe-t-il ? chuchota-t-elle.

– Rien, cousine Eleanor. Simplement, il y a un officier du Yard qui désire vous poser une question plutôt infantile.

– Cette femme est-elle encore là ? Je ne veux pas la voir.

– Mme Ross est partie.

– Est-ce bien vrai, Henry ?

– Mais oui, c'est vrai.

– Et voilà, tu t'es encore fâché. Tu n'es pas gentil avec moi, Henry.

– Chère cousine Eleanor !

Sa main esquissa un geste nerveux sur sa poitrine.

– Non, tu n'es pas gentil. Pourtant, j'ai tant d'affection pour toi. C'est pour ton bien. Tu es jeune, beau et fort. Tous les Jernigham sont beaux et forts. N'écoute pas les femmes comme elle, Henry. N'écoute jamais aucune femme. Elles te feront du mal. Sauf cette chère Dinah.

– Allez-vous descendre parler à l'inspecteur Fox ?

– Ce n'est pas un guet-apens pour me faire rencontrer cette femme ? Pourquoi est-ce un homme différent ?

Fox ? Où est l'autre ? C'était un gentleman. Et tellement grand ! Plus grand que le père Copeland.

Il vit avec stupéfaction que la main de Miss Prentice traçait une forme bien précise sur sa poitrine. Elle était en train de se signer.

– Cet homme est parfaitement inoffensif, dit Henry. Allez, venez.

– D'accord. J'ai l'impression que ma tête va éclater. Il faut que je vienne, sans doute.

– Voilà qui est mieux. Cousine Eleanor, votre robe est dégrafée, ajouta Henry maladroitement.

– Oh !

Elle s'empourpra et, à son horreur, eut un rire aigu. Se détournant, elle s'affaira à reboutonner sa robe. Puis elle passa précipitamment devant lui et se mit à descendre l'escalier, non sans coquetterie.

Le cœur serré, Henry l'escorta jusqu'au bureau. Son père était revenu et se tenait devant le feu. Il accueillit Miss Prentice d'un regard embarrassé.

– Ah ! vous voilà, Eleanor ! Je vous présente l'inspecteur Fox.

Miss Prentice tendit la main mais, à peine Fox l'eut-il effleurée qu'elle la retira. Les yeux baissés, elle lissait inlassablement les plis de sa robe. Fox la considéra d'un air tranquille.

– Je suis navré de vous déranger, Miss Prentice. Je voulais simplement vous demander si vous n'aviez pas ouvert une fenêtre de la salle des fêtes en partant samedi à midi.

– Oh si ! murmura-t-elle. Etait-ce le péché inexpiable ?

– Je vous demande pardon, miss ?

– L'ai-je laissé rentrer ?

– Laissé rentrer quoi, Miss Prentice ?

– Vous le savez bien. Mais j'ai ouvert un tout petit peu. Juste un tout petit peu. Evidemment, il peut se faire minuscule, n'est-ce pas ?

Fox ajusta ses lunettes et porta un gribouillis sur son carnet.

– Vous avez donc ouvert la fenêtre ? fit-il.

– Pourquoi le redemander ? Vous savez bien que oui.

– Miss Prentice, n'avez-vous rien trouvé dans la théière qui devait servir au cours du spectacle ?

– C'est là qu'il se cachait ?

– Qui ?

– Le péché inexpiable. Vous savez. Ce qu'elle a fait !

– Vous racontez n'importe quoi, Eleanor, s'interposa Jocelyn.

Il se plaça derrière elle et adressa des grimaces frénétiques à Fox.

– Je suis désolée de vous avoir agacé, Jocelyn.

– Vous ne savez rien au sujet d'un oignon qu'un petit garçon aurait mis dans la théière, Miss Prentice ?

Les yeux grands ouverts et la bouche arrondie, elle secoua lentement la tête. Une fois lancée, elle sembla incapable de s'arrêter et continua à secouer la tête jusqu'à ce que ce mouvement eût perdu toute signification.

– Bien, dit Fox, je ne vous dérangerai plus. Merci, Miss Prentice.

– Henry, fit Jocelyn, raccompagne ta cousine dans sa chambre.

Elle sortit sans un mot, et Henry se hâta de la suivre. Jocelyn se tourna vers Fox.

– Vous voyez ! Le choc lui a fait perdre la raison. On n'y peut rien. Vous avez vu vous-même. Il va falloir consulter un spécialiste. En tout cas, n'allez pas croire ce qu'elle vous a raconté.

– Elle n'a jamais été comme ça auparavant, monsieur ?

– Seigneur, non.

– C'est vraiment malheureux. L'inspecteur principal m'a demandé de vous parler de ce soir, monsieur. Il aimerait réunir tous les membres de la troupe qui devait jouer samedi, et il vous prie d'avoir l'amabilité de conduire les vôtres à la salle des fêtes.

– A vrai dire, je ne vois pas bien... Il se trouve que j'ai invité les Copeland à dîner pour discuter de la situation.

– Cela tombe bien, n'est-ce pas, monsieur ? Vous pouvez ensuite tous venir à la salle des fêtes.

– Oui, mais je ne vois pas à quoi cela va servir.

– L'inspecteur principal vous l'expliquera à son retour, monsieur. Il a dit qu'il vous serait très obligé si vous donniez l'exemple dans l'affaire de ce soir. Compte tenu de votre position, il a pensé que vous préféreriez arriver avant les autres. Vous avez bien deux voitures, monsieur ?

– Oui, certainement.

Jocelyn regarda fixement le portrait de son aïeule comédienne et demanda :

– Avez-vous une idée de l'identité de l'assassin ?

– Je ne peux pas vous dire ce que le patron a en tête en ce moment, répliqua Fox, si aimablement que sa réponse évasive sonna comme un aveu. Il vous en informera sûrement lui-même, monsieur. Neuf heures à la salle des fêtes, cela vous convient-il, monsieur ?

– Comment ? Oh oui ! Oui, bien sûr.

– Très obligé, monsieur. Il ne me reste plus qu'à vous souhaiter une bonne journée.

– Au revoir, répondit Jocelyn nerveusement.

V

– Voici Miss Bruce, déclara le contrôleur. C'est elle qui était de service vendredi soir, mais je doute qu'elle puisse vous renseigner.

Fox posa un regard placide sur Miss Bruce qui s'avéra être une jeune personne plutôt vive.

– Voilà, Miss Bruce, fit-il. Nous serions très heureux si vous pouviez nous aider à résoudre un petit problème. C'est bien vous qui remplissiez les fonctions d'opératrice vendredi à vingt-deux heures ?

– Oui, absolument.

– En fait, le coup de fil qui nous intéresse a dû être donné vers dix heures et demie. La destination était le presbytère de St. Giles de Winton. C'est une ligne groupée qui comporte deux appareils manuels d'un vieux modèle. On n'en voit plus beaucoup, n'est-ce pas ?

– Ils seront supprimés à partir de l'année prochaine, annonça le contrôleur.

– Ah oui ? répondit Fox, affable. Bien, bien. Alors, Miss Bruce, pouvez-vous nous aider ?

– Je ne me souviens d'aucun appel pour le presbytère vendredi soir, déclara Miss Bruce. C'est Chipping 10, le numéro. Je le sais parce que je suis au CJAP. Il faut toujours laisser sonner un long moment : la vieille bonne, Mary, est un peu dure d'oreille, la chambre de Miss Dinah est en haut, et le pasteur ne répond jamais lui-même. On utilise souvent cette ligne, vous pensez bien.

– J'imagine.

– Vendredi, il y avait le cercle de lecture. D'habitude, ils se voient à la salle des fêtes ; et tout le monde sait qu'il est inutile d'appeler le vendredi car il n'y a personne pour décrocher. En fait, vendredi dernier, ils se sont retrouvés au presbytère à cause de la pièce, mais les gens n'étaient pas censés être au courant. Ils devaient donc se dire : « On est vendredi, ça ne sert à rien d'appeler. »

– Vous êtes sûre que personne n'a téléphoné, alors ?

– Certaine. Je suis prête à le jurer, si on me le demande.

– Si on avait utilisé l'autre poste, vous ne l'auriez pas su, naturellement.

– Bien sûr que non, tiens.

– Eh bien, je vous remercie, miss, déclara Fox. Je vous suis très obligé. Bon après-midi.

– Au plaisir, répliqua Miss Bruce. Allez, salut.

25.

Esquisses finales

I

L'express de Londres entra en rugissant en gare de Great Chipping. Alleyn, qui était en train de lire l'avenir dans la vitre crasseuse, se leva à la hâte et enfila son pardessus.

Fox l'attendait sur le quai.

– Alors, compère Fox ? fit Alleyn tandis qu'ils montaient dans la Ford des Biggins.

– La voiture du Yard est arrivée, monsieur. Ils nous rejoindront discrètement quand tout le monde sera rassemblé. Allison pourra aller au buffet avec ses deux hommes, et moi, je me tiendrai devant l'entrée principale.

– Parfait. Il faudra que je vous donne la réplique en guise de signal d'entrée, comme dirait Miss Copeland. Voyons. Je demanderai à Miss Prentice si elle sent le courant d'air. Nous serons sur la scène autour de la table ; il y aura sûrement un sacré courant d'air. Et comment cela s'est passé à Pen Cuckoo ?

– Elle était là.

– Pas... ?

– Ross ou Rosen. Vous avez eu un trait de génie là, monsieur Alleyn. Quand je pense qu'elle est la petite amie de Claude Smith ! Nous étions sur l'affaire Quantock à l'époque, n'est-ce pas ?

– En tout cas, nous n'étions pas au Yard. Et je ne l'ai jamais rencontrée avant.

– Moi non plus. Enfin, elle était là. A mon avis, il se trame quelque chose... entre elle et lui.

– Entre elle et qui, monsieur Fox ? s'enquit Nigel. Je vous trouve particulièrement obscur et énigmatique, ce soir.

– Entre Jernigham père et Mme Ross, monsieur Bathgate. Il avait l'air bizarre quand je suis arrivé, et M. Henry semblait se demander s'il ne se passait pas quelque chose de louche. Elle, elle était suffisamment maîtresse d'elle-même ; quant à l'autre, je pense que c'est un cas pour un spécialiste.

– Miss Prentice ? murmura Alleyn.

– C'est exact, monsieur. Le jeune Jernigham est allé la chercher. Elle a reconnu avoir ouvert la fenêtre sans même battre un cil, puis elle s'est mise à raconter des tas d'inepties à propos du péché inexpiable qu'elle aurait laissé entrer. J'ai tout noté, mais vous n'imaginez pas le charabia que c'est.

– Le péché inexpiable ? Lequel, je me le demande.

– Personne n'était au courant, pour l'oignon, déclara Fox d'un air morne.

– Je trouve que les oignons sont, sous toutes les formes, un péché inexpiable, glissa Nigel.

– Je crois que vous avez raison, au sujet de l'oignon, monsieur Alleyn.

– Je le pense, Fox. Après tout, on s'exclame, non, quand on découvre un oignon dans une théière ? Pourquoi ne pas avoir dit : « C'est encore Georgie Biggins, à coup sûr » et ne pas avoir fait une scène ?

– C'est juste, monsieur. A la façon dont ils ont répondu à la question, on croirait que personne n'a jamais reniflé d'oignon de sa vie. M. Jernigham parle de faire venir un docteur. Vous savez quoi ? A mon avis, il en pince pour elle. Pour Rosen, j'entends.

Fox passa en seconde pour attaquer la côte de Chipping et reprit :

– Pour ce qui est du téléphone, c'était bien ça. Je vous l'ai dit quand je vous ai appelé, n'est-ce pas ?

– Oui.

– J'ai aussi vu les quatre filles qui aidaient Gladys Wright. Trois d'entre elles sont prêtes à jurer que personne n'est descendu de la scène dans la salle, et la quatrième en est sûre, mais elle ne le jurerait pas car elle s'était absentée une minute. J'ai revérifié les mouvements de tous ceux qui se trouvaient derrière les coulisses. M. Copeland est resté assis face aux projecteurs depuis son arrivée jusqu'au moment où ils sont tous allés téléphoner à Mme Ross de la loge de M. Jernigham. Puis il est retourné sur la scène et ne l'a quittée que lorsqu'il y a eu cet attroupement autour de Miss Prentice.

– A mon avis, c'est suffisamment clair, Fox.

– Je le pense aussi. C'est gênant, cette histoire de chef de police, ne trouvez-vous pas, monsieur ?

– Si, bien sûr. Je ne lui connais pas de précédent. Tant pis, on verra bien ce qui sortira de cet entretien préliminaire. Vous lui avez fixé rendez-vous en conséquence ?

– Oui, monsieur. Tout est arrangé. Avez-vous dîné dans le train ?

– Oui, Fox. Le poisson à la mine douteuse, comme d'habitude, et tout le reste. M. Bathgate voudrait connaître l'auteur du crime.

– Je le connais, déclara Nigel de la banquette arrière, mais je ne parlerai pas.

– Voulez-vous vous arrêter à l'auberge, monsieur Alleyn ?

– Non. Allons-y, compère Fox, et qu'on en finisse.

II

C'était Henry qui avait eu l'idée d'inviter le pasteur et Dinah à dîner.

– Vous pouvez considérer que Dinah et moi, c'est chose faite, père. Nous n'allons pas renoncer l'un à l'autre, vous savez.

– Je continue à penser... enfin !

Henry, qui était en train d'observer son père, comprit que la visite des avoués de Miss Campanula au presbytère allait mener en ligne directe vers leur propriété dans la vallée. Jocelyn s'agitait en marmonnant des mots incohérents ; mais déjà, se dit Henry, son père était en train de faire poser un nouveau toit à Winton. Mieux valait ne pas mentionner la conversation téléphonique qu'Henry avait eue avec Dinah après le départ de Fox. Car d'après Dinah, son père ne se sentait pas le droit d'accepter la fortune laissée par Idris Campanula.

– J'espère que vous ne soupçonnez ni le pasteur ni Dinah, même s'ils ont hérité de tout cet argent, observa Henry. Eux ne nous soupçonnent pas. Cousine Eleanor, qui soupçonne Dieu sait qui, est dans sa chambre et ne descendra pas avant le dîner.

– Elle ne devrait pas rester seule.

– L'une des femmes de chambre lui tient compagnie. Elle s'est calmée et a repris ses airs de martyre habituels.

Jocelyn regarda Henry avec nervosité.

– Qu’est-ce qu’elle a, à ton avis ?

– Une araignée au plafond, répondit Henry joyeusement.

Les Copeland avaient accepté l’invitation à dîner. Le sherry fut servi dans la bibliothèque, mais Henry réussit à attirer Dinah dans le bureau où il avait allumé un grand feu et placé discrètement une énorme coupe de chrysanthèmes jaunes.

– Dinah chérie, déclara Henry, j’ai au moins cinquante choses urgentes à te dire, mais quand je te regarde, aucune d’elles ne me vient à l’esprit. Puis-je t’embrasser ? Nous sommes presque officiellement fiancés, non ?

– Ah bon ? Tu ne m’as jamais demandé ma main, que je sache.

– Miss Copeland — puis-je vous appeler Dinah ? —, soyez à moi.

– Je reconnais, monsieur Jernigham, que votre requête me touche au plus profond de moi-même et que je ne saurais rester indifférente devant un aussi doux aveu.

Henry l’embrassa, marmonnant à son oreille qu’il l’aimait vraiment beaucoup, beaucoup.

– Tout de même, fit Dinah, je me demande pourquoi M. Alleyn nous convoque à la salle ce soir. Je n’ai pas envie d’y aller. Cet endroit me donne des frissons.

– A moi aussi, Dinah. Je me suis conduit en parfait imbécile, hier soir.

Et il lui raconta comment, à travers la tempête, il avait entendu les trois accords du Prélude.

– Moi, j’aurais eu une attaque, déclara Dinah. Henry, *pourquoi* veulent-ils nous voir ? Vont-ils... vont-ils arrêter quelqu’un ?

– Qui ? demanda Henry.

Ils se dévisagèrent d’un air solennel.

– Qui, en effet ? répliqua Dinah.

III

– Je vous avoue, Copeland, que j'ai reçu un sale coup, dit le squire en se servant un whisky soda. Ma position est bigrement inconfortable. Encore un peu de sherry ? Sottises, cela vous fera du bien. Vous n'avez pas l'air très heureux non plus.

– C'est la chose la plus horrible qui ait pu arriver à nous tous, répondit le pasteur. Comment va Miss Prentice ?

– C'est, entre autres, ce dont je voulais vous parler. Savez-vous que...

Le pasteur écouta en pâlissant le récit de Jocelyn.

– La pauvre, fit-il, la pauvre.

– Je sais, mais c'est fichtrement gênant. Pardonnez-moi, mais... je... Oh ! Seigneur !

– Désirez-vous m'en parler ? demanda le pasteur.

Et, si une note de lassitude s'était glissée dans sa voix, Jocelyn ne la remarqua point.

– Non, répliqua-t-il, non. Il n'y a rien à dire. Je suis inquiet, voilà tout. A quoi rime la réunion de ce soir, à votre avis ?

Le pasteur le considéra avec curiosité.

– Je croyais que vous étiez au courant. De par votre fonction, j'entends...

– Etant donné que l'arme du crime m'appartient, j'ai préféré me tenir en dehors. Techniquement parlant, je fais partie des suspects, moi aussi.

– Bonté gracieuse, oui.

Le pasteur avala une gorgée de sherry.

– Nous sommes tous dans ce cas, évidemment.

– Je me demande, fit le squire, ce qu'Alleyn a derrière la tête.

– Vous ne pensez pas qu'il va... arrêter quelqu'un ?

Ils se dévisagèrent.

– Le dîner est servi, monsieur, annonça Taylor.

IV

– Bonne nuit, chérie, dit le Dr Templett à sa femme. Je pense que tu seras endormie à mon retour. Je suis content que tu aies passé une bonne journée.

– J'ai passé une excellente journée, répondit cette voix, toujours aussi résolument courageuse. Bonne nuit, mon chéri.

Templett referma doucement la porte. A l'autre bout du couloir, le téléphone sonnait dans sa chambre. On devait l'appeler de l'hôpital avant huit heures. Il alla décrocher.

– Allô ?

– C'est toi, Billy ?

Il se figea, le combiné toujours collé à son oreille.

– Billy ? Allô ? Allô ?

– Oui ? dit le Dr Templett.

– Tu es encore en vie, fit la voix.

– On ne m'a pas arrêté, finalement.

– Curieusement, moi non plus, bien que je sois allée voir Alleyn pour endosser toute la responsabilité de la lettre...

– Selia ! Pas au téléphone !

– Je me fiche pas mal de ce qui peut m'arriver maintenant. Tu m'as laissée tomber. C'est tout ce qui compte.

– Comment cela ? Non, ne dis rien ! C'est faux.

– Très bien. Au revoir, Billy.
– Attends ! T'a-t-on demandé de te présenter à la salle des fêtes ce soir ?
– Oui. A toi aussi ?
– Oui.
Le Dr Templett porta une main à ses yeux.
– Je vais passer chez toi, marmonna-t-il précipitamment.
– Quoi ?
– Si tu veux, je t'y emmène.
– J'ai ma propre voiture. Inutile de te déranger.
– Je passe te prendre à neuf heures.
– Pour me laisser tomber quelques minutes plus tard, j'imagine ?
– Tu es injuste. Que crois-tu que j'aie pensé quand...
– Visiblement, tu n'as pas confiance en moi. Voilà tout.
– Mon Dieu... ! commença Templett.
La voix coupa froidement :
– Très bien. A neuf heures. A ton avis, pourquoi veut-il nous réunir à la salle ? Va-t-il arrêter quelqu'un ?
– Je n'en sais rien. Et toi, qu'en penses-tu ?
– Aucune idée.

V

Au moment où la voiture de police stoppait devant la salle des fêtes, l'horloge de l'église sonna neuf coups. Alleyn et Fox descendirent, suivis du brigadier Allison et de deux hommes en civil. Au même instant, Nigel les rejoignit avec sa propre voiture et le brigadier Roper. Ils entrèrent tous par la porte de derrière, et Alleyn éclaira au passage le buffet et la scène.

– Vous avez tous noté la configuration des lieux ? fit-il. Deux volées de marches mènent du buffet sur la scène. Je pense, Fox, que nous allons baisser le rideau. Vous pouvez rester sur la scène. Vous aussi, Bathgate, en coulisse, et qu'on ne vous entende pas. Savez-vous à quel moment vous descendez et ce que vous devez faire ?

– Oui, acquiesça Nigel nerveusement.

– Bien. Allison, allez vous poster devant la porte d'entrée, et vous autres, mettez-vous dans les loges. Ils vont passer par le buffet et ne vous verront pas. Roper, allez dehors et dirigez-les vers la porte de derrière. Puis revenez, mais discrètement, si vous ne voulez pas que je vous arrache vos boutons ou que je vous étripe. Les autres peuvent rester dans les loges jusqu'à ce que la compagnie soit au complet. Ensuite, je claquerai les deux portes en haut des marches. Vous pourrez alors sortir dans le buffet et vous asseoir sur les marches. Le piano est bien en place, Fox ? Les paravents aussi ? Parfait. On peut baisser le rideau.

Le rideau descendit en bruissant et en soulevant un nuage de poussière.

Coupée du reste de la salle, la scène apparut plus réelle. Le décor de fortune confectionné par Dinah, pour artificiel et rafistolé qu'il fût, n'en ressemblait pas moins à celui qu'emploient toutes les troupes itinérantes, tandis que les fauteuils et les bibelots de Mme Ross lui conféraient une note d'élégance. La rampe improvisée éclairait vaillamment le chintz et la porcelaine. La scène, animée d'une vie mystérieuse, avait pris un air d'attente. Sur la table ronde, Alleyn disposa la lettre anonyme, le Prélude en do mineur, la *Suite vénitienne*, les fragments de caoutchouc dans leur boîte, l'oignon, la caisse et la théière. Puis il recouvrit ce singulier assemblage d'objets avec un torchon.

Fox et Allison allèrent chercher des chaises supplémentaires dans les loges et apportèrent l'une des lampes à pétrole sur la scène.

– Huit chaises, compta Alleyn. C'est bon. Nous sommes prêts ? Je crois que oui.

– C'est tout, monsieur ?

– Oui. N'oubliez pas votre signal. Laissez la lumière du buffet allumée. Le voilà. Allez, en place, tout le monde.

Fox se dirigea vers la boîte du souffleur. Nigel sortit par la porte opposée et s'assit dans l'ombre de l'avant-scène. Allison descendit dans la salle, les deux hommes en civil disparurent dans les loges ; et Roper, respirant bruyamment, alla vers la porte de derrière.

– La stratégie de choc, marmonna Alleyn. Dieu, que j'ai horreur de ça. C'est tellement injuste, et puis cela ressemble tant à de la parade de notre part ! Enfin, tant pis, on n'a pas le choix.

– Je n'entends pas de voiture, chuchota Nigel.

– Ça va venir.

Ils tendirent l'oreille. Le vent hurlait, et la pluie tambourinait sur les volets.

– Je ne pourrai pas repenser à cet endroit sans entendre ce bruit, fit Nigel.

– C'est pire que jamais, répondit Fox.

– Ça y est, dit Alleyn.

A présent, tout le monde entendit une auto freiner dans l'allée. Une portière claqua. Le gravier crissa, et la voix de Roper parvint jusqu'à eux. La porte de derrière s'ouvrit. Roper, qui s'était improvisé majordome, annonça d'une voix forte :

– M. Jernigham père, monsieur.

Et le squire fit son entrée.

26.

Miss Prentice sent le courant d'air

I

– C'est pourquoi, dit Alleyn, je me suis demandé, je l'avoue, si l'objet de sa visite n'était pas de vous faire chanter.

Le squire, qui avait perdu toutes ses couleurs, rougit violemment.

– Je ne peux pas le croire.

– Quand on consulte son casier...

La main droite du squire esquissa un geste brutal et maladroit. Debout au milieu de la scène, sous le faisceau implacable des projecteurs, il paraissait mi-effrayé, mi-agressif. Alleyn le contempla quelques secondes avant de poursuivre :

– Voyez-vous, je crois savoir ce qu'elle avait à vous dire.

La mâchoire inférieure de Jernigham s'affaissa.

– Ce n'est pas vrai, répliqua-t-il d'une voix rauque.

– Alors laissez-moi vous dire quelle emprise, selon moi, elle exerce sur vous.

Alleyn continua à parler, d'une voix égale, impersonnelle. Jernigham l'écoutait, les yeux baissés. A un moment, il leva le regard comme pour l'interrompre, puis, se ravisant, il préféra se venger sur ses ongles.

– Je vous offre une opportunité, disait Alleyn. Si vous acceptez de me révéler...

– Je n'ai rien à vous dire. Tout cela est faux.

– Mme Ross n'est pas venue vous voir cet après-midi pour vous raconter cette histoire ? Elle ne vous a pas posé ces conditions précises ?

– Je refuse d'aborder ce sujet.

– Même, fit Alleyn, compte tenu de ce que je viens de vous apprendre ?

– Je n'ai rien reconnu.

– Tant pis. J'avais un peu peur que vous n'adoptiez justement cette ligne de conduite.

– Dans une position comme la mienne...

– C'est à cause de votre position que je vous ai offert cette opportunité. Je ne peux pas faire plus.

– Je ne vois pas pourquoi vous avez tenu à convoquer cette réunion.

– La stratégie de choc, monsieur, répondit Alleyn.

– Je... je m'y oppose.

– Si vous le souhaitez, monsieur, je peux vous présenter mon rapport, et vous déposerez une plainte officielle au Yard.

– Non.

– Cela ne changerait rien, du reste, ajouta Alleyn. Je crois que les autres sont arrivés. C'est votre dernier mot ?

– Je n'ai rien à dire.

– Comme vous voudrez, monsieur.

Roper frappa à l'une des portes qui menaient au buffet.

– Oui ? cria Alleyn.

– Tout le monde est là, monsieur, comme un seul homme.

– Très bien, Roper. Faites-les entrer.

II

Miss Prentice entra la première, suivie de Dinah, du pasteur et d'Henry. Alleyn l'invita à prendre le fauteuil le plus confortable, qu'il avait placé à un bout de la scène. Comme elle semblait se tâter, il eut recours à une politesse si expéditive qu'elle se retrouva assise sans bien comprendre ce qui lui arrivait. Elle jeta un regard furtif sur le pasteur, qui prit place à sa droite. Dinah s'assit à côté de son père, et Henry, à côté d'elle. Le squire regarda Alleyn à la dérobée.

– Voulez-vous vous asseoir, monsieur ? suggéra Alleyn.

– Comment ! Oui, oui, fit le squire convulsivement, s'installant à côté d'Henry.

Mme Ross entra, vêtue de noir et d'argent, silhouette étrangement exotique dans ce décor. Elle gratifia l'assistance d'un « Bonsoir ! » accompagné de son éternel sourire oblique, salua plus ostensiblement Alleyn et s'assit auprès du squire. Templett, l'air honteux et mal à l'aise, la rejoignit.

Miss Prentice retint son souffle et se mit à chuchoter :

– Non, non, non ! Pas à la même table. Je ne peux pas... !

Alleyn, qui avait pris le seul siège resté libre sur sa gauche, dit :

– Miss Prentice... je vous en prie !

Sa voix incisive suffit à réduire Miss Prentice au silence et à mettre les autres sur leurs gardes.

Il joignit ses longues mains sur la table et, se penchant en avant, contempla avec délibération le cercle des visages attentifs.

– Mesdames et messieurs, je n'ai pas l'intention de vous présenter des excuses pour vous avoir rassemblés ici ce soir. Je suis sûr que la plupart... pas tous, mais la plupart d'entre vous attendent avec impatience que cette affaire soit réglée. Sachez par conséquent que nous disposons d'un nombre suffisant de preuves pour pouvoir procéder à l'arrestation du coupable. Ces preuves, chacun de vous nous en a fourni ; mais chacun en a également gardé pour lui. Le schéma qui résulte de vos témoignages et de vos silences s'organise autour d'un seul et même individu : l'assassin de Miss Idris Campanula.

Ses auditeurs restaient figés tels les personnages d'un tableau : seules la pluie et les rafales de vent troublaient le silence.

– Depuis le début, cette étrange affaire a présenté une particularité : l'objectif de l'assassin. Ce piège mortel était-il destiné à Miss Idris Campanula ou bien à Miss Eleanor Prentice ? Dans le premier cas, le nombre de suspects se trouvait fort limité. Dans le second, le champ d'action s'avérait bien plus vaste. Durant ces deux derniers jours, mon collègue, l'inspecteur Fox, a interrogé ceux qui ont connu et fréquenté les deux femmes. Personne en dehors du cercle restreint que nous avons défini ne semblait avoir un mobile de meurtre. L'argent, la jalousie, l'amour et la peur, voilà les principaux thèmes qui sous-tendent la plupart des assassinats. On les retrouve tous les quatre dans le cas de Miss Campanula ; et trois, les trois derniers, dans le cas de Miss Prentice. Le fait que vendredi à cinq heures M. Henry Jernigham vous ait montré l'automatique, à tout le monde excepté son père à qui cette arme appartient, contribue par ailleurs à désigner l'un de vous comme étant le coupable.

Henry posa sa tête sur ses mains et enfouit ses doigts dans sa chevelure. Templett se racla la gorge.

– Ce matin, à l'enquête, vous avez tous entendu parler du pistolet à eau. Le piège était prêt vendredi à deux heures et demie. Mais samedi midi, lorsque Miss Prentice s'est servie de la pédale douce, le pistolet à eau n'était plus en position. Pourtant, entre-temps, quelqu'un s'était assis au piano, et le piège avait fonctionné.

Alleyn souleva le torchon au milieu de la table. Miss Prentice poussa un cri d'orfraie. Il prit la *Suite vénitienne* et désigna l'auréole circulaire ainsi que les traces d'éclaboussures au dos de la couverture.

– Cinq heures après le drame, c'était toujours humide. Idem pour la soie déchirée à l'avant du piano. Miss Prentice nous a dit avoir laissé sa partition à la salle pour la semaine. Il y avait du monde ici, samedi matin : le pistolet avait donc été retiré plus tôt, sans doute par le coupable, car un innocent n'aurait sûrement pas passé cet incident sous silence. Vendredi après-midi et en fin de journée, la salle était déserte. A ce stade, je vous signale que M. Jernigham et le Dr Templett possèdent un alibi pour vendredi après-midi : ils étaient tous deux à la chasse et sont rentrés juste à temps pour la répétition à Pen Cuckoo. L'alibi du Dr Templett reste valable jusqu'à samedi matin, car pendant tout ce temps, il était pris par ses obligations professionnelles. Il est peu probable qu'il se soit rendu à la salle des fêtes samedi aux premières lueurs du jour pour jouer du piano. Les jeunes filles chargées de la décoration sont arrivées peu après neuf heures, mais le pistolet à eau ne se trouvait déjà plus dans le piano.

« Passons à l'automatique. Si, comme nous le pensons, le pistolet à eau a été découvert vendredi, il est possible que la substitution ait eu lieu avant samedi matin. Cependant, nous écartons d'emblée cette hypothèse. Comme il devait y avoir du monde samedi matin, l'assassin courait le risque d'être découvert. Il aurait suffi de déranger la soie à l'avant de l'instrument pour apercevoir le canon du Colt. Certes, il y avait cette partition sur le pupitre, mais quelqu'un aurait pu l'enlever, pour épousseter le piano, par exemple. Il est vrai que personne n'allait examiner le dessus du piano car celui qui avait retiré le pistolet à eau a pris la peine d'épingler à nouveau la draperie et de recouvrir l'instrument de plantes en pot. Toutefois, le risque subsistait, et non des moindres. Il est plus vraisemblable que l'assassin ait repoussé la substitution au plus tard possible. Disons à samedi quatre heures.

Le Dr Templett fit un mouvement brusque mais ne dit rien.

– A ce moment-là, poursuivit Alleyn, personne d'entre vous ne possède un alibi qui résisterait à cinq minutes de contre-interrogatoire.

– Mais...

– Je vous ai dit...

– J'ai expliqué hier...

– Voulez-vous que nous entrions dans ces considérations ? Patience, vous allez voir. Vers trois heures et demie, Mme Ross est arrivée ici, suivie bientôt du Dr Templett. Elle était venue s'occuper des préparatifs du souper ; lui voulait déposer son costume dans sa loge. Tous deux étaient passés à Pen Cuckoo dans la matinée. Mme Ross nous a dit qu'elle était restée dans la voiture pendant que le Dr Templett était à l'intérieur. Inutile de vous rappeler, je présume, l'existence d'une porte-fenêtre dans le bureau.

– Je le savais, souffla Miss Prentice. Je le savais !

– Monsieur Alleyn, vous outrepassez vos droits, dit Mme Ross.

– Non, répondit Alleyn, je fais seulement une parenthèse pour vous montrer combien il aurait été facile pour quiconque de pénétrer dans le bureau. Mais pour en revenir à la visite à la salle, je crois que le Dr Templett nous en a donné une version véridique. En arrivant, il a trouvé Mme Ross occupée à préparer le souper. Quelque temps après, ils sont venus là, sur la scène. Ils ont remarqué que la dernière fenêtre sur la droite, près de la porte d'entrée, était entrouverte. Mme Ross, qui s'en était aperçue la première, a dit au Dr Templett qu'elle avait vu quelqu'un derrière la vitre. Pour atteindre la fenêtre, cette personne s'était servie d'une caisse.

Alleyn repoussa le torchon, révélant la vieille caisse aux yeux de l'assistance. Miss Prentice pouffa et se couvrit la bouche du revers de la main.

– Voici la caisse en question. Elle correspond aux marques dans le sol, sous la fenêtre. La reconnaissez-vous, docteur Templett ?

– Oui, répliqua Templett d'une voix atone. Je me souviens de cette traînée blanche sur le dessus. Je l'avais vue en me penchant.

– Parfait. Je précise que le Dr Templett a regardé par la fenêtre pour voir s'il y avait quelqu'un. Il n'a vu personne, mais en revanche, il a remarqué cette caisse. D'après lui, elle n'y était pas au moment de son arrivée. Mme Ross, elle, nous dit qu'elle n'a pas reconnu cette personne. Or j'ai fait la même expérience et j'ai constaté que dans les conditions décrites par elle, il est assez facile de reconnaître celui qui regarde par la fenêtre. Ainsi, on a le temps de se rendre compte s'il s'agit d'un homme ou d'une femme. Nous avançons donc l'hypothèse que Mme Ross a identifié cette personne.

Alleyn se tourna vers Templett.

– Mme Ross ne vous a pas dit qui c'était ?

– Je ne sais pas qui c'était, déclara Mme Ross.

– Docteur Templett ?

– Je m'en remets à la déposition de Mme Ross.

Alleyn regarda le squire.

– Mme Ross a-t-elle abordé cet incident lors de sa visite de cet après-midi, monsieur ?

– Je ne peux pas répondre à cette question, Alleyn, marmonna le squire.

Henry leva la tête et considéra son père avec une sorte d'étonnement incrédule.

– Bien, monsieur, répliqua Alleyn. Je vous rappelle à tous qu'il est dans votre droit de refuser de répondre à mes questions. La police n'a pas à tendre de pièges aux témoins ; sachez donc que nous avons identifié l'individu à la fenêtre.

Il ouvrit une petite boîte.

– L'un de ces fragments de caoutchouc est resté accroché à la pointe d'un clou à l'intérieur de la caisse. Les autres ont été également découverts sur les parois internes, pris dans les éclats de bois.

Il secoua une enveloppe et en extirpa un doigtier chirurgical déchiré.

– Ces fragments de caoutchouc, annonça-t-il, correspondent exactement aux trous dans le doigtier.

Miss Prentice galvanisa l'assistance en frappant violemment dans ses mains.

– Oh ! monsieur l'inspecteur, cria-t-elle d'une voix aiguë, comme vous êtes merveilleux !

III

Alleyn pivota lentement sur son siège et croisa un regard admiratif. Ses yeux globuleux saillaient ; la bouche ouverte, elle hocha plusieurs fois la tête d'un air extatique.

– Vous reconnaissez donc, fit-il, avoir placé cette caisse sous la fenêtre samedi après-midi ?

– Mais oui !

– Et être montée dessus pour regarder à l'intérieur ?

– Hélas ! oui !

– Pourquoi avez-vous fait cela, Miss Prentice ?

– J'étais inspirée.

– Pourquoi ne pas l'avoir avoué quand l'inspecteur Fox vous a interrogée là-dessus ?

Avec des mines disgracieuses de petite fille, elle se couvrit le visage de ses doigts.

– J'avais peur qu'il ne me demande ce que j'avais vu.

– C'est complètement idiot ! intervint Templett, courroucé.

– Et pourquoi, continua Alleyn, m'avez-vous dit que vous n'étiez pas sortie de tout l'après-midi ?

– J'avais peur de raconter ce que j'avais fait.

– Peur ? De qui ?

Se ramassant sur elle-même comme pour mieux cracher son venin, elle tendit le bras par-dessus la table et pointa l'index en direction de Mme Ross.

– D'*elle*. Elle a tenté de m'assassiner. C'est une meurtrière. Je peux le prouver. Je peux le prouver.

– Non ! s'écria le squire. Non ! Bon sang, Alleyn...

– Doutez-vous encore, monsieur Alleyn, demanda Mme Ross, que cette femme soit folle ?

– Je peux le prouver, répéta Miss Prentice.

– Comment ? s'enquit Alleyn. Finissons avec ça, monsieur Jernigham. Bientôt, nous pourrons y voir clair.

– Elle savait que je l'avais vue. Elle a essayé de me tuer parce qu'elle avait peur.

– Vous entendez cela, madame Ross ? Il s'agit d'une accusation grave. Avez-vous envie d'y répondre ? Je tiens à vous avertir d'abord que le Dr Templett a fait sa déposition concernant cet incident.

Elle jeta un coup d'œil rapide à Templett.

– Je croyais que vous n'aviez pas tenu compte de moi dans cette autre histoire, fit-il. J'ai dit la vérité.

– Pauvre imbécile, laissa échapper Mme Ross.

Pour la première fois, elle parut réellement effrayée. Subrepticement, elle porta ses mains à son cou maigre, puis elle les cacha sur ses genoux.

– Je n'ai pas spécialement envie de répéter la déposition du Dr Templett, dit Alleyn.

– Très bien.

Sa voix s'enroua. Elle prit une inspiration et poursuivit posément :

– Très bien, j'ai reconnu Miss Prentice. Je n'ai rien à craindre. On ne tue pas les vieilles filles parce qu'elles vous espionnent.

– Monsieur Jernigham, demanda Alleyn, Mme Ross vous a-t-elle parlé de cet incident cet après-midi ?

Le squire dévisageait Mme Ross comme si elle était une sorte de Gorgone. Sans la quitter des yeux, il acquiesça d'un signe de tête.

– Elle vous a suggéré que Miss Prentice était venue à la salle des fêtes dans l'intention de mettre l'automatique dans le piano ?

– C'est la vérité, déclara Mme Ross. Je suis prête à le jurer.

– Monsieur Jernigham ?

– Oui. Oui, c'est ce qu'elle a dit.

– Elle vous a demandé peut-être de lui faire confiance ?

– Oh ! mon Dieu ! fit le squire.

– Je suis arrivée trop tard ici pour toucher au piano, dit Mme Ross.

Elle regarda Dinah.

– Vous le savez.

– Oui, répliqua Dinah.

– C'est peu après cela, déclara Miss Prentice à brûle-pourpoint, qu'elle a commencé à me tendre des pièges. J'ai tout compris en un éclair. Elle m'avait vue obscurément à travers la vitre, et puisque j'avais assisté au péché inexpiable, elle a décidé de me supprimer. Vous me comprenez, n'est-ce pas, parce que c'est très important. Elle s'est liguée avec Les Autres, et ils finiront bientôt par m'avoir.

– Alleyn, ne croyez-vous pas que cela a assez duré ? s'interposa le Dr Templett. Nous savons tous parfaitement ce qui ne va pas ici.

– Je continue, si vous n'y voyez pas d'inconvénient, répondit Alleyn. Monsieur Copeland, vous m'avez dit que vendredi soir, vous attendiez Miss Prentice au presbytère.

– Oui, fit le pasteur, très pâle.

– Et elle n'est pas venue ?

– Non. Je vous l'ai expliqué. Elle a téléphoné.

– A quelle heure ?

– Peu après dix heures.

– De Pen Cuckoo ?

– C'était ma main, vous savez, déclara Miss Prentice rapidement. Je voulais reposer ma main. C'est qu'elle me faisait *très* mal. Le sang qui battait tout le long de mon bras : toc, toc, toc... Alors j'ai dit que je restais à la maison.

– Vous avez appelé de Pen Cuckoo ?

– C'est moi qui ai pris le message, monsieur Alleyn, rétorqua Dinah, je vous l'ai déjà dit.

– Et que diriez-vous, Miss Copeland, si je vous apprenais que dans la nuit du vendredi, la ligne de Pen Cuckoo est restée coupée entre huit heures vingt et le lendemain matin ?

– Mais... c'est impossible.

– Je crains que non.

Il se tourna vers Henry Jernigham.

– Vous êtes d'accord ?

– Oui, répondit Henry sans lever la tête.

– Vous pouvez remercier Les Autres pour ça, fit Miss Prentice d'une voix tremblante.

– Les Autres ?

– Oui, *Les Autres*. Ils font toujours ce genre de farces ; et la pire de toute la bande, c'est cette femme, là.

– Eh bien, Miss Copeland ?

– C'est moi qui ai pris le message, répéta Dinah. Miss Prentice a dit qu'elle était chez elle et qu'elle y resterait.

– Cette incohérence, fit Alleyn, nous mène plus loin. Madame Ross, vendredi soir, vous vous êtes rendue en voiture à Chipping en empruntant le Chemin de l'Eglise ?

– Oui.

– Vous m'avez dit que vous aviez vu une lumière à la salle des fêtes.

– Oui.

– Selon vous, c'était dans la loge de M. Jernigham ?

– Oui.

– Le téléphone se trouve bien dans cette pièce-là, Miss Dinah ?

– Oui, murmura Dinah. Oh oui !

Tirant une carte de sa poche, Alleyn y griffonna quelques mots et la tendit à Henry.

– Voulez-vous raccompagner Miss Dinah au presbytère ? demanda-t-il. J'aimerais que dans une demi-heure, vous appeliez ici. Montrez cette carte à l'homme qui se trouve à l'entrée : il vous laissera sortir.

Henry le regarda fixement.

– Bien, monsieur, répondit-il. Je vous remercie.

Et il s'en fut, accompagné de Dinah.

IV

– Maintenant, déclara Alleyn, nous en arrivons à la scène finale. Je vous signale en passant — bien que vous soyez sans doute déjà au courant — qu'à six heures et demie, Miss Gladys Wright a joué du piano en se servant de la pédale de gauche, en toute sécurité. Puisqu'il est inconcevable que quelqu'un ait enlevé les plantes en pot et dissimulé l'automatique dans le piano après six heures et demie, nous en déduisons que l'arme était déjà en place. Le cran de sécurité que M. Henry Jernigham a montré à tout le monde, et particulièrement à Mme Ross, explique que rien ne soit arrivé à Gladys Wright. Comment donc le coupable a-t-il réussi à ôter le cran de sécurité, alors que Gladys Wright et ses compagnes se trouvaient dans la salle ? Je vais vous montrer comment cela a été possible.

Il s'approcha de la rampe.

– Vous remarquerez que le rideau tombe de l'autre côté de la rampe improvisée et recouvre en partie le dessus du piano. A présent, regardez.

Se baissant, il plongea la main sous le rideau. Tout le monde aperçut le dessus du piano, tendu d'étamine jaune et verte.

– La draperie est fixée à l'aide d'épingles, comme c'était le cas samedi. Elle recouvre toute la surface de l'instrument. Le couvercle est rabattu en arrière, mais bien sûr, cela ne se voit pas. Les plantes en pot sont disposées sur la surface interne du couvercle. J'enlève l'épingle du milieu et je glisse ma main sous la draperie.

Le rideau me dissimule, et les plantes servent également d'écran qui masque tout mouvement éventuel aux yeux du public. Mes doigts ont atteint l'espace vide au-delà du couvercle rabattu. A l'intérieur, ils rencontrent la surface froide et lisse du Colt. Ecoutez.

Au milieu du bruit du vent et de la pluie, ils distinguèrent un faible déclic.

– Je viens de pousser le cran de sécurité, annonça Alleyn. La balle est prête à partir pour atteindre Miss Campanula entre les yeux.

– C'est horrible, lâcha le pasteur violemment.

– Nous avons établi avec certitude la suite des événements, reprit Alleyn. Nous savons que Gladys Wright a été la première à arriver. Nous savons qu'elle est entrée dans la salle à six heures et demie et qu'elle est restée avec ses compagnes à proximité du rideau baissé jusqu'à l'arrivée du public et même après. Nous savons que personne n'aurait pu descendre de la scène dans la salle inaperçu. Miss Wright est d'ailleurs prête à jurer que personne n'est descendu. Nous savons que Miss Dinah Copeland est venue peu après avec son père et qu'elle est restée derrière les coulisses. Nous savons que M. Copeland est demeuré sur la scène jusqu'au moment de faire son annonce, et qu'il l'a quittée seulement pour rejoindre les autres autour du téléphone, puis, une seconde fois, pour dissuader Miss Prentice de jouer. Monsieur Copeland, avez-vous vu quelqu'un se baisser vers le rideau comme je viens de le faire à l'instant ?

– Non. Non ! J'en suis absolument certain. J'étais assis juste en face, vous comprenez.

– Donc, à moins que M. Copeland ne soit le coupable, le cran de sécurité a dû être ôté lors de l'une de ses absences. Mais M. Copeland a cru jusqu'au dernier moment que c'était Miss Prentice qui allait jouer du piano. Nous sommes heureux de constater que M. Copeland n'est pas le coupable.

Le pasteur leva sa grande main comme pour protester contre ce statut d'exception. Le squire, Miss Prentice, Mme Ross et Templett ne quittaient pas Alleyn des yeux.

– Connaissant le seul moyen d'ôter le cran de sécurité, il semble évident que Miss Prentice n'était pas la victime désignée. Miss Prentice, vous avez froid. Sentez-vous un courant d'air ?

Miss Prentice secoua la tête, mais elle tremblait comme un chien mouillé et n'était pas loin de ressembler audit animal. Il y eut un mouvement imperceptible derrière la scène. Alleyn poursuivit :

– Quand vous étiez tous attroupés autour d'elle et qu'elle a consenti à laisser sa place à Miss Campanula, il aurait été facile de revenir ici pour remettre le cran de sécurité. Pourquoi courir le risque d'être arrêté pour le meurtre d'un autre ?

La voix posée d'Alleyn se tut un instant. Il se pencha en avant et reprit en soulignant chaque mot :

– Non ! Le piège était destiné à Miss Campanula. Il avait été dressé avant que Miss Prentice ne cède sa place, par quelqu'un qui savait qu'elle ne jouerait pas. Le cran de sécurité a été ôté au seul moment où la scène était vide. Le moment où vous étiez tous massés autour du téléphone. Puis l'assassin est revenu s'asseoir à sa place et il a attendu la catastrophe. En cet instant même, quelqu'un est assis au piano de l'autre côté du rideau. Dans une minute, vous allez entendre les accords d'ouverture du Prélude, tels que vous les avez entendus samedi soir. Si vous tendez l'oreille, vous distinguerez le déclic de la détente au moment où la pédale douce s'abaisse. Cela va correspondre à la détonation. Imaginez-le, ce coupable. Imaginez celui dont la main s'est glissée sous le rideau au milieu d'une salle bondée afin de mettre en marche ce mécanisme. Imaginez-le, assis comme nous tous en ce moment, en attendant les trois accords fatals.

Alleyn fit une pause.

Pesants et forts, tout comme ils avaient résonné sous la main de la morte, les trois accords du Prélude de Miss Campanula retentirent dans la salle vide.

Pom. Pom. POM !

Le rideau s'éleva lentement, par saccades.

Et avec lui se leva Miss Prentice. On eût dit qu'une main invisible la tirait par les cheveux. Sa bouche était grande ouverte, mais seule une sorte de râle en sortit. Les yeux rivés sur le rideau, elle pointa la main vers le pasteur et l'agita de haut en bas.

– *C'était pour vous*, gémit Miss Prentice. *Je l'ai fait pour vous !*

Et Nigel, assis au piano, vit Alleyn la prendre par le bras.

– Eleanor Prentice, je vous arrête...

27.

Fin

I

Assis devant la cheminée dans le bureau du pasteur, Henry et Dinah surveillaient la grande aiguille de l'horloge.

– Pourquoi veut-il que nous appelions là-bas ? demanda Dinah, pour la sixième fois peut-être. Je ne comprends pas.

– Moi, si. A mon avis, ce coup de téléphone n'est qu'un prétexte. Il voulait se débarrasser de nous.

Henry passa un bras autour de ses épaules et pressa sa joue contre les cheveux de la jeune fille.

– Oh, Dinah, fit-il.

– Quoi, mon chéri ?

Dinah leva les yeux. Il était perché sur le bras de son fauteuil, et elle dut se contorsionner pour voir son visage.

– Henry ! Qu'y a-t-il ?

– Je crois que nous allons passer un mauvais moment.

– Mais... ce n'est pas Mme Ross ?

– Je ne le pense pas.

Sans le quitter des yeux, elle lui prit la main.

– Je pense que c'est Eleanor, dit Henry.

– *Eleanor !*

– C'est la seule solution. Tu n'as pas remarqué ce à quoi Alleyn voulait en venir pendant tout ce temps ?

– Mais elle *tenait* à jouer. Elle nous a mené une vie d'enfer pour pouvoir jouer.

– Je sais. Mais Templett avait dit deux jours plus tôt qu'elle en serait incapable. Ne vois-tu pas, elle s'est arrangée pour que nous la trouvions en train de gémir et geindre et que nous insistions sur son désistement ?

– Et si nous n'avions pas insisté ?

– Elle aurait laissé le cran de sécurité ou elle n'aurait pas utilisé la pédale, ou alors elle aurait « découvert » l'automatique et accusé Miss C. de l'y avoir caché. Cela aurait fait une scène du tonnerre.

– Je ne peux pas le croire.

– Peux-tu le croire de la part de quelqu'un d'autre ?

– Mme Ross, répliqua Dinah aussitôt.

– Non, ma chérie. A mon avis, Mme Ross a simplement essayé de faire chanter mon père. C'est ma cousine qui est la coupable. Que feras-tu d'un mari dont tout le monde dira : « Ah oui, Henry Jernigham ! N'est-ce pas le neveu ou le fils de la meurtrière de Pen Cuckoo ? »

– J'aimerai mon mari et je me moquerai des ragots. Et puis, tu n'en sais rien. Tu ne fais que supposer.

– J'en suis convaincu. Il y a un tas de choses qui commencent à trouver une explication. Des choses qui ne riment à rien autrement. Je sais que c'est elle, Dinah.

– De toute façon, mon amour, elle est folle.

– Je l'espère, répondit Henry. Mon Dieu, c'est horrible !

Il sauta sur ses pieds et se mit à arpenter nerveusement la pièce.

– Je ne peux plus supporter cette attente, déclara-t-il.

– Il est l'heure de téléphoner.

– J'y vais.

Mais à peine eut-il ouvert la porte qu'ils entendirent des voix dans l'entrée.

Le pasteur entra, suivi d'Alleyn et du squire.

– Dinah ! Où est Dinah ? cria-t-il.

– Elle est là, fit Henry. Père !

Blanc comme un linge, le squire se tourna vers son fils.

– Viens ici, mon vieux, dit-il. J'ai besoin de toi.

– Un fauteuil, vite, lança Alleyn précipitamment.

Henry et lui étendirent le squire dans le fauteuil.

– Cognac, Dinah, fit le pasteur. Il s'est évanoui.

– Non, répondit le squire. Henry, mon vieux, il faut que tu saches...

– Je sais, répliqua Henry. C'est Eleanor.

Alleyn les observait, silhouette solitaire devant la porte. L'arrestation avait dressé comme un mur de verre entre lui et le petit groupe qui s'affairait autour du squire. Il savait que la plupart de ses collègues acceptaient ces moments d'isolement. Peut-être même ne s'en rendaient-ils pas compte. Mais lui se faisait toujours l'effet de Méphistophélès en train de contempler sa propre œuvre. C'était le seul instant où son sens du recul semblait le déserter. A présent, ils se souvinrent de lui, et il lut sur leurs visages la méfiance hostile si caractéristique d'un troupeau.

– Si M. Jernigham le désire, il pourra voir Miss Prentice, dit-il. Il suffira de vous adresser au commissaire Blandish.

Il s'inclina et alla pour sortir lorsque Jocelyn le rappela d'une voix forte :

– Un instant !

– Oui ?

Alleyn revint vivement vers le fauteuil. Le squire leva le regard sur lui.

– Je sais que vous avez essayé de me préparer à ça, fit-il. Vous avez deviné ce que cette femme m'a raconté. Mais je ne pouvais pas l'admettre... jusqu'à... jusqu'à ce que tout soit terminé. Vous me comprenez, n'est-ce pas ?

– Oui.

– Je ne sais plus où j'en suis. Je verrai ce qu'il faut faire demain matin. Je voulais juste dire que j'ai apprécié la façon dont vous avez mené les affaires. Avec beaucoup de tact.

– Si j'avais eu une autre solution, j'aurais évité la scène finale, monsieur.

– Je sais. Il ne faut pas que je pose de questions, bien sûr. Il y a des choses qui m'échappent... Alleyn, on va la reconnaître détraquée, hein ?

– Je suis sûr que le Dr Templett vous conseillera un psychiatre, monsieur.

– Oui, merci.

Le squire cligna des yeux et, soudain, lui tendit la main.

– Bonne nuit.

– Bonne nuit, monsieur.

– Je vous raccompagne, dit Henry.

Au moment de sortir, Alleyn songea que ce n'était pas rien, d'être un Jernigham de Pen Cuckoo.

– C'est bizarre, fit Henry. J'imagine que c'est un grand choc pour nous, mais en ce moment précis, je ne ressens strictement rien. Je ne me rends pas compte qu'elle... Où est-elle ?

– La voiture du Yard est partie pour Great Chipping. Elle aura besoin de quelques affaires de Pen Cuckoo. Je vous ferai savoir de quoi il s'agit.

A la porte du presbytère, Henry s'arrêta net. Sa voix se fit glaciale.

– A-t-elle peur ?

Alleyn revit ce visage aux lèvres retroussées sur les dents proéminentes, les yeux globuleux sans larmes, les mains qui s'ouvraient et se refermaient comme si elles avaient laissé échapper quelque chose.

– Je ne crois pas qu'elle éprouve un sentiment de peur, répondit-il. Elle était parfaitement calme et elle n'a pas pleuré.

– Elle ne sait pas pleurer. Mon père dit que cela ne lui arrivait jamais quand elle était enfant.

– Je m'en suis souvenu, de ce que votre père m'avait dit.

– Je la détestais, dit Henry, mais cela n'a plus aucune importance. C'est une démente. C'est étrange car il n'y a pas eu de maladies mentales dans la famille. Que va-t-il arriver maintenant ? Quand on va la juger, j'entends. Nous... que devons-nous faire ?

Alleyn lui expliqua les démarches à entreprendre. C'était la première fois qu'il donnait des conseils à la famille d'une personne accusée de meurtre.

– Mais vous devriez avant tout consulter votre avocat, déclara-t-il. C'est vraiment tout ce que je peux vous dire.

– Oui, oui, bien sûr. Merci, monsieur.

Henry regarda son interlocuteur et vit sa silhouette se détacher sur le rideau de pluie que la lumière de la maison faisait miroiter.

– C'est drôle, avoua-t-il d'une voix incertaine. J'allais vous interroger sur Scotland Yard... comment on débute, vous savez.

– Vous y pensez sérieusement ?

– Oui. J'ai besoin d'un travail. Mais celui-ci convient mal au cousin d'une criminelle.

– Il n'y a aucune raison pour que vous ne tentiez pas votre chance dans la police.

– J'ai lu votre livre. Seigneur, c'est bizarre d'être là à parler ainsi.

– Vous êtes plus secoué que vous ne le soupçonnez. A votre place, je ramènerais votre père à la maison.

– Depuis hier, monsieur, j'ai l'impression de vous avoir déjà vu. Je viens juste de me souvenir. Agatha Troy n'avait-elle pas peint un portrait de vous ?

– Si.

– C'était très bon, n'est-ce pas ? C'est plutôt flatteur d'être peint par Troy. Comment est-elle, sympathique ou assez spéciale ?

– Personnellement, je la trouve très sympathique, répondit Alleyn. J'ai même réussi à la convaincre de m'épouser. Bonne nuit.

Il sourit, agita la main et sortit sous la pluie.

II

Nigel était venu chercher Alleyn au presbytère pour le conduire à Great Chipping.

– Les autres viennent juste de partir, expliqua-t-il. Elle s'est évanouie après votre départ, et Fox a dû rappeler Templett pour qu'il s'occupe d'elle. Ils passent prendre l'auxiliaire au poste de Chipping.

– Elle s'est évanouie, dites-vous ?

– Oui. Elle est complètement cinglée, non ?

– Je ne crois pas. Pas complètement.

– Ah bon ?

– Les signes d'un dérangement mental ne sont apparus que depuis samedi soir. Elle est certainement très névrosée. Déséquilibrée, hystérique, tout ce que vous voudrez. Mais la loi définit très précisément les limites de la maladie mentale. Son avocat va probablement invoquer la dépravation morale, le délire ou les hallucinations. Il pourrait éventuellement s'en tirer en prouvant l'existence de troubles plus graves. J'ai bien peur que le pauvre Copeland ne soit obligé de raconter son histoire. Je vais me faire sonner les cloches pour votre prestation au piano, mais je me suis couvert en prévenant mes auditeurs. En fait, même si sa folie n'est pas prouvée, je ne serai pas surpris d'entendre un appel à l'indulgence du jury. Bien sûr, ils peuvent aussi opter d'emblée pour « non coupable » et obtenir l'acquittement.

– Vous me devez quelques explications, Alleyn.

– Très bien. Où sommes-nous ? Il fait noir comme dans un tuyau de poêle.

– Nous arrivons à Chipping. La voiture de police est juste devant.

– Ah oui ! Eh bien, voici comment nous concevons l'ordre chronologique des événements. Vendredi, à trois heures moins vingt, Georgie a installé son système. Miss Campanula a essayé de pénétrer dans la salle avant qu'il ne reparte. Il s'est caché pendant que le chauffeur regardait par la fenêtre. Après le départ du chauffeur, Georgie a remis les épingles qui maintenaient la draperie, puis il a replacé les aspidistras et il a décampé. Peu après deux heures et demie, Miss C. a croisé Miss P. sous le porche de l'église. Miss P. a été vue par Gibson. Elle a traversé le Chemin de l'Eglise et pris la direction de la montée de Pen Cuckoo. Pour cela, elle devait passer devant la salle des fêtes. Dans la montée, elle est tombée sur Dinah Copeland et Henry Jernigham. Il était alors trois heures.

« Apparemment, il lui a fallu une demi-heure pour parcourir quatre cents mètres. Hier le même trajet nous a pris cinq minutes. Nous pensons qu'elle s'est rendue à la salle des fêtes dans tous ses états parce que le pasteur lui avait passé un savon à la confession. Là, elle s'est assise au piano et, ayant actionné le mécanisme, elle s'est reçu un jet d'eau dans la figure. Elle a ôté le pistolet à eau ; et c'est à ce moment-là que l'idée du crime a dû germer dans son esprit car elle n'a pas pipé mot à propos de ce piège. Peut-être s'est-elle souvenue du Colt en se demandant s'il conviendrait à son dessein. Cela, nous l'ignorons. Nous savons seulement qu'à trois heures elle a eu une scène avec Dinah et Henry, scène dont cette vieille fouine, Tranter, a été témoin. Aussi bien Tranter que Dinah ont remarqué que le haut de son corsage était humide. Ceci, et l'intervalle de temps, sont les seuls bouts de preuve dont nous disposons pour étayer notre hypothèse, mais je me demande comment elle a pu se faire arroser sinon avec le pistolet. Il ne pleuvait pas, et de toute façon, la pluie n'aurait pas produit cet effet-là. J'aimerais bien savoir également comment expliquer autrement son arrivée à trois heures à un endroit qui se trouvait à cinq minutes de là. »

– Oui, il faudrait chercher longtemps.

– Le majordome se souvient qu'elle est rentrée à quatre heures. A cinq heures, Henry a expliqué le fonctionnement du Colt à toute la troupe, soulignant le rôle du cran de sécurité. Miss P. a dit au pasteur qu'elle voulait le voir dans la soirée. Elle avait sûrement l'intention de lui donner une version tordue et venimeuse de la rencontre entre Dinah et Henry. Elle devait venir au presbytère après la séance de lecture, autrement dit vers dix heures. Or peu après dix heures, Miss C. s'est jetée dans les bras du pasteur dans le bureau du presbytère.

– Juste ciel !

– Eh oui ! J'espère pour lui que nous n'aurons pas à exhumer cette histoire : mais c'est un espoir bien mince. Les rideaux n'étaient pas tirés ; n'importe qui aurait pu les voir du dehors. Vers dix heures et quart, Miss Dinah a entendu grincer la grille qui donne sur le bosquet. Elle a cru que quelqu'un était sorti par là, et naturellement, elle a pensé à Miss C. Nous, nous supposons que c'était Miss P. qui venait à son rendez-vous. Elle a dû se figer sur place, clouée par le spectacle qui s'offrait à elle à travers la vitre. L'ayant interprété de la seule manière possible, elle a dû succomber à la rage que peut éprouver une femme mûre dont les désirs, les pensées et les espoirs reposent sur un seul homme. Nous pensons qu'elle a fait demi-tour et qu'elle a repassé le tourniquet pour se retrouver à nouveau dans le Chemin de l'Eglise. Notre thèse se fonde sur les empreintes brouillées de deux talons, sur la déclaration que personne n'a franchi la grille ce soir-là et sur le fait que Miss P. a appelé peu après de la salle des fêtes.

– Comment diable avez-vous su cela ?

– L'opératrice est prête à jurer que personne n'a téléphoné au presbytère. Mais Miss P. a bien appelé, et la vieille bonne est allée chercher Dinah Copeland, qui a répondu. Elle ne s'était pas rendu compte que l'appel provenait du poste supplémentaire qui se trouve à la salle des fêtes. Les communications d'un poste à l'autre ne passent pas par le central. Mme Ross a vu une lumière dans la pièce du téléphone, juste au bon moment. C'est la seule explication possible. Miss P. ignorait que la ligne de Pen Cuckoo était en dérangement et elle pensait être suffisamment en sécurité pour établir un faux alibi. Sans doute a-t-elle emporté le pistolet à eau le même soir pour voir si le Colt avait la bonne longueur. Il s'est avéré plus court de plusieurs millimètres : le canon ne risquait donc pas de pointer à travers le pupitre. A présent, nous en arrivons au samedi après-midi. Miss P. m'a dit qu'elle était restée dans sa chambre. Or Mme Ross l'a reconnue à travers la fenêtre de la salle ; et les fragments de caoutchouc nous prouvent qu'elle a manipulé la caisse. Elle a voulu jeter un coup d'œil par la fenêtre pour voir si la voie était libre. J'imagine que Templett était en train de serrer dans ses bras son interlope bien-aimée, qui a aperçu l'indiscrète par-dessus son épaule. Miss P. s'est sauvée en laissant la caisse. Et après leur départ, elle s'est introduite dans la salle afin de mettre le Colt en place. Elle venait de subir quatre chocs émotionnels en l'espace de vingt-six heures. Le pasteur lui a passé un savon. Elle a vu Henry en train de couvrir Dinah de baisers ardents. Elle a vu Idris Campanula, apparemment follement heureuse, dans les bras du pasteur. Et elle a surpris une scène sans doute encore plus passionnée entre Templett et Mme Ross. Bien que je ne la considère pas comme désaxée, d'un point de vue juridique, je pense que ces incidents l'ont rendue folle furieuse. Et puisqu'elle-même était éperdument amoureuse du pasteur, sa haine s'est cristallisée autour d'Idris Campanula. C'est Idris qui avait brisé ses espoirs. Accessoirement, c'est Idris qui lui laissait une fortune. Georgie Biggins lui a montré la voie. Notez qu'elle a gagné un badge pour son habileté à faire des nœuds et qu'elle a enseigné cet art aux guides du coin. A quatre heures et demie, elle était de retour à Pen Cuckoo et elle a réveillé le squire à l'heure du thé. Cette reconstitution peut sembler théorique, elle aussi ; mais le doigtier nous prouve qu'elle a menti une fois ; le téléphone, qu'elle a menti deux fois ; et les empreintes dans la théière prouvent qu'elle a menti trois fois.

– Dans la théière ?

– Vous allez tout comprendre dans un moment.

Ils avaient franchi le sommet de la côte de Great Chipping, et les lumières de la ville apparurent, noyées dans la pluie.

– Il ne reste plus grand-chose, dit Alleyn. L'accusation fera certainement grand cas de ce dernier point. Le seul moment où la scène a été vide, samedi soir, c'est quand ils s'étaient tous attroupés autour du téléphone pour essayer de joindre le Dr Templett et Mme Ross. Seule Miss Prentice n'était pas là. Elle a fait une apparition et, voyant le squire en caleçon, elle s'est enfuie sur la scène où elle a ôté le cran de sécurité du Colt. C'est là-dessus que repose en fait toute notre argumentation. Nous sommes en mesure de répondre des mouvements de chacun à partir de six heures trente. Le pasteur est resté sur la scène et il jure que personne n'a touché au piano de ce côté-là. Gladys Wright et ses compagnes étaient dans la salle et elles jurent que personne n'a touché au piano de l'autre côté. Le seul moment où il a été possible d'ôter le cran de sécurité était quand ils s'étaient tous groupés autour du téléphone, tous sauf Miss P. Elle est littéralement la seule personne qui aurait pu ôter le cran de sécurité.

– En parlant du cran, fit Nigel, elle n'en manque pas. Ma parole, elle doit avoir des nerfs d'acier !

– Qui ont tout de même un peu lâché depuis le soir du drame, répliqua Alleyn sombrement. A mon avis, elle s'est aperçue qu'elle était moins solide qu'elle ne le croyait ; alors elle a laissé son hystérie s'enfler en un semblant de démence. Elle n'a pas supporté le choc causé par la mort de sa meilleure amie, vous comprenez. A présent, elle va chercher à exploiter au maximum le filon de la maladie mentale. Je me demande à quel moment elle a commencé à avoir peur de moi. Etait-ce quand j'ai mis le doigtier dans ma poche ? Ou bien à la première tendre allusion à l'oignon ?

– L'oignon ! cria Nigel. Que diable l'oignon vient-il faire là-dedans ?

– Georgie Biggins a mis un oignon dans la théière. Et nous, nous l'avons trouvé dans un carton, dans la pièce réservée au buffet. Il portait des traces de poudre rose. Or il y avait de la poudre rose sur la coiffeuse de Miss P. Et elle sentait l'oignon. Les loges étaient fermées à clé au moment où Georgie se trouvait dans la salle : donc il n'a pas pu tremper l'oignon dans la poudre de Miss P. Je pense que Miss P. a découvert cet oignon dans la théière dont elle devait se servir au cours du spectacle, qu'elle l'a emporté dans sa loge et l'a posé sur sa coiffeuse. La théière a conservé ses empreintes à l'intérieur, et les siennes ainsi que celles de Georgie à l'extérieur.

– Mais bon sang, qu'allait-elle faire d'un oignon ? Elle n'avait tout de même pas l'intention de confectionner un ragoût ?

– Vous ignorez donc que l'on ne l'a jamais vue pleurer ? Jusqu'à samedi soir, où la douleur et la frustration lui ont fait verser des torrents de larmes. En fait, elle a reniflé l'oignon un bon coup, puis elle a ouvert la porte et elle s'est balancée en pleurant et en gémissant jusqu'à ce que le Dr Templett la trouve. Il a réagi exactement comme elle l'avait prévu. Plus tard, elle a jeté l'oignon dans une poubelle, alors qu'elle aurait dû le remettre dans la théière.

– Il me laisse rêveur, cet oignon.

– Allez-y, rêvez, mon ami. Si c'était un oignon innocent, pourquoi ne l'a-t-elle pas reconnu ? Il y a sa poudre et ses empreintes. Personne d'autre ne l'a sorti de la théière. Mais cela n'a pas d'importance. Ce n'est qu'un détail complémentaire.

– Toute cette histoire paraît complètement aberrante.

– Elle est surtout sordide. Elle me donne la nausée. C'est une femme détestable ; il n'y a pas une once de bonté dans toutes ses simagrées, mais cela ne change rien. Si Georgie Biggins n'avait pas fabriqué son piège, elle aurait sans doute continué ainsi jusqu'à la fin de ses jours, haïssant Miss C., oscillant en permanence entre les intrigues, les coups bas et l'adoration. Tout le monde va se gargariser de charabia psychologisant. Son idée fixe égayera les conversations de salon de l'intelligentsia. Ce vieil imbécile de Jernigham, qui est un vieil imbécile sympathique, et son fils, qui est loin d'être un imbécile, vont vivre l'enfer. Le pasteur, qui est à l'origine de l'idée fixe, va se sentir responsable ; pourtant, Dieu sait qu'il n'y est pour rien. Templett va se faire boycotter par sa clientèle, mais au moins, il sera guéri de Mme Ross.

– Et Mme Ross, que va-t-elle devenir ?

– Elle aura raté son coup dans la vallée de Pen Cuckoo. Elle n'a plus aucune chance de soutirer au vieux Jernigham de l'argent ou bien une promesse de mariage. Un jour ou l'autre, nous finirons par la coffrer, la Rosen, car c'est une créature peu recommandable. Elle aurait envoyé Templett au gibet sans lever le petit doigt pour le blanchir, et pourtant, je suppose qu'elle est très attachée à Templett. Aussitôt qu'elle a su que nous l'avions innocenté, elle s'est précipitée à sa rescousse. Nous sommes arrivés.

Nigel s'arrêta devant le commissariat.

– Puis-je venir avec vous ? demanda-t-il.

– Bien sûr, si vous en avez envie.

Fox accueillit Alleyn à la porte.

– Elle est enfermée, déclara-t-il. Le tapage qu'elle nous a fait ! Le docteur est parti chercher une camisole de force. Il y a une lettre pour vous, monsieur Alleyn. Elle est arrivée cet après-midi.

Alleyn regarda l'enveloppe et la prit précipitamment. L'écriture nette et fine de la femme qu'il aimait fit surgir son image dans son esprit.

– C'est une lettre de Troy, dit-il.

Et, avant de pénétrer dans le hall éclairé, il se tourna vers Nigel.

– Si on pouvait envoyer toutes les grandes passions dans un laboratoire d'analyses, croyez-vous qu'on trouverait dans chaque formule quelque chose de l'idylle juvénile de Dinah et Henry, de l'engouement de Templett, de la folie de Miss P. et même de la fatuité du vieux Jernigham ?

– Qui sait ? répondit Nigel.

– Pas moi.

Cet ouvrage a été réalisé par la
SOCIÉTÉ NOUVELLE FIRMIN-DIDOT
Mesnil-sur-l'Estrée
pour le compte des Éditions 10/18
en juin 1998

Imprimé en France
Dépôt légal : octobre 1995
N° d'édition : 2580 – N° d'impression : 43163
Nouveau tirage : juin 1998